新英雄湾村

袁锐 但忆玲 著

天津出版传媒集团
百花文艺出版社

图书在版编目（CIP）数据

新英雄湾村 / 袁锐，但忆玲著. -- 天津：百花文艺出版社，2024.1
ISBN 978-7-5306-8753-6

Ⅰ. ①新… Ⅱ. ①袁… ②但… Ⅲ. ①长篇小说－中国－当代 Ⅳ. ① I247.5

中国国家版本馆 CIP 数据核字 (2024) 第 011816 号

新英雄湾村
XIN YINGXIONGWAN CUN
袁锐 但忆玲 著

出 版 人：薛印胜
选题策划：郑 爽
责任编辑：由高峰
装帧设计：百悦兰棠 [BAIYUE LANTANG]
出版发行：百花文艺出版社
地址：天津市和平区西康路 35 号 **邮编：**300051
电话传真：+86-22-23332651（发行部）
+86-22-23332656（总编室）
+86-22-23332478（邮购部）
网址：http://www.baihuawenyi.com
印刷：廊坊市海涛印刷有限公司
开本：787 毫米 ×1092 毫米 1/16
字数：280 千字
印张：18.75
版次：2024 年 1 月第 1 版
印次：2024 年 1 月第 1 次印刷
定价：78.00 元

如有印装质量问题，请与廊坊市海涛印刷有限公司联系调换
地址：河北省廊坊市安次区码头镇金官屯村海涛印刷有限公司
电话：（0316）2516002 邮编：065000

目　录

第1章　土地流转带来的红利

简皓第一次遇到夏攸晨是在陡石塔村拆迁动员大会上，一水的老弱病残，只有她那张青春飞扬的脸格外显眼，让他忍不住多看了两眼。

台上的人激情澎湃，演讲的大致内容是，铜罐驿近二十年来，人口流失太大，年轻人几乎都外出务工了，留下来的多是老人和孩子。只有村里的经济发展起来，才能留得住年轻人。现在有公司要在铜罐驿注资，打造以观光文旅为主的新农村。该项目的第一期涉及七个村子，六十二个合作社，投资公司希望得到大家的支持，共同营造新生活。

简皓埋头看手机，断断续续地听了一些，他所关注的重点是如何搬迁、如何赔偿，下面坐着的村民，几乎都跟他的想法一样，至于新村建设后要如何致富，有点像画饼充饥。

讲解结束后，主持人让村民们表态，是否支持新村建设，举手的人不多，寥寥几个，简皓举了手，那个年轻的女孩子也在其中。

简皓举手，只是单纯地觉得新房子比旧房子好，而且举手的人太少，难免会打击到投资公司的热情，万一人家见支持的人太少，回头撤资，之前所有美好的设想不就竹篮打水一场空了吗？

对于拿不准的事儿，村民们不随意应承，静观其变，主持人让大家回去好好考虑一下，回头公司会派人去每家每户拜访，听听大家的意见。

村民们渐渐散去，简皓想跟那个年轻女孩子套套近乎，说不定以后还是邻居，在离对方一米左右的距离，他却有点不好意思，退缩了。

在搭讪女孩子这方面，简皓一直都是心潮澎湃，遇到实际操作，却是一个字都蹦不出来，以至于工作四五年，依旧是光棍一条。面对漂亮婀娜的女孩子，他会心动，甚至心神荡漾，却都止步于开口追求。

女孩子突然转过身，对着他礼貌地笑了笑，然后擦身而过。简皓眉头一皱，女孩子是不是对他也有意思？他是不是因自己的怯懦错失了机会？

这个念头在脑海里闪了那么一瞬，很快就消失。接着，他的生活立即被村子土地流转搬迁所带来的纷繁复杂填满。

早在一年前，村子要拆迁的事儿就传开了，源于几个拿着仪器到村里来勘察的人。

现在很流行的一句口号是这样说的“房子一移，兰博基尼。房子一扒，帕拉梅拉。房子一动，览胜运动。拆字一喷，立提大奔。房子不动，还骑电动。”

简皓刚听到村子要拆迁的时候，的确小小地兴奋了一下。他没想到自己在有生之年，也能遇到拆迁致富的好事儿，他还盘算着拿着钱把城里那套商品房的尾款结清，这样自己的经济压力也就变小一些。

但会议听完，新村建设是土地流转，将土地的使用权转让给开发公司，公司按照村民房屋提供相应面积的新村住房，并且新村住房是不能买卖的，有过渡费，但并不多。

美梦破灭的时候，他心里还是有点遗憾。

简皓打电话把政策跟父亲一说，逢年过节才有空回铜罐驿的简爸爸特地把年假提前了，说工作是小事儿，要为未来的生活搏一搏。

简爸爸外出务工已经二十多年了，平时很少回来，简皓从不知道父亲在铜罐驿竟然还会有那么多朋友和亲戚，父亲一回来，就带着他走街串门，到处去拜访。

一栋三层的小洋房，外墙贴着白色的瓷砖，朱红色的大门，一看就是外出务工赚了钱，回来把老家装修一新。敲响大门，来开门的是一个跟简爸爸年龄差不多的中年男人。

中年男人很客气地问：“你是？”

男人跟简爸爸似乎并不认识，但对于他们的到来，也不意外，毕竟最近村子里串门的人多起来，都是为了商量搬迁新村条件的。

简爸爸脸上堆满了笑：“我是耗子，咱俩是巴县一小的同学。”

男人把简爸爸和简皓让进院子里，院子里一堆水泥河沙。简爸爸问：“你也在赶装修？”

男人笑着摸了摸脑袋，直言：“以前盖房子原本计划是盖四层，但那时候存款不多，我又忙，家里只有两个老人，应付不过来，房子盖到第三层就搁置了，庆幸当时三楼没有封顶，基座还留在那里，这次索性就把第四层盖上。”

自从那天动迁大会后，村子里的货车突然就多了起来，水泥河沙、砖块木材一车一车地运进村里来，站在男子家的院子里，就能看到好几家人正请工人加班加点的砌房子，为的就是在丈量面积的时候，能多“两套房”出来。

简皓家的房子还是三十年前的老房子，没有翻盖是因为简爸爸和简妈妈压根就没想过要回铜罐驿来，两人省吃俭用，攒够首付在南岸区贷款买了一套商品房。

如果不是简奶奶执拗地不肯离开这里，两口子早把老人给接走了。村子要拆迁，对于他们来说，简直就是意外之财，简皓那天听父亲在跟母亲打电话，言语里多多少少有点责怪，说当初奶奶执意要留在乡下的时候，他就该把新房建起来。

如果能乘上这阵“东风”，新村分房的时候，至少能分两套。新修是来不及了，心有不甘的简爸爸辗转难眠，简皓也被影响得没睡好。

预期跟实际的差距，也让简皓有点失落，但他素来大大咧咧的，万事不挂心头，能旧房换新房，也算是一种幸运。那天他听了新农村建设的规划，其中提到文化旅游，他的脑海中立即有了一幅美好的画面：一条淡米色的公路穿过被碧绿农田簇拥着的小镇，镇上房子如同白色的珍珠，点缀其间，荒山野地成了苗圃基地，地间田头建成了农作物大棚、绿色果园。假期带着家人来忙里偷闲，亲近大自然，偶有不顺心，远离喧嚣来住一住，也是不错的。

简皓的思绪很快就被父亲和老同学的谈话打断了。

老同学端了茶出来，在院子里聊天，简爸爸唉声叹气地说：“老同学，还是你有远见，早早把房子建了三层，还特地在顶上留了个基座方便加盖，我那儿就不行了，还是一层的老房子，按现在的条款补偿，也就一套小三室。”

老同学安慰着：“你别泄气呀，船到桥头自然直，办法都是人想出来的，你虽然不能在房子上加盖，但可以在院子里盖个猪圈之类的，猪圈盖起来可比房子容易多了，弄点废砖用水泥一砌，再搭个棚。”

真是一语惊醒梦中人，简爸爸一拍膝盖：“我早点来请教你，就不会苦恼这么多天啦！”

回去的路上，简爸爸的脚步轻快了很多，心里的郁闷一扫而空。简皓不得不提醒：“爸，你别动这种歪心思，当心竹篮打水一场空，你别当人家公司是冤大头，按照惯例，早在动迁大会之前，人家就会悄悄派人在村子里挨家挨户地查看一遍，一家有多少面积，人家心里跟明镜似的，而且新村的房子只有居住权，没有买卖权，你拿那么多房子也住不了，何必呢！”

简爸爸恨铁不钢地瞪着他：“小孩子，你懂什么，路都是人走出来的，公司这样说，就是让村民以为无利可图，不跟他们作对，乖乖地把字签了，任他们宰割。

“条件都是慢慢谈出来的，现在说是只有使用权，只要大家齐心协力去抗争，说不定将来就可以买卖。现在城里的有钱人多，说是住在大城市太吵，要偶尔返璞归真，回归大自然。我听大家都在说，以后像我们这种离主城区近的乡下房子可是抢手货，多抓一套房子在手里，说不定将来能卖好几十万，你的婚房就有着落了。”

简爸爸说自己上半辈子脑子不好使，所以活得浑浑噩噩的，只要在这件事儿上把脑子弄灵光了，也就弥补了上半辈子的遗憾。

简皓陪父亲在村子住的这些天，家里陆陆续续来了些人，打起招呼来，熟得跟天天见面的亲人似的，什么你姑婆家的三叔、你母亲表姐夫的妹妹，他几乎都不认识，他能肯定父亲跟他们也没有言语上那么熟络，他们只是来找拆迁同盟的。

他懒得掰扯，寒暄完就躲到屋子里，让父亲去应付。

没落的小村子突然就热闹起来，拆迁就像火柴，瞬间点燃了干枯没有生机的村庄，生命力便如火焰一样，熊熊燃烧起来。

简皓去村头买菜，回来的路上看到很多中青年人背着行李，不时招呼着路过的人，三三两两地往村子里走。

简皓暗忖，现在很多偏僻贫困的乡镇都在想办法把外出务工的年轻人叫回来，说老家要拆迁是最有效的，动迁大会才过半个月，村子里的年轻人明显多起来。

简皓没工夫陪父亲在这里共谋“致富大事”，吃晚饭的时候，他提出要回主城去，他失业三个月了，得赶紧找工作，他认为脚踏实地地上班才是正确的生财之道。

简爸爸说：“不行，你得在这里看着把猪圈垒起来。”

“我不知道猪圈要怎么弄。”

“不懂就学嘛，你向来成绩不错，学东西也快，你到村子里有猪圈的人家去转转，多问问，不用砌多好，砌几面墙，放个栅栏门，再搭个顶棚。”

“不行，我要回去找工作，再不工作我就要闹饥荒了！”他找着借口。

“现下拆迁的事儿要紧，要是把这事儿做好了，能顶你十年工资。”简爸爸顿了一下，说，“你在这里的花销都算我的，你是年轻人，脑袋比我好使，我看村里回来了好些年轻人，都是为了搬迁的事儿，你也多去走动走动，看看别人是怎么给自家争取利益的。”

简爸爸的年假只有七天，另外还请了三天的事假，没办法在陡石塔村继续“折腾”下去，便把这个艰巨的任务交到简皓的手上。

简皓不太习惯住在老家的房子里。奶奶去世有一年多了，房子一直是空着的，无人打扫，屋梁上挂着蜘蛛网，家具和器物都蒙上了厚厚的一层灰。

他跟父亲都是不太会做家务的人，他只是把卧室和客厅简单打扫了一下，把烧炭的炉子搬到院子里做饭，算是凑合着过，这样的生活坚持一两个星期还行，时间一长，他就浑身不自在。

家里的数字电视在奶奶去世后就不再交费了，电视机也因为部件老化，启动后显示屏上满是雪花，他的娱乐消遣仅靠手机网络支撑着。

一入夜，四周漆黑一片，连路灯都没有，他唯一能走动的地方就是离房子100米的地方有个小卖部，里面的货品很少，饮料品种屈指可数，顾客多是小孩子，他想喝的咖啡，老板从开业起，就没进过这种货。

他点开外卖软件搜了一圈，光送餐费都在二十元以上，如果让他在这里住上两三个月，准得精神崩溃。

简皓盘算着搬到铜罐驿镇上去住，镇上条件虽然也不理想，但至少比村子里强，他也不用再吃自己做的难以下咽的饭菜，镇上有小饭馆，叫外卖也方便，相比主城区的物价，性价比很高了。

第二天，简皓兴致勃勃地正要去镇上找旅馆时，父亲的老同学就找来了，说父亲特地给他打过电话，让他帮忙砌猪圈，说到底还是不放心简皓做事儿，毕竟现在的孩子，养尊处优惯了，没几个知道猪圈长什么样的。

老同学说自己打电话托了不少人，才从大老远的地方找到一些残破的旧砖。砌墙的时候水泥要薄，因为不能让人看出水泥是新的，所以砖与砖之间抹一点点就够了，到时候丈量的人来看，就跟他们说是时间久远，边缘的水泥都脱落了。而且老同学还催促他动作要快，丈量人员很快就要到位了，还说砌猪圈也是有诀窍的，就是不能砌得太新，毕竟是拿开发公司的便宜，很多事儿不能明目张胆地干。

简皓不得不佩服人类在金钱面前所体现的强大智慧，要是把这股干劲用在工作上，估计这老同学早在外面“繁衍生息”了，哪还看得上这穷乡僻壤的房子。

旧砖是简皓找车去拉的，一百公里外的一个小乡村，来来回回颠簸得他有气无力，也就暂时打消了去镇上住旅馆的念头，砌猪圈他得在家里面看着，还得给工人买烟递水，才能让人家加班加点地干。

不知道是不是一个人住着太孤单，他突然想起动迁大会上遇到的那个女孩子，陡石塔村的人口并不多，然而来来回回他竟然一次都没有遇上过她。

简皓仔细想想，虽然人不多，但家家户户住得比较远，遇不上也在情理之中。

老同学正在指挥工人如何砌墙，一个背有些佝偻的老人气喘吁吁地跑过来：“快去你二弟家，你二弟跟你三妹打起来了！”

毕竟简爸爸的这位同学为自家的事儿忙前忙后，人家遇到麻烦，即使帮不上，也得关心一下，简皓说：“走，我跟您一起去看看。”

这位老同学的二弟和三妹当初盖房的时候，共用一个宅基地，相邻而建的两栋房子，两栋房子中间隔了一条两米宽的走廊，原本相安无事儿，没想到赶上这次搬迁，这条走廊就成为增加自家面积最合适不过的区域，为了这二十平方来，两家人就打起来了。

简皓平日就不喜欢凑热闹，遇到打架斗殴，更是躲得远远的，避免飞来横祸，今天是他第一次近距离地看人打架：血脉相连的两兄妹一点情面都不留，一个抓着对方的头发，另一个用指甲去抓对方的脸。

被人劝开后，二弟的脸上被抓出两条血痕，手上还紧紧拽着妹妹的一撮头发。妹妹鼻血直流，嘴里一直骂骂咧咧。

村干部也赶来了，呵斥两个人："为了点钱，连手足情都不顾了，你说你俩丢不丢人！"

二弟不服气："早就看不惯她了！"

妹妹也不甘示弱："你也配当哥！"

村干部劝着："搬迁是有政策的，不是你今天砌一堵墙，明天我搭一个窝，就能占着便宜的。新农村建设，不是让你们挖空心思地占投资公司便宜，而是新家园建设好以后，借着创造的条件，你们要凭自己的劳动来致富！"

简爸爸的老同学赶紧上前去："你们俩在这里闹，也不怕被人笑话。老二，你去深圳这么多年，也没见你赚多少钱回来，在自己妹妹面前逞强，算什么能耐。"

二弟不服："大哥，你好意思说我，你不也一样吗？听说按房子面积来赔付，你家那房子都完工七八年了，你现在不也在加盖！"

周围的人都笑了起来，老同学的脸上有些挂不住，红了一片。

老同学催促着自己的弟弟和妹妹："走，回家去说，别在外面丢人现眼！"

简皓见自己帮不上什么忙，站在这里只会让对方觉得尴尬，便慢慢退出了人群，准备回家。在路口他遇到一个老婆婆，满脸皱纹，穿着一件朴素的格子衬衣，不禁让他想起了过世的奶奶。

老婆婆的眼睛眯成一条线，似乎所有的光都聚在简皓的身上，他疑惑地问："老婆婆，有什么事儿吗？"

"我看着你面熟，小伙子，你是哪家的孩子？"

"我叫简皓，住在村南的，我家后面有一棵很大的桂花树。"

"你是哪家的孩子？"是他近期听得最多的问语，他知道只说名字，对方不一定记得住，村里房子多，说哪个方向几号，人家也会一头雾水，所以得说出明确的参照物对方才容易辨识出。

他家屋后有一棵桂花树，到底有没有百年不得而知，那树是真的大，树干要两个人合抱才能围住，特别是桂花开放的季节，似乎满村子都闻得到花香。

他在很小的时候，就经常在那桂花树下玩，也不知道是哪一年，那树被一户人给“霸占”了，将那树围在自家的院子里。

老婆婆笑眯眯地问：“你是家英的孙子？”

家英正是简皓奶奶的名字，听到对方跟奶奶很熟络，他顿时有了几分好感。

“叫我廖婆婆就行了，那桂花树就是我家的。”

刚有的好感荡然无存，简皓以前还跟奶奶聊过桂花树的事儿，说那家的婆婆执拗得很，她家的宅基地离桂花树还有十来米，为了把树占为己有，硬是将院子往前挪，村子找人调解过，她让人把墙悄悄给建起来，执法人员要强拆，她就到村委会去闹，村里也无奈，总不能因为一棵树逼死一个老人，只能不了了之，从此以后，桂花熟的时候，村子里的人都只能闻味儿，没办法摘回去做桂花糕了。

他暗忖，等新村建好后，那棵树又可以归大家所有了。

他觉得这是个不好惹的主儿，能避多远就避多远吧。他推托着：“廖婆婆，我有急事儿，就先走了。”

廖婆婆似乎没打算放他走，急急地拽住他的衣袖问：“你有对象了吗？你奶奶还在的时候，常惦记你的婚事儿，说想抱曾孙呢！”

“我突然想起出门的时候忘了关火，我炉上还炖着汤呢，我得赶紧回去，要是房子着火烧没了，我可就什么都分不到了。廖婆婆，再见！”

简皓觉得，人性如何，一场拆迁体现得淋漓尽致。

好友郑斌最近总不见他人，打电话来问，简皓说了拆迁的事儿，抱怨后面两三个月都得困在村子里。这只是几句无心的吐槽，也不知道郑斌是怎么把消息散播出去的，没过两天，一个很久不联系的女孩子给简皓发来短信，说要约他吃饭。

他都快忘了女孩子叫什么名字，只记得是在朋友聚会上认识的，是哥们儿女友的同事。女孩子挺漂亮的，让人眼前一亮。他本来是没勇气追的，但朋友几个都鼓励他，说女孩子的家境和工作都很普通，不会太挑剔，让他去试试。

大家都起哄，他只能硬着头皮去表白，女孩子也很给面子，当即同意了。正当他兴致勃勃地邀对方吃饭看电影，对方却找各种理由拒绝，约了两三次，女孩子不露面，他就放弃了。

这原本只是简皓感情生活中的一个小插曲，恋爱自由，每个人都有自己的择偶标准，被拒绝只能怪自己不够优秀，但哥们儿女友偏偏告诉他，那个女孩子私底下打听过他的工作，知道他在公司只是个普通的文案人员，父母也只是从乡下进城来务工的农民，马上表示两人没缘分。

这话让他硌硬，就像本来藏在衣服下的伤口，让它慢慢愈合就好，非得暴露在空气中，让人直视它的鲜血淋淋。

时间一长，这事儿他已经忘了，那个女孩子打电话来，才让他又想起这段难堪的往事。

女孩子突然的来电让他有些莫名，寒暄了两句，女孩子就开口约他吃饭，他直言没空，最近都待在老家，这里来回主城很不方便，他敷衍着说办完这边的事儿，回到主城再请她吃饭。

女孩子用娇滴滴的声音告诉他，她最近工作不顺，心烦气躁，想到乡下来散散心，问他是否愿意接待。

简皓很果断地拒绝了，乡下房子没办法待客，再者，事出突然必有妖，两人在生活中连朋友都算不上，几乎没什么联系，而且离上次的事情已经一年多了，突然的殷勤，不得不让人觉得突兀。

挂断电话前，女孩子有点失望，说希望他认真考虑一下，至于考虑什么也没有明说。他最讨厌这种拐弯抹角的暗示，他说了再见，迅速挂断电话。

接下来的几天，陆续有几个朋友给他打来电话，戏谑地说他突然跑到乡下是闷声发大财去了，又问什么时候买车，还热情地给他推荐了几款高规格车型，说以后开着去泡妹，百发百中。

夜里下起暴雨，雨水从房檐上滴滴答答往下流，这声音扰得他一夜都没睡好，恨不得早点离开这里，想到砌了一半的猪圈，他要是跑了，非得被父亲骂一顿。

早上去村头买菜，听到大家在议论，说村南刘家昨天夜里在建的房塌了，砖掉下来砸伤了刘老爷子，人被拉到医院去了，说是伤得很重，已经打电话把子女全都叫回来了。

简皓听得心有余悸。

那天他随意地在村子里逛了逛，看见有三分之一的农户都在家修修砌砌，用的几乎都是旧砖，为了赶工期，工人马马虎虎，有的砖只蘸了点水泥就往上堆，出事故也在情理之中。

他庆幸他家垒的是猪圈，如果是在房上加盖，他也得提心吊胆。

回到家，看到廖婆婆坐在自家院子里，他顿时警觉起来，挤着笑脸迎上去："婆婆，您找我有事儿？"

"我听说昨天夜里有人砌的新墙倒了，那天我见你家也来了拉货的车，就过来看看。"廖婆婆虽然年纪大，但说话的时候，露出一口健康的白牙。

简皓有点小感动，一个唯利是图的老太婆竟然还有点古道热肠。

"我建的就是一小猪圈，下面是山坡，塌了也伤不了人。"

他家跟廖婆婆家共用一条进到院子里的小路，他这才惊觉，喜欢占便宜的廖婆婆竟然没有像那些贪便宜的村民在家修修建建，前两天他还嫌弃人家自私难缠，现在的自己在她面前，顿时矮了一大截。

他笑着说："廖婆婆，我就羡慕您的心态，该多少拿多少，不去操那些闲心，自在！"

廖婆婆呵呵地笑着："我才不搬呢，我也不要住新村，我就守着我的房子，他要是敢拆，我就跟他们拼命！"

简皓脸色一白，心想这个更难缠。

简皓原以为家里垒个猪圈就完事儿，没想到父亲回来也没闲着，四处打听，要把他的户口转回陡石塔村。

当年为了方便他在城里念书，父母省吃俭用在南坪贷款买了一套商品房，一家人的户口都转了过去。村里面是有规定的，转出容易转进难，尤其面临搬迁这种得利的事儿，对户口把控更是严格。

简爸爸把奶奶的遗嘱拿到了村委会，说房子留给简皓，简皓的户口自然得回来，这关系到村民的土地所有权，村委会自然不会同意，而且如果开了这个先例，想要入户口的人就会跟泄洪似的拼命往村里挤。

简爸爸先是委屈巴巴地向工作人员讲述自己在外面打工的不易，又哭诉自己投资失败，债主不久后就要去收房子，自己一家人马上就要流落街头了，希望村子能收留他们一家人。

简皓站在旁边，手足无措，他从没见过父亲说谎示弱。念小学的时候，他长得瘦小，偶尔会被高大的男同学欺负，父亲会告诉他，越软弱，越受挫，任何时候都要像个顶天立地的男子汉，遇到困难，绝不弯腰低头。还特别叮嘱他，为人要诚实。此刻的父亲，让简皓想挖个地洞钻进去。

旁边有个女人带着孩子，比简爸爸哭得还惨，说自己被夫家赶出来了，无家可归，只能回村里来，希望村里看在她单亲妈妈带个孩子不容易，高抬贵手，让她和孩子的户口迁进来。

简皓陪着父亲从村委会出来，劝着："爸，你就别折腾了，奶奶的房子已经是意外之财了，中国有句俗话，叫贪多必有失。"

简爸爸不跟他理论，认为现在的孩子就是懒，掉在脚边的钱，除非是送到手里，否则都懒得弯下腰去捡，便哼了一句："小孩子懂个什么！"

路边，一个跟简皓年龄差不多的男孩子肩头挎着包，一手拎着行李袋，像是在等人，两人互视一眼，有种似曾相识的感觉，能在村子里熟识的，也只有小学同学了，简皓是小学三年级的时候转走的，他在脑海里迅速地搜索了一遍，惊讶地叫对方："杨刘！"

对方想了半天，也没想起他是谁，最后还是他提醒："简皓，一到三年级，咱俩一个班的，你经常坐最后一排，我记得二年级的时候，老师还让你妈来陪读了一星期的课。"

杨刘的脸一阵红一阵白，确认简皓的确是他的小学同学。

简皓之所以对杨刘的印象深，是因为这位同学特别好认，脸形很长，有点像香蕉。还是婴儿的时候，他奶奶抱着他摔了跤，伤在脸上，颧骨凸出明显，眼睛又细又长，没睁开似的眯成一条线。小学历史学朱元璋，杨刘就跟朱元璋画像一模一样，当时同学们就给他取外号，叫他小元璋。现在长大了，那模样一点没往好的方向发展，毕竟十八变越变越好看的多是女孩子。

简皓则属于中规中矩的长相，路人脸，不好记也在情理之中。

简皓借口遇到老同学，赶紧摆脱父亲的碎碎念。

村里连小坐的饮料店都没有，两人蹲在田坎上，他问起杨刘的近况，杨刘不好意思地说："一直在外面打工，这次村里搬迁，才被叫回来的。"

"你们家也在加盖房子？"

杨刘挠了挠头，有点不好意思："我家那破瓦房没办法加盖，我妈把我叫回来，是结婚的。"

"恭喜恭喜，办酒席的时候记得叫我，我来给你热闹热闹。"他心里突然有点自卑，自己虽然谈不上优秀，但怎么也比眼前的杨刘同学强吧，人家都要结婚了，自己还光棍一条。

杨刘有点不好意思："人还没相呢，明天去看。"

"那也不错嘛。"

细聊之下，简皓才知道，村里家家户户都在传，户口本上多一个人，能多领十几万元的人头费，所以家里有未婚的年轻人，家人便开始张罗婚事儿，结婚后，女方户口随男方是天经地义的事儿，赶在正式搬迁前生个孩子，又能多领一份。

简皓玩笑："看来我想借这股东风把婚凑合结了都没机会，我的户口不在村里，跑了好几趟，村里都不同意让我落户口进来。"

他抬起头，发现杨刘向他投来了同情的目光。

大概是在村里没什么朋友，晚上杨刘给简皓发短信，让他明天陪着去相亲，他不想掺和，免得勾起他被女孩嫌弃的旧伤，但禁不住杨刘的一再恳求，他就同意了。

去蹭顿饭，总比在家对着猪圈强。

第二天去，简皓也没怎么打扮自己，把脸一抹，随便套了件外套就出去了。虽然相亲是件严谨的事儿，但杨刘的形象实在连普通都算不上，他担心自己打扮得太精神，耽误别人的亲事儿。

他虽然算不上帅哥，但至少在普通线往上。他不知道乡下人相亲看中什么，反正在城里，女孩子的第一印象就是脸，有句相亲名言说得好，找对象，都说要重视对方的内心，当一个人连外表都让人瞧不上时，谁又会花时间去了解你的内心。所以邋遢里一点，可以衬托杨刘的慎重。

去到杨刘家，杨妈妈先是对着简皓一番夸奖，然后把他拉到一则，说杨刘性格内向，却倔，本来杨妈妈想陪着去，但杨刘坚持不让，看到有他这么个清爽小伙伴一起，就托他多照应一下，多给女方说点好话，把婚事儿坐定。

相亲是在铜罐驿镇上，镇子不大，主要的商业街就是一条狭长的小道，两边的楼房低矮陈旧，在简皓的记忆里从没有变过，街道门庭冷清，人也很少。

镇上最热闹的日子就是赶集天，他的目光在街道的两边搜索，盼望着小时候爱吃的店还在。

铜罐驿靠江，每天早上都有人去江里捞小虾，只有指甲盖那么长。小时候，奶奶知道他爱吃，一大早就去买，买回来用油一过，他便用手抓起来大把大把地塞到嘴里，酥脆酥脆的。

镇上有家卖锅贴的，老板打开圆盘形的木锅盖，白烟袅袅，一只只锅贴整齐地排成旋涡型，咬一口，都是韭菜香。

这些美好的记忆里都有奶奶，想到这里，他的鼻子有点发酸。

两人来到一家茶楼，门楣有些破旧，“佳益茶楼”四个字，就少了两个字，只剩下“益茶”两个字，简皓觉得在这样的地方相亲会显得寒碜，放在主城，女孩子绝对是一副臭脸。

老板一点都不担心会怠慢客人，说：“你出去转转，这条街就两家茶楼，那家还不如我呢。”

老板自信地让他毫不怀疑，这条老街落寞得让他陌生。

坐下没多久，女孩子就来了，她母亲陪着来的。女孩子很清秀的一张脸，谈不上多好看，至少比杨刘强。

女孩子母亲的目光落在简皓的身上，问：“你也是陡石塔村的？”

“我在村里没户口。”他如实回答。

女孩子的眼神暗淡了一下，又回到杨刘的身上。

简皓能感觉到姑娘懒怠，与其说心不在焉，不如说是心有不甘。她学历不高，外出务工两三年，依旧孑然一身，相比之下，嫁个老实人，得笔安置费，比上班轻松多了。

他非常鄙视把婚姻跟利益联系在一起，钱也有用尽的时候，是不是那时候婚姻也到头了？

杨刘本就是腼腆的性格，女孩子母亲倒是很干脆，说如果没什么意见，就让杨家来下聘，商量结婚的事儿。

女孩子母亲是个很会说话的人，字字避开搬迁，欲望却显而易见，还说她们那个年代，都是先结婚后恋爱，幸福感比现在自由恋爱的强多了。

回去的路上，杨刘哼起了小曲，还用同情的目光看着简皓："只可惜村里的年轻女孩子太少了，否则你可以倒插门，把户口落到村里来。"

简皓脑袋里又不由自主地浮现出那张精致小巧的脸，以前他是瞧不上上门女婿的，如果对方能跟那女孩子一样，他就妥协了。

这种美好的幻想只能用来的安慰一下自己，如果那个女孩子还是单身，这会儿上门提亲的估计得把门槛踩破了，而且人家未必看得上他。

简皓以为把猪圈砌好，自己就能回主城去，没想到父亲依旧让他暂时留在村里，可以随时探听消息，并要求他把这件事儿当成工作认真完成，而且坚定地认为，只要他努努力，回报比工作高多了。

父亲一走，简皓就决定搬到镇上去住，只要他留在铜罐驿，就算完成父亲布置的任务，至于他在这里干什么，父亲就管不了了。

房子迟早都要拆，他决定把奶奶的东西整理出来，找个地方妥善安置，以后再搬进新居。

他上次回来还是奶奶过世的时候，悲伤让他无暇顾及其他。奶奶是在医院过世的，葬礼是在殡仪馆办的，那时候他工作繁忙，奶奶一下葬，他就急匆匆地赶回去工作，屋里的东西一如奶奶离开时，一样未动。

简皓打开床头的大木柜，小时候，他总是看到奶奶把"宝贝"都放在这个大木柜里，户口簿、存折、一家人的照片、给他准备的零食和一些零散的钱币。

奶奶去世后，母亲从里面拿走了重要的证件。

简皓一件一件地清点。一个包裹好的塑料袋，里面的零钱里还有一些已经不能流通的纸币，两角五角、一分五分，拿在手里有种心酸的熟悉感。袋子里还有几张发黄的，像商标一样大小的纸，他拿起来仔细一看，上面“星火”两个字特别的显眼，下面隐隐的一行字写着“重庆罐头食品总厂”。

那是奶奶年轻时上班的地方，他出生的时候，奶奶已经退休了，但还是会到镇上去给他买水果罐头，像水晶一样透明的玻璃罐，被糖水浸泡得晶莹剔透的果肉，他却早已忘了是什么味道。

简皓红了眼眶。

傍晚时分，廖婆婆又来了，还带着一个四十多岁的中年男人，男人说：“我们十几户村民私下组了个队，商量搬迁的事宜，你爸走的时候来找过我，让我带带你。”

如果他不去，对方肯定要告诉父亲的，他只能硬着头皮跟对方走。

路上，男人对他说：“我们两家可是亲戚，我二姨的女儿嫁到你们老简家，是你奶奶的表嫂子。”

男人套着近乎：“我也姓简，一家人嘛，大家商量商量是应该的。”

就这样，简皓被这七拐八弯的亲戚给拉到了一户村民的家里，正屋大堂里坐了十来个人，绝大部分是中年人，搬迁利益中的强干力量。

屋子里已经没有空地，简皓看到门口有张小方木凳，便蜷着腿坐在上面。他的个子很高，蜷坐的姿势让他有点难受，但此刻他不想站着，担心太过显眼，被用来当标杆。

他越不想被注意，焦点就越集中在他身上。有人问：“小伙子，你是年轻人，脑袋好使，你得多为咱们出点主意，让大伙多拿些补偿，否则就对不起咱们祖辈留下来的地基和房子！”

这里毕竟不是江浙地带，一拆就成富豪。这次拆迁是国家提倡搞乡村振兴建设，把老旧零散的村子，建设成崭新集中的新村，发展经济，完善配套设施，让农民生活有奔头，让年轻人回来建设家乡。

人要致富，还得靠自己的双手。

简皓担心自己的“进步思想”一说出来就变成众矢之的，于是想了想说：“补偿费多些少些我倒没在意，房子再大，人家姑娘也不愿意到这乡下来住，我还得回城里打工赚钱娶媳妇呢。”

有“好心人”凑上来：“小伙子，你有对象吗？邻村托我介绍呢，你要是愿意，我把姑娘领来你看看，只要对眼就赶紧领证，多一份人头费，要是赶紧生个孩子，能得双份。”

有人得意：“我家小顺机灵，一年前我们就听到风声了，我催他跟女朋友去把证领了，马上生第二胎，再等等，说不定还能再得个孙子，又多一份人头费。”

简皓揉了揉太阳穴，觉得又好气，又好笑。

“我在村里没户口。”

刚才还兴高采烈要给简皓介绍对象，此时听到这话，那人再不说话了。

简皓有点不耐烦：“如果没有别的事儿，你们慢慢聊，我先走了。”

简姓的中年男人叫住他：“要有点耐心，这事儿急不得，全国各地拆迁的人那么多，谁不想着为自家多争点利益。我们要齐心协力。我认为咱们可以分成两组，一组跟公司磨条件，另一组对付丈量的人，只要面积一时半会儿落实不了，就还有的谈。”

简皓是个嫌麻烦的人，平时除了工作交流，最烦跟人扯八卦流言，如果自己不做点“反抗”行为，以后这样的会谈隔三岔五就有。

他咳嗽了两声，清了清嗓子：“各位大叔大伯，这地界不属于重庆主城区，离本区最繁华的地方杨家坪也有三四十公里，你这里一百平方米房子的价格，在主城区只够买个卫生间，你就是再多一两百平方米，你儿子儿媳妇干吗不回来住，偏要去城里租个腿都伸不直的小房子？就是因为这里找不到工作，赚不到钱。”

说到这里，他的声音高了两度，让他自己也有点惊讶。

他继续说：“这年头，怎么不见你们亲戚朋友出钱给你建新房子，现在有人旧房换新房了，你们不仅不感谢，还想着怎么占便宜。

“当然啦，人家帮忙也得有个底线，人家公司也不是冤大头，拿钱来填你们的荷包。你们在电视上看过那些拆迁的钉子户吧，一心想着拆迁发大财，后来把开发商给惹恼了，人家不拆了，换地方发展。以后你们就是有一千平方米的房子又怎么样呢，放在大山里，儿子孙子一年只回来一次，万一人家在外面生活过好了，干脆不回来了，房子你还能带到下辈子去？”

他洋洋洒洒地说了一堆话，竟然没人反驳他，他暗自高兴，原来自己也有

“口才”这种东西。

“小兄弟，你是不是拿了人家的好处？这么帮着他们说话！肯定是有好处，公司才来搞投资拆迁，没好处，谁会花这个冤枉钱，我们又不是只想占便宜不付出，只是想多得一点，他们又不缺这点钱。”

“我跟你们思想不一样，我有这闲工夫跟人磨嘴皮子，我宁愿花这点时间去打工，赚得不比你们磨得少。”

简皓的这番说辞有点发泄的味道，他心疼奶奶，但心底也有埋怨，为什么她要守着这山里的旧房子，不肯跟他们到城里去住？他和父母这些年在外面忙忙碌碌，没赚着什么大钱，过的也只是普通平凡的生活。简皓也会想，这样的外出拼搏奋斗是否值得？

他的语气激动，旁边也没人想自讨没趣，于是换了话题 “老张，你说你舅在镇政府工作，你去打听到什么没有？”

“打听了，新村建设肯定是要搞的，所以只要大家不急，急的是他们。”

简皓坐了一会儿，见没人注意他，就在大家的讨论声中，悄悄地走了。

山里的夜晚他不太习惯，鸟叫虫鸣，让他心里有些浮躁，想要到附近走走。没有路灯，漆黑一片，如果一不小心掉进水塘或是土坑里，就算呼救都不一定有人能发现。

他打开手机里的手电筒，照亮回家的路，回到家，他不想在屋里坐，搬出小凳坐在门口，拿起奶奶的那把破蒲扇摇了摇，想赶走那些嗡嗡飞舞的蚊子。

第2章　远离麻烦

简皓迫不及待地想搬到镇上去住，免得又有人来请去商量“对策”。

一大早，简皓就坐车去镇上了，走在萧条的街道上，他拿出相机，找好角度，迅速地按下快门。

他是个资深的摄影爱好者，还是国内几家知名摄影杂志的特约摄影师，大大小小的摄影奖也得过一些回想起那些风光的岁月，还真是春风得意马蹄疾，而现在是工作爱好两不如意。

公司业绩下滑得厉害，他被裁员后也投了不少简历，多数石沉大海，少数通知面试的，又各种不如人意。赋闲在家的他一直心情郁闷，原以为回铜罐驿走走，可以散散心，却没料到越待越闷气。

铜罐驿的集市变小了，车水马龙、人头攒动已经是很久以前的事儿了。一段路走下来，简皓想起了许多小时候的事儿，童年简单而美好，牵着奶奶的手，仿佛就牵起了整个世界。

他走到一家卖豆花饭的小店门口，招牌陈旧，字迹斑驳，但店里面却很干净，凹凸不平的水泥地面被扫得干干净净，有客人把擦嘴的纸巾扔在地上，老板也会赶紧拿着扫帚打扫干净。

简皓肚子有点饿了，找了一个靠窗的位置坐下。老板是个六十多岁的老大爷，虽然瘦，但手臂结实有力，一看就是推了多年石磨练就的铿锵臂力。

雪白的豆花上桌，一个年轻的女孩子走进来：“张叔叔，一碗豆花。”

他一看，就是那天动迁大会上见过的那个女孩子，听她跟老板熟悉的打招呼，应该住在这附近。

简皓向女孩子招了招手，说："我们在动迁大会上见过，我们都举手表示愿意搬迁。"

女孩子把位子挪到了简皓的旁边，可见性格也是开朗爽快的。女孩子说："我叫夏攸晨。"

"简皓。"

他那么笃定她记得他，毕竟那天会场上年轻人本就没几个，他不信她没有注意过他。

"你住在这附近吗？"

"是的。"

"你那边还有要出租的房子吗？"

昨天夜里他就想着赶紧到镇上来租房子，一来可以避开那群想拉他"同流合污"的人，二来他要保留一些家具和遗物并把它们搬进出租房，新村的建设需要两三年，总得有个地方放置。

夏攸晨问："你是找过渡房吧，最近镇上找房子的人多。正好，我的房东还有要出租的房子。"

这顿饭是简皓付的钱，他说："就当是中介费了吧。"

夏攸晨没有推辞，说："下顿我回请。"

走出小餐馆，夏攸晨指着靠在树上的自行车："这是我的代步车，我载你过去。"

那是一辆黑色老古董自行车，说是老古董，是因为这种轮胎很大，杠很高的自行车，他上一次看到，还是在年代剧里。他问："你在哪里弄的这玩意儿？可以放到博物馆了。"

"镇上的旧货店，那里面的好东西多着呢！"

夏攸晨骑上自行车，示意简皓坐到后面，他有点犹豫，显然坐在后面这么小的座板上是无法保持平衡的，如果想保持平衡，就得抱她的腰。但不过一顿饭的交情，如果就抱着女孩子的腰，显得太轻浮，不抱，又容易掉下去。

"你还磨蹭什么，快上来！"

简皓只能硬着头皮坐到后面的小座板上，然后双手往后，抓住小座板的边沿，支撑着保持平衡。

路上他问："你是有先见之明，才从村子搬到镇上住的吧，前天我被拉到一个村民家里，非得问我是不是拿了村里的好处，才这么积极地支持搬迁，想煽动群众的情绪。"

夏攸晨说："才不会有村民来找我，因为我家的房子已经破得根本没法住，村里只是按照宅基地给我算的平方来，说来还是我赚了。"

她的车技不赖，街道凹凸不平，但载着他却四平八稳。穿过一水低矮斑驳的砖瓦民房，自行车停在一栋自家建的三层砖混结构的小楼前面。这栋楼在一排排列整齐却又破旧不一的房子里面外的显眼，原因在于一楼外的院子里垒着颇具现代艺术气息的花坛，里面种的植物开着花。

简皓对花草有一些了解，那些花是果蔬花，花谢掉之后会结果子的。

夏攸晨说："我就住一楼。"

"这些花是你种的吧，我觉得只有年轻漂亮的女孩子才会有这种激情和耐心。"

夏攸晨朝着楼上叫了一声："崔娘娘！"

一个四十多岁的女人从二楼的窗户探出头来："小晨，有什么事儿吗？"

"你上次说三楼有房子还空着，我带人过来看看。"

不一会儿，崔娘娘就从楼上走了下来。她穿一件中年女人不太会买的红色圆点的连衣裙，眼角皱纹堆叠，但人却很精神，脸上带着笑："跟年轻人住在一起，我会觉得自己也变年轻了。"

崔娘娘问："你也是村里的搬迁户吧，最近租房子的人挺多的，放家具家电什么的，等新村建好，再搬过去。"

崔娘娘带着简皓上楼去看房，房间四四方方，每层都有卫生间。崔娘娘说这房子建的时候特地找人画了图纸，按农家乐来建的，七八年前，城里人流行到乡下来度假，住上一两晚，吃点农家菜，可惜房子建好后没跟上风，来的人寥寥无几，现在也就是赶上搬迁这趟风，把房子利用起来。

房租很便宜，才三百元一个月，简皓没多想，就答应下来，一付半年，崔娘娘说他是个爽快人，也不要押金什么的，让他直接把东西搬过来就行。

简皓打开窗户，往下一看，就能看到楼下的花园和用碎石人工铺成的地线，一看就不是崔娘娘这种乡下女人的审美。他走下楼，正对花园的一扇门开着，他走到门口，轻轻敲了敲门，很快，夏攸晨就从里面走了出来。

“你真的是这里的租户？”他问。

夏攸晨笑了起来：“怎么，你觉得我是在给自己家揽生意，故意坑你？”

他指了指花园：“我第一次见租客这么用心地把房东家的花园当成自己的花园。”

“这是我的生活习惯，不管是自己的房还是租来的房，我都会想办法弄得有家的味道。”夏攸晨又说，“我的主要工作是做美食短视频主播，打理花园是工作需要。”

夏攸晨主动给简皓看了自己的短视频号，上面只有一百多个粉丝，简皓估摸着也没什么收益，她还能这么费心地打理，算是有恒心了。

他懂一些摄影原理，从镜头的角度和长短镜头的运用来看，她还是个外行，但他没指出来。若指出来，按以往的经验，准会被追问如何运用，那讲解起来很麻烦，而他是个不喜欢找麻烦的人。

刚才坐夏攸晨的车过来时，他看到了她提过的那家旧货铺，门口停着一辆旧三轮自行车，他决定买下这辆旧三轮自行车以便用它来搬东西。

做这个决定的时候，他自己也有点惊讶，以他的急性子，直接找个搬家公司，一次完工，工人还送上楼。不知道是不是被夏攸晨所营造的这种田园慵懒所感染，他想一边整理东西，一边搬，反正作为无业游民，他拥有的也只剩时间了。

他下午就把出租屋的清洁卫生做了一遍，房间其实挺干净的，但毕竟是别人的房子，他心里有那么一点小洁癖，觉得只有自己亲自做过了卫生，房子才属于自己。

不知道老天爷是不是天生爱跟他作对，他刚把三轮自行车骑回出租屋，就接到一条面试的短信，让他明天上午十点钟去公司面试，地址在解放碑。当初投简历的时候，他比较心仪这家公司，充分准备去面试，结果是让他在家等消息。

他以为简历已石沉大海，没想到一个月后公司才联系，不知道是不是退而求其次，想起了他这颗沧海遗珠。

他把车放在夏攸晨的院子里，她非常乐意，正好给她的短视频增加一点新道具。

简皓的本职工作是文创策划，也有过几个成功的案例，但这行人才辈出，有公司嫌他年轻，经验不老到；也有公司说他年龄大想象力差，年龄小想象力才丰富。他就不明白，他才二十六岁，正是可造之才的时候，就被这么不上不下的年龄给悬着。

当他兴致勃勃地赶去公司面试，人事经理没问两句就把他打发了，他当时火就上来了："时隔这么久才联系我，我人来了又这样敷衍，你们公司的应聘制度就是这样的吗！"

人事经理不紧不慢地说："刚才出去那个人，你也看到了吧，人家的薪资要求比你低，公司吧，总得找个物有所值的人才行。"

简皓只觉得这年头，做脑力劳动的比白菜还廉价，他脑海里突然浮现出夏攸晨悠闲惬意的生活状态，难怪李子柒的视频在网上那么火。多人都在繁华忙碌的都市里颠沛流离，忍气吞声，赔着笑脸，却赚着仅能糊口的微薄工资，还不如人家自给自足过得快乐。

回想起那天在村民聚会上的"慷慨陈词"，他又有点后悔，乡下人见识少，欲望也小，小恩小惠就能让人幸福感满满，大城市里发两万块奖金，交了房贷车贷所剩无几，半点喜悦感都没有。

还好父母没给他压力，又有父亲交代的"艰巨任务"，他就心安理得地搬到了铜罐驿。

他是个生活简单的人，带点洗漱用品、两套换洗的衣服，到哪儿生活都能适应。

简皓拎着包出现在出租屋楼下的时候，夏攸晨有点惊讶，惊讶之后也能明白是什么原因，说："我还以为能经常用你那辆三轮运货呢，没想到主人这么快就回来了。"

他也笑了："估计你很长时间都没法找我借。"

他好奇："你是不是也因为找不到合适的工作，才决定到乡下来避世，调整心情？"

夏攸晨摇摇头："我毕业的时候可是有公司留我的，我想都没想，收拾包袱就回来了，落叶归根，早归晚归都是归，说不定我能在这里打一片天下。”

夏攸晨和崔娘娘在准备食材，又是鱼，又是鸡，他问：“有客人吗？”

“明天是周末，有客人要来度假。”

崔娘娘豆腐鱼和辣子鸡做得很好，夏攸晨在短视频上推销了一番，竟然有客户打电话来订，明天要带一家人来这里住两天，尝一尝这两道菜。

虽然直播了三个月，才来这么一个客户，但她坚信星星之火可以燎原。

第二天，简皓睡了个懒觉，醒来后推开窗户，就看到院子外面停了辆黑色越野车，估摸着客人已经来了。

简皓来到一楼，院子里多了一张方桌，客人一家三口坐在那里一边晒太阳，一边看夏攸晨直播，他拿出手机，搜出她的视频号，摄像头的位置没摆对，人在镜头前晃来晃去，自然光照在脸上，把她圆脸的缺点都暴露出来，完全没有展示出她的那份甜美脱俗。

有客人在，他不方便上前去打扰，于是关上手机。他骑走了那辆三轮自行车，今天的工作是把奶奶家那口大木箱子搬过来。

理想很丰满，现实很骨感，他才骑了一半的路程，就累得满头大汗，气喘吁吁，拿出准备好的矿泉水，一口灌下去，也没感觉到凉意，还是热得难受。

他想了想，还是要坚持骑下去，也许几趟坚持下来，自己的小肚腩应该会主动退缩一点点。

骑了大半天才骑到村口，迎面就看到廖婆婆走来，他不想听她那长篇大论的守家护业之道，想假装没看见她，没想到廖婆婆年龄大，眼神却很好，向他招起手来。

毕竟是老人家，于心不忍，他只好把车停下来，向对方问好。

廖婆婆问：“你这么快就回来收拾东西了，村里这么多人没同意啦，一时半会儿也拆不了的。”

“住在镇上方便，逛街买东西出门就是，你看我骑车进来，其实骑了大半天呢！”最主要的是不受他们的打扰，简皓心想。

廖婆婆从口袋里掏出一个布袋，拆了两层，他才看清是一部老年人手机，廖婆婆问：“你电话号码是多少？你奶奶现在不在了，咱俩好有个照应。”

他的事儿，廖婆婆是没法照应的，他想其实是她想让自己帮忙吧。手机都掏出来了，哪能不给号码，于是他无奈地说了一串数字。

廖婆婆拿着手机捣鼓了半天，不好意思地说："唉，孙女给买的，都好几年了，我都没弄懂怎么存电话号码，要不你帮我弄弄。"

简皓无可奈何，只好把自己的号码输进了这老年人手机里，只希望她不要像地下工作者似的，突然上门来，悄悄拉着他穿梭于各种防拆迁集会。

简皓一天只干了一件事儿，就是把奶奶家的一个旧木箱和一个小方凳搬回去，出租房里现在只有一张书桌和一张床，小方凳正好派上用场。

回到家，简皓累得腰酸背痛，刚一躺下，就有人来敲门，问了一声，是夏攸晨。

夏攸晨端了一碗鱼面给他，他这才想起没吃晚饭，闻到鱼面的味道，肚子就像瞬间泄气了一样，瘪得难受。

大城市里的鱼面都是鱼汤里泡面条，然后放几片鱼肉，而夏攸晨的鱼面是用鱼肉和面粉压成的面条，用鱼汤煨了，上面放几片香菜，这是他第一次吃吃得太大口，吃完后有点后悔没细细地品滋味儿。

下去还碗的时候，看到夏攸晨在花坛里除草，他走过去，把碗递给她，说："为了还你一碗真鱼面的情，下次拍短视频的时候，我给你指导一下，画面绝对焕然一新。"

"吹牛。"

"我可是摄影师，以前还得过奖呢。"他拿出手机，在网上搜出他获奖的信息，上面贴有他的照片，然后递给她，得意地说，"这种事儿骗不了人的。"

夏攸晨那双漂亮的大眼睛顿时神采奕奕："那我算捡到宝了，如果不是在吃豆花饭的时候多看了你一眼，我这主播生涯或许还得继续迷茫下去。"

夏攸晨搬来凳子让他坐下，想听他细心指导。

简皓说："我看你买了三脚架，你还需要一个补光灯。有时候并不是光弱的时候才补光，人在太阳下，如果光线不对，脸部线条就会不好看。虽然你已经是美女了，但还达不到视频里的白皙，你去买一个补光灯，我来帮你打光。

“还有最最重要的一点，就是视频脚本，光有人设还不够，你要有动人的故事，才能吸引观众。”

夏攸晨竖起拇指：“果然是见过世面的人。”

男人都禁不起夸，一夸心里就轻飘飘的，他说：“我要在这旦住一段时间，你要经常请我吃好吃的，我就帮你把视频做到完美为止。”

他心血来潮，忘了一天的疲累，回到屋子里，拿出笔记本电脑就开始写文案，很多网红都喜欢打同情牌，他想着写一个小孤女，南方有佳人，遗世而独立，继承了家里留下来的房子，过着自给自足的生活。

第二天拿给夏攸晨看，她立即摇头：“我有父母呢，他们住在城里面，要是被他们知道我自称是孤儿，我爸非打死我！”

“人设就是假设，干吗这么较真呢！”

“我不想骗人，是什么样就是什么样，我可是立志要改变家乡变化的‘大女主人设’。”

“你的家乡是在改变，跟你也没什么关系呀。那新村是投资公司的，你就承认吧，现在的小姑娘谁不想当网红，赚钱多呀。”

夏攸晨狠狠地挖了他两眼，然后就进屋去了。

简皓有种出师未捷身先死的挫败感，他可是搞文案策划的，没想到一夜辛苦做出的文案竟这么轻易地被一个小姑娘鄙视了。

晚上，简皓睡得迷迷糊糊，手机铃声嗡嗡地响，响了好几次，才把他吵醒，他摸索着拿过床头的手机，也没看是谁打的，接进来问：“谁呀？”

“皓儿，我是你廖婆婆。”

他脑袋里跟糨糊一样，没工夫去想是哪个廖婆婆：“有什么事儿吗？没事儿我睡觉了。”

“皓儿，我肚子疼，你就住在这附近吧，你来看……”

声音很低，仿佛压抑着很大的痛苦，揪得他心口难受，他一下就醒了，说：“您等着，我马上去。”

他穿好衣服的时候又后悔了，他跟廖婆婆非亲非故，他最不喜欢管闲事儿，也不知道廖婆婆现在是什么情况，真有个三长两短，自己就是“背锅侠”，电视上因为救助老人背锅的新闻实在太多了，他是恨不得避而远之。

但回头想想，廖婆婆的电话是打给他的，万一人死在家里了，他岂不是会因为见死不救，罪加一等。

出门前看了看手机，深夜两点，他瞥了一眼那辆旧三轮，骑这个去，估计天都亮了，于是打开手机打车软件，好半天才等来一辆车，直奔廖奶奶家。

村里的山路不好走，司机的眼神充满了警觉，似乎在担心简皓是想把他诱骗到深山老林来打劫的不良少年。村子里的线路是有导航的，简皓分不清哪儿是哪儿，绕了两条弯路，好不容易才找到自己奶奶的家。

一栋黑乎乎的房子，如果不是路口那棵黄桷树提示，他很有可能会迷路。

他凭着记忆，闻着桂花的香味儿往自家屋后面走。村里没有路灯，入夜后伸手不见五指，只能用手机照明。他走到一栋屋子外面，大声地叫："廖婆婆，您在家吗？"

不一会儿，他听到房子里有器皿摔碎在地上的声音，他知道这是廖婆婆给他的信号，他也顾不得多想，一脚踹开了门。

他特地把司机也叫上，看到地上的老人，司机也有点后怕，简皓也是个怕事儿的人，见这种状况，他没办法撒手不管，他说："你别担心，这事儿我来负责，你赶紧帮我把人抬到车上去吧，赶紧送医院。"

老人瘦小，很轻，两人却抬得很吃力，力用小了，担心人会掉在地上，太用力，又怕把她弄疼了。

两人把廖婆婆送到铜罐驿中心卫生院，司机怕担责，向简皓要了车费，一溜烟就不见了，他只能一个人守在检查室门口。

医生出来告诉简皓，廖婆婆得的是急性阑尾炎，需要动手术，但廖婆婆年事已高，手术对她来说有风险，需要家属签字。

这一问，难倒了简皓，他这才想起忘了拿廖婆婆的手机，手机里肯定有她儿子女儿的联系方式。

简皓说："不好意思，我只是她的邻居，这事儿我做不了主，要不等联系上她的家属再说。"

"老年人的身体不比我们，我担心不尽快手术，会引发其他严重的后果，既然是你送她来的，想必你们的关系也不错，不如你现在把手术单签了，回头你再去叫她的亲属过来。"

简皓脑里闪现的全是不好的结果，看着廖老婆婆佝偻的身影，就感觉她时日不多。他素来运气不好，撞在这生死的节骨眼上，万一她有个三长两短，他成了“背锅侠”，岂不是倾家荡产！

他说：“对不起，这事儿我做不了主，廖婆婆有手机，放在家里了，回头我去拿，上面肯定有她孩子的联系方式。”

他赶紧推卸责任：“他们这些当儿女的太不称职，留孤老太太一个人在家里，给别人找麻烦不说，还耽误老婆婆的身体！”

医生露出无可奈何的表情，顿了一下说：“廖婆婆必须马上进行阑尾切除手术，你尽快通知她的家属过来。”

廖婆婆很快就被推进了手术室，简皓赶紧回她家去找手机，她能坚持着疼痛给他打电话，那手机肯定就在她倒地的附近，他搭车回到廖婆婆的房子，拨通电话号码，在床上找到了她的手机。

上面只有几个电话号码，村干部小朱、罗老根、周桂香，还有就是他，他暗忖，她是个孤老太太吗？不对，他记得小时候后面房子里很热闹，人也多，难道廖婆婆是被儿子女儿抛弃了？

他突然觉得廖婆婆太可怜，否则她也不会大半夜地给他这个才见过几次面的人打电话求救。他顾不得多想，又搭车匆匆地赶去医院。

廖婆婆手术结束后被送进观察病房已经是天亮了，简皓蜷缩在走廊中的长凳上休息，腰酸背疼。早上，打扫清洁的阿姨把他叫醒：“小伙子，这里不能睡觉。”他这才赶紧去找值班的护士，问起廖婆婆的情况，护士告诉他：“现在病人还在观察期，暂时不能去探视，术后一天是不能进食的，第二天放屁之后可以吃一点流食，最好是清淡的白粥。”

趁廖婆婆还在休息，他得赶紧找她的家属，于是拨打了手机上村干部小朱的电话号码，小朱告诉他，廖婆婆有两个儿子一个女儿，都在外地工作，以前也接过廖婆婆过去生活，但两辈的人，生活习惯方面合不来，就又把她送回来了。估计廖婆婆对子女有了心结，后来就不来往了，但子女们还是挺关心她的，让村里照顾一下，有任何事儿就跟他们联系。

小朱说会给廖婆婆的子女打电话，让简皓先照顾着，有情况随时告诉她。

简皓顿时觉得接手了一个烫手的山芋，想甩都甩不掉了。

他在铜罐驿也没有别的亲戚，更没有朋友，有点孤军奋战的无奈感。他突然想到了夏攸晨，她是个热情的妹子，想必能帮帮他。

他给夏攸晨打了个电话，麻烦她煮点白粥给廖婆婆。

廖婆婆一醒过来，听说简皓给村干部小朱打了电话，小朱又通知了她的子女，顿时脸色就不好了。

“你怎么能不经我的允许，就通知他们！”

“廖婆婆，您不也没经我的允许，就让我把您送医院。您要知道，您要有个三长两短，您的子女能放过我？”

“那你也不能通知他们！”

简皓很少跟老年人打交道，他以为胡搅蛮缠的老人只会出现在电视剧里，没想到自己的运气还“真好”，这么快在现实中就遇上了。她既然跟自家奶奶是好朋友，怎么一点都不像自家奶奶那样通情达理、和蔼可亲？

“不通知他们，您是想一个人待在医院里呢，还是打算一直麻烦我？”

“你最近不是要一直留在陡石塔村嘛，你就照顾我一段时间吧。”

这廖婆婆还真不拿自己当外人！

村干部小朱来了，还带着一个笑容亲切，很有亲和力的中年阿姨，阿姨自称是老杨群工工作站的志愿者，大家都叫她王阿姨。

她俩给廖婆婆带了些水果、米粉，知道简皓是过世的简奶奶的孙子，寒暄了几句，也讲了一些关于简奶奶的事儿，夸简皓是个助人为乐的好青年。

被架在助人为乐的道德光环上，他原想让小朱找一个村子里的熟人来照顾廖婆婆，被这么一夸，他就更加无法甩手不管了。

夏攸晨把粥送来了，一点一点喂给廖婆婆吃，很有耐心。廖婆婆问：“你是皓儿的女朋友？”

夏攸晨脸一红，说：“婆婆，您是没记住我，动员大会的时候我也在，我家就是东村那栋破砖房。”

“哦，你是夏长安的孙女吧，那你怎么跟皓儿混在一起了？”

廖婆婆老揪着男女关系说事儿，让简皓也觉得尴尬，他说：“现在不是等搬迁嘛，我和她在镇上租了同一个房东的房子，现在是邻居，相互照应嘛。”

廖婆婆一听，心里仿佛有了主意一样，对简皓说：“我还需要休养，要不就先去你那里住一段时间，等好全了，我再回那老房子。”

简皓摸了摸头，说：“我那里是单间，男女有别，不能一起住。”

廖婆婆笑了：“我都是老太婆了，我不怕，没事儿的。”

简皓想直接拒绝，却被夏攸晨拉到病房外面：“她一个老人家也不容易，崔娘娘那里空房间多呢，我去说说，反正我们平时又没什么事儿，照顾一下也没问题。”

简皓心里有点失落，他原以为她能主动帮他找房子，又煮鱼面给他吃，她的热情好客里，多多少少带着年轻男女相互吸引的特质，现在看来，她只是个滥好人，只要需要帮助的，她都帮，他的那点特别就感觉荡然无存了。

第三天，廖婆婆的大儿子就来了，简皓觉得自己终于可以解脱了，却听到病房里传来了两人的吵架声，他想听听亲生母子到底有什么矛盾，于是悄悄躲在门口。

廖婆婆说：“你回来干吗？我这把老骨头还扛得住。那个小朱也真是多事儿，这么点小事儿，还把你叫回来。”

“妈，您就别犟了，住我那里去吧，我媳妇虽然多嘴一点，但心却是好的，您少理她就行！”儿子的声音里透着无奈。

“我不去，我去了就跟孤老太婆没区别了，想找个人说话都不行。”

“小区里不是有那么多老头儿老太太，您多去走走就熟了。”

“我的房子和地怎么办？不行不行，我得守着，免得到时候拆迁办不知会一声就给我拆了。那可是我和你爸共同建造起来的，你爸走的时候特地嘱咐过我，好好照看房子。”

简皓暗忖，真是老顽固，虽说老房子是您和老伴同甘共苦建造起来的，但人一死，也只占巴掌大个地方，那么磨磨叽叽，死赖着不搬，有意义吗？

儿子苦口婆心：“妈，我都跟拆迁办谈过这事儿了，新村的房子要不要都无所谓，您还是去我那里住，如果住得不顺心，再去老二那里，老二刚买了新房子，小是小点，但配套设施还不错，超市医院都近。”

“不去不去，在这里有人照顾我，我好着呢。你赶紧走吧，见到你我就生气，你要是希望我的病好得快点，你就赶紧回去。”

医生催促病人家属去交费，儿子匆匆赶去交费去了，简皓走了进去：“廖婆婆，您也没几个朋友，干吗嘴硬不跟儿子去，好歹自家人，有照应。我看您身体也不怎么样，您再坚持坚持，估计臭在家里都没人知道。”

廖婆婆皱起眉头：“你这小子，咒我死呢！”

“您刚才跟儿子的话我都听到了，您不能赖着我呀，我还有自己的工作呢！”

简皓决定甩掉这个包袱，于是找到廖婆婆的儿子，语重心长地说：“你们把老人一个人扔在村里就是不对。她半夜给我打电话，那天也是巧合，我没把手机设成静音，才听到了，要是跟以往一样，她估计就得疼死在房子里了。我这次回来也只是暂住，办理搬迁手续，廖婆婆一个人看着也可怜，这次把她送医院是举手之劳，但不能总赖着我呀。”

简皓手里有一堆廖婆婆的检查单，他还贴了一些钱，他把单据交到廖婆婆儿子手里，对方也很通情达理，立马把钱转给他。

拿到钱，简皓头也不回地走了，能避多远，就避多远。

回到出租屋的简皓显得有点邋遢，照顾一个生病的老人真是件劳心费力的事儿。他突然想起了自己的奶奶，奶奶是突然中风，送到医院的时候人已经不行了。从村子去镇卫生院的路途稍远，再加上镇卫生院设施条件有限，奶奶错过了最佳的抢救时间。有时候他也会想，自己多关心关心奶奶，回来看看她，如果村子到医院交通便捷，如果医院有顶尖的抢救医生，或许现在奶奶还能陪在他的身边。

想到这里，他的眼眶红了。

他抹了一把眼泪，把头伸到水龙头下面。水哗哗地流下来，他胡乱地把头和脸都洗了一遍。

外面传来夏攸晨的敲门声：“你睡了吗？”

他一边用毛巾擦着湿漉漉的头发，一边打开门，说：“是不是给我送吃的来了？”

果然，她手里端着一碗热面条。

他说：“你也别当滥好人了，事儿多，还耽误自己。”

她不以为然："在城里待久了的人，是不是都人情冷漠？我从小是生活在村子里的，家家户户虽然隔着一段距离，但哪家办红白喜事儿，全村的人都去，谁家有点事儿，也肯来帮忙。后来我跟父母搬到城里去，住着环境优美的小区，我在那里住了六年，竟然不知道同一层各家邻居叫什么，有时候也只是打个照面。

"大四那年去实习，几个女孩子住在一套出租屋里，我半夜胃疼，同住的女孩子们只是安慰了几句，帮我打了120,就各忙各的去了。只有受过冷漠的孤独，才会特别关注那些需要帮助的人。"

简皓以为就此甩掉了廖婆婆这个包袱，老人家都虚弱成那样，儿子肯定会把人带走的，否则白白地让人看笑话，结果没几天，老杨群工工作站的王阿姨就找上门来了。

简皓一直觉得自己没什么女人缘，在单位工作四五年，也没见哪个女孩子主动跟他聊，没想到一回铜罐驿，他的女人缘顿时达到了顶峰，还都是些连名字都叫不出的老阿姨，直接问上门来。

之前在医院见过，王阿姨对他显得特别熟悉，一进门就笑眯眯地说："你越看越像简大妈。以前简大妈在的时候，经常说起你，说你念书好，人又聪明，还孝顺。唉，她走得也太可惜了……"

他虽然没了解过"老杨群工"是什么组织，但也猜得七七八八，肯定是那种做好事儿不留名的"高尚群体"，他也懂这年头上门求事儿见面夸，把人家夸个飘飘然，接下来的事儿就好办。

只是这王阿姨一说他孝顺，他就有点心酸，奶奶在世的时候，他的确少了很多关心和照顾，一门心思都在工作上，如何挣业绩，如何加工资，到头来却一事无成，反而丢掉了那颗一心想让奶奶过好日子的初心。

简皓直白地说："王阿姨，咱俩非亲非故的，我不觉得您上门来只是为了问候老朋友的孙子，您有什么事儿就直说吧，我比较喜欢直截了当。"

王阿姨脸上的笑依旧温和，没有半点倦怠，不知道她是职业性的，还是和气的笑容本就长在她脸上。

王阿姨说："我听说你要在镇上小住一段时间，就过来看看。你原本就是陡石塔村的人，现在村子里几乎都看不到年轻人，我们老杨群工工作站就想招募一点你们这种年轻力量。”

简皓心里咯噔一下，从“听说你要在镇上小住一段时间”这话，他能猜测到这话只会出自两个人的嘴，一个是夏攸晨，一个就是廖婆婆，但夏攸晨有事儿会直说，不会拐弯抹角弄中间人上门，那这个把王阿姨召上门来的人，绝对是廖婆婆。

他问：“廖婆婆在卫生院里还好吧？身体恢复得怎么样了？我这两天太忙了，就没来得及去看她。”

王阿姨笑着说：“廖婆婆在村子里住了大半辈子，老年人故土难离，所以村里才建了老杨群工工作站，专门帮助这些留守的老人，还有孩子。年轻人就得多锻炼锻炼。”

“王阿姨，您的好意我心领了，我对助人为乐没有兴趣，我能管好我自己，不做违法乱纪的事儿，也算是为这个社会做贡献了。”

他直接表明态度，志愿者都是自己愿意去奉献。他把话都挑明了，总不能强迫他去做。

王阿姨也没再劝下去，只说：“你先考虑一下吧，你现在回陡石塔村来生活，有什么需要，您尽管到老杨群工工作站来找我，我们就是为群众解决困难的。”

王阿姨一下楼，夏攸晨就上来了，问：“让你去做志愿者？”

“我拒绝了。”

“为什么不去？我觉得挺好玩的。”

他白了她一眼：“果然是刚从象牙塔出来的小姑娘，对什么事儿都好奇。做志愿者是好事儿，但太费神，我们还年轻，要把大把的精力用在事业上，免得到时候光棍一条，晚年只能当被帮扶的对象，哪还有精力去帮别人。”

夏攸晨说：“我也是老杨群工工作站的志愿者。”

“那恭喜你。”

他是丝毫不为所动，他只是暂住，说不定什么时候就走了，不想到时候拖泥带水。

晚上，简皓的手机响了，一看是廖婆婆的电话号码，他不想接，但铃声断了又响，响了又断，看来廖婆婆是缠上他了，他又实在狠不下心来把对方拉黑，只能无奈地接起来：“婆婆，您又怎么了？”

“死小子，你就这么把我扔医院不管了吗？”

“该管的是您儿子，您别找我呀，您好好养身体，养好了叫儿子把您接城里去，城里多好，车水马龙的，又热闹，您还可以去老年大学找一老头儿，带您唱唱歌、跳跳舞，比你坐在院子里看青山蓝天有趣多了。”

不想再啰唆下去，他赶紧结尾：“就这样吧，我很忙的，我要不赶紧赚钱，将来连媳妇都找不到。”

他正要挂电话，廖婆婆说：“我儿子回城里去了，就我一个人在医院，你就不能把我当成你奶奶吗？你奶奶生病的时候，可都是我在照顾呢，她想吃糍粑，都是我去镇上给她买的。”

听她这么一说，简皓的心软了，是啊，奶奶知道他们在城里生活不易，生病从来不打电话，都是左邻右舍帮忙，眼下，他还真不能甩手。

他捶了捶胸口，心想干吗要长一颗容易感动的心。

第3章　时机总是不期而遇

简皓套上外衣，骑着那辆三轮车，懒洋洋地往卫生院赶。

他坐在廖婆婆的床边，支着头："您是故意跟儿子吵架的吧，好让他快点走，不想耽误他在城里的工作和生活。"

廖婆婆没回答，而是让他把水递给她。

"廖婆婆，是不是您的左邻右舍都搬走了，所以您只能找到我？"

廖婆婆把头一仰："我才不想奔什么新生活。自从我嫁到村里，就一直住在那房子里，只要我没死，谁也别想让我从那里离开。我老伴儿没死的时候，就最喜欢那棵桂花树，我看到那棵树，就像看到他一样。"

简皓突然明白了廖婆婆对那棵树的执着。

"婆婆，您这想法太自私了。

"我这是实话。村子要是不繁华，不产生经济，相应的配套设施就不会完善起来，就不会有什么医院、超市、学校、大商场。您是故意把眼睛蒙起来，不向前看。但时代要发展呀，就是家人不遗弃您，时代也会遗弃您。"

"臭小子，你懂什么，你出生前，铜罐驿可不是现在这个样子。"

他发现廖婆婆眼睛里突然有了光："我和你奶奶是在罐头厂认识的，二十世纪七八十年代，罐头可是高级玩意儿，好多人都喜欢吃，逢年过节的时候，厂里会给每个员工都发上一大箱子，我只要一拿回去，孩子们都抢着吃。

"卫生院后面那个旧住院部，以前那里可是咱们当地最好的肛肠医院，多少人都跑到这边来动手术。真可惜，这些都没有了。"

简皓说："所以呢，人不能沾沾自喜，不思进取，否则就会被社会的洪流给淘汰。”

廖婆婆把被子一盖，不想跟他说话了。

村委会特别叮嘱过医院的护士站，把廖婆婆照顾好，简皓也不用守夜，见她躺下了，他就骑着三轮车回家去了。

天色已晚，崔娘娘和夏攸晨还在院子里剥花生，一问，崔娘娘明天要做盐酥花生，夏攸晨打趣他：“我看你心还是挺软的，何必要嘴硬，去老杨群工工作站里转转，说不定你就喜欢那里了。”

他从医院离开的时候还有点睡意，这一路骑车回来，把瞌睡虫都赶跑了。他也坐到桌子边，帮忙剥花生。

他说：“我只是秉承着尊老爱幼的美德去看看她，好歹她跟我奶奶有点交情，我奶奶生前也是她照应着。俗话说相差三岁就有代沟，我跟她完全聊到不一块，待久了难受。老人呢，就喜欢揪着过去的辉煌不放，眼下却又不肯改变自己与时俱进，就这么卡在时代的夹缝里长吁短叹。”

夏攸晨说：“所以王阿姨才来找你呀，想给老杨群工工作站注入一点年轻的血液，带动带动村里人的思想。”

简皓不说话了，他没有那么伟大的情操，他只想在这里洗涤一下灵魂，好重新振作精神，再次投身到那所谓的世俗纷乱中去。

简皓查看手机邮箱，是杂志社主编给他发来的邮件，他近期投了几组照片，被退回来了，主编给的意见是，差一点人间烟火气。

以前简皓的作品都是青春唯美系的，花开得淋漓尽致；阳光明媚下，清纯少女一袭白衣，飘然而过；还有大城市里眼神充满向往的小白领。

主编看过他最近几期在铜罐驿拍摄的乡村生活，觉得太千篇一律，现在这类照片大多记录农村生活的惬意自在，或是对生活的痛苦或者期望，没有真实生活的灵魂。

主编特别提醒他，近几年来，国家对乡村振兴这方面的题材非常重视，他可以考虑从这方面着手，拍一些乡村振兴直观真实的写照，别再是那些浮于表面的敷衍之作。

真正的摄影师不仅擅长捕捉镜头，更擅长讲故事，他们讲故事的能力一点都不亚于那些动笔杆子的人。简皓想，既然他想在乡下待一阵子，就且行且珍惜，别错过机会。

看完主编发的邮件，简皓若有所思。他是个特别相信机会缘分的人，就像他曾经为了拍一张日出的照片，精心准备，每天关注天气预报，大半夜出门登山，可到了日出的时候，却是乌云朵朵，他不得不感叹，时运不济。

后来有一次他被朋友拉去峨眉山，只在山下听一个老人说明天天气不错，很适合看日出，他就记下了，庆幸那天他背了相机，半夜上山，果然第二天霞光轻幽，总算拍到了难得的日出风光。

这一次，他突发奇想到乡下来待一段时间，主编又给了这个题材，试一试，或许能让他的摄影爱好出现新的契机。

每个月六百块的伙食费，崔娘娘这里可以包一日三餐，正好省了他自己动手。简皓生活方面比较懒散，以前中午都是在公司点外卖吃，晚上回家，一进门，老妈就把饭菜端上桌，父母不在家的时候，他都是吃烧烤或是方便面对付。

崔娘娘家的伙食营养又丰富，早上小米粥配馒头，中午晚餐都是地道的农家菜。腊肉是过年的时候做的，吊满了厨房的房顶，透过厨房的窗户瞟一眼，估摸着有好几百斤，可谓绝对的富户。

房子后面与小河相接的地都被开垦出来种上菜，空心菜、红薯，还有豌豆之类的，不赶集买菜的时候，桌上的小菜都是从那里来的。

他看到夏攸晨蹲在院子里，往一个木盆子里种东西，很小的种子，一个泥坑里放上两粒，旁边放着手机录像，他就退在一边，静静地看着她把整个过程录完。

等她关掉手机录像后，他才问："目前这些只能算自娱自乐，而且种植这个过程很漫长，你拿什么赚生活费？"

"带货。"

他以为她在开玩笑："就你种的这些粮食？"

她拿出手机，打开微信里的一个微信群："这些都是我的客户，有时候我会去农家收土鸡蛋、野核桃，还有一些人需要的药材，我赚一点中介费。"

"那能有多少 。"

夏攸晨白了他一眼："我这是任重而道远，有些工作钱多，但你也未必能赚得到。你不就一心想赚大钱吗，那你赚到了吗？要是真赚到，也不会住到这里来了。”

小姑娘看着温柔，怼起人来跟他有一拼，说得他哑口无言。

大城市的繁华生活能刺激人的欲望，遍地的纸醉金迷、喧闹嘈杂会让人内心膨胀，不顾一切地去扑向那种热烈与激情，而小镇铜罐驿的夜晚是冷清的，满天星空，配几声狗叫，更显孤独寂寞，却能清晰地听到内心的声音。

简皓说：“我明天想去老杨群工工作站看看。”

夏攸晨笑了：“你是怎么想通的？”

“反正闲着也是闲着，找点事儿做呗，万一我也能搞点什么赚钱的副业，说不定就在这里繁衍生息了。”

第二天，简皓是骑着那辆旧三轮车去的，他本想让夏攸晨坐后面的车斗，她说坐在后面屁股疼，还是骑她那辆自行车舒服。

重庆山城的地貌，城区是不允许自行车骑行的，这乡下地方倒让他体验了一把环保出行的自如。

老杨群工工作站在镇上，不在村里，这个点要负责附近好几个村子的工作。一栋简单的平房，里面干净整齐，墙上挂着助人为乐的标语，进门处有块黑板，上面写着志愿者们的“业绩”。

群工站旁边有一处空旷的石坝，很多村民坐在那里喝茶聊天，气氛活跃，旁边的墙上挂着一块牌子：老年活动中心。

简皓说是来找王阿姨的，工作人员笑着问：“你是简皓吧？”

他有点不好意思：“我在这里这么有名吗？”

工作人员说：“王阿姨说你是个帅小伙，我们群工站还来了个年轻的小伙子，你们以后可以多交流交流。你先坐，我给王阿姨打个电话，她去陡石塔村处理纠纷了，看时间也该回来了。”

工作人员很热情，他跟夏攸晨一坐下，对方就端上了热茶。

不一会儿，王阿姨就回来了，身后还跟着一个年轻的小伙子，也就二十出头的样子。王阿姨见到简皓，对于他的到来也猜得七七八八，于是夸奖着：“现在的年轻人都有担当，我猜你肯定会来。”

王阿姨介绍身后的小伙子，说：“这是群工站新来的志愿者蒋乐俊，他是镇上文化站的，有空的时候就来我们这里帮忙。”

“幸会幸会。”到哪里都得客气两句。

群工站的办事效率很高，让简皓填了一张登记表后，就给他布置了工作：安抚和照顾廖婆婆。

一想到这个难缠的老太婆，他就头疼，他自己的生活都是懒散的，哪能勤快细心地照顾一个虚弱又嘴碎的老太婆。

夏攸晨提醒他：“就像上次我提议的，把廖婆婆接到崔娘娘那里去住一段时间吧，一楼还有一间空房，这样晚上我也能帮你照应。”

王阿姨竖起大拇指：“大家都帮一点，事情就轻松点。”

王阿姨把简皓和蒋乐俊叫到一起，介绍了一下群工站目前的情况，还说铜罐驿附近有两个社区，七个行政村，这十年间，年轻劳动力流失太大，村里几乎都是老弱病残，生活上的琐碎也比较多，他俩都是在外面念过书的，见过世面，也有新思想，更要率先做出表率。

现在铜罐驿决定打造新农村，大概的方向动迁会上也说过，环境好、有农趣，才能吸引城里人来观光度假，村民们也可以因地制宜，把经济搞起来，自家地盘能赚到钱，又有谁会千辛万苦地跑出去赚钱呢。

简皓对村子的旅游发展兴趣不大，只是纯粹地想住新房子，将来得到的房子平方米数肯定不如现在的，但他喜欢那种平坦的柏油路、明亮的路灯，周围有热闹的商店，走在回家的路上，能闻到餐馆里飘出来火锅红油的香味儿。

廖婆婆出院了，工作站派简皓去接，她嚷着要住回她的老房子去，简皓做了一个艰难的决定：“您先住到我出租屋那边吧，方便我照顾您。”

廖婆婆露出为难的表情：“不行，我这把老骨头在这里守着，就是为了那房子，我要住回我的老房子去。”

“您的房子丢不了，谁想偷走，也得搬得动才行！”跟老太太讲道理，就像哄幼儿园小朋友吃药一样。

“那好吧。”

廖婆婆最后一句话干脆利落，他这才恍然大悟，说要回老房子不过是客套话，就等着他主动开口留她。

他开玩笑地说："廖婆婆，就您这心眼，以前我奶奶没少吃您的亏吧！"

简皓出门的时候就拿棉被把三轮车的车斗给垫软和了，让廖婆婆坐在后面，两人斗着嘴，回去的路上一点也没觉得无聊。

他本想回去之后再跟崔娘娘商量房间的事儿，一到出租屋楼下，夏攸晨就迎上来，搀着廖婆婆下车，说："我先扶您去休息，早上我已经去过您房子了，东西是按照您吩咐拿来的，您点点看，还差什么，我再去拿。"

简皓恍然大悟，廖婆婆如此依赖他，群工站的王阿姨如此重视他，"始作俑者"就是夏攸晨。

他有点生气："我一直以为你是个性格温和、善解人意的女孩子，没想到背地里心眼最大的就是你！"

夏攸晨反驳："我是看人挺准的，你跟这村子有缘，所以才走不掉。"

廖婆婆是个自来熟，住出租屋就跟住自己家似的，对于房东崔娘娘，有种使唤儿媳妇的自如。

比如崔娘娘知道她牙口不好，特地煮粥的时候，用小火多熬了两个小时，直到米粒软糯入口，结果廖婆婆竟然抱怨起崔娘娘不会过日子，浪费了不少液化气。

崔娘娘脾气好，只是笑笑，也不回应。

但廖婆婆却没打算收住嘴，一会儿说菜的做法不对，费油，一会儿又说地没扫干净，揪着对方是个败家娘儿们，唠叨个不停。夏攸晨也没被放过，说她穿着长裙做菜，一点都不像做菜的人，油溅到长裙上了，可惜了漂亮的衣服。

夏攸晨把做好的新菜品拿给廖婆婆品尝，廖婆婆总是挑一堆毛病。

简皓看不下去了："您一天不挑人家的错，嘴就难受吗？"

廖婆婆却不识好人心地说："我是在教她们怎么过日子。现在的人呀，就是不知道节省。我们年轻的时候，家里姊妹多，父母挣得也少，不节省，早就饿死了！"

"您也知道是过去那时候的事儿了，所以别用您的老思想来衡量现在人的生活。"

廖婆婆发现了简皓放在桌子上的相册，这年头，手机照相方便快捷，储存照片都是用电脑，相册便成了稀罕物，简皓酷爱摄影，会把满意的作品打印出来放在相册里，将来办摄影展的时候，就可以从这堆相片里挑。

廖婆婆拿过来，欣喜地翻了起来，不一会儿就皱起眉头："这都是些什么东西？"

简皓瞥了一眼她手指的地方："这是机器人。"

"这有啥用？"

"用处可大了，我们能干什么，机器人就能干什么，一些我们干不了的事儿，它一样能做到。"

廖婆婆一脸疑惑，不知道他在说什么，简皓决定给这个迂腐的老太太上一课，改改她那一出口就是"我们年轻的时候"的坏毛病。

廖婆婆正看的那组照片是他在科技博览会上拍的，他指着一个圆形贴地的机器说："这是打扫房间用的机器人，通过吸力，它将地上的垃圾吸到机器里，而且能在手机上远程监控。你在公司上班，想到家里的地还没有扫，你按一下手机，它就把卫生做得干干净净，你一下班回家一推开门，整个屋子都是干净的。"

廖婆婆一脸疑惑："真的？"

对于一个对科技完全不了解的人，简皓反而来了兴趣，他觉得自己有当幼儿园老师的潜质，有种想为廖婆婆打开新世界的大门，让她成为一个科技好学生的激情。

他翻了两页相册，指着一张照片说："这是技能科技棚，种菜用的。"

他很有耐心地解释着："这种大棚是恒温的，比如说草莓需要气候温暖，再加上养料充足，四季都能种……"

廖婆婆立即露出一副不屑的表情："这个我知道，我们乡下的塑料大棚都这个样子，有什么大惊小怪的！"

"你们乡下的这些大棚还是需要人去管理吧，我拍摄的这种，从施肥、浇水、捉虫到最后的采摘，都是机器干。"

"机器都干了，那人干什么？天天瘫在家里不劳动，身体要出毛病的。"

简皓扑哧一下笑出声来，说："让您闲一些不好吗？科技追求的是，体力活儿让机器干了，我们干脑力活儿就行了！您想想，种地干活儿要是能养活一家，您的子女们干吗要跑那么远的地方去工作，一年都不回来两次，不就是因为外面大，买什么东西都便捷。您孙子上学的时候，您肯定也希望老师把他教育成一个科学家，如果老师告诉他，让他在乡下种田，您准得气死。”

廖婆婆不说话了，简皓暗自高兴，他能在语言上胜一筹，也算是给崔娘娘和夏攸晨报仇了，她们俩看廖婆婆年纪大了，什么都让着，他偏不让，如果不让廖婆婆接受一下“社会的毒打”，她是不会改掉这嘴碎的毛病。

简皓给廖婆婆讲城里老太太们的时髦生活，七八十岁的人，参加老年时装队，穿着漂亮鲜艳的长裙，站在舞台上跟年轻人一样摇曳生姿，神采奕奕。

相片里还有一位快七十岁的老婆婆，四十岁的时候被确诊为癌症，但她放松心态，全身心地投到绘画当中，现在不仅身体健康，神清气爽，还获得了全国水墨画比赛的冠军，抱着奖牌的那一刻，眼睛里都是重生的光。

廖婆婆看相片的时候一声不吭，但眼里的向往，他是能看得到的。

自从当上志愿者，简皓的生活突然忙碌起来，他已经二十多年没在村子里生活了，除了进村回家的那条路，其他的地方已经没什么印象，他打算在村子里转转，熟悉一下地形，要是有突发情况让他去帮扶，他却连路都找不到，岂不是让人笑话。

他第一个想去的地方就是天主堂，印象里，那是村子里最漂亮的建筑了，彩色的玻璃上画着人物画，小时候他不明白画里的意思，长大了才知道那些画的故事。

天主堂跟儿时的记忆差不多，只是彩色的玻璃已经失去了往日的光泽，似乎蒙上了一层厚厚的灰，走近一看，大门紧锁，锁头锈迹斑斑。

他也能理解如今的人去楼空，陡石塔村人丁稀疏……

简皓在路上遇到了蒋乐俊，跟他一起的还有一个中年男人和一个年轻的女孩子。

蒋乐俊比他小三岁，刚大学毕业来到铜罐驿，那天在工作站，忙着听张阿姨介绍工作站的情况，两人只是打了个照面，还没来得及好好认识一下，简皓觉得一个人走着无聊，便跟了上去，闲聊起来。

蒋乐俊是跟着文化站同事到村子里来走访，陡石塔村建成新村后，要换个响亮的新名字，他们来收集村史文化资料。

简皓心里刚好有个疑问，正想着，解答的人就来了，他赶紧问："下面那个坟是谁的？小时候奶奶带我路过这里，总要去拜一拜，拜了这些年，竟然不知道那是谁的。"

"那坟的主人叫周贡植，他是早期农民运动的先驱，他英勇牺牲后，家里人将他葬在那里。村民们感激他为中国革命的贡献，清明节自发去拜祭，这一习俗一直留传至今，村子里知道这件事儿的老人几乎没有了，你不知道也不奇怪。"

他俩正聊着，一个小学生模样的小孩子背着书包，一阵小跑就往村子外面去，简皓赶紧叫住对方："小孩儿，你站住。"

小孩子背对着他跑着，似乎不知道是在叫自己，简皓快步追上去："那个背书包的小孩子，你再不站住，我就叫警察叔叔了。"

果然小孩子都怕警察叔叔，小孩子停了下来，回头看着简皓："你在叫我吗？"

"这个时间点，学校都在上课，你在这里干什么？是逃课了吗？"

小孩子看着身材高大的简皓，眉宇间又有点文气，以为是老师，于是怯怯地说："老师，我回家去拿东西。"

简皓也逃过课，这些逃课的借口他早就烂熟于心，怎么可能骗得了他，他说："你可以打个电话让家里人送过来。"

"家里只有奶奶，奶奶腿不好，所以只能我回去拿。"

小孩子的话吞吞吐吐，明显心虚，反正他也是闲着，将计就计："我陪你回去拿东西。"

被逼到这个份上，小孩子只能投降："我是逃课了。"

这里就一所小学，简皓跟蒋乐俊告别，然后拧着小男孩儿就往学校走去。

乡下长大的小孩子，骨子里有股野性，就是皮，哪里肯轻易就被简皓这样的陌生人制服。

小孩子逃跑，简皓拿出中学百米冲刺的速度，才将小孩子抓住。他紧紧拽着对方的衣领，连拖带拉地，把小孩子弄到了陡石塔村唯一的小学。

一打听，才知道男孩子叫周林，是三年级一班的学生。

回去的路上，这个叫周林的男孩子在他脑海里挥之不去，并不是因为男孩子逃课，而是因为小孩子脏兮兮的衣裤，毛衣领口脏得发黑，露出一截没有洗干净的黑乎乎的脖子。

简皓估摸着周林也是一个留守儿童，家里爷爷奶奶年纪大，只能管孩子吃喝，至于卫生和教育方面，就力不从心了。

他以前是个半点闲事儿都不愿意去管的人，不知道是不是被老杨群工工作站的氛围所感染，有了心软的毛病。

晚上吃饭的时候，他随口说起周林这个孩子，想问问夏攸晨是否认识，廖婆婆凑上来："我认识，住在村南边的，前两年他爸妈在闹离婚，两人都不要孩子，给扔在这儿了。"

简皓没料到，廖奶奶还是个"一村通"，只要是村子里的人，没有她不认识的，只要是村子里的八卦，没有她不议论的。

廖婆婆说："你别去招惹那孩子，那孩子有个外号叫'神偷'，专门偷左邻右舍的东西。以前他家那片，可以说夜不闭户，自从他开始偷东西，附近邻居隔三岔五就丢东西，去他家讨说法的人，都把门槛踩破了，如果不是看在他爷爷年纪大了，估计早把他赶出村了。"

简皓觉得留廖婆婆住在这里还是有好处的，了解起情况来，比较方便。

简皓一大早去群工站办公室签到，办公室的王阿姨笑眯眯地看着他："现在的年轻人就是有干劲，我得去附近扒拉一下，看有没有好姑娘，然后把你留在这里！"

王阿姨正打算带他去村里转一圈，一个村民急匆匆地跑过来："三姐，你快去塘边看看，老陈要跳塘。"

王阿姨招呼简皓一起去。路上，来人说着情况，大致是听说村里要拆迁，结婚就会多一个人头费，有人便张罗给老陈家的傻儿子说个媳妇。

三十八岁的光棍第一次遇到愿意嫁给他的姑娘，哪有不激动的，老陈把省吃俭用的五万块当了聘礼给对方，想着拆迁后就能双倍赚回来。谁知姑娘拿了钱就跑了，还带着老陈放在儿子那里的建房钱。

村里的水塘边围了很多人，都是来看热闹的，老陈已经跳到塘里，老陈个子不高，胸口以下没在水里，老陈老婆跪坐在岸边，大声哭喊着，因为哭得太急促，简皓都没听清楚她在说什么。

王阿姨指挥简皓把老陈救上来，简皓虽然会游泳，但没有救人的经验，他一跳下去，才发现池塘虽然不深，但淤泥却很黏脚，水只到他的腰部，却寸步难行。

好在年轻劲儿大，他硬是吃力地迈着步子走到老陈的身边，一个又瘦又矮的老头儿，他想用抱起来的方法把老陈从淤泥给拔出来，却担心用力过猛，把老头儿给弄伤了。

这时，又有一个小伙子跳了下去，两人合力将老陈架起来，送到岸边。池塘废弃很久了，上岸后，湿透的裤子透着一股恶臭，让简皓隐隐作呕。

老陈并无大碍，老陈老婆扶着他回去换衣服，简皓也想回去把裤子换了，但又怕回去的路上，老陈想不开，又出事端，也只能一路陪着。

老陈家离池塘不远，是一栋很陈旧的二层小楼，可以看出在建的时候因为资金不足，先是搭了一个框架，安上玻璃窗和门，外墙的红砖就裸露在外面，一直没有处理。

院子里的地面坑坑洼洼，堆放了一些旧砖和水泥河沙，看得出来，也是在响应村民的“号召”积极建房，好在土地流转中占尽便宜。

老陈回屋里换衣服去了，老陈老婆给简皓找了一条裤子，关切地说：“小伙子，先换上，当心着凉，这天气挺凉的。”

湿裤子并不让他难受，让他难受的是淤泥的那股臭味儿，再闻下去，估计得嗅觉失灵。他接过裤子，躲到屋后去把裤子换下来。

脏了的裤子他不打算要了，估计洗也难去掉那股味儿，于是随手扔在了垃圾堆里。

他换裤子的旁边有一扇窗户，透过玻璃，他看到一个中年男人坐在椅子上，头靠在墙上，一脸淡漠。

他猜测着这个男人就是老陈的儿子，父亲都急得跳河了，儿子却这么淡定地待在家里，一看两人的过节就很深。

等老陈换好衣服，王阿姨就不留情面地给他“上课”。

“陈大叔，你们一家在村子里的口碑一直很好，人老实，也肯干，如果不是大儿子生病，你们一家的条件还算不错的，为什么要去听别人的撺掇？谁告诉你结婚就能多分人头费的！”

说到这里，王阿姨的声音高了两度：“这是土地流转，不是卖地卖人！有钱就成的婚姻能长久？正因为有些人太贪心，才会让骗子有机可乘！”

老陈低下头，不说话，老陈老婆继续哭：“王老师，你帮帮我们吧，帮我们把钱追回来。”

“报警了吗？”

“已经报警了，但警察说这钱要追回来，难度挺大。”

王阿姨示意让老陈老婆把大儿子叫出去，老陈老婆进到屋里，不一会儿，就听到屋子里吵了起来：“我不要你们管！”

简皓从这话里听出些意思来，估摸着大儿子对那女骗子还有留恋，才会反感父母的干涉。

王阿姨打定主意要“教训”一下这个不懂事儿的儿子，于是起身走向卧室，站在卧室门口，问：“你是不是还跟那个女孩子有联系？如果有，你最好如实说出来，大家帮你想想办法。”

简皓怀着好奇心也跟着，站在门口往里一瞥，果然是刚才在窗户外面见到的那个中年男人，男人衣服上都是泥点，穿着一双拖鞋。

他有点感叹，这应该属于“普信男”，连自己这样干净整洁的男孩子，都因为经济不稳定被女孩子们给淘汰了，更何况邋遢不修边幅的人。

中年男人不说话，态度很顽固。

王阿姨不管对方愿不愿意听，教育意义是要到位的，于是继续说：“你父母给出去的彩礼，是他们辛苦攒了这么多年的血汗钱，如果你帮助骗子逃跑，就是同伙，一样要受到处分。”

陈家儿子被表情严厉的王阿姨给吓住了，承认他的确跟那女的还有联系，那女的说家里人误会她了，让陈家儿子先瞒着，她过几天就回来了。

终于有了突破口，王阿姨赶紧通知警察，通过陈家儿子的微信，把对方的位置锁定，便于抓捕。

回去的路上，简皓突然想到了同学杨刘，于是给对方发了条短信，问起结婚的事儿。

杨刘很快就回复过来，说婚事儿都商定了，下周就去领结婚证。

简皓问起彩礼的事情，杨刘说给了五万元，他不好明着提醒让对方多点心眼，当心人财两空，只是委婉地说："婚姻最好在爱情的基础上，否则婚姻不长久。"

没想到杨刘回复的却是，让简皓不要担心，遇到合适的女孩子，杨刘会帮他牵线。

杨刘觉得他的那番话是出于嫉妒。

第二天，群工站开了一个会，让大家总结最近工作上出现的棘手问题。最近几个月，村子里纠纷频发还是跟土地流转有关，一家人为了平方米数四分五裂，邻里间为了扩建互不相让，为了多得人头费离婚结婚，纠纷事件的增长率比起之前翻了近十倍。群工站接下来的工作重点，就是给村民们普及土地流转和新村建设所带来的前景，以及土地流转的政策，避免一些村民人财两空。

简皓回村住的那段时间，对上述事件感受颇深，在金钱利益面前，人性被暴露得淋漓尽致，如果不加以遏制，有可能会爆发更严重的后果。

群工站每周还有一次义工培训，分别从工作态度、化解纠纷的技巧和民事调解的方法入手。

简皓认真地记录着，老杨群工工作站的工作五字法分别是人、法、德、理、事。

人指以人为本、待人以诚、做人以真。

他一直觉得自己是个根红苗正的好青年，劳动人民出身，靠着双手劳动，梦想着有一天能致富，虽然在致富的道路上一直蹉跎，却从没想过歪门邪道，诚心诚意地提醒同学，别上当受骗，结果还被对方鄙视了一番。俗话说得好，做人太真，受伤太深！

法指依法行政、依法办事、依法调解。

这三条他肯定能做到，他可是遵纪守法的好公民，违法犯罪的事摆在他面前，他也不会去干。

德指弘扬大德、恪守公德、严明私德。

既然都来当义工了，肯定是抱着为人民服务的心，如果一心只想着自己的利益，有这劝架帮忙的工夫，他早打工赚钱去了。他脑海里浮现出夏攸晨在手机前细心讲解农产品的画面，一个才从象牙塔出来的小姑娘，竟然怀着要帮扶家乡的愿望，回到这穷乡僻壤来，对着那少得可怜的粉丝宣传家乡，他还真是自愧不如。

理指弄清事理、讲明道理、依据公理。

这方面，他还得向群工站的前辈们多学习。有时候人对事物的认知只浮于表面，所以要有耐心拨开层层迷雾去了解本质。

昨天陈家发生的事儿，看似陈家被婚托给骗了，如果父子俩能多沟通，父母多给予孩子关怀，陈家儿子也不会轻易就被两句甜言蜜语所骗，以为找到了下半生的港湾。

事指群众说事、民主议事、合力办事。

多听听村民们的心声，有困难大家一起解决，三个臭皮匠胜于诸葛亮，一根筷子容易折，一把筷子很难折，众人同心，便会众志成城。

培训快结束的时候，蒋乐俊来了，坐到简皓的旁边，两人闲聊起来。他从乐俊那里了解到，现在村里正在为新村改名的事儿忙碌着。

新村名要摈弃过去懈怠不前的旧思想，树立一个积极向上的新形象，早在村子规划的时候，就有一个非常响亮的名字，叫新英雄湾村。

这个名字引起简皓的好奇："我们这里出过很多英雄吗？名字响亮，但硬件不足，可是要被笑话的！"

蒋乐俊笑他："那是你孤陋寡闻，我们这村子走出去的名人不少，只是没人宣传，大家渐渐就给忘了。周贡植的事迹你已经听说过了，还有村子在抗日战争和解放战争时期，这里就是革命活动最积极的地方。

"刚才那些年代太远，说个最近的，去年五月四川航空3U8633航班的事儿，你听说过吧？"

简皓点点头，这事儿他知道，网上都传遍了，飞机从重庆飞往拉萨的途中，挡风玻璃突然破裂，最后紧急降落在成都双流机场，确保了飞机上旅客和机组人员的生命安全，创造了航空史上的奇迹，机长刘传健同志被授予"中国民航英雄机长"称号。

蒋乐俊说："刘传健就是咱们铜罐驿的人，巴一中还有他的资料和照片，所以村里希望大家能有这些人的坚韧和决心，重新建设家园，恢复曾经的繁荣。”

简皓问：“你是铜罐驿本地人吗？”

“算是新铜罐驿人，祖籍在这里，但很早之前举家迁走了，现在又回来了，所以是新铜罐驿人。”

蒋乐俊说起话来眼睛里都是光，这光跟夏攸晨眼里的光是一样的。

简皓在回去的路上又遇到了那个叫周林的孩子，他看了看时间，这个点正是放学时间，小孩子依旧是脏兮兮的，无精打采地走着。

他揉了揉胸口，发现自从当了义工，心肠就特别软，两人正在擦身而过的时候，他还是打了招呼：“你还认得我吗？”

周林点了点头。

“你现在是回家吗？”

周林犹豫了一下，然后一溜烟跑了。

简皓往前走了一段，就听到身后传来急促的脚步声，还有嘈杂的叫骂声，他回头一看，周林正快步向他这边跑来，跑出一段，才看清后面有两个人在追赶周林。

周林的脚步踉跄，估计是跑不动了，干脆躲到了他的身后。

等追的人离近了，他才看清是一男一女，年龄都挺大的，一边跑，一边嘴里还骂着：“就应该把你赶出村子。”

周林把头埋在简皓的腰上，他能感觉到孩子在微微地颤抖。

他赶紧问：“你们是谁？干吗追他？他还是个小孩子，有什么事儿不能好好说吗！”

第4章　五彩农田的期望

中年女人骂着："他偷了我家的钱，这该死的小偷，那可是我女儿给我的建房钱。"

简皓回过头问周林："你偷钱了吗？"

周林摇了摇头。

"还不承认，真是死不悔改！"

"他偷了你多少钱？"

"两万元。"

简皓先是一愣，然后想到老杨群工工作站的培训里提过，任何事儿都不能看表象，要弄清事理。在青春期叛逆的时候，小孩子偶尔会偷拿钱，他也干过这事儿，在父亲的口袋里抽一张，以为看不出来，然后请几个哥们儿吃零食，但两万元不是小数目，这么小的孩子，很少有这种胆量。

他问："你有什么证据证明是他偷的呢！"

"他是村里的惯偷了，哪次盗窃事件不是他干的，被当场抓住都有好几次了，也不差这一次！"

中年男人上来就要拽周林的手，简皓个头虽高，但是瘦，看上去不是五大三粗中年男人的对手，周林感觉这个小哥哥没办法保护自己，于是转身就往前跑，没跑几步，就摔倒在地上。

中年男人见状，不仅不上去扶，还用脚去踢周林，简皓急了，上前去将中年男人拉开："你敢打小孩子，我就报警抓你。"

中年男人不依不饶："好，叫警察来，让警察把他带到少管所去，村子里少了这个祸害，大家还清静些。”

最后，简皓把三个人带去了老杨群工工作站。

老杨群工工作站里的不少义工对这个叫周林的男孩子都很熟悉，因为盗窃的事儿，群工站已经处理了不下十次，还有人带他去医院看过，以为这是一种病，谁知各项检查下来，周林身体状况是健康的。因为缺少父母的关爱，周林一直用闯祸的方式来引起大人的关注。

群工站也找过周林的父亲，沟通数次无果，周父只说自己工作忙，依旧对孩子不管不问。

群工站很快就叫来了周林的爷爷，一个穿得破破烂烂、非常邋遢的老头儿。老头儿一来就哭，他年龄大，根本管不住孙子，又经常被邻里责骂，周林爷爷一来，就在群工站哭了起来，说他是没办法了，这孙子随他们处置。

前几次，周林开始不承认钱是自己拿的，在义工的几番劝说下，他才把藏起的钱交出来了，但这次，周林坚决不承认钱是他拿的。

孩子太小，还是以教育为主，群工站的王阿姨让大家先回去，把周林暂留在群工站，回头她跟孩子谈，给大家一个交代。

王阿姨说天色不早了，让简皓也先回家，周林的事儿她会处理。

回到家的简皓坐立不安，夏攸晨上楼来叫他下去吃饭，见他闷闷不乐，于是说：“有什么疑难问题可以说出来，我帮你排解排解。”

他很乐于跟她分享：“我以前挺不喜欢小孩子的，觉得小孩子特别调皮捣蛋，尤其是那种熊孩子。我今天回来之前，看到周林被两个邻居追打，这会儿还留在群工站，我就总不安心。”

夏攸晨笑着说：“俗话说得好，近朱者赤，近墨者黑，跟群工站的义工待久了，很容易一颗红心向太阳，你还会渐渐发现自己特别喜欢管闲事儿。”

简皓觉得这是在打趣他，夏攸晨催促他下楼吃晚饭，并要给他看自己新培育的黑稻。

她把稻子种在一个一平方米大小的蓄了水的塑料大盆里，放在屋子里，用空调控制室温，还买了补光灯。简皓从小就生活在主城，早不知道稻子长什么样子了。

看着他疑惑的眼神，夏攸晨感叹：“现在城里的孩子，能区分稻子和麦子的不多了。”

简皓很赞同她的观点：“其实分清五谷杂粮、知道二十四节气、了解农耕都是中国传统教育的一部分，只是现在大城市里没有这样的培训机构。”

“大城市也没那么大的地方提供实景教学。”

“所以我们可以搞一个中国传统农耕教育基地，反正这里离主城也不远，一个小时的车程，来去也方便。”

构想是很好的，只是实施起来很难，村里有农田，但劳动力少，有些田都荒废了，只有一些勉强有劳动能力的老人零零星星地种一些菜。

想要吸引游客过来学习观光，必须要有合理的规划，有赏心悦目的景色，有丰富的农业教学内容，还得有齐全的食宿配套设施，就目前的情况来看，实施起来很难。

夏攸晨倒是不慌不忙，说：“慢慢会好起来的。”

她的注意力都在稻子上，她把简皓当成第一个学习观摩者，她细心地讲解着：“现在彩色稻米很多，黑米和紫米目前是最珍贵的两个品种，最近我看到农科院培育出了爆米花味儿的黑米，我听着特别有趣，就托同学给我弄了一点。等我收获了，第一个请你品尝。”

夏攸晨支着头：“我一直幻想着能弄一片五彩稻田，就像彩虹一样，等稻子熟了之后，打下来做五彩饭。”

简皓支持她：“别把它当成幻想，现在就开始动手，说不定明年你就实现了。”

晚饭后，简皓用手机帮夏攸晨拍拔萝卜的视频。她种的樱桃萝卜，种子放下去，半个月就能收获像李子大小的萝卜。白色的小萝卜圆润可爱，用来泡咸菜或油煎都非常美味儿。

为了营造温馨浪漫的田园氛围，她特地买了个造型可爱的透明玻璃咸菜罐子，把小萝卜泡在里面。

晚上，简皓帮她剪辑视频、调色、加滤镜，还有配乐。第二天，他把视频拿给夏攸晨看的时候，夏攸晨惊呼：“我感觉自己捡到宝了！”

夏攸晨自嘲她自己做的视频还处在原生态，只能算是手机录像，简皓做的视频，无论从画面的色彩、分辨率和清晰度，堪比大片，他还配上的字幕，方便观看。

夏攸晨崇拜的目光，让简皓顿时信心大增，他觉得应该趁热打铁，把两人“绑”在一起，说不定能日久生情。

他说：“要不我们合作吧！”

他特别申明：“商业合作。”

其实简皓在做这个视频的时候已经将他所学的剪辑和调色发挥得淋漓尽致，但内容呈现上却不太满意。他是在城里长大的，对乡间生活体验太少，他对乡间生活的感触还是从微博和抖音上的那些博主的视频中得来的，多是画面美轮美奂、恬静舒适，让人向往。

但在陡石塔村待的这两个月，让他体会到了真实的乡村生活，跟想象中的大相径庭，想起杂志主编对他的提醒，要反映真实的生活，美化提纯反而会失去它独特的味道。

他跟夏攸晨聊了这个观点，夏攸晨也意识到，她虽然是农业大学毕业的，但是她的审美和对生活的期许，依然是繁华都市的味道太重。望着自己干了半个月才砌成的花园碎石小道，她感叹：“画蛇添足。”

心里记挂着周林，简皓一大早就往群工站去。周林昨天晚上就住在群工站，由一个值班的义工看着，早上七点钟，值班义工就把他送到学校去了。

在义工的辅导下，周林坚称邻居的两万块不是他拿的。昨天晚上，周林的爷爷带着王阿姨去周林平时藏钱的地方找了一遍，没有发现钱款。

丢钱的夫妇气势汹汹，非要周林把钱交出来，王阿姨一顿厉声批评教育，说他们无凭无据，就是到派出所去，警察也不可能认定钱是周林偷的，如果他们敢对周林做出过激的行为，她会第一个报警。

王阿姨果然是有经验的老义工，教训起人来，恩威并施，很快就把丢钱的夫妇给唬住了，说回去等消息。

简皓的勤快，王阿姨看在眼里乐在心里，王阿姨说今天带着他去村里做宣传教育，顺道要路过周林家，再跟周林爷爷谈一谈周林的事儿。

王阿姨在群工站待了五年，方圆百里内，几乎就没有她不认识的人家，再加上她处理起事情来雷厉风行，在村民中树立了威严，她说话的时候，村民们还是会礼节性地听完，但在利益面前，这些道理就不值一提了。

他跟着王阿姨走到一处院子外面，院子里正在砌墙，院子的门半开着，王阿姨径直地走了进去："阿堃，你在一吗呢？"

叫阿堃的男人放下手里的砖，红着脸："王老师，我一直想盖个茅房，这不，好不容易有点时间，就加紧干。"

王阿姨温和的表情突然变得严肃起来，眉头一紧："你骗谁呢，在我面前还不说实话，多盖两间房，想多换一套房是吧！"

阿堃赔着笑脸，知道瞒不过去，就不瞒了，于是打起感情牌："王老师，你是知道我家的，我爸妈年龄大了，生活不能自理，老婆在家带两个孩子，平日里就靠我一个人打工养活六个人，就盼着这次搬迁能多分点，让老婆孩子的生活好一点，这村里又不是我一个人这么干，你不能老是盯着我呀！"

王阿姨正色说："你还知道养家不容易呀，辛辛苦苦挣几个钱，全投在两间房上，万一投资公司不给你算面积，你怎么办？"

"那我就不拆呗。"阿堃回答得很快。

"那你一家就只能在这旧房子里住一辈子咯，然后每天看着门口这两间不能住的茅房。"

阿堃的脸一下就白了。

王阿姨知道已经镇住对方，接着说："中国的土地面积位居全球第三，最不缺的就是土地，重庆主城周围多少村落都没有改造，想脱贫致富的地方多着呢，人家投资公司又不是非投这里不可！

"我看这村里好多人都不自觉，你搭一块，他建一块，对着投资公司漫天要价，动不动就说什么不拆，当心惹火了对方，人家换一个地方投资，你们新建的房子茅房只能摆在那里发臭。"

阿堃怯怯地说："王老师，你别这样说，我心里怪慌的，不是说已经定下来了吗，建设咱们这个村？"

简皓赶紧在旁边补充着："网上钉子户的新闻很多，你可以搜一搜，一些原本地理位置优越的景区村落，就因为村民太过贪心，价格谈不下来，投资方撤走，房子烂在那里。村里经济落后，年轻人外出就不回来，等老一辈一死，就变成鬼村，一个人都没有。"说着，他还用手机搜了两条新闻给阿堃看。

王阿姨说：“你都是当爹的人了，也不给孩子好好做榜样。钱是靠劳动挣来的，不是占便宜得来的，你这点钱，给孩子多买两件衣服，给你父母多买点药，用来这样浪费，我要是你长辈，早打你一顿了！”

从阿堃家出来不远处就是周林的家，周林爸爸外出打工，一去就没有音讯，房子破旧不堪，更没有人回来修建。

简皓看到周家的老房子，心里就发酸，他见过的穷人，顶多就是住在狭小的出租屋里，一天一顿饭，而且这样的人，大多是懒。

像周家这种房顶都不见了一半，家里只剩老弱病残，穷得连挣扎的机会都没有。

孩子不能缺少父母，王阿姨问了周林爸爸的消息。

周林爷爷颤颤抖抖地拿出一张皱巴巴的纸，上面用黑色的笔写了一个电话号码，周林爷爷说：“以前还能打通，现在打不通了，我也不知道要怎么才能联系上他。”

周林爷爷红了眼睛，显得非常无助。

简皓拿过电话号码，用手机拨打出去，显示电话号码已经注销了，他问：“周爷爷，您有没有儿子的身份证信息？我可以拿去派出所问一下。”

“有，你等着。”

周林爷爷翻出户口本，简皓赶紧拍下身份证号码，如果周林爸爸有使用过暂住证，或是领过工资存过钱什么，都能把具体位置查出来。

简皓又建议：“可以带周林去看一下心理医生，现在孩子的心理健康变得越来越重要，孩子不可能天生就喜欢偷东西，肯定是家庭关爱方面影响到的，有医生的正确引导，能让他恢复健康的心理。”

听到简皓的话，周林爷爷有些为难：“那得花多少钱？”

“您先别为钱的事儿担心，我有朋友是医生，我去问问。”

他同学里可没有医生，他只是想安慰一下这位看似历经沧桑、老无所依的老爷爷。

简皓回到家，看到廖婆婆正在地里帮崔娘娘摘菜，昏黄的夕阳洒在她佝偻的背影上，有种孤寂又祥和的美感。

她蹲在地上刨萝卜，虽然手臂干枯发皱，却有一种朴实宁静的美态。他突然觉得，这才是真实的乡村农作，于是拿出手机，安静地将这一幕拍摄下来。

萝卜装了一箩筐，廖婆婆招了招手，让简皓把萝卜搬回去，一边走，一边数落着："你们这些年轻人，哪里像是干农活儿的人。就小晨种那什么樱桃萝卜，塞牙缝都不够，大家要像你们那样过日子，早就饿死了！"

沾了泥的白萝卜放在水龙头下面洗刷干净，很快就像一颗颗白色的大珍珠，瞬间变得美味可餐。

廖婆婆要用这些萝卜制成咸菜，简皓赶紧拿来手机支架，将摄像的角度调好，这次他想用廖婆婆当主角。

廖婆婆听了挺高兴，自从上次简皓给她讲了一些所谓"高科技"，她觉得自己也得与时俱进，跟上城里人的步伐，特别是观察夏攸晨拍摄短视频，知道手机上可以下载一个叫抖音的玩意儿。

于是廖婆婆一咬牙，依依不舍地扔掉了陪伴自己五年的老年机，去镇上买了一部智能手机。

从此以后，廖婆婆就跟发现了新世界一样，从短视频里看到各种新鲜的事物，这几天，天天抱着手机不肯松手，夏攸晨担心廖婆婆的眼睛，每天都会把廖婆婆叫去干点农活儿，比如说摘大葱，她会说："下面地里那片葱，我只需要一小把，剩下的，您摘多少都归您。"

一听有便宜可以占，廖婆婆迅速地行动起来，去地里拔了一把葱给夏攸晨，然后拿了一个小箩筐摘了一箩筐的葱，背到镇上的集市去卖，傍晚回来，廖婆婆高兴地说："我今天挣十八块钱。"

简皓小声地对夏攸晨说："你种的那点菜，迟早要被她祸害完。"

"那菜又值不了几个钱，能让廖婆婆开心，也值。"

休养了一段时间，简皓要送廖婆婆回村里去住，廖奶奶死活都不肯搬走，说一个人住在村子里不习惯，简皓嘀咕她老想着占别人的便宜，出租屋是崔娘娘收租赚钱用的。

廖婆婆也怕别人说闲话，把心一横："我也付房租。"

"一言为定。"简皓觉得廖奶奶住在这里，最伤神的就是崔娘娘，占了人家的房，还得天天听这老人家教训儿媳妇一样的唠叨，既然不愿意搬走，付房租是应该的。

崔娘娘面子薄，不好意思向一个年迈又多病的老人开口要钱，简皓可不一样，他觉得不论老小，该出的钱，一分不能少。

毕竟要自己掏钱，廖婆婆觉得不划算，小声地问："能不能便宜点？"

简皓不会惯着老太太："在没拿到新房之前，是有安置费的，那个钱就是投资公司让您用来租房的，您不会是想拿着安置费，免费住别人家的房吧？"

"我又没签字，哪来的安置费！"

"既然不想签字，证明您对老房子有感情，我觉得您还是回去守着您的家业吧！"

廖婆婆关在房间里半天，似乎在做一个重大决定，傍晚下来吃饭的时候，她当着大家的面宣布："我决定签字，服从村里的土地流转规定，一个人住着怪没意思的，以后房子都修在一块，有邻居也挺好的。"

大家都没表现得太惊讶，似乎都觉得，这事儿她迟早会想通。谁不爱热闹，尤其是老年人，再大的房子一个人冷冷清清地住着，都不如小房子里大家围坐一起，有说有笑，热热闹闹。

简皓问："您就不跟您那几个子女商量一下？"

廖婆婆一脸不屑："那房子是我的，我自己做主！"

在得知简皓带着廖婆婆去搬迁办签了字，群工站里，王阿姨直夸简皓："你们年轻人办事效率就是高，要是能把年轻人都吸引回来建设村子，恢复四十年前的繁华，指日可待。"

简皓托了一个派出所的朋友查了查周林爸爸的去向，发现周林爸爸并没有走远，就在重庆，最后的信息是去年五月在重庆鱼嘴一家工厂里工作。

简皓给群工站写了个报告，他决定去那家厂里打听一下周林爸爸的消息。王阿姨没想到简皓干起一件事儿来这么执着，向他竖起大拇指。

其实连简皓自己都惊讶，他是最不爱管人家的闲事儿，加入群工站的时候，有点像赶鸭子上架，完全是为了在夏攸晨面前博个好形象，日后好追求她。

自从进了群工站，简皓心就莫名地柔软起来，明明自己都混得不如意，生活惨淡，却看不得别人生活艰辛。没有孩子天生就爱偷东西，偷东西的行为是因为家庭教育的缺失，得不到父母的关爱，孩子的生活习惯和价值观才会扭曲，他愿意为了周林去跑这一趟。

临走前，夏攸晨榨了新鲜的苹果汁，用玻璃瓶装好，让他带上，说："你去找人别太较真，找不着就赶紧回来。像这种父母，我见得多了，连家里孩子老人能放任这么多年不管，品性根本渣到不行，向你借钱，你可不能心软。"

简皓玩笑着说："你这话有点像老婆送老公去外面打工，临走前千叮嘱万嘱咐，恨不得把家里的好东西都给老公带上！"

夏攸晨白了他一眼："想得美！"

这话是他脱口而出的，被她戗了一句，他才反应过来这话太暧昧。但又想，暧昧也挺好，爱情有时候就是水滴石穿，刚开始对对方没有兴趣，可天天在跟前晃悠，慢慢变成习惯，就再也离不开了。

简皓庆幸自己人缘还可以，给一个好朋友打了电话，朋友直接开车送他。到了鱼嘴的工厂，他掏出老杨群工工作站的义工证，没想到这东西挺好使，工厂保卫科的人马上就帮忙打电话去人事部找人。

人事反馈的信息是："这人过年的时候就离职了。"

简皓虽然早有心理准备，但真的查无此人时，心里还是很失落。

他又岂是会轻易放弃的人，他向人事部求助："周林爸爸之前在哪个部门工作，我能不能到那个部门去问一问，或许有跟他关系不错的朋友？"

简皓向人事部讲述了周家的现实情况，人事部也通情达理，同意了他的请求。

周林爸爸之前是在包装部门上班，这个部门比较轻松，多是年龄大的女员工，相对工资也比较低，听部门经理说，把周林爸爸安排在这里，主要是考虑到他是残疾人，出于同情心，才把他留下来。

听到这里简皓的心提到了嗓子眼，这让他想到一句俗语"麻绳专挑细处断，厄运只找苦命人"，来的路上，他心里还在对周林爸爸百般抱怨，认为他是个不忠不孝的人，现下看来，周林爸爸自身难保，哪还有能力顾及家里的父亲和孩子。

为了顺利找到周林爸爸，简皓决定在周林爸爸这些前同事面前来一段苦情戏，才能让他们尽力地帮自己找人。

他还从来没干过跟演戏相关的事儿，于是决定今天好好“演”一把。

简皓酝酿了一下情绪，把曾经看到过的让人痛哭流涕的事儿都想了一遍，鼻子发酸的时候，他一抹泪，就把周家的情况给大家说了一遍，为了能更感动人，自然得添油加醋一遍。

果然，有人说：“我知道厂里有个人跟他关系不错，可以跟他打听一下。”

周林爸爸这人比较沉默寡言，平时也不怎么交朋友，找起来过程曲折，在好几个人提供的线索拼凑下，简皓才在鱼嘴一个简陋的出租屋找到躺在床上等死的周林爸爸。

打开出租屋的门，迎面而来的就是一股发霉的臭味儿，躺在床上的周林爸爸瘦得都快成一具骷髅了，简皓打电话叫来救护车，好说歹说他才同意到医院去，一番检查下来，庆幸没有大碍，只是轻微的营养不良。

简皓直言，他就是为了周林爷爷和周林来的，想让周林爸爸尽到一个儿子和父亲的责任。

周林爸爸羞愧地蜷缩成一团：“我自己都没两天好活了，哪还有能力管他们。我也想儿子，只怪他命不好，他妈嫌我们穷，早早就跑掉了，又遇上我这个没本事的爸……”

说到这里，周林爸爸大声地哭了起来。

细聊之下，简皓才知道，周林爸爸并不是个没责任心的男人，当年老婆跑了之后，他也想着改变家里贫穷的状况，多赚点钱，让儿子有个美好的未来。

他听人说沿海地区发达，赚钱也多，于是只身前往打工。刚开始那两年，他还存了一笔钱，想着拿回家盖新房子。生活刚有点曙光，命运之神立即就把他带入黑暗。

因为操作不当，周林爸爸被机器卷断了左手的三根手指，老板非得说是他自己违规操作，赔的那点钱还不够他住医院的费用，在医院花光了所有积蓄的周林爸爸从此生活一落千丈。

头两年，他还不停地鼓励自己，天无绝人之路，但现实却给他一记记沉重的打击，渐渐地，他就意志消沉、精神萎靡。

也有朋友可怜他，介绍他去干一些轻松的工作，只是收入较低，陷入绝望的人很容易就自我放弃。周林爸爸有时候撇不开朋友的热情，也会去工作，但萎靡的精神总让他坚持不了多久。简皓找到他的时候，他已经决定一心赴死了。

简皓眉飞色舞地说了陡石塔村要搬迁的事儿，想用钱和新房子来刺激一下周林爸爸，好让他赶紧回家。当他讲完之后，周林爸爸露出欣慰的表情说："他们能住上新房子，我死也瞑目了！"

为了让周林爸爸燃起生活的希望，简皓打电话给群工站的王阿姨，让他们把周林爷爷和周林带到医院来，亲人在前，看他还好不好意思提"死"字！

群工站也很给力，四个小时后，就把人送到了鱼嘴的医院。

周林爷爷也不顾儿子的虚弱，上去就是两巴掌："我们怎么养了你这个没出息的东西，有事儿你可以和家人商量，自己悄悄地死，算什么本事！"

周林怯怯地站在一边，这个父亲让他既向往，又陌生。

简皓站在一旁，眉头紧皱，一个心如死灰的人，打骂对他来说，已经无关痛痒了，得让他重新燃起生活的希望，才能让他改变绝望的生活态度。

简皓想了想说："办法总比困难多，谁都有为难绝望的时候，正确的态度不应该是逃避，而是要勇敢地面对。现在村里进行的土地流转，就是在为村民们谋福利。不仅要让村民们住上新居，最重要的是通过文化旅游来带动当地的经济。回去之后，我会跟群工站说明你们家的具体情况，新村建设好以后，多给予你们一些关照。

"比如在村里开个小卖部或是当旅游向导之类的工作，你完全可以胜任，既能陪在家人身边，又能养家糊口。"

"真的？"被社会磨炼过的人，哪会轻易相信两全其美的工作机会。

简皓耐心地讲解着："一个人的力量或许太过卑微，没办法去抵抗人生的意外和自然的灾难，但大家互帮互助，总能想到克服的办法。"

他掏出口袋里的义工证："我们老杨群工就是为大家解决困难的。回去之后，你有什么想法，可以提出来，能办的，我们会尽力帮助，办不了的，也会想办法尽量去做，一根筷子容易折，一把筷子很难折。"

简皓只花了三天工夫，就把周林爸爸给带回了村子，他这工作效率，让群工站的人各个都夸，说："今年的先进个人，看来非你莫属了。"

回到出租屋，崔娘娘更是宰了一只鸡炖鸡汤给他喝，有点勇士凯旋，受人敬仰的味道，反而让他有点不好意思。

简皓说："我终于明白什么叫赠人玫瑰，手有余香。我带了个人回来，你们就杀鸡款待我，那我以后得更加努力。"

他一回来，廖婆婆就兴高采烈地让他赶紧帮忙拍视频传到网上，一问才知道，上次他拍廖婆婆挖萝卜、做咸菜的视频被传到网上，点击量比之前为夏攸晨做的短视频点击量和点赞量要高很多，不少人在下面留言，说这才是真正的乡村生活。

有的人甚至感叹，廖婆婆让他们想到了自家奶奶，想起了奶奶为家辛苦付出的佝偻身影，还有童年的快乐时光。

廖婆婆看到自己的视频关注度这么高，心里自然高兴，有种当大明星的自豪感，可惜她认字不多，否则她肯定会对视频下方的留言一一回复。

在短视频里摸索了这么久，找到一个合适的、又让观众接受度高的模式实属不易，当然要坚持到底，但这块靠着河滩而建的菜地，蔬菜种类少，量也不多，缺少丰收的美感，简皓决定去村子里找找，租个菜棚什么的，既能满足他们的拍摄，说不定还能帮村民给蔬果找到销路。

周林爸爸被抬回家后，没多久就去搬迁办签了字，他受到群工站的帮助，压根就没想过借搬迁的由头多拿多得。周林爸爸在外面漂泊了这么多年，知道不劳而获最终什么都会落空，不如脚踏实地地用双手赚钱，这才是长久之计。

签完字，周林爸爸对搬迁办的人说："希望新村快点建设好，我就能靠自己的双手来赚钱养家，给孩子创造好的条件。"

其实在送周林爸爸回来的路上，简皓心里就在琢磨一件事儿，关于如何帮助留守儿童。记得他还在文创公司上班的时候，有一年，公司组织下乡助贫，去一个偏远乡村。村子的情况还不如现在的陡石塔村，那个村子在大山里，房子依山而建，四周都是"鸡窝地"，就是像鸡窝一样小的土地，没办法用机械大规模地种植农作物，只能靠村民用锄头一点一点地刨地，零星地种一些作物，一年的收获仅够家里人食用，根本谈不上有收入。

村子里的年轻人都出去务工了，留在村子里的孩子们一个个脏兮兮的，大冬天，鼻涕干在脸上也不擦，更别说关爱和照顾他们。于是村干部调动还留在村子里的中年妇女，一个人照顾几个孩子，当他们共同的妈妈，给孩子们母亲般的关怀。另外，村里会给予称职的“妈妈”一些帮助和奖励，这也鼓励了妈妈们积极地发挥作用。

简皓把这个提议在群工站里一说，王阿姨当即决定去跟村委会说这件事儿，如能落实下来，一定能改善村子里这些留守儿童的心理健康和生活。

回家的路上，简皓路过文化站，想着蒋乐俊在这里工作，忙起来有段时间没见到他了，于是进去拜访。他挺喜欢蒋乐俊这个人，大概是同龄人之间更有话题可以聊。

蒋乐俊最近没上群工站来，但也没闲着，政府正联合文化站，要给新村弄一个响亮的名字，新村要有新气象。在征集了不少创意后，最后定了“新英雄湾”这个名字。

蒋乐俊被挡在一堆厚厚的资料后面，简皓笑他：“你这工作场景，像在搞原子弹研发。”

铜罐驿做文化旅游，自然得把当地的文化内涵展示出来，既然是英雄湾，就得把英雄的故事讲出来，感染来往的游客。文化站接下来的工作，一是修缮周贡值故居，二是让英雄的故事在历史中更加清晰。

蒋乐俊最近也头疼，曾经繁华的铜罐驿在日渐衰落的过程中，保存下来的历史资料比较少，更多的是口口相传的传奇故事，收集和验证可是个大工程！

他办公桌上堆的都是收集来的资料，他得先将这如山的资料归类登记，然后去验证它们的真实性，总不能随手拿些传说来唬人。

简皓自认是帮不上忙，寒暄了两句，说等大功告成的时候，他请客犒劳。

回到出租屋，只有夏攸晨在家，崔娘娘带着一家人走亲戚去了，廖婆婆去朋友家了，不用猜都知道，一定是拿着自己的视频去朋友那里显摆自己的“新生活”。

这也是好事儿，让村子里更多人了解现代科技带来的好处，他们才会从心底求新求变，向往便捷舒适的生活。

夏攸晨没做饭，晚上吃泡面，这玩意儿简皓以前在公司上班的时候吃得太多，看到就反胃，但这镇上又没有外卖，他又不想自己动手，于是央求着：“你能不能帮我炒点饭，再弄个鸡蛋？”

夏攸晨白了他一眼：“有手有脚的，自己弄，别懒成了习惯。你现在虽然是‘活雷锋’，但也没到被要伺候着的地步。”

简皓突然想逗她：“现在村里有女孩子的家庭都在急着招上门女婿，你有没有这个打算，我帮你介绍一个？”

“你打算介绍谁？我认识不？”

“你认识呀，就是我咯。”

这原本只是一句玩笑，没想到夏攸晨的脸色一下就不好了，端着面坐到外面院子里。

他只得过去求饶：“你不喜欢也别生气呀，好像我很差似的，被你嫌弃成这样！”

“没嫌弃！”

简皓有点喜出望外：“那就是喜欢咯？”

“你会一直待在铜罐驿吗？”夏攸晨问。

这个问题还真把他难住了，他目前留在这里，也只是为搬迁的事儿，而且他还认真地想过这件事儿，他是不会留在铜罐驿安家落户的，这里的就业机会比主城要少很多，几乎没有适合他的工作。

他还年轻，年轻人就得出去闯一闯，看看大好河山的锦绣繁华。

“不会。”他回答得很实在。

“所以你不符合我招老公的标准。”她眼里的光很坚定，“我可是要在这里安家落户的。”

“你别说得这么肯定，万一你做短视频火不了呢，人总不能在一棵树上吊死吧。”

“主要看你的心在不在这里，心在这里，自然就会怀着对未来美好的期待建设这里。就是太多人有你这样的想法，才会背井离乡，去建设别人的家乡，而自己的家却凋零了。”

第5章　看不到未来，你还会坚持吗？

这话让简皓有点震撼，他没有料到夏攸晨要待在铜罐驿的决心有这么大，他对她的那些敬佩，只源于她才从象牙塔出来，正处于最有冲劲的年龄，她能够抛却繁华回到落后的小乡村，已经是勇气可嘉。至于一辈子待在村里，这样的决定，他是不敢轻易就下结论的。

回想起从陡石塔村一路回到这里，寥落村落，道路坑洼泥泞，还有一些村民锱铢必较、利欲熏心。要想把这里变成新房舍、新设施、新环境、新思想，势必有条很漫长的路要走，他不确定自己有这样的耐力。

这段时间，他在群工站里努力地做帮扶工作，仔细想来，有时候也会有沧海一粟的无力感。他一直觉得，人改变自己可以，但要从本质上改变别人，几乎是不可能的。

他可以努力去干好当前的事儿，却不会执着于干一辈子。

简皓觉得茫然，想找个朋友出来喝两杯，排解一下心里的郁闷，打开手机的联系簿，以前一起吃吃喝喝的朋友都在主城，这里能叫出来喝闷酒的朋友，似乎只有杨刘和蒋乐俊。

他先给杨刘打了个电话，杨刘在约会，寒暄了两句就挂了。知道蒋乐俊工作忙，他还是忍不住给对方打了个电话，说心里郁闷，想找人喝两杯，蒋乐俊说：“我不喝酒，但聊两句还是可以的。”

入夜后的铜罐驿街市一片漆黑，路灯影影绰绰，昏黄暗淡，八点之后，街上几乎没什么人了，简皓找了好久，才找到一家没关门的火锅店。

火锅店很小，只有四张桌子，快要关门的时候，被他给拦住了。等待蒋乐俊的时间，他跟老板聊了两句，问店里的生意怎么样。

老板苦笑着："想要赚多少钱是没有的，就是对这里有感情。我们家三代都住在这镇上，火锅的手艺是在外面打工的时候学的。在外面赚得比这里多，但花得也多，漂泊了二十多年，依旧孑然一身。回来之后，虽然赚得少，但有安全感，毕竟是自己的家嘛。"

"你有没有信心，这里会不会发展得越来越好，就跟主城区一样繁华？"

"我不正在干吗？"

简皓好奇："开火锅店？"

老板来了兴致："我还没来这里开店之前，我可以说，这附近十里地的火锅店都不如我这里的味道好。我之前去过广东、北京、大东北，广东的打边炉、北京的铜火锅、东北的涮锅，我可都学过，我这店里也都能做，只要你提前打电话来订，我就好准备。我当时就想，这里有很多人一辈子都窝在村子里，没有机会出去走走，我能让他们尝到天南地北不同的火锅，也算让他们开开眼界，心中少一点遗憾。"

老板看似闲聊解闷的话，却让简皓心潮澎湃，一个看似粗糙的大叔，却有着细腻的情感，在这个人口稀少的地方坚守着四张桌子的火锅小店，只是为了让家乡的人见识一下不同地域的火锅。

说到这里，老板不好意思地笑了笑："这是我当初开店的初衷，只是我在这里开了四年多的店，还没几个人点过除重庆火锅之外的火锅。"

这就是所谓的星星之火吧，虽然只有一星半点，却在等待能汇聚成熊熊大火的机会。

简皓问："我现在想吃涮锅，能做吗？"

"能。"老板乐呵呵地说，"你稍微等一下，我那涮锅很久没用了，我得赶紧把它洗出来。再没人点，我这做涮锅的手艺就要生疏了！"

蒋乐俊来的时候满脸倦容。简皓问："你这么加班加点地干，有加班费吗？"

蒋乐俊笑着："我加班喝的咖啡都是自费买的！"

冬日的夜晚，吃着热气腾腾的涮锅，勉强能驱走身上的寒意。简皓本想喝点酒，但蒋乐俊不喝，说回去还得继续整理资料。没人陪喝，酒就差点意味，索性他也不喝了。

简皓知道蒋乐俊大学毕业后考到这偏僻乡村文化站来，多是带着点思乡情结。现在有很多年纪轻轻的热血青年，总以为怀着满腔热情，在哪里都能发光发热。就比如他自己，刚从象牙塔出来的时候，学广告策划的他，立志要当一位广告界的风云人物。进入广告公司做策划三年，他早就忘了当初的豪情壮志，目标变成了交方案不被总监骂，能坚持待下去，不被公司裁员。

曾经的梦想早就遥不可及。

他问蒋乐俊："你有没有想过，你辛苦做出来的资料最后只能待在档案馆某个阴暗的角落里？你有没有想过你所宣传的文化不被外界所认可，被完全忽视？你有没有想过你当初对工作的美好期待，就只是畅想？如果十年后，你现在的工作没有一点起色，你会不会离开这里，另谋出路？"

"我还没想过这些。"

蒋乐俊的心思比较简单："工作有没有达到预想的结果，不都是做了之后才知道嘛，你连做都不去做，肯定不会有结果。就好比现在要建设的新英雄湾村，能不能达到预期效果，这很难说，但至少每个人都在为此努力。文化站在负责村史文化，你们义工在动员村民积极地签字同意土地流转政策，投资公司正在规划新村建设，乡政府也在四处考察，寻求让村民们增加收入的项目。"

"大家都朝着同一个方向努力，结果不能说百分百的理想，至少有改善吧。"蒋乐俊关切地问，"你是不是遇到什么难题了？"

简皓挠了挠头，他遇到一个比较尖锐的爱情问题："如果你喜欢一个女孩子，但这个女孩子这辈子只会待在一个跟你所期望的生活工作环境大相径庭的地方，简单地说，你就得放弃外面广阔的世界，还有可能拿不到期望中的薪水，生活也会比现在清苦一点，这种爱情你会坚守吗？"

"那得看你有多爱她了。你把她当成生活，当成这辈子的追求，过什么样的日子，你都会觉得是一种享受。如果爱她只是你生活的一小部分，你对生活和工作的追求大过于她，那我劝你早点放弃。"

简皓问蒋乐俊："你也是在大城市生活过、念过大学的人，你就甘心一辈子窝在这个小地方？你要知道，一个地方的建设，可不是一朝一夕能完成的，你可能要为此奋斗一生。但你把这个时间和精力花在一个更有发展潜力的领域里，同样的时间段，你或许能收获更多的成绩……”

蒋乐俊傻笑了一下：“我在念大学的时候，也有过对未来工作的畅想，大城市的资源机会自然要比小城镇多，成功的概率相对也会大一些。但对于成功，我有自己的定义。

“有的人认为家财万贯、住别墅洋房、开豪车是成功；有的人认为要声名赫赫，才是人生价值的实现。我以前也有这样的想法。快毕业的时候，我遇上一件事儿，让我对人生价值有了重新的定义。

“大学毕业的时候，同系几个要好的朋友搞了个毕业旅行，受一位同学的邀请，去他的老家玩。同学是土家族，家乡在重庆和湖南的交界处的山坳里。去的路上，我们都以为去一个世外桃源，那里青山绿水，民族特色的山寨充满了神秘感，这次旅行肯定会是一段惊心动魄又精彩的经历。可是到达村子里的时候，同学们一个个都呆住了。

“我一直生活在大城市，家庭环境也还不错，在那之前，我看到的贫穷都是从电视里来的，而那里缺水没电，破旧的房子墙上都是洞，入夜后，风吹进来，根本就没办法睡觉。当亲身亲历的时候，那种荒凉让我有一种想哭的冲动。

“一行的朋友都在抱怨，认为受了那位同学的欺骗，我们被带到这种穷乡僻壤，哪里像是毕业旅行，更像是被人贩子拐到这里来卖了。那位同学诚恳地向大家道歉，把朋友们请到他曾经出生和生活的村子里来，的确之前有过夸张的美化。同学是有私心的，认为这些朋友在大学里都非常优秀，希望他们能帮忙出出主意，让这个贫瘠的村子鲜活起来，而不是渐渐消失在山坳深处。

“我的这位同学非常优秀，大学四年，把财会专业能拿的证书都拿了个遍，毕业的时候，经过老师的推荐，他被一家非常不错的会计师事务所录取了。他的人生即将有个不错的开始。

“面对这人人羡慕的机会，他却放弃了，他说他的梦想就是大学毕业后回到村子里，建设这片生他养他的土地。如果人人走出大山的初衷，都是为了远离它，那么它的命运只能是消失在历史的洪流里。

“村子里没有可以欣赏的美景，四处都是破房残檐，我们几个朋友商量，来都来了，不如帮村民们干点实际的事情。村子里有一所小学，那里的孩子除了认识一些字、会做一些简单的算数题之外，没有任何课外活动。我们就在那里教孩子们玩游戏，奖品是随身带来的零食。

“我在村子里转悠，村子里有一个很简陋的小卖部，也是唯一的小卖部，我在那里买东西的时候遇到一个老爷爷，满脸皱纹，一问竟然有八十多岁了。

“这位老爷爷主动跟我聊天，说他从小父亲就给他讲红军路过这村子的故事。一支红军队伍曾经路经此地，晚上就住在村子里。红军军纪严明，不入村民家中，只得住在村子里的破庙里，把庙门当床板用。夜里，有战士冷得受不了，就在一户村民家外面烧稻草取暖，一不小心，稻草把村民的房子给点着了。

“红军队伍军纪严明，这位战士虽是无心之失，却给村民造成了重大的损失，后来这战士被处决死在了庙门口。而且红军队伍来到村里后，把地主土豪的粮食、鸡鸭等都分给贫苦的村民。当时老爷爷的家里养了一头猪，那是家里唯一的口粮，被两位战士不明就里地当成地主的猪给拖走了。

“老爷爷的父亲追到庙里，哭着求着希望把猪还给自家。红军首长知道后，责备下面的战士办事不力，损害了老百姓的利益，当即就把两位抢猪的战士给处决了。老爷爷的父亲心里一直很愧疚，认为这处罚实在太重了。红军走后，老爷爷的父亲把三位红军战士埋在了村里，细心看护他们的墓碑。”

说到这里，蒋乐俊的眼眶微红：“我以为这位老爷爷只是跟我闲聊，末了，他说自己的身体一天比一天差，也没多久可以活了。老爷爷的父亲临终前，希望他把红军的故事一代一代传下去，可惜他没什么能力，这辈子都没能走出这大山。他见我是个年轻人，希望我听了这故事，能讲给别人听，一个传一个，英雄的故事才不会被埋没。”

蒋乐俊呷了一口水，继续说：“大学毕业后，我没当会计，考到这里的文化站，这里也有很多的故事，如果没人去挖掘，没人去传承，老人们一去世，故事就会彻底消失。

“就好比这村子里走出去的周贡植烈士，他家世优渥，又去法国念过书，如果他不干革命，干实业做生意，也会有大好的前程。他偏偏选了革命这个费力又有生命危险的工作。被捕后，家里人出钱出力想救他出来，他却断然拒绝了。

“他也清楚自己已经看不到胜利的曙光，一死，或许革命历史的洪流里，他只是沧海一粟，被后世遗忘。但他还是坚守住了自己的信仰，新中国的成立，就是由很多像他这样执着又不怕牺牲、不计较名利的人会聚起来的。”

听他说了这么多，简皓心里已经有了答案，但嘴上却倔强：“你被洗脑得太厉害了。”

“洗脑有什么不好，只要不是传销就行。”

两人吃完夜宵已经是凌晨三点，简皓哈欠连连，准备回去睡觉，蒋乐俊犹豫了一下，决定回文化站，还有资料没整理好。

简皓忍不住提醒他：“少熬夜，小心年纪轻轻就变秃头，不好找对象！”

马上就要过年了，群工站议论起值班的问题。简皓以为过年阖家团聚，事情应该很少，王阿姨却说：“过年的时候，回村的人多，矛盾也多，得留两个有经验又有耐心的人。”

过年是难得的团圆日，一些义工犹豫不决，简皓主动举了手：“我就在铜罐驿过年，我来值班吧。”

留在这里过年，并不是他思想觉悟高，而是他一来，不想回去听父母啰唆村里搬迁补偿的事儿，二来，他这半年都没有找着合适的工作，闲散人员一个，朋友聚会的时候没有底气。再加上之前被误认为是拆二代，被骚扰之后，让他有了警惕感，觉得还是躲在这里清静。

他给母亲打电话说不回家过年，母亲没有半点抱怨，很爽快地说：“好，过年回来的人多，你就好好打听打听，看能不能再多要点钱。”

简皓例行去村里宣传不要乱搭乱建。拿着录好音的大喇叭，他一边走，一边播放。

走过去往周林家的路口，他顿了一下，又倒回去，想去周林家看看。

小路走了一半，就听到周林家传来叽叽喳喳的吵闹声，他有不好的预感，于是加快了步子。

他估摸着是不是哪家的钱不见了，又来找周林？自从周林爸爸回来之后，他以为有了父亲的关爱，周林的盗窃行为会有所改善。

院子里是一对中年男女，都是四五十岁的模样，两人冲着周林爸爸吼着：

“生个孩子也不好好管教，放在村子里到处祸害人，这次搬迁拿到钱，你们就去别处住吧，别再给村子抹黑了！”

周林爸爸一生气，拧过周林就开始揍，周林趴在那里不哭也不吭声。

中年男人皱起眉头：“怪胎。”

简皓看不下去了，过去将周林从周林爸爸的拳头下拽过来，周林爸爸视简皓为恩人，在他面前也不敢再动粗，挤着笑脸：“简老师，你怎么来了！”

群工站里的义工来自各行各业，还有退休的老人和没有完成学业的学生。大家的身份最普通不过，但在村民眼里，老杨群工工作站的义工们始终有着受尊重的地位，毕竟他们有事儿的时候，都会有求于义工们，总被村民尊敬地叫一声“某老师”。

这种受尊敬的感觉，简皓之前就体会过。特别是跟王阿姨到村里来做调节，村民们看王阿姨时的眼神充满了敬佩，对王阿姨所说的话也会细心倾听，即使反驳，也透露出失敬的羞愧。

这种受尊敬的感觉让他心里很受触动。以前在各种公司上班，无论他多努力，多乐于助人，似乎都没得到过相应的尊重，还会被认为理所应当。有的人甚至会怀疑他的初衷，觉得他是另有所图。

这里的人心思单纯，你帮助过他，他便自然而然地尊重你，没有太多的顾虑，也没有猜忌动机，只是因为感觉到关怀和温暖便对你肃然起敬。

听到周林爸爸称他“简老师”，为了对得起这个称呼，他也得把这件事儿弄清楚。

简皓先把周林拉到房间里，周林在别人眼里是个盗窃惯犯，但他坚信医生的判断，周林只是个内心极度缺乏关爱的孩子，只要多给一些关怀和照顾，说不定将来会非常优秀。

想到这里，他决定用一种极度温柔的方式让周林说出真心话。

他平时说话大大咧咧惯了，声音也比较洪亮，少有亲切感。这次他决定让声音低两度，就像以前追女孩子一样，用真情打动对方。

“周林，我知道你是个好孩子。哥哥之前也跟你说过，拿别人的东西是犯法的，是要被警察叔叔带走的。现在哥哥帮你把爸爸找回来了，你想不想一直跟爸爸待在一起？”

周林的小脑袋像捣蒜一样点头。

“以前的事儿，我们就不提了，小孩子犯错，都要给改正的机会。刚才那两个人说的话你也听到了。如果你不说实话，爸爸和爷爷可能都没办法在村子里住下去了，你又会变成一个人。”

听到这里，周林的眼睛红了。

“那你现在可以说实话，这次的钱是不是你拿的？如果是，哥哥可以保证，你把钱交给我，我还给人家，然后不对其他人说这件事儿。从此以后，我们就做一个好孩子，跟爸爸一起好好地生活。”

说完之后，连简皓自己都惊讶，他竟然可以温柔得自己都能感动。

“哥哥，他们的钱不是我偷的，自我爸爸回来后，我就再也没偷过任何东西了。”

其实对于一个惯偷，简皓也没把握周林是否会改邪归正。外面的两人还在吵嚷着，不给出解决办法，是没办法平息的。想到王阿姨处理纠纷的时候，都必须有理有据，才能确认事实。

担心对方激动的情绪影响到周林，他让周林在屋子里玩，没等他解决好，先别出来。

王阿姨经常带着简皓在村子里做宣传，丢了钱的两口子也认得他，知道他是群工站的，自然也客气，把丢钱的经过说了一遍。

简皓问：“你们一共丢了多少钱？”

“八百块。现在都流行手机支付，家里现金不多。”

“你有什么证据证明是周林偷的？”

“这里除了他，谁会偷东西呀。”

他打量着这对中年夫妇，问：“你们的孩子多大？”

两人立即反应过来，反驳着：“你是想说钱是我孩子偷的吗？我儿子可乖了，在学校品学兼优，而且平时我们都会给零花钱，他怎么可能偷钱！”

简皓说：“能带我去你们家看看吗？”

周林爸爸有点不知所措，儿子的劣迹，他在回村后听到不少。他打骂恐吓都用了一遍，周林总是呆呆的，看不出情绪。周林爸爸也担忧，如果再次证明钱是儿子偷的，他就真没脸在村里继续待下去。

在简皓的一再催促下，中年夫妇才带上周林和周林爸爸一同前往他们的家。

中年夫妇的家修建时间不长，外墙砖还透着白净的光泽，大门口装有摄像头，简皓问："你们的监控录像里拍到过周林吗？"

"没有。但要进入藏钱的二楼房间，可以从后面装的防盗栏杆爬上去。"

几个人转到房子的背后，房子的一层有三个窗户，窗户上都装着防盗网，且一楼和二楼的窗户之间足有两米宽的距离，一个身高不到一米五的孩子，恐怕是不能徒手攀上去的。

简皓说："他又不是壁虎，上不去的吧？"

男人指了指旁边的树："他可以爬到树上，再跳到二楼的窗户上。离周家不远处，有家同样被周林盗窃过的人家说，他们就当场抓住过正要从树上跳到二楼窗户的周林。你不要看他粗粗笨笨的，到树上就像只猴。"

简皓看着旁边的树，又看看离窗户最近的树枝，怎么看都不像是个小孩子能飞跃过去的，蜘蛛侠才有可能。

中年夫妇在带他们去二楼失窃的房间时，简皓注意到了这家的两个孩子，都男孩儿，大的有十三四岁，小的八九岁的样子，见到父母带人到家里来，也不打招呼，自顾自地玩着手机。

简皓朝大儿子的手机屏幕瞥了一眼，《王者荣耀》，看那装备，估摸着是用钱买的吧。

到了失窃的房间一看，房间里陈设很简单，一张一米八的大床，一个衣柜，地上堆了许多小孩子的玩具。钱就放在衣柜抽屉里，一番察看，简皓认为，在大门口的摄像头没有拍到外人入内的情况下，只能是内部作案。

简皓让中年夫妇把家里的两个孩子叫上来。简皓背着手，像个大侦探一样对屋里的人说："柜子里的八百块钱被盗，我觉得除了周林之外，这家里的其他人也是有嫌疑的。都说捉贼要看证据，我们光在这里说是没有用的，不如报警吧。我们摸过的东西都会留下指纹，小偷要把钱拿走，肯定是要打开柜门的，只要提取柜门上的指纹，就能确定小偷是谁。"

他特别注意了两个孩子的眼神，心中似乎有了答案。于是他转换语气，厉声提醒："如果谁主动承认，把钱还回来，还来得及。如果我把警察叫来，警察可是会把小偷抓走的。"

这时，中年夫妇的小儿子有点不淡定了，他正要说什么，大儿子立即捂住了小儿子的嘴。

中年夫妇也觉得诧异，说："臭小子，你干什么呢！"

简皓已经证实了心中的答案，走过去扯开大儿子的手，在小儿子的面前蹲下，小声地说："小弟弟，如果你知道拿钱的人是谁，一定要说出来哦，这是在帮他。老师一定教过你吧，有错就改，依旧是好孩子。"

小儿子立即说："是哥哥拿的，哥哥还给了我一百块，说可以买好多画片。"

中年夫妇的脸都绿了，跑到别人家去大吵大闹，小偷竟然是自家的儿子。

简皓也不责备对方，打着圆场："小孩子总是有好奇心的，只要大人好好地引导，这种事情是可以避免的。"

走出中年夫妇的家，简皓有种自豪感，以前都是陪着王阿姨去解决纠纷，他在旁边帮忙。这次是他独立完成的调解，而且结局还不错，刚才的样子，颇有点大侦探的味道。

周林爸爸说有事儿要跟他商量，结果去了周家，周爸爸从厨房的房檐下取了一块腊肉送到他手里用来感谢他。

简皓说什么都不肯收："我们义工有规定，不能收村民的东西，要是让其他人知道，我是要被开除的。"

周林爸爸很朴实，说不出漂亮话来，他说："如果你现在不肯收，我就只能给你送到住的地方去。"

周林爷爷也走出来："简老师，你就收下吧，你是咱家的大恩人，这点东西算不得什么。我们过两天就打算收拾东西到镇上去租房子，把房子清出来。你拿走一点，我们也就少搬一点。"

话都说到这份上了，简皓还真不好推辞，想着改天送周林一些学习用品，来抵这块肉的钱。

简皓一回到家，就把这块肉拿给崔娘娘："朋友送的，算我给厨房的捐赠。"

他刚要上楼，就被夏攸晨叫住了："这么多天不搭理我，不会真为那天我说的话生气吧！”

他转过头，挤出笑容：“是有点，你要怎么安慰我吧！”

“嘁！”夏攸晨白了他一眼，“只是见你闷闷不乐，想开导一下你，没想到你还真顺着杆子往上爬呀！”

夏攸晨往自己的房间走，简皓追上去：“刚才跟你开玩笑的，我认真思考了上次你说的话，不过是想提醒我，不要半途而废。乡村振兴建设不是一朝一夕、一年半载的事儿，有可能是十年二十年。你是担心我给你们做短视频拍摄，刚有点成效就跑路了吧！”

夏攸晨一挑眉：“我只跟有耐心的人合作。”

简皓突然想逗她：“我之所以为难，是因为我家里面不好交代。我爸妈在主城打拼这么久，也是希望我在那边发展，连婚房都给我准备好了。我要留在这里得有个正当的理由，这边的工作肯定是没有那边好找啦，更不能发展的我专业特长。除非……”

他故意卖了个关子，她追问：“除非什么？”

“除非我媳妇在这里不肯走，两口子总不能两地分居吧，我就可以长期住在这里。”

夏攸晨白了他一眼：“想得美！”

简皓却不依不饶：“你这人真没情趣，我都把表白的话说到这个份上了，你真的无动于衷？”

为了被拒绝的时候不那么尴尬，他用了调侃的语气，夏攸晨却一本正经地说：“我要找的男朋友，条件第一条就是志同道合。”

她很坦诚，她说她的前男友也是这个村子里的，两人都是学霸，两人当初是以铜罐驿中学全校第一和第二的成绩考到同一个城市同一所大学念书。

两人也都见证了铜罐驿的兴衰，便决定大学毕业后回来当村干部，建设家乡。结果大学毕业后，男朋友进了一家世界五百强企业，奔他自己的大好前程去了。

夏攸晨却坚守承诺回来了，她可不想再谈个男朋友，忍不了乡下的寂寞又成了逃兵。

简皓不明白：“你家房子都破成那样了，家人亲戚也都搬到别处去了，为什么你对这里的建设这么坚决有什么故事吗？”

过年的前两天，廖婆婆的子女已经陆续回到村子，把她接到老房子一家团聚去了。崔娘娘带着老公和孩子也回娘家过年，出租屋一下就冷清了。

他很想问夏攸晨是否也要回城市去过新年，但话到嘴边，他又说不出口。他很想有人能陪在身边，但觉得自己跟她又没什么亲密关系，没资格提要求。

腊月二十九那天早上，简皓早上下楼的时候，看到夏攸晨手上拎了一个大包往外走，估摸着是赶着回家，他想打个招呼道别，但她步履匆匆，他的手举在半空，又落下来。

想到明天是大年三十，一个人过年也不能亏待自己，简皓去集市上转了一圈。集市上没有想象中的热闹，大多数人早就备好年货，只有零星的商家在年关做着最后的坚持。

简皓其实也没什么东西要买，明天一整天要在群工站值班，他不喜欢做饭，也不擅长做饭。崔娘娘走的时候，担心他不好好吃东西，特地把腊肉煮好切好放在冰箱里，让他盖在饭上一蒸，一顿饭就做好了。

他出来逛街，这似乎只是一种驱赶内心寂寞的方法。但这里没有城市里的霓虹闪烁，没有行人来来往往，没有车喇叭响，也没有商铺老板叫卖的吆喝声，一种荒凉感让他心里发慌。

都到街上来了，不买点什么好像对不起这趟出行，他四下环顾，最后在一个小卖部买了一罐啤酒。

简皓在南坪上班的时候，隔三岔五就会和朋友们小聚，烧烤啤酒是加班的标配，他之前还调侃自己，年纪轻轻喝出啤酒肚。不知不觉中他在乡下待了四个多月，不吃烧烤不喝酒，感觉身心都轻松了很多。那天崔娘娘还对问他说：“你皮肤怎么这么白！”

他回去一照镜子，发现以前困扰他的青春痘都没有了，看来乡下山水虽清冷，但是养人。

这大过年的，为了重温过去的热闹，他只能买一罐啤酒，而且还不能多喝。

因为值班可不是只待在群工站里，村子里有孤寡老人，得去瞧一眼，问候一声，让老人家觉得，自己没有被遗忘。

腊月二十九晚上，简皓在家睡觉，三十一大早，他就拎着饭盒去了群工站。他打开电脑，值班表上竟然出现了夏攸晨的名字。

值班表是三天前就定好的，有人临时请假，或是临时增加人也是常事儿，只是看到这个名字，他心里有些窃喜，至少这个孤冷的夜晚，他不是一个人在值班。

不一会儿，夏攸晨就来了，还拎了一个大饭盒。

看着他摆在桌子上的那个小饭盒，她说："我就知道，你在崔娘娘这里住，人都被养懒了，让你自己做饭，你肯定就是将就，如果我猜得没错，里面就是腊肉泡白米饭。"

她的大饭盒里分装了很多小盒子，一一拿出来："我做了芝士红薯、青椒肉丝、藕夹，还炖了蘑菇鸡汤，是不是很丰盛？快夸夸我吧！"

这个孤冷的年在她的报菜名声中，突然就热情了起来，他不禁感叹，中国人眼里的年，其实就是一道道美味佳肴。

两人就着办公室的茶几吃饭，夏攸晨坐在木板凳上，他为了方便搛菜，就端着碗蹲在地上，吃着吃着，他突然笑起来。

她问："你在笑什么？"

他说："我以前努力地念书，就是为了不让自己蹲在地上吃饭，可转来转去，到了今天，我竟然很享受这种吃饭的方式。"

两人可没有细细品味佳肴的时间，快速地吃完饭，就要去村里宣传防火防盗的事项。

在城市里，国家已经禁止燃放烟花爆竹，在城郊和乡下，大家还是难以放弃这种热情的民俗，家家户户几乎都要放鞭炮。两人刚进村没多久，就遇到村委会的值班人员。

村委会的干事夸他们："你们群工站的人就是热情，年年陪我们值班，走村串户的，辛苦辛苦，过完年，我们得给你们送锦旗过去。"

在村里听惯了夸奖的简皓还是会脸红，他说："我们闲着也没事儿，到处转转，干点力所能及的事儿，这过年也有意义。"

夏攸晨小声地笑他："待久了，嘴都变甜了。"

他玩笑着："这是为人民服务的觉悟变高了。"

村子人不多，但房子分散，几个人分头巡逻。简皓找路的方向感不好，村子里的小路都是七拐八绕，明明看到房子离自己不过几十米，但沿着小路一走，却越来越远。

一到晚上，那就全得靠直觉。夏攸晨的直觉比他好，所以她走在前面，他紧跟在后面。

夏攸晨指着山坡下的一栋小砖房说："那里就是郝大爷的家。"

简皓见过这位大爷。他平日到村子里来做宣传的时候，只要天气好，站在村路上向下望，可以看到一个满头白发的男子在院子里晒太阳。

其实郝大爷还没到当爷爷的年纪，五十岁不到，就白了头，所以村里人都戏称他为郝大爷，叫的人多了，就真把他当成大爷了。

年轻时的郝大爷一直在外务工，原本想着挣钱回来把房子盖上，把老婆娶了。三十多岁的时候，不知道得了什么病，他一夜白发，跑了很多医院都治不好，只能回来休养。

看病把赚的钱都花光了，父母也陆续去世，郝大爷就渐渐成了孤家寡人。他还没到岁数，进不了村里的养老院，就只能一个人在家待着。

邻居过年过节吃饭总会叫上他，今年冷清，是因为邻居一家已经响应政策，同意搬迁，签完字后举家就搬到城里去了，郝大爷只能孤孤单单过这个年了。

从坡上下去的路很不好走，天色又暗，简皓有点心惊胆战，夏攸晨倒是一脸的无所谓："你放心大胆走就是了，这条路我来来回回看了多少次，闭着眼睛走都没问题。"

她刚一说完，就发出一声惨叫，接着就是一阵窸窸窣窣在草里滚动的声音。

简皓吓白了脸："小晨，你怎么样了？"

过了好半天，夏攸晨才回应："痛，好痛。"

第6章　不平安的大年夜

简皓想赶紧去扶她，但下去的路是土路，是平日里靠脚踩出来的，让他此刻无从下脚。

这条小路走的人很少，除了郝大爷自己，就是村里经常来慰问看望的干事和群工站的义工。郝大爷这两年腿脚不行了，这种上坡路走起来吃力，更多的时候只能闷在家里。

这条路两旁的杂草丛生，只露出窄窄的缝隙来辨认方向。他心里嘀咕，夏攸晨是哪里来的勇气说没问题！

她已经摔下去了，他越担心她的安危，他就越不能着急，如果他也受伤，就没办法把她背去医院。

简皓没走几步，脚下一滑，他往后摔倒在地上，接着只感觉背后一滑，那感觉就跟小时候坐滑滑梯一样，很顺溜地滑到了坡下。

这一路下来，他被地上的碎石树枝挂得背痛，等他停下来的时候，本能地摸了摸隐隐作痛的腰，却发现羽绒服腰部位置划开了一道口子，手上有柔柔软软的东西，估摸着是里面的鸭绒飘出来了。

手电筒掉到了草丛里，他只能用声音来引导她："小晨，我在这里，你在哪里？"

庆幸夏攸晨的位置离他不远，她摸索着爬过来，一下扑到他怀里，手紧紧地抱着他的腰。

她穿着很厚的棉衣，但抱在怀里却柔软得像一团棉花，让他心潮澎湃。

简皓受宠若惊的同时，又担心起她的伤情，担心她是伤得太重后才急于寻求依靠。

他问：“你伤到哪里了？”

“没伤到哪里，就觉得对不住你，刚才我还大言不惭地说我闭着眼睛都能走，结果把你带到山坡下了。”

两人费了好些力，才把丢失的手电筒和给郝大爷带的慰问品找回来。

敲开郝大爷家的门，郝大爷有点惊讶：“你们怎么来了？”

简皓诧异：“你认识我？”

他虽然路过很多次，但还没跟郝大爷打过招呼。

郝大爷说：“我认识你，你是老杨群工工作站的嘛，那天老陈家跳鱼塘，你和王姐在那里调解，我都看见了。”

郝大爷把两人让进屋，才发现两人身上都是泥点，于是问：“你们俩是不是从那坡上滚下来了？”

“天太黑了，路不好走。”简皓客气着，不想让他担心。

夏攸晨一点不避讳，故意说给郝大爷听：“郝大爷，我们摔跤可都得怪你，明明有好道你不让走，偏让我们从坡上往下滚。”

“我哪里是这种人！”对于她的话，郝大爷摸不着头脑。

“村里马上要建设新村了，新村道路宽敞又好走，大晚上出门有路灯，可你偏偏要住这小道旧房，不是为难我们是什么！”

简皓这才明白，人越穷越不知道变通，只想拿现成的。

“小晨，你可千万别这么说，我一直都是老实本分的人，建设新村我肯定支持，只是……”下面的话似乎有点羞于出口。

夏攸晨接着他的话说：“是想多捞点钱娶个老婆吧！郝大叔，我听说你以前是在外面做水电工的，这是门上哪里都能吃饭的手艺。但村里这些年人口流失太大，一些人在外买了房子就举家搬走了，村子里旧房越来越多，新房越来越少，你的手艺就无用武之地了。等新村建好后，到处都是新房子，哪家要修修改改的，你的手艺都能用上，为什么不想着靠自己的劳动赚钱呢？能赚钱，能养家糊口，让人看得到生活的希望，好女人自然会上门。你抱着那点土地流转的安置费，能过一辈子？”

她说起话来条理清晰，几句话就把郝大爷说得哑口无言，回不了嘴。

她没打算用友善的态度来对待郝大爷，让他产生自己就是“大爷”的高尚感，她从简皓手里拿过慰问品，塞到郝大爷的手里，说：“我只是例行公事，如果让我送，我是绝对不会送给你的。”

临走的时候，夏攸晨决定再扔一个糖衣炮弹来诱惑一下郝大爷：“我那天听乡政府的人说，投资公司已经把村子分成几大组，一组一组地拆迁，现在第一大组的签字确认工作已经完成了，就从村东头先开始建新房，让第一组的人先搬进去。村子里还会新建一个养老院，但只能提供给新村的村民居住，如果你觉得这院子里风景适合养老，可以在这里住一辈子。”

走出郝大爷家，简皓听到夏攸晨呼呼地出大气，问：“是不是说话太快太凶，噎到了？”

她咬着牙：“我可能崴脚了。”

简皓第一次可以正大光明地牵着夏攸晨的手，两人在黑乎乎的山道上摸索大半天，只需要五分钟的路程，他俩走了半个小时。

回到村公路上，他问：“要不要送你去村诊所看一看？”

她强撑着：“没事儿，还是先把慰问品送了再去。我也不是太疼，还能支撑一会儿。”

不知道是不是刚才的牵手勾起了两人心里都压抑的情愫，两人自然而然地把手再次握在了一起，一点点青春的撩动，一点点寒冷夜里的陪伴与互助，谁都没开口说什么，只是紧紧地握着手往前走。

这时，前面一个人急匆匆地跑过来，看着那人越来越近，两人赶紧把手松开了。

看到是群工站的人，那人停下来：“不好了，秦叔的癫痫犯了，这会儿找不到车，你们给想想办法呀。”

秦叔是村里的另一个孤寡老人，好在秦叔平时人比较热情，喜欢帮助人，跟左邻右舍的关系也不错，大过年的，在邻居家吃饭看春晚，一不留神，癫痫就发作了。

简皓突然想起廖婆婆有个儿子是医生，于是对夏攸晨说：“你对村里的路比较熟，你带这位大叔去找一下廖婆婆的儿子，她有一个儿子是医生，看能不能用点什么急救办法，我赶紧联系车去。”

这几年，城里大街上到处是网约车，出行很方便。但在铜罐驿镇上，网约车却少之又少，每次让司机把车开到村里来，人家都会用狐疑的眼神把你打量个遍，担心你是把人家骗到穷乡僻壤来打劫的。

上次他搭网约车的时候，司机正好住在镇子上，他就留了电话号码，方便急事儿的时候叫车。

夏攸晨那边非常迅速，廖婆婆的大儿子正巧回来了，一听说有人发癫痫，立即就往秦叔这边来了。

简皓急匆匆地跟在他们后面，来到秦叔家。这个秦叔他是头一次见，面容很是苍老，看着像七八十岁了。夏攸晨悄悄说："秦叔五十岁不到呢，村子里的孤寡老人，几乎都是因为身体有疾病而贫困，而且找不着媳妇，渐渐地就变成一个人了。

"而且村里的医疗条件实在堪忧，只能满足治疗日常的伤风感冒。因为送医不及时而死亡的，去年村里就有好几起，我就盼着新村建起来，医疗设施能跟上，很多困难就迎刃而解。"

大家先是把秦叔里里外外的衣服扣子都解开，让他的身体尽量保持放松，然后将他的身体侧躺。廖奶奶的大儿子捏住秦叔的嘴，检查他没有假牙后，让人拿了根拇指粗的木棍让他咬着，担心情急之下他会咬伤自己的舌头。

简皓叫的网约车很快就来了，司机穿的是睡衣，一看就是从家里匆匆赶来的。

简皓不停地道谢，司机说："我就知道，如果不是紧急事情，大过年的，你也不好意思打我的电话，我衣服都没换，就来了。"

几个人七手八脚地把秦叔搬到车的后座上躺下，又用安全带把他固定好，防止路上颠簸摔下来。

廖奶奶的大儿子马上坐上副驾座，他是医生，到了医院后，可以给一些实用的建议。秦叔没有亲人，如果住院肯定要人陪护着，简皓在心里轻轻叹了口气，原本打算和夏攸晨独处的大年夜，就这么被中断了。

他正要跟着上车，不远处急匆匆地跑来一个人，仔细一看，是义工小赵。

小赵拎了个包，对简皓说："接到小晨打的电话，我马上就飞奔过来。秦叔一直是我在照顾，他的情况我最清楚，我陪他去医院。”

目送着车走远，简皓才长长地松了口气，这个大年夜运真是不太平，先是重重地摔了一跤，又遇上突发癫痫的生死边缘，这个新年注定让他终生难忘。

后面的事情比较顺利，去完第三位孤寡老人家里，两人就回了群工站。村里的冬夜很冷，风吹在脸上，感觉下一秒就要冻僵了似的。

天空飘起了雪，落在脸上冰冰凉凉的，很快就融化不见。夏攸晨说：“明天早上，肯定白茫茫的一片。”

路边，一棵树的枝丫垂下来，简皓像个孩子似的跳起来拉了一下树枝，有水滴唰唰地往下掉。

夏攸晨问：“什么事儿这么开心？”

“好久没见过雪了，明天可以堆雪人。”

他也有孩子气的一面。

回到群工站的办公室，他赶紧打开烤火炉，把手放在发红的发热管前，身体才渐渐暖和起来。他向夏攸晨招了招手，示意她过去烤火。

群工站里白天有很多人在外面的空地上喝茶聊天、打牌跳舞，他一直觉得这里是村子最热闹的地方。可此刻的昏暗清冷，与别家的灯火明亮相比，让他心里升起一种被世界遗忘的孤独感。

夏攸晨凑了过来，她的靠近，让他的心感觉稍稍暖和一点。

他叹了口气：“刚才到村子里转了半圈，体力消耗过大，好怀念烤鸡翅，啤酒。”

过了一会儿，群工站外头有人在敲门，以为是谁家出了急事来找人帮忙，简皓赶紧去开门，打开门，外头站着好几个村民，有的人手里拿着装菜用的保温桶，有的拎着食品袋，还有人手里抱着个竹篓。

这几个人简皓都认识，被骗要跳河的陈大爷、周林爸爸，几乎都是群工站义工帮助过的人。

简皓笑着：“大半夜的，你们怎么来了！”

周林爸爸说：“我们知道今天晚上你在这里值班，就想着送点菜过来，也不是什么好东西，你将就着吃。你们群工组大年夜要巡村，我们不敢来早了，担心没人，这会儿来，刚刚好。”

“你们太客气了，我们是为人民服务，怎么能收你们的礼物。”他很开心，并不为这些礼物，而是这孤冷的夜里，有这么多人惦记着你，有好吃好喝的，愿意分享给你。

夏攸晨闻声而来，把门打开，说：“别在外面站着，冷，大家进来烤一会儿火吧。”

夏攸晨把群工站里的两个电烤火器都搬了过来。红彤彤的光加上寒暄聊天声，原本冷清的屋子一下就热闹起来，村民们把自己带来的东西都摆到桌子上。

有拌的凉菜，有炖的鸡汤，还有人带了一袋橘子过来，说：“这是铜罐驿独有的‘大红袍’，每年一结果，就有果汁厂来收，这是今年我家特地留下来的，你尝尝看。”

简皓不好意思摸了摸有点饥饿的肚子，看来消夜已经解决了。

村民们没有久留，还得往回赶，大年初一有亲戚要上门来拜年，夜里还不能休息，要开始准备明天招待客人的饭菜。

群工站又恢复了安静，夏攸晨拿了筷子递给简皓：“赶紧吃吧。”

简皓拿着筷子，愣在那里没有动，她诧异地问：“你刚才不是饿了吗，怎么又不吃了？”

她侧过头，看到他微红的眼睛，问：“你又被感动了吗？”

她发现简皓是个心地特别柔软的人，尤其是别人一个小小的温暖举动，都能让他感动很久。

简皓喝了一大口鸡汤，汤是用保温桶装着的，喝在嘴里热气腾腾，他说：“我长这么大，除了我爸妈，还没有哪个萍水相逢的人会在半夜惦记我是不是饿了，给我送吃的。”

他又说：“我一毕业就出来工作，在公司里经常帮同事做东做西，吃个饭还得跟我AA，谁有个事儿，让我帮忙顶下班，轮到我有事儿要请假的时候，都没人出来帮我替一下工作。我以为的好朋友，经常请他吃吃喝喝，让他请客，就各种借口。还是这里的人淳朴，不过是举手之劳，他们都会记在心上，找着机会就报答你。”

夏攸晨往他碗里搛了一块香肠，说：“赶紧吃吧，领了别人的情义，以后就好好地替村民办事，以此作为回报。”

下半夜群工站里没什么事儿了，简皓就靠在沙发上打盹儿，夜里太冷，面前放着烤火炉，身上依旧有凉意。

夏攸晨裹了一件军大衣靠了过来，大衣很大，就像穿着一条棉被，整张脸就只露出一双眼睛。

简皓拍了拍肩膀：“别不好意思，想靠你就靠吧。”

她头一侧，直接把他的肩膀当成枕头。

他有点意外，以往跟她开这种略带暧昧的玩笑，总会惹得她没好气地调侃几句，今天她却顺其自然地依偎着他。

太冷太困，他也没多想，闭上眼睛小憩。不知不觉睡到了天亮，被外面传来的鸡叫声吵醒，他揉了揉眼睛，坐起身，才惊讶地发现他仰面靠在沙发的椅背上，而夏攸晨把他的腿当成枕头，横躺在沙发上呼呼大睡。

他的腿有点麻，于是轻轻推了推她：“起床了。”

发现自己枕着他的腿睡觉，坐起身的夏攸晨两颊绯红，她从口袋里掏出手机看了看时间，然后长长地舒了口气，庆幸初一来值班的义工还没到，如果这场景被别人看到，肯定要被误会的。

两人起床开始收捡昨晚留下的残汤剩菜，两人都刻意忙着手里的活儿，尽量不去谈相依而眠的暧昧。

九点钟，初一值班的义工来了，交接好值班记录，两人就往村东头去坐车回镇上。

简皓手里抱着那袋大红袍，夏攸晨说这是当地特有的品种，要抱回去拍短视频，给粉丝们科普大红袍的特色，也算是宣传当地文化。

初一公交车人满为患，拥挤度一点不亚于南亚的火车，如果不是严禁超载，估计车顶都是人。

乡下人跟城里人对待节日的态度不一样。城里人生活费用高，经济压力大，节假日休息天对他们来说，很多时候意味着赚加班费。

乡下人看重节日，这是一家团圆的日子，再多加班费都不想挣。所以大年初一早上，在村里是找不到出租车的，政府为了当地村民出行方便，加开了公交班次，但公交车里依旧人满为患。就跟早晚上下班挤轻轨差不多，人挨人，人挤人，有时候两个不相识的人被挤得紧紧地贴在一起。

夏攸晨被挤得只能往他怀里靠，于是他伸出手圈在她的胳膊处，形成一个保护的壁垒。

他能感觉到夏攸晨的依偎没有距离感，赤裸裸地真情流露，他们的感情虽然没有说破，却似乎又近了一步。

车快到站的时候，她已经靠着他的胸口睡着了。他轻轻地推了推她，她才懒洋洋地问："到家了吗？"

这话听来很温暖，有种小两口回家探亲的错觉。

初三，简皓回了一趟在南坪的家，一进家门，简爸爸的脸就铁青，因为他已经从村里熟人那里知道，简皓按照最初的土地流转条款签了字。

简爸爸骂他："我怎么养了你这个笨儿子，胳膊肘往外拐，有钱都不多拿！"

简皓嬉皮笑脸地说："你从小教我的可是为人要诚恳，不要占小便宜，以免吃大亏，你还说要养家致富得靠双手！"

简妈妈倒是没责怪他，自从奶奶去世后，他们一家人也没想着要回去生活，老房子如果遇不上土地流转搬迁，也只能烂在那里，现在能拿新房子，已经是意外之喜了。如果将来乡村建设得好，房子还能顺利出售。

简皓失业大半年了，简妈妈心里一直记挂着这事儿，托了一个朋友，让他去朋友儿子的公司上班。

简妈妈正介绍着自己跟朋友的交情，想让他放心去上班，绝对不会像上一家公司那样，平日鞠躬尽瘁，一到裁员，就手下不留情。

公司是什么样的情况，他一句都没听进去。他正绞尽脑汁地想说服父母，让他留在铜罐驿镇上。义工是没有工资的，他那点存款早就所剩无几，他要长时间留在那里，必须得到家里的支持。

只是他刚把"想留在铜罐驿"这几个字一说出口，立即被简妈妈拒绝。

"你能在那里找到工作吗？"

"不能。"

"你在那里能赚多少钱，能买房娶媳妇？"

"估计不能。"

"你上次说在那里看上一个不错的姑娘，你就不能带着她回来打工吗？家里有吃有喝有住，你把她带回来，我们决不会亏待她的。"

他很为难："她说这辈子就待在铜罐驿。"

在简爸爸和简妈妈看来，铜罐驿就是个没有前途的地方，待在那里不肯出来打工的人，肯定好吃懒做、怕苦怕累，于是坚决表示："她能跟你一起回来更好，如果不回来，你就自己回来工作。"

"像你这样的年轻人，哪个不是在为将来奋斗，在铜罐驿待着，就是浪费青春，躲避奋斗。"

简皓决定留在铜罐驿，他清楚地知道，这个决定或许会改变他一生的方向，他甚至不知道这样的方向对他来说，到底是一条光明大道，还是从此走向颓废落魄。

他找了几个哥们儿出来喝酒，大家都恭喜他喜迎拆迁。当他把自己要留在铜罐驿的想法说出来，大家几乎是异口同声，说他脑子有毛病。

人就得趁年轻有激情的时候，去创造拼搏，活得轰轰烈烈。为什么那么多农民工要离乡背井，不就是因为乡下工作机会少，没有发展前途，更无法开阔眼界吗？人都往高处走，只有水才往低处流。

简皓不以为然："正因为有知识有文化的人一旦从农村去到城市，就被外面的世界迷花了眼，如果他们能把自己学到的东西带回到乡下农村，带着村民们一起进步，乡村振兴不就越来越好了吗？"

有人用不可思议的眼神看着他："你去铜罐驿这段时间到底发生了什么？是不是发现了什么商机？快跟哥几个说说，带我们一起去发财。"

他无奈地把乡下生活说了一遍，大家都笑他："你就别异想天开了，抖音短视频是挺火的，但那些粉丝千万的账号，后面都是资产强大的公司在支撑着，哪是普普通通的农人就能成功的。"

他露出无奈又坚毅的笑容："偏偏我个性比较倔，我想试一试。"

陡石塔村里第一小组的拆迁签字工作进行得非常顺利。过完年没多久，村里就进行了奠基仪式，"铜罐驿新英雄湾美丽乡村建设项目"的条幅在空中飞舞，并正式将新英雄湾村规划定名为“新英雄湾村乡村振兴规划”。

村子里几乎所有的村民都去看了奠基仪式，老杨群工工作站派了义工去现场维持秩序，简皓也在其中。听着主持人介绍着，未来将依托周贡植故居、巴县一中等红色资源和铜罐古镇、天主堂、美丽乡村等人文生态资源，培育打造“一区一线两基地”，成为重庆市第一批历史文化名村和生态文明示范村时，简皓心里竟然也有止不住的骄傲与激动。

几辆硕大的挖掘机嗡嗡作响，挖开的第一铲土就预示着这个承载着几辈人希望的新村正要一点一点地展示在村民眼前。

许多老人围在那里久久不肯散去，一些人很多年都没有见到如此隆重又繁忙的建设。

过了几天，村委会的干事带了几个人到群工站来，干事来找王阿姨，介绍说这几个人是一家民宿管理公司的。他们跟投资公司合作，准备将一些村民的房屋进行改造，变成环境优美的民宿之后，可以出租给那些来新英雄湾村度假旅游的人。

义工整天走村串户的，对村子里的情况比较熟悉，他们希望群工站能派一两个义工跟他们同行，对已经完成搬迁的第一组村民的房子进行勘察，看是否具备改造的条件。

简皓正巧在办公室里，王阿姨对他说：“你陪他们走一趟吧，给这几位民宿管理公司的老师好好介绍一下第一组房屋的特点。”

随即王阿姨介绍起简皓：“他是我们群工站里非常优秀的小青年，才来三个月，就把村子里的情况摸了个遍，有什么需要了解的地方，问他就是。”

简皓红着脸，他觉得王阿姨特别会夸奖人。每天听着夸奖声，他工作的积极性也会提高。

一路闲聊，他才知道，这次新英雄湾乡村建设项目，并不只是拆旧房搬新房这么简单。村里有些村民的房子是近几年才新修的，有的人花了近十年打工的存款，就因搬迁而推倒，太浪费。

为了增加村民们的收入，村委会特地请来民宿管理公司，把一些比较稳固的农舍根据现在都市年轻人的喜好翻修一遍。而且这些农舍会以出租的形式交到民宿公司手里，这样村民们就能多一批租金收入。

等民宿建设好以后，还可以把房屋的主人聘请来当清洁管理人员，这样村民们就能再拿一份工资，可谓一举三得。

简皓热情十足，恨不得把每户村民的房子介绍得清清楚楚。

“这户村民姓朱，他们家的房子是五年前建的，他们家特别讲卫生，爱干净，外墙的瓷砖打理得看上去像新的一样，而且他们家房子的内格局跟普通的乡下房子不一样，听说当初建房的时候，还特地找了个懂设计的老师来指导过。”

他一边说，一边环顾四周，恨不得把每一套房子的优点都说出来打动对方，做到家家户户都能被改造成民宿，有更多的钱赚。

他指了指远处：“这房子的视野特别好，对面那块洼地未来要建智能种植园，近看种植园，远眺巍峨群山，做景观房最好不过了！”

他又把一行人引到周林家的房子：“这房子太旧，可能不在你们选择的范围内，但我希望你们能多考察考察，如果能补救一下，我可以全力配合你们。因为这房子的主人命运坎坷，家里唯一的年轻劳动力因工致残，已经没有打工的能力，上面一双年迈的父母，下面有一个刚上小学的儿子。

“他们一家现在都没有收入，家里的生活都靠着村里来帮扶，如果能把他们的房子改造一下出租，好歹也能有一份收入。”

不知道是不是听了他的话，民宿公司的人开始认真地察看房子结构，将内部和外部一些需要修葺的地方都拍了照，说：“小伙子，你的建议我们会尽量采用的，这房子到底能不能用，我们得回去认真地商量。”

人家又问：“小伙子，你家的房子也在第一组吗？”

简皓红着脸：“是的，我家也是旧房子，能不能改民宿我不知道，有钱赚谁不想呀，但也得根据公司标准来。”

说着，他就带着一行人去了自己家。

他家的房子虽旧，但也属于风景怡人那一类型的。他家院子外面有十来平方米的水坑，因为年久没有管理，水坑里早就没有水了，只留下大块大块的淤泥。

水坑往外就是一个大斜坡，有悬崖的既视感，他说：“如果把水坑里灌满清澈的水，晴天的时候在这里拍照，水池里可以倒映出群山蓝天，颇有天空之镜的美感。”

同行的人问：“你的角度感挺好的，你以前是干什么工作的？”

“我以前在策划公司上班，专门给别人做文案的。我的业余爱好是摄影，以前还拿过奖，这两年懒怠了。”

同行的人竖起拇指：“你很适合干文创，过段时间我们会派工作组到村里来，说不定我们会有合作的机会。”

这话听得他心花怒放，不回城里去找工作，他以为自己的工作经验就要被荒废了，没想到留在这里，还有这样的机遇，他高兴地说：“好，没问题，我一定会尽力配合。”

简皓热情地忙前忙后，送走了村干事和民宿公司的人，回到群工站，他把听到的消息一五一十都告诉了王阿姨。

王阿姨说：“明天你就上村里去转悠，把改造民宿的事儿当成聊天谈资宣传出去，只要有钱赚，后面肯定有大把的村民赶着签字搬迁。”

宣传这事儿都不用他出马，直接告诉廖婆婆就行，不出三天，整个村的人都会知道。

当他把这件事儿告诉廖婆婆的时候，她高兴地问：“那你带他们去看了我家的房子没有？我家院子还有棵桂花树，住在我那里，可以闻桂花香。”

“廖婆婆，您的房子不属于第一组，下次吧，下次轮到您的时候，我一定好好介绍。”

廖婆婆生气，觉得不公平，她家的房子离简皓家的房子就隔一条小道，距离不到五米，偏偏就在中间被区别掉了，她暗暗骂着那个划组的人。

果然，村民们很快就知道要改造民宿的事儿，为了打听清楚情况，有人跑到群工站来找简皓。

有人问：“要改建成民宿，需要啥条件呢？”

简皓说：“只要不是危房就行，他们会根据房子的特色来改建，你仔细想想，村里有些人的房子都盖了好些年了，现在有人主动拿钱给你重新装修，而且这房子还属于你，简直就是天上掉馅饼。而且到时候民宿开起来，他们要招聘管理民宿的人，房子的主人会优先聘请。”

有人疑惑："啥叫民宿？"

简皓从手机上找出一些民宿的照片："现在城里人出来旅游，对于住宿的条件要求比较高，要有热水浴缸、冲水马桶，天热的时候有空调，天冷的时候还得有地暖。"

看着图片上刷得雪白的墙、华丽的水晶吊灯、只能在电视上才能看到的智能化电器，村民两眼放光，他知道，这诱惑不小。

于是简皓趁热打铁："要是哪天民宿不干了，这房子里的一切都归你享受。你又有新村的新房，又有改建的民宿，到时候房子多得住不过来，你还在乎现在争这几平方米。

"那天我带民宿公司的人去看的都是第一组的房子，人家规划方案都出来了，肯定第一组的村民们先得利。所以，现在党的政策就是好，跟党走，准没错的！"

没过多久，投资公司传来消息，说其他组来签字同意搬迁的人增多了。

简皓在村子里做宣传的时候，杨刘跑出来，拦住了他的去路。

看杨刘臭着一张脸，他问："你怎么了？"

杨刘把他拉到一边，抱怨着："你们天天在村里做宣传，同意现在搬迁条件的人越来越多，我媳妇都被气跑了。你们能不能别宣传了？再这样下去，我媳妇就真找不回来了。"

他细问之下才知道，杨刘和媳妇见面没多久就把结婚证领了，但媳妇的户口一直没能迁进来，在土地流转的政策下，只有结婚超过两年的，才能把户口落在村里。

杨妈妈到村里哭过闹过好几回，户口始终没着落。媳妇脸色一天比一天差。自从新村开始动工，大家都看明白了，乡村振兴建设并不会因为几户人家不同意就搁置。那轰鸣的打桩声、货车来回拉石装沙的声音，再加上村里的人陆陆续续对现有搬迁政策的妥协，杨刘媳妇自知发财梦已经破碎，就嚷着要跟杨刘离婚。

好不容易找着的媳妇，杨刘哪里肯放手，两家人吵闹了几次，媳妇索性出去打工了，放话过来，如果不能好和好散，就只能等她起诉离婚了。

杨刘有些欲哭无泪，求着简皓给他想办法。

想当初杨刘那一副得意忘形的样子，简皓好心劝一劝，对方还以为他是羡慕嫉妒。这些年，全国各地因为拆迁补偿，假离婚或是冲着占国家便宜而闹出的纠纷数不胜数，明明知道最后是人财两空，还是有人为之铤而走险。

见简皓愣着没说话，杨刘有点急了，说："好歹咱俩是同学，现在你在村里混得风生水起的，帮我一把不是难事儿吧，你去村里说一说，先把我媳妇的户口落实下来，这样，她就会回来了。"

他白了杨刘一眼："你从小看人的眼神就不好，我只是群工站的义工，风生水起跟我不搭边。再说了，就算是村主任也没有这个权力随便让人落户吧！

"我早就跟你说过，拿钱当条件的婚姻，早晚都得散伙。如果你真想找个老婆好好地过日子，就靠自己的能力去找，选一个能和你一起奋斗吃苦的。"

这些话，杨刘哪里听得进去，和简皓拉扯了半天。最后，简皓把对方甩开，躲到群工站里去了。

王阿姨见他领口上有污渍，扣子也被扯掉了一颗，以为他在村里被哪个不懂事儿的欺负了，赶紧过来询问，他才把杨刘的事儿说了一遍。

王阿姨叹气："他这种情况在村里有好几起了，年初老陈家被骗婚的事儿闹得沸沸扬扬的，仍然有人抱有侥幸心理。像杨刘这种，正经领了结婚证的，想拿回彩礼都难！"

担心他到村里去再被这位老同学纠缠，王阿姨给他安排其他的工作："文化站在对周贡植故居进行翻新，要在那里设立第一党支部，你有空就去那里帮忙吧，小蒋在那里，你们都是年轻人，谈得来。"

王阿姨说了地址，简皓如梦初醒，村里的那座四合院他是有印象的。

二十年前，那四合院算得上是村里最好的房子，只是因年久失修，现在被村里一些新建的房子给比下去了。

他很有兴趣去探寻一下周贡植到底是个什么样的人。

傍晚回到出租屋，简皓看到夏攸晨和廖婆婆在院子里洗桑葚。黑色的桑葚果实看上去饱满多汁。

他好奇："你们上哪儿弄到这么多桑葚？"

夏攸晨笑着说："这得多亏了廖婆婆，她可真是个宝藏老太太。早上聊天的时候，我说好想吃桑葚，她说山上有大片的桑树，没人管，说这个时节上面肯定挂满了果实。于是我俩就背着背篓去山上摘。”

她用双手搅动着盆里满满的果实，脸上是得意的笑容：“我们准备做桑葚酱，早餐用蘸面包吃。”

难怪俗话说家有一老，如有一宝。别看廖婆婆喜欢到处乱逛，乱逛也有好处的，这十里八村哪有免费的山货，她就是个活地图。正好，她可以完全展现一个乡村老太太不浪费山货的“美德”。

夏攸晨把廖婆婆摘桑葚的视频给录了下来，准备做短视频，年前那一期廖婆婆拔萝卜、做萝卜咸菜的视频上传之后播放量很不错，只可惜后面遇上过年，事情繁多，就没有了后续的更新，好不容易有点人气，让他们给拖没了。

简皓有点不好意思，这才意识到他做事儿没什么规律，东摸摸，西弄弄，最后哪件事儿都没干好。

第7章　月老加持

桑葚酱很快就能吃了，晚上，简皓在房间里做视频剪辑的时候，夏攸晨把桑葚酱端了上来，搭配了油煎过的面包片。

桑葚酱甜中带着果酸，有着桑葚的新鲜气息，虽然才吃过晚饭没多久，他还是一口气把面包片都吃光了。

夏攸晨往电脑屏幕上瞄了一眼，问："这助农计划都写了些什么？"

简皓解释说："现在很多电商直播平台都有大力扶持乡村振兴的政策，如果我们能打造有铜罐驿特色的乡村产品或特色景点，满足他们的扶持条件，他们会主动为我们做宣传、导流量。"

夏攸晨听着有点激动："都有些什么条件？"

简皓用鼠标把页面往下拉，指着屏幕上的条款说："对于有文化特色的，反映新农村景色的……"

夏攸晨凑得很近，右脸颊几乎要碰到他的右脸，夏攸晨看得很认真，完全没有感觉到旁边的人已经心潮澎湃。

简皓的注意力都在夏攸晨的身上，当脸颊感觉到她的温度，他只感觉心跳加速，一个暧昧的念头在心中升起。

不过，他很快就打消了这个念头。

虽然他们现在的关系比朋友亲密一些，但似乎还没有正式表白过，还算不得情侣，太过暧昧的举动他担心被她误会。

等夏攸晨看完屏幕上的条款，发现简皓正目不转睛地看着她，她好奇："你不看电脑，看我做什么？"

他突然面红耳赤，好半天才问："我们现在是不是恋人关系？"

夏攸晨眉头一蹙："你怎么想起问这个？"

在情感上，他似乎比她更羞涩。

他犹豫地问着："我们都抱在一起过了，而且还睡过了，应该算是情侣了吧！"

他说的"抱"，是在公交车上，用手臂把她护在拥挤的人群中。至于"睡"，是两人大年夜在群工站值班，裹着厚厚的大衣靠在沙发上睡了一夜。

"你怎么老想着占我便宜！"

"这是自然而然的吸引！"

以为她会甩自己一巴掌，然后骂一句"不要脸"，简皓正后悔挑明这个问题，夏攸晨突然问："你是打算留在这里了？"

"你这是明知故问，我人天天在这里！"

夏攸晨在他脸上飞快地"啄"了一下，然后跑了。

简皓摸了摸被吻过的脸颊，感受着脸上的余温来提醒自己，刚才发生的事儿并不是梦。

这天晚上，简皓躺在床上，辗转难眠。谈个恋爱又不是什么大事儿，但只要想到夏攸晨的娇俏的脸，他就会止不住地兴奋。兴奋之后又羞愧，自己二十五岁了才谈第一次恋爱，是不是给男同胞们丢脸了？

但转念又想，自己之前不受女生待见，或许就是为了等这场灵魂契合，等彻底改变自己生活和工作方向的爱情。

在遇到夏攸晨之前的他，物质、世俗，有种随波逐流的迷茫感，遇到她之后，他有了面对困境的乐观、助人为乐的执着、"好管闲事儿"收获来的敬重，最重要的一点是，以前写方案收不到钱，心痛难耐，现在做短视频收不到钱，乐在其中。

第二天，简皓起了个早，他今天要去周贡植故居帮忙。明明昨天晚上没睡几个小时，早上却精神抖擞。

崔娘娘做了鸡蛋饼，蘸夏攸晨做的桑葚酱吃，他一口气吃了十张，直到崔娘娘提醒他"小心撑着"，他才不好意思地停下来。

崔娘娘问："你今天看上去心情不错，有什么喜事儿？"

“您觉得我和小晨般配吗？”他小声地问。

崔娘娘听懂了其中的意思，说：“你刚搬来的时候，我就觉得你俩能成，所以别人托我来给小晨说媒，我没同意。”

两人正说着，夏攸晨也来吃早餐了，见两人窃窃私语，便玩笑着说：“你们不会是在说我的坏话吧？”

崔娘娘意味深长地笑了笑，走开了。简皓说：“我让崔娘娘晚上加菜，庆祝一下。”

“庆祝什么？”

“庆祝我俩正式成为男女朋友。而且我发现她这里有月老护法，让有情人终成眷属，以后还可以发展一下恋爱民宿之类的。”

“油嘴滑舌。”被他打趣后，夏攸晨端着早餐回屋去吃了。

简皓走在路上，遇到熟识的村民，对方都会忍不住问：“你遇到什么喜事儿了，这么开心？”

“有吗？”

“怎么没有，嘴都笑咧开了。”

俗话说有爱情滋润的人，红光满面、意气风发，藏都藏不住。

站在大门口往里看，周贡植故居是一座四合院，听说从2013年开始就在整修了，如新铺上了崭新的黑瓦，墙也按照当年的景象粉刷成了白色。

有工作人员忙里忙外，简皓一走进去，就看到了蒋乐俊，他正和那个人抬着一个看起来很重的铁皮箱子，于是简皓赶紧上去帮忙。

几个人喘着粗气把箱子抬到大门左侧的房间里，打开箱子，里面是一些装了边框的老照片，上面的人物一小部分，他是认识的，在课本上学过，一大部分他不认识，对历史有些孤陋寡闻。

他今天的工作就是帮助文化站的人，把这些历史材料按照资料上编辑排列的顺序挂在故居的墙上，这是他学习历史的好机会。

简皓看着资料上有写着“第一党支部”的字样，便饶有兴趣地把下面的一段注释念完，他才知道这是周贡植烈士的生平。

他虽然不太喜欢研读历史，但在电视剧里多多少少也看过一些，很多革命先驱出生在富庶之家，他们原本可以过着衣食无忧、自由自在的生活，却为了信仰，历尽磨难，甚至贡献出生命。

周贡植故居是中共四川省委第一次代表会议旧址。简皓看着正站在人字梯上装相框的蒋乐俊说：“你现在是不是实现了自己的梦想，成了那个讲故事的人？”

蒋乐俊说：“现在讲故事的人很多，关键是谁讲得好，谁更吸引人。”

“我们文化站正在打算如何宣传第一党支部的事，准备搞一个红色三节文化，定期举行学习活动，你见多识广，有什么建议吗？我们正在集思广益。”

简皓说：“上大学的时候，学校推荐后备党员，我当时就有去申请过，可惜后劲不足，没选上。”

村里从2013年就开始关注周贡植故居的翻新和修缮，铜罐驿政府一直觉得这套四合院是英雄湾的精神所在，也是打造红色旅游的中心。

为了收集到完整的、反映当年真实情况的资料，铜罐驿文化站大费周章从重庆各地的档案馆文史馆去找史料，还把村里五十岁以上的老人走访了个遍。

来帮忙的人里面有个叫大黄的，四十多岁，闲聊的时候，大黄得意地说：“我是听我爷爷说的，他认识周贡植的二嫂。周贡植去世之后，直到中华人民共和国成立，附近的村民才知道镇里出了这么一位为革命捐躯的烈士。

“那时候周贡植的二嫂还健在，年纪虽然大，身体还是很硬朗的，我爷爷悄悄问过她关于中共四川省委成立的事儿，二嫂是个老实巴交的乡下妇女，她说怎么成立的不清楚，只说当时借着周老爷办大寿，宾客往来道贺，正好为会议的召开作掩护。

“周老爷办寿前就吩咐家里所有的人，说他要在东屋祭祀祖宗，在此期间，任何人都不能进入东屋，有违令者就家法伺候。周老爷是一个非常威严的人，说一不二，家里的人没有敢违命的。”

“二嫂当时在厨房帮忙，她负责每天按时将一日三餐送到东屋去，她也不进去，就把饭菜放在门口，看到里面的人把饭菜拿进去，她就走开了。

“我爷爷说他还见过周贡植的儿子，每次路过周家大院的时候，就能看到他在院子里玩儿，再后来去了哪儿，就不知道了。”

简皓喜欢跟这些人聊天，你说一句，我拼一段，他觉得大概这才是真实的历史吧。

蒋乐俊说：“那天我去听新英雄村的规划会议了，要把巴县一中的校舍进行扩建，以后会在那里办一个党员教育培训基地。这也算给新英雄湾村的乡村振兴引流。”

虽然这些事跟简皓没什么关系，看着大家脸上向往的笑容，他也会被感染，心里美滋滋的。乡村要建设发展，最重要的基础并不是资金和政府的支持，而是在这里的每个人，都心存信心，坚信这条路走下去，就是光明大道，然后为之一起努力。

简皓在故居忙活了大半天，下午三点的时候，前期布置工作就结束了，他看到凳子上有一份关于周贡植生平的装订资料，他挺喜欢看故事的。

以前念书的时候，他很喜欢班上的一个女同学，女同学算是个文学女青年，喜欢看一些文学杂志，什么《读者》《意林》《演讲与口才》。

为了跟女同学套近乎，他就谎称自己也喜欢这些书，经常买。于是女同学就向他借，为了圆谎，他就成了学校对面杂志店的常客，各种杂志，只要新版一到，他就会买。

买来后他会从头到尾认真地看一遍，找点跟女同学的谈资。最后的结果是，女同学没追到，他自己喜欢上了看小说故事。这直接影响到了他高中念文科，大学毕业后写文案。

资料是文化站的，蒋乐俊说：“你看完了记得还回来，打印出来的资料就这一份，说不定后面要用到。”

回到家正好赶上吃晚饭，简皓把资料随手放在了饭厅的椅子上，吃过饭，夏攸晨瞥了一眼，拿起来翻了两页，然后问：“可不可以让我看看？”

“当然可以，我的都是你的，人都可以拿去，更何况是一本资料。”他玩笑着说。

当着崔娘娘和廖婆婆的面，夏攸晨有点难为情，白了他一眼。

崔娘娘知道这是年轻人之间的情趣，埋头吃饭不说话。廖婆婆反而开口：“小青年谈恋爱可以，但不能‘撒狗粮’。”

简皓挺惊讶：“廖婆婆，您竟然知道‘撒狗粮’这种话，真是稀罕。”

廖婆婆说："您以前不是说我老古董，不懂得与时俱进，抖音真是个好玩意儿，上面什么都能学到，亏得我以前念过书，认识不少字。"

说完，廖婆婆脸上是得意的表情，仿佛在说，比起村里那坐井观天的老姐妹们，她算得上走在新潮前沿的人。

简皓也很得意："那是因为您跟一群有眼界的新潮年轻人住在一起，俗话说近朱者赤，近墨者黑，是经验之谈。"

他本想借着晚饭后跟夏攸晨"交流"一下感情，她却关在房间里看书，不肯出来，他敲了两次门，她只回应"没空"。

他有点担忧，她是不是因为那句玩笑而生气，他觉得夏攸晨是思想开放、行动保守类的女孩子。她可以没羞没臊地开暧昧玩笑。当你想要一些情侣间的亲密时，她就会退避三舍。

简皓是既苦恼，又安心。

苦恼的是，恋爱中的情侣，难免会带着暧昧地调侃，有很多时候，看见她，他就忍不住想亲她，但被她一瞪，所有的示好只能咽回去。

安心的是，她的矜持至少证明她在情感上是谨慎的，张弛有度。

简皓回到房间里，想做点别的，分散注意力，就不会满脑子都是她。

他也会自省，大概是在相亲市场上被淘汰的次数太多，或许还因为单身了太久，遇到一个如此优秀的女朋友，难免有些心急火燎。

爱情嘛，就像烹茶一样，要细煮慢煎，才能品到甘甜的味道。急火攻心可能会适得其反。

简皓整理了最近拍的照片，准备找个时间做后期处理，再发给杂志社的编辑，如果能被采用，正好可以对铜罐驿进行一波宣传。

他口渴想喝水，去拿水杯，才发现水早就喝完了，早上出门的时候忘了烧水，水瓶里空空如也。

他拿着烧水壶去水龙头那里接水，水装了一半，他赶紧把水龙头关上，他准备以借水为借口，跟夏攸晨聊上两句，道一句晚安。

如果一句话不说就睡觉，他担心晚上会失眠。

下楼时，看到她房间的灯还亮着，于是他兴高采烈地下楼，敲开她的房门。

来开门的夏攸晨脸上有明显的泪痕。

他有点着急："你怎么了，为什么哭了？"

看着夏攸晨眼睛红红的，简皓紧张起来："怎么了，是谁欺负你了？"

她揉了揉眼睛，说："是看资料看哭的。"

大家的目光都在周贡植为了革命而奋斗的不屈不挠的献身精神上，她却在为周贡植夫妇的爱情而感叹。

周贡植牺牲的时候，妻子已经有了身孕，在躲避国民党反动派的追捕之后，生下了唯一的孩子，她却在孩子出生后的一个月，追随丈夫而去。

简皓笑她："你们女孩子就是太感性，活着多好，好好地照顾孩子，照顾父母。"

她嘲着他吐舌头，一脸鄙夷："你以前说没谈过恋爱，我还以为你是哄人的，现在看来，你的确没谈过恋爱，根本不知道爱一个人的感受。"

说到这里，她一脸向往地说："我能明白她的感受，爱一个人，会把他当成生命里的光，当失去光芒之后，你就会觉得世界一片黑暗，而且你深深地知道，这光再也不会出现。"

简皓看着她若有所思的样子，只觉得大事不妙，她是不是以前遇到过像光一样的男孩子，然后分开了，哪怕跟他在一起，她心里依旧在想着那个人。

他皱紧了眉头。

夏攸晨疑惑："你想什么呢，这么难受的样子？"

他忍不住问出口："你心里是不是还想着前男友？"

她是个心思很细腻的人，他这样一问，她立即明白，他误会前男友是她心底的白月光，于是赶紧解释："我只是在说资料上的故事，那个时候的爱情很纯真，也很执着，一旦相爱，不仅会支持彼此的信仰，还会生死相依。

"现在的爱情就很难说了，再浓烈的爱情，都敌不过社会的现实，梦想、金钱、优越的工作机会，都比爱情重要。"

简皓一时哑口无言，根本没办法辩驳，现在别说谈恋爱了，就连相个亲，都不会看你是否有内涵教养，就问你是否有车有房、口袋里有多少存款。

夏攸晨见他手里拿着的水杯，问："你是来要开水的吗？"

"是的，忘了烧水，烧水壶不好使，就来要点热水泡咖啡。"他赶紧回应着，转移这个令人尴尬的话题。

他本想再跟她聊一会儿，谁知帮他泡好咖啡，她就下了逐客令，说想早点休息。

回到房间的简皓内心开始激动，忍不住揣测那是什么样的一个男孩子，会让夏攸晨执着地爱过，又是什么样的原因，让他放弃了一个这么单纯有活力的女孩子。

不过他很快就整理好心情，管他什么样儿，反正现在和她谈恋爱的是自己，他现在连自己的事业都放弃了，为的就是她的信仰。

简皓每隔几天，就会去正在施工的一组看看进展情况。施工队加班加点地干，两个月就已见雏形。

中式特色的两层小洋楼，白墙乌瓦，每天都有一群村民围在那里，用一种期待的目光，看着它们一点一点成型耸立。

甚至有村民把小桌板和凳子也搬了过来，天气好的时候，泡一杯茶，几个人坐在那里一边打牌，一边听着机器运作的轰鸣声，似乎一边享受着生活，一边期待着未来。

简皓突然看到了周林爸爸，不远处，他坐在一辆三轮自行车旁边，左右环顾。

他走过去打招呼，才看到三轮自行车后面的货箱厢里摆着饮料、方便面和烟酒，俨然一个移动小卖部。

周林爸爸看见他，恭敬地问："简老师，你也过来转转呀。"

他夸着："周师傅，不错嘛，你挺有商业头脑的，知道上这里来卖饮料和小吃。"

工地上没有给工人提供餐食，下班时间，工人会走大约一公里的路程去镇上的小饭馆吃饭，有的工人为了节约时间，也为节约钱，就会在这里买方便面随便解决两口。

现在天气渐渐热起来，饮料便成了畅销品，除了工人，在这边看施工的村民偶尔也会光顾。

周林爸爸不好意思地说："虽然赚得不多，好歹也能为家里添点收入，我也顺遍看看，哪些东西好卖，等搬进新房子，我就在一楼弄一个小卖部。”

简皓问起周林的近况，得知一家人搬到镇上出租房之后，周林爸爸还是提心吊胆了一阵子，担心孩子又出盗窃的事儿，被左邻右舍赶走，那他们就真的要无家可归了。

庆幸的是，周林没有再闹出盗窃的事儿，而且学校里，老师反映周林听话了很多，以前从来不做作业，现在虽然成绩还没跟上，但至少作业是按时完成的，进步很大。

周林爸爸说：“等搬进新家那天，我一定要好好地摆一桌，到时候你赏脸，一定要来哦。”

简皓今天到村子里来，并不是因为群工站的工作，而是在给摄影作品找题材，他想拍一组已经同意土地流转的村民对未来生活的往事儿，与还没有同意搬迁，依旧住在老房子里的村民对眼下生活的迷茫来一个鲜明的比对。

还没有拍到满意的照片，他就接到群工站王阿姨的电话，让他一个小时后去群工站开会。拍照是要讲缘分的，灵感也是在不经意间产生的，看来今天缘分未到，他只能收起相机。

简皓急匆匆地赶去群工站，夏攸晨也在，他看见她手指上还有没洗干净的泥土，估计是在家里倒腾植物的时候，被叫过来的。

他走过去，紧挨着她坐下。

王阿姨说：“自从春节结束之后，返乡的青壮年们就又陆续出去打工了，证明村里的振兴建设和新民居对他们来说，没有吸引力，让他们没有信心。”

“前天三组有户人家的小孩子，说要去找妈妈，就离家出走了，幸亏在车站被邻居看到，给带回来，否则后果不堪设想。我今天把大家叫过来，就是集思广益，大家商量个办法，把村里的留守儿童安抚好。”

大家都小声地议论着，这不仅是陡石塔村的问题，更是所有偏远乡村共同面临的问题。

简皓举手问：“王阿姨，这村子里有多少妈妈是没有出去打工的？我指的是留守妇女。”

王阿姨想了想说：“村子里的留守妇女还是有一部分的，如果需要，我们可以做一下统计，你有什么好的方案可以说出来，大家可以商量商量。”

简皓说：“我以前在报纸上看过一个关于偏远山村让留守妇女组织起来一起照顾留守儿童的新闻报道。

“讲的是村委会把村子里留守妇女都召集起来，组成邻里妈妈团，让妈妈们就近照顾留守在家的孩子，把留守的孩子带到自己的家里，让他们体会到妈妈一样的照顾，还可以和妈妈们的子女结成兄弟姐妹，相互照顾，让那些缺乏家庭关爱的孩子了解什么是家庭的温暖，也有利于留守孩子的身心健康。”

王阿姨点头称赞：“我认为一个合格的义工，不能只是别人提出困难，我们帮忙解决，而是自觉地去发现问题，并找到合理解决的办法。留守儿童一直都是村里没能解决的大问题，都说孩子是国家的未来，我认为孩子也是咱们新英雄湾村的未来，只要把孩子教育好，铜罐驿才会发展得越来越好。”

群工站的人都非常积极，立即就行动起来，去村委会那里问询情况，然后挨家挨户走访，调动这些留守妈妈的积极性。

走访了两个星期，收效并不大。

很多妈妈们觉得带自家小孩子都相当费神，还要干家里的农活儿，根本没有精力去管别人家的孩子。更何况多一个孩子不仅要多操一份心，而且经济上也会增加一些压力。

但有些妈妈得益于群工站平日里的帮忙，碍于面子，嘴上说愿意试一试，但行动却不积极。毕竟带一个孩子也是一份责任，这年头，因为孩子碰伤磕伤的矛盾纠纷太多，谁都不想给自己找麻烦。

群工站里有位沈大姐，四十岁出头，是陡石塔村本地人。沈大姐二十多岁的时候也在外面打工，后来父亲在工地上摔断了腿，母亲又得了癌症，家里就她这么一个女儿，不得已只能回到村子里照顾父母。

为了方便照顾父母，沈大姐只能留在村子里，丈夫也是同村人。婚后丈夫去浙江的鞋厂打工了，她就在家照顾孩子和老人。

沈大姐在外面打工，见过世面，知道邻里间要互帮互助，才能相处融洽，于是加入老杨群工，成为义工。

沈大姐说：“我想来带个头，我反正也闲在家里没事，多个孩子还热闹一点。我家孩子十四岁，正是懂事儿的年纪，性格也外向，和谁都合得来。只要我们把事情做好，就能起到带头作用。相信后面会有越来越多的人响应。”

简皓连连点头，向王阿姨建议：“加入妈妈团的人，我们应该考虑给她们一些补助或是表扬，这样更能带动积极性，毕竟费力不讨好的事儿，谁都不会愿意掺和。”

王阿姨突然想起来：“那天我去村委会办事儿，听到上面要下来一个政策，谁能在乡村振兴中起来示范作用，就会有一笔奖金。”

王阿姨对沈大姐说：“咱们先把事情干起来，后面能为你申请的福利，我们一定会全力以赴。”

沈大姐有点不好意思：“我做这些事儿，只是希望村里越变越好，没想过要什么奖励。”

王阿姨笑着说：“你不用这么客气，有奖励才能带动大家积极性，大家都不容易，哪能只干活儿不要回报！”

群工站办事都很高效，很快就从群工站的帮助名单里找出两个需要帮扶的孩子，一个叫赵小雪，一个叫郭高兴。

简皓看了群工站里关于这两个孩子的备注，赵小雪的家庭还算圆满的，父母都在上海打工，会按时寄钱回来，家里由爷爷奶奶操持。家里盖的是三层小洋楼，父母寄回来的公主裙绝对是班里其他同学都没有的式样。

赵小雪就是单纯地想父母陪在身边，最初是装病，一病，妈妈就会火急火燎地赶回来，后来装的次数多了，父母就视而不见。赵小雪就开始在学校和同学们闹矛盾，打架斗殴。

每次犯事儿，老师就会给家长打电话，她以为老师多找父母两次，他们就会回来。但这样一来，父母就把她视为了没法管教的坏孩子。

去年，父母在外地生下一个小弟弟，就带着小弟弟在外面生活，虽然生活费和学费没少过赵小雪，但她也彻底成为被父母忽视的孩子。

群工站帮忙那次，是赵小雪生病，发高烧39摄氏度，她把医生开的药都给扔了，爷爷奶奶把她送到镇卫生院去输液，她坚决不肯，几个护士哄着，都没能把针扎上。

赵小雪有点一心求死的意思，爷爷奶奶平时就管不住她，现在更没办法，到底是自己亲手带大的孙女，眼看走投无路了，爷爷就求到群工站来。

群工站好说歹说，赵妈妈才愿意安慰女儿两句。赵小雪的病好了之后，群工站的人担心她再想不开，又帮扶过好多次，还有义工带她坐车去西郊动物园玩了玩。

赵小雪虽然没再闹，但人总是蔫蔫的，成绩在学校已经垫底，在学校还有两次处分记录。

赵小雪才上小学五年级，如此下去，群工站的义工们担心她念不完初中，就会变成社会最底层的打工妹，外出务工。

那个叫郭高兴的小孩儿，在他父母取名字的那一刻，肯定没有料到这个孩子会过上不高兴的生活。

郭高兴属于爹不爱娘不要的那一类。父母离异后各自组建了家庭，郭高兴被判给了父亲。

郭家家境不好，郭爸爸再婚后就当了上门女婿，原本是要把郭高兴带过去的，但郭高兴跟继母家合不来，三番两次跑回村。郭爸爸的父母死得早，郭高兴没有爷爷奶奶，回到村子里住进一栋破旧的空房子里。

义工在巡逻的时候，发现了睡在空房子里的郭高兴，房子不通水不通电，他脏得像个小叫花子。

去赵家聊帮扶赵小雪的事情，是简皓陪着沈大姐去的，说是年轻人跟年轻人之间比较好沟通。

简皓心里挺高兴，群工站的帮扶对象，只要是年龄比较小的，哪怕比他小上十来岁的，也会划归到跟他同龄，以好沟通为由，让他加入其中。

见到赵小雪的时候，赵小雪跟他想象的不一样，因为听说赵家的条件在村里算不错的，以为她会是个骄傲不羁的小公主。当爷爷把小雪从卧室叫出来之后，却是一个瘦小病弱，比实际年龄看着小很多的女孩子，有点发育迟缓的样子。

赵小雪对老杨群工一点都不陌生，听王阿姨说，群工站里很多义工都来开导过小雪。

小雪对简皓和沈阿姨的态度很恭敬，却不热情，只是小声地说：“阿姨好，叔叔好。”

简皓忍俊不禁，让他来，就是觉得他跟“小朋友”一样惹人亲近，现在好了，人家把自己当叔叔，鸿沟马上就出来了。

沈大姐上前去，先是对着赵小雪温柔地笑，然后说：“小雪，我是群工站的沈阿姨，我最喜欢小孩子了，有好多小孩子都喜欢到我家去玩，她们都喜欢叫我沈妈妈。”

沈大姐这招用得很好，先入为主，在小雪面前塑造好妈妈的形象。

沈大姐说：“以后你也叫我沈妈妈吧，听着亲切。”

“沈妈妈。”好半天，小雪才从嘴里挤出这三个字。

他猜测着，可能孩子对“妈妈”这两个字既向往，又失望，所以从嘴里说带着一丝别扭。

沈大姐循序渐进：“这周星期六，有几个小朋友要到沈妈妈家来玩，你出来玩吧。”

赵小雪奄奄地说：“谢谢沈妈妈，我还是不去了吧。”

简皓怀疑小雪是不是抑郁了。小孩子处在这个年龄正是叛逆期，叛逆的孩子一般多动，全身跟打了鸡血似的，想找一个发泄的出口。

简皓想，自己也该主动一点，给孩子营造一个快乐的氛围，简皓附和着：“小雪，一起来玩吧，我也会去，我给大家带了好玩的游戏，还有漂亮的奖品哦。”

小雪依旧是奄奄的，他才估摸自己说错话了，赵家的条件不差，小雪应该也有过比较新颖的玩具，所以小礼物这样的东西，对她一点吸引力都没有。

还是沈大姐会哄孩子，爱怜地摸了摸小雪的头顶，说：“虽然我已经有了一个女儿，可我还想要一个像小雪这样漂亮的女儿，你想不想再有一个妈妈，还有个姐姐一起照顾你？如果你想，就一定要来哦。”

有妈妈，还有姐姐，果然有诱惑力，小雪迟疑了一会儿，点了点头。怕小雪反悔，简皓说：“那星期六我来接你过去。”

走出小雪家，沈大姐夸他是个好帮手，劝人，就得一唱一和。

接着该去找郭高兴。说起这个郭高兴，沈大姐有点心痛：“郭高兴家在第一组，郭爸爸当时是死活不肯签字的，还嚷着要给现任老婆的孩子弄一套房子，后来被村委会的人教育了。自己的孩子都照顾不好，还想着别人家的儿子！”

简皓的心揪得紧紧的，问：“郭高兴现在住在哪里？”

“群工站劝说了好久，还把法律搬出来，郭爸爸才同意在镇上租了一个小房子，让郭高兴暂时住在那里。”

“这么小的孩子，大人真的放心吗？”

沈大姐摇了摇头：“群工站有派专门的义工定期去照顾他，会给他买些食物和衣服。物质上的东西容易满足，但心灵受到的伤害，是很难弥补的。”

“郭高兴母亲的事儿，我多多少少也听说一些，也怪咱们这里赚钱太难了。”说到这里，沈大姐叹了口气，“其实三十年前，铜罐驿这个地方并不差，有很多工厂，还有大医院。我小的时候，我爸妈就在果汁厂上班，我还印象深刻的是，每年夏天，厂里都会发饮料给工人，班上有好多同学都羡慕我。可惜那种日子一去不复返了。”

“不会呀，我认为很快就会回来的。”

简皓说着话，目光投向了正在建设的第一组新房，两人正好走到这一段，机器轰鸣，工人干得热火朝天，不过短短的两个月，房子街道都已成型，这才是干实事儿的。

“我们要有信心，国家能把资金引到这里来搞建设，就是想给大家打造一个好的根基，只有根基稳固，我们才能放心大胆地在这上面做自己想做的事儿。”

简皓乐呵呵地说：“等拿到新房子，我准备把房子装修成民宿，既不浪费空间，还能有外快。”

沈大姐笑他：“你们年轻人脑子就是灵活。只是真的有人会到这里旅游吗？乡下地方，有什么好看的，我一个表姐所在的村里也搞乡村振兴，当时说的是建养老度假村，村民把自己的房子拿出来装修，自己当管理人。养老中心都建成两年多了，去的游客却寥寥无几。之前为了待客，她买了不少东西，钱都亏在里面了。”

简皓突然能明白为什么前段时间，夏攸晨会对他没有坚定留下的决心而生气。有不少的村民，包括群工站的义工对于恢复铜罐驿昔日的繁华，是没有信心的，所以才会有那么多人只纠结于眼前的利益。

他把夏攸晨的那套话搬了出来："建设是要靠大家努力的，而不是单一地去依靠政府或者几个人。政府已经把目光放在了新英雄湾村，肯定会给它最大的支持。

"而我们更不要有依赖性，现在是信息化时代，通信发达，我们可以借鉴学习别人在乡村振兴当中的成功案例，大家的劲儿都往一个地方使，哪有干不好的事儿。"

沈大姐挺惊讶的："你都不住在村里，还有这么高的思想觉悟！"

简皓不好意思地挠了挠后脑勺，就不定以后得长期住在这里。他最近也头疼，在寻找一个可以养家糊口的工作。虽然夏攸晨是个非常独立的人，如果真跟她结了婚，自己还是得担负起养家糊口的责任。

第8章　被遗弃的孩子

到了郭高兴的出租屋，简皓才惊觉自己住的地方离这里只有十多分钟的脚程，如果自己能多留意，是可以经常过来关照这个可怜的孩子。

其实他有在群工站的工作簿上看到过郭高兴的事儿，只是村子里的留守儿童太多，他就忽略了。

从窗户往里面看，屋里一片狼藉，一个十二岁的孩子　连生存能力都没有，更别说打理家务了。

郭高兴已经辍学了，原本在父亲那边念到四年级在群工站的帮助下，他被送进铜罐驿小学借读。但郭高兴性格孤僻，又自卑，跟同学一言不合，他就逃学了。

为了不去学校，郭高兴时常会躲起来，让群工站非常头痛。

郭高兴还想出去打工，悄悄问义工拿钱，说是买文具，结果拿了钱就坐车去主城区。他年龄实在太小，又因为营养不良，比起同龄的孩子矮小很多，一见他这样的，没有用人单位敢要，他只能在街边流浪。

最后郭高兴饥寒交迫地晕倒在路边，让救助站给送回来了。

沈大姐站在窗口叫了一声“郭高兴”，郭高兴才懒懒地从床上一堆杂乱的衣服被子中爬起来。

简皓一愣，刚才他还以为床上是一堆脏乱的衣服，没想到这堆衣服下还躺着一个人。

最近的天气已经热起来，他还把自己包裹在厚厚的衣服当中，不知道是不是生病了。

郭高兴打开房门，沈大姐笑着问他：“你还认识我是谁吗？”

郭高兴点点头，眼睛里没有丝毫的神采。

简皓赶紧上前打招呼：“高兴，你好，我是义工站的简哥哥。”

基于对群工站的好感，郭高兴对着简皓点了点头，依旧没有说话，虚弱麻木的样子，让他的心口有点疼。

他揉了揉胸口，暗忖自己快成病西施了。明明自己都过得不如意，偏偏还见不得这世间的疾苦。

他也惊讶自己的转变，以前遇到悲惨的人，他只会叹叹气，觉得自己不拖累社会，就是最大的善举。但看到郭高兴之后，他想的却是怎么用实际的行动来帮助和改善郭高兴的处境。

他又问：“你吃早饭了吗？”

郭高兴指了指屋子里的桌子，他快步走上去一看，碗里黑乎乎的，他拿起来闻了闻，应该是煮煳了的土豆泥，似乎有点变味儿了。

这个时候正是中午吃饭的时间点，简皓提议：“我们一起去吃饭吧，这附近有家餐馆的豆花挺不错的。”

但郭高兴身上一股馊味儿，简皓带着他去餐馆吃饭，换一身干净的衣服是最起码的尊重，于是柔声地提醒：“高兴，咱们换件衣服再出去吧。”

说着，郭高兴就开始在屋子里找干净衣服。拉开柜子，里面都是厚衣服，再看看床上，是当季的衣服，但却脏得黑乎乎的，上面或多或少都有很厚的污渍，有些是泥土，有些是油渍。找了半天，也找不出一件干净的。

简皓说：“去我家吃吧，我打个电话回去，让他们多炒两个菜。”

简皓给崔娘娘打电话说明情况，崔娘娘早就习惯了他的古道热肠，说：“行，家里就菜多！”

住到出租屋，简皓就习惯了吃大锅饭，崔娘娘承包了租户所有的饭食，每天煮饭炒菜都用大锅。吃饭的时候，大家围坐在一起，一边吃一边聊经历的趣事儿。

以前他听同事们聊天，说一大家子住在一起，人多矛盾多，闲言八卦也多，单独住才轻松惬意。但这栋小楼却给了他不一样的体验。

楼上楼下的住户几乎都是陡石塔村等待安置的村民，哪家有点事儿，比如接孩子、赶集带点东西之类，知会一声，就有人帮忙。吃晚餐绝对是每天最热闹的时候。

雨天，每家租户就自己拿碗去厨房盛菜，天气好的时候，就在院子里支两张桌子，十多个人围在一起，谈天说地，什么都能聊。

他把郭高兴带到崔娘娘那里去，是想着如果郭高兴继续住在那间出租屋里，每天可以到这里来吃饭，饭钱他出，至少可以保证孩子该有的营养。

他庆幸在年幼的时候，父母没有因为生计把他留在乡下，或是抛弃，他没有体会过那种孤独与无助。当眼前出现活生生的例子时，他才真正感受到生活不易所带来的无奈。

廖婆婆一闻到郭高兴身上的味儿，就开始抱怨："你在哪里捡的叫花子？太臭了，他坐在这里，吃饭的胃口都没有了。"

郭高兴原本是想往桌子边走的，听到廖婆婆的话，迈了两步，又把腿收了回来。

郭高兴垂着头，大概是生活中听多了太多嫌弃的言语，他只能躲避。

郭高兴可怜，但为了给孩子树立正确的社会观，简皓说："去哥哥那里洗个澡，换件干净衣服吧，大家都喜欢干干净净的小孩子，等你洗干净了，我们一起吃饭。"

估计是桌上的菜太有吸引力了，郭高兴点头同意了，表现得有些迫不及待。

廖婆婆上下打量郭高兴，然后问："你是郭建国的孙子吧，你怎么变成这样的了！"

廖婆婆"一村通"的外号果然不是白取的，她马上叨咕出郭高兴家的一些事儿。

"他家离我住的地方不远，他妈可厉害着呢，每天站在院子里骂人，老远都听得到，他爸脾气不好，他妈一骂，他爸就开始打人，那段时间，我基本天天坐在院子里看他家打架。"

廖婆婆的言论什么时候都很犀利。

"才不是呢，我妈妈很温柔，她对我很好！"郭高兴突然叫起来。

廖婆婆的"毒舌"，和小孩子争论起来，也一点不示弱的。

"你妈跑的时候，你连路都不会走，你知道什么呀！"

简皓见郭高兴反应如此之大，猜测着大概心里太苦，也没有得到过母爱，所以幻想着母亲美好的形象，这个形象被人破坏的时候，他害怕这最后的念想也失去，才情绪激动。

简皓见状，赶紧把郭高兴带上楼去，夏攸晨心领神会，装了一些菜，送到简皓的房间里。

崔娘娘的厨艺谁都抵挡不了，郭高兴也顾不得先洗澡了，开始狼吞虎咽地吃起饭来，吃得太快，很快就噎住了，简皓赶紧给他拍背。好半天，郭高兴才缓过劲来。

简皓看着心酸，说："以后肚子饿的时候就上哥哥这里来，饭管够。"

沈大姐也跟着上来了，她走到郭高兴的身边，蹲下身，温柔地说："高兴，以后让我来当你的妈妈，可以吗？"

郭高兴愣了一下，轻轻摇了摇头，低头继续吃饭。

简皓让沈大姐先别急，今天就把郭高兴留在他这里，男人间的对话往往比较坦诚，让他先探听一下郭高兴内心的想法，再决定要不要让郭高兴加入妈妈团的活动中。

这次妈妈团的活动是要给大家做示范榜样的，为了展示出最好的效果，小孩子得是留守儿童且家庭条件稍差一些的，但也要孩子们愿意配合。

郭高兴非常符合条件，但也得是他真诚地接受一个新妈妈。

郭高兴吃完饭，夏攸晨上来收碗筷的时候，送上来一套干净的非常适合郭高兴穿的衣服，衣服看上去非常新。

简皓问："你刚才去买的吗？"

"二楼那家人的，他们家有个跟这孩子个头差不多的男孩儿，这衣服是去年别人送的，说是忘在柜子里没拿出来穿，现在拿出来又小了一点，索性就送给他了。"

估计没人教过郭高兴怎么把自己弄干净，他就胡乱地在水龙头下面冲了一下，就拿毛巾开始擦身体。

简皓走了进去，拿过洗澡的莲蓬头，重新给郭高兴淋上："你不洗干净点，以后没女孩子喜欢你。"

郭高兴懵懂，不知道简皓说的是什么，但是人要干净整洁，郭高兴还是懂的。

沐浴露一涂上，简皓用手一搓，满手都是黑色的污垢。简皓突然有一种很解压的感觉，就像是洗刚出土的土豆，黑不溜秋的，洗过之后微微发黄，却细皮嫩肉。

“人靠衣装”这话说得一点没错，等他把郭高兴洗完换上衣服后，夏攸晨说：“这一身穿上，差点没认出来，就是头发稍微长了点，下午带你去理一理发，就有帅哥的雏形了。”

简皓知道，跟小孩子谈话如果像对大人那样直白深入，小孩子肯定是听不进去的，可能还有叛逆思想。要跟小孩子成为朋友才行，朋友间的对话，他们才会认真地对待。

他决定用游戏来跟郭高兴打交情，小孩子没有不喜欢玩游戏的，但也容易上瘾。

他想了想，决定用《植物大战僵尸》来吸引郭高兴，那是个简单的单机游戏，不复杂，也没有充值消费。

夏攸晨也心疼这个孩子，切了水果拿上来，有葡萄和苹果，对于吃的东西，郭高兴是来者不拒，但还是非常有礼貌，会先问这东西是不是给他的，他可不可以全部吃掉。得到同意之后，他才狼吞虎咽地吃起来。

简皓下载了《植物大战僵尸》，然后坐在那里装出认真地打游戏，还不时发出欢乐的笑声。

他的笑声很快就吸引了正在吃水果的郭高兴，果然是小孩子，郭高兴很快就被游戏的有趣吸引住了，目不转睛地看着，连抓在手里的苹果都忘了吃。

一局打完，他把手机递给郭高兴，问：“要不要试一试？”

郭高兴把苹果一扔，一双带水的手在衣服上蹭了蹭，然后接过手机。

简皓细心地指导着：“这些植物都是武器，阳光就是货币，你要收集到足够的阳光，才能购买武器种在小框里，来打败僵尸。”

郭高兴会问简皓，打死一个僵尸，每一种武器大概要多少颗子弹。在收集阳光的时候，他不会手忙脚乱，而是非常有耐心地等待。可见他是一个逻辑能力强、心态沉稳的人。

大概是生活给他的磨炼，让他不能有小孩子简单无忧的思绪。

几局游戏下来，两个人的兄弟之情又多了两分。

简皓问郭高兴："你后面有什么打算？"

郭高兴顿了一下，才说："我去打工，找我妈。"

"你才十二岁，现在国家对于童工的政策那么严格，谁敢用你呀。"

"我有同学也不念书了，跟着他爸妈去沿海打工了，我想去找他！"

郭高兴已经对学习这件事儿完全放弃了，简皓决定说点恐怖的故事来动摇他要打工的决心。

为了有说服感，简皓一开口就说："我有个远房表弟贪玩，跟父母吵完架就离家出走了，他跟你差不多大，说要自己去闯一番天地出来。出走的时候，身上就带了两百块钱。

"他离家出走后，他父母报警找他，他年纪小，又没有身份证，找不到坐车记录，找起来难度很大，找了大半年。最后警察找到他的时候，他已经断了两条腿，在街上乞讨。"

他一边说，一边向郭高兴比画着没有腿的悲惨样子。

郭高兴问："他是出来摔断了腿吗？"

"不是，是被打断的。他出来就遇到了人贩子。像十二岁这种半大的孩子又不好卖，人贩子就把他的舌头割了，为的是不让他乱说话，然后又把他的腿打断，装成意外残疾的惨样，让他每天趴在人行道上博大家的同情，这样别人就会捐钱给他。

"讨来的钱都进了人贩子的腰包，每天就给他喝点稀粥，为的就是让他看起来病弱悲惨，才能博同情。被警察解救之后，他虽然被送回了家，但这辈子都只能坐在轮椅上了，再也回不到学校去读书了。"

他提醒郭高兴："有时候人生的选择只有一次，你选错了，就再也回不去了。外头的坏人才不会管你可不可怜，只要能赚到钱，才不会管你的死活。"

他讲得绘声绘色，真的把郭高兴给吓住了。

郭高兴很沮丧，却说不出话来。

他赶紧说："我们群工站想给你找一个妈妈，让你住到新妈妈家去，你就可以过上跟普通孩子一样的生活，你愿意吗？"

见郭高兴还是不松口，简皓决定给他来一点希望和向往，人嘛，都喜欢向着希望前行。

简皓支着头，用一种羡慕的口气说：“都说世上只有妈妈好，宁愿要一个讨饭的娘，也不要一个当官的爹，可见妈妈对一个孩子来说有多重要。

“你有没有想过，在一个宽敞的房子里，每天早上你一起床，妈妈就做好早饭等着你，早餐有热腾腾的豆浆、鲜肉包子。”

他一边说一边观察，发现郭高兴忍不住舔着嘴唇，看来小孩子都禁不住美食的诱惑。

他又说：“妈妈还有另外两个孩子，你有两个姐姐，这两个姐姐都会照顾你，有好吃的都会先想到你，有好玩的也会让给你。你们可以一直讨论游戏怎么玩，一起去上学，放学的时候一起回家。

“下雨天，她们会在学校门口等你一起走，哪怕只有一把伞，她们都会心疼地让给你，保护好你这个最小的弟弟。”

等简皓讲完，郭高兴说：“你在讲故事吧。”

“现在讲的是故事，如果你愿意去沈妈妈家，你就会发现，这是你的真实生活。”

“可她不是我妈妈呀。”

“亲不亲生有那么重要吗？你那个亲妈抛弃你走了，她回来看过你一次吗？有来照顾过你一天吗？你宁愿对一个不负责任的女人朝思暮想，也不愿意真心向照顾你，让你过得好的妈妈伸出手。”

郭高兴小心翼翼地问：“要是过两天她也不要我了怎么办？”

简皓这才明白，他最担心的就是再次被抛弃。

他在郭高兴的帮扶资料上看到过，郭高兴也试图想融入父亲的新家庭，但有了新妈妈和新妹妹后，却没能够感受到所期望的关心和照顾。

人在重复的失望中，更容易绝望。

简皓想了想说：“刚才是沈妈妈主动邀请你到她家里去，她怎么可能赶你走？而且你都没有见过那两个姐姐，你怎么知道她们不会欢迎你？面对那些看似很美好的东西，我们可以去试一试。

“试一试，对你又没有损失，有饭吃又有暖和的床睡，还有比现在更糟糕的事儿吗！”

“还有比现在更糟糕的事儿”这句话让郭高兴彻底动了心，于是同意了。

下午夏攸晨带郭高兴去镇上剪了一个干净清爽的头发，又陪着他去出租屋里收拾了几件衣服，就把他送到沈大姐家里去了。

简皓和夏攸晨一起送郭高兴过去，快到沈大姐家里时，远远地就看到她家那栋三层楼的房子外面搭着桁架，几个工人正在施工。

细问之下才知道，新村建设调整了方案，对没有处在景点规划区的村民房屋，为了节约成本，缩短建设工期，投资公司就只对房屋进行外观新建，来符合村景的统一规划。

当初这条翻新规定出来后，好多村民都不满，明明可以住上新房子，结果还待在老房子里面，只得了个冠冕堂皇的“住新村”。

沈大姐一大早就在院子门口迎接他们。一进院子里，就看到院子里正在翻土，沈大姐解释说：“我也得与时俱进，房子是翻新得漂亮了，我也得把花园整理漂亮一点，以前就胡乱种些菜，既不美观，也收不了多少东西。”

她高高兴兴地把几个人领进屋，然后对郭高兴说：“以后这儿就是你的家了。”

沈大姐把郭高兴领到二楼的一个房间：“以后你就住这间。”

房间看得出来是被精心收拾过的，还贴上了男孩子比较喜欢的动漫画报。

沈大姐打开柜子，里面挂着两件衬衫，说：“这两件衣服都是我才买的，等会儿你试一下，如果不合适我带你去换。”

她又介绍说：“我有一个女儿，她以后就是你姐姐了，她今天上学去了，从今以后，早上我就让她送你去学校。

“你还有一个姐姐，是暂住在我家的，她每天会来这里做作业吃晚饭。”

郭高兴对这个未来新家的生活一脸茫然。

这时，听到一楼传来一个苍老干涩的声音：“小玉，家里来客人了吗？”

沈大姐朝着楼下应了一声：“妈，我给你说的那个小孩子来了。”

沈大姐赶紧带着郭高兴下楼，简皓和夏攸晨也跟着到了楼下，才发现一楼客厅里有一个坐着轮椅的老婆婆，老婆婆看上去非常瘦小，但眼睛透出来的光还是让人感觉到她精神不错。

沈大姐说："这是我婆婆。"

她又向婆婆介绍他们："这是我在群工站的同事，小夏和小简。"

沈婆婆面容干枯，笑起来眼睛眯成一条缝，显得特别开心："家里好久都没这么热闹过了，中午吃了饭再走吧。"

接着沈婆婆的目光落在郭高兴身上，然后向他招了招手："过来，让奶奶好好地瞧瞧你。"

对于陌生人，郭高兴都是充满防备的，简皓轻轻拍了拍郭高兴的肩头，示意他不用太防备，对于带着友善笑容的人，要报以友善。然后又把郭高兴轻轻往前推了推，郭高兴便轻轻地走到了沈婆婆的面前。

大概是眼睛不太好，沈婆婆把手放在郭高兴的脸上摸了摸。

沈婆婆说："真好，我也有大孙子了。"

简皓突然明白沈大姐的善良和宽容来自这个家庭的言传身教，在这个有爱的家庭里，被一群心中有爱的人簇拥着，郭高兴的未来一定会变得美好，令人期待。

沈大姐打开电视，让郭高兴自己找喜欢看的节目，钻进厨房前还不忘叮嘱简皓和夏攸晨："吃了午饭再走，这顿饭可是意义重大！"

简皓和夏攸晨本想到周围转转，但周围正在铺建碎石路面，没地方可去，就索性陪沈婆婆聊起天来。

一聊，简皓和夏攸晨才知道，每天笑脸盈盈的沈大姐实则命运多舛，但她把所有的苦难都藏在心底，几乎不对外人提起。

村里人都以为沈大姐没有出去打工的原因主要是照顾自家的父母和孩子，但在跟沈婆婆细聊之下，他们才知道，沈大姐的丈夫，就是沈婆婆的儿子早在外面有了别的女人，两年前跟沈大姐离了婚，在深圳组建了新家庭。

沈婆婆自责："这都怪我！"

沈大姐跟前夫刚结婚的时候，村子里除了种地没有别的出路，原本新婚的两口子打算外出务工，多赚点钱，把家安在城里。

结婚一年后，沈大姐回家待产，说好让沈婆婆照顾。结果还没等到小孙女落地，沈婆婆就中风了。村子里找不到几个年轻力壮的小伙子，群工站只得找了几个看似身体还不错的老大爷，抬着沈婆婆去镇上的卫生院。

铜罐驿镇上本来有家大医院的，后来因为镇上人烟稀落，医院搬走了，只剩下一个半新不旧的镇卫生院。

镇卫生院里的条件不行，没办法给沈婆婆急救，叫了救护车火急火燎地往城里三甲医院送，一番折腾，虽然命被抢救过来了，却落了个半身不遂，需要人细心照顾。

村子里都是些老弱病残，沈大姐生产连个帮忙的朋友都找不着，沈家父母也是体弱多病，根本没办法帮助女儿。

沈大姐生完孩子三天就下床，照顾孩子和婆婆，洗衣做饭、喂奶喂药，一点都没有耽误。

沈婆婆的声音哽咽着，说："都是为了我这个老婆子，才把她生生地耽误在这里！"

老人病，孩子小，沈大姐就没再出去打过工，一直过着节衣缩食的生活。

沈婆婆的儿子在外见了世面，身边又没人嘘寒问暖，渐渐地变了心，在外头找了个女人，打电话回来吵着嚷着非离婚不可。

为了他们夫妻能团圆，也为了小孙女有个完整的家，沈婆婆还闹过自杀，把轮椅推到有斜坡的路边，然后连椅带人往下滚，结果不仅没死成，还弄伤了胳膊，让沈大姐往医院跑了半个月。

沈婆婆心疼儿媳妇的辛苦，也知道强扭的瓜不甜，押着儿子不离婚也只是白白地耽误了沈大姐，于是同意两人离了婚。

谁知新儿媳嫌弃村子穷，根本不愿意过来住，更不愿意照顾她这个瘫痪的老太婆。儿子也一味听从新媳妇的话，对她这个老太婆不理不睬。

就在沈婆婆知道自己养了一只白眼狼，万念俱灰的时候，不放心的沈大姐重新回来照顾她了。

善良的沈大姐一直把沈婆婆当成亲生的母亲来照顾，沈婆婆从躺在床上不能动弹到现在可以坐着轮椅四处转转，都是沈大姐一个人的功劳。

很多人不知道沈大姐两口子已经离婚，只以为她理所应当地照顾婆婆。

沈婆婆有想过帮沈大姐澄清一下离婚的事实，好帮她重新张罗一个好丈夫，却被沈大姐拒绝了。

沈大姐说："这穷乡僻壤的，哪个年轻男人愿意待在村子里种地，我何必白白地耽误人家！"

为了不让村里人说闲话，她们一直以婆媳相称，也不提离婚的事儿。而沈婆婆也把房子写到了沈大姐的名下，自己百年之后，这房子就是沈大姐和孙女的，跟儿子一点关系都没有。

村子要拆迁的事儿传出去，儿子回来要过房子，被沈婆婆给撵走了。

让沈大姐去群工站当义工，其实是沈婆婆的主意，现在孙女长大了，大多数时间都待在学校，自己也不需要时时刻刻有人陪着。女人的孤单寂寞，沈婆婆是非常理解的。

自从沈爷爷去世后，沈婆婆就带着孩子单过，心中的苦闷没人可以诉说。群工站里的人都善良热情，万一遇上个志同道合的，也未尝不可。

沈婆婆拉起夏攸晨的手："当初说要建新村的时候，我就听村政府的工作人员说，为的就是把当地的经济搞起来，把外面的人吸引到村子里来玩，让村民赚钱。我不想赚什么钱，就想着能吸引来一个不错的男人来给我当女婿。"

沈婆婆现在把沈大姐当成亲生女儿来看。

沈大姐在厨房忙得热火朝天，做了好几个硬菜来欢迎郭高兴加入这个新家。

夏攸晨钻进厨房，问："我刚才跟你婆婆聊天，才知道你这么伟大，生产完连月子都不坐，带孩子伺候婆婆，能把婆媳过得跟母女一样，没几个人能做到吧！"

沈大姐先是愣了一下，估摸着肯定是婆婆讲出来的，于是笑着说："哪有什么伟大不伟大的，我从小就看不得人受苦，我毕竟年轻，苦点累点没什么，等我女儿长大了，我就轻松了。"

乡下人说不出漂亮话来，只知道生活是向前看的，谁的生活里还没有点酸甜苦辣！

香喷喷的香肠起锅，沈大姐用筷子搛了一片塞进夏攸晨的嘴里，让她别再纠着这件事儿说下去。

"真好吃。"夏攸晨一吞下去，又开始说，"那天村委会的办事人员到群工站在找王阿姨了解情况，说村里要推动乡风文明建设，建立村委会新时代文明实践站，要开始‘五个评比’活动。其中一项就是好公婆好儿媳，让群工站帮忙留意一下村里的好人好事儿。回头我让王阿姨推荐你，新英雄湾村就得有你这样的好儿媳当榜样。”

沈大姐有点不好意思：“千万别，我做的都是分内的事儿，哪有资格当什么榜样。”

夏攸晨叹了口气说：“像你们这样婆媳关系亲如母女的，在村里还真找不出几个。村子里有很多年轻夫妻外出打工，孩子可以带上，却几乎都不带老人，让他们在村子里自生自灭。老人去世，他们回来假心假意地装孝子哭一哭，就又走了。

“我觉得村子里的乡风乡气是该好好地整顿一下了。”

丰富的菜肴上桌，大家围坐在餐桌边，沈婆婆也摇着轮椅凑过来：“以前老话总是说，财神喜欢热闹，谁家热闹他就会往谁家来，从今天开始，我多了一个孙子和一个孙女，以后可都是福气咯！”

投资公司发来通知，说第一组的村民可以搬进新屋的时候，简皓竟然有种恍然如梦的感觉。

以前听别人说新村建设，刚开始时激情满满，随着工期的无限延长，大家的激情和动力就被耗得一点不剩。

但新英雄湾村的建设似乎兵贵神速，才几个月的时间，第一组的建设改造就完成了。

简皓拉着夏攸晨一起去看房子，老房子的总面积变成了新房子的两层小楼，他有模有样地规划着：“这四个房间我准备装修成民宿，剩下两间，一间当卧室，一间当书房。”

而且门口还有一个小院子，他打算在院子里垒两个小花坛。说到这里，他悄悄凑到夏攸晨的耳边，说：“如果你喜欢，我还可以在这里放一个秋千。”

言下之意，她要是愿意搬来跟他一起住，那这里的家具陈设都按她的喜好来办。

夏攸晨白了他一眼：“说得好像我自己没新房子住似的，谁稀罕！”

“你呀什么都好，就一样不好，太尖锐，尤其是在我们俩的感情上，你分得太清楚、太明白。每次我一靠近，你就当头一盆凉水浇下来，让我都不敢再往前走了。”

夏攸晨迟疑了一下，脸上是凝重的表情，但很快就恢复那种大大咧咧的傻笑，转移了话题：“现在去的我房子看看吧。”

夏攸晨分到的房子比简皓的小一些，站在新家的门口，她愣在那里，好半天都没踏进去。

“你怎么不进去？”

简皓走上来，看到夏攸晨眼角竟然有眼泪，担心自己看错了，他还仔细地观察了一下，发现她脸上有伤感的情绪。

于是他玩笑着调侃她：“你可是大城市长大的女孩子，见惯了高楼大厦，看到这种农家小院，是不是有种世外桃源的既视感？

“现在很多城里人的口头禅是，等我退休了，就到乡下去买块地，盖个小院，种上菜。”

“那是因为城里高楼密集，几十万元只能买小两室，一家几口挤在一起，连私密的空间都没办法保证，哪还有空余的地方种花种草、架个秋千，悠闲自在。”

夏攸晨吸了吸鼻子，明显是想止住哽咽的情绪。

简皓忍不住问：“你到底怎么了？”

她顿了一下，才说：“如果我奶奶还在，该有多好。在我小的时候，我奶奶总是给我说以前的铜罐驿有多好，她还唠叨着要把村里的路修一修，修成柏油马路，车来车往，村子就会变得热闹了。

“她以前总说这些像梦一样，现在村子里的人只会越来越少，直到有一天，这个村子完全消失在地图上。

“好可惜，她没能看到，她的梦想在她去世后的十年实现了。”

简皓点点头：“所以你义无反顾地回到这鸟不拉屎的地方，就是想实现你奶奶曾经的梦想。”

她的眼泪还是掉了下来：“这会越来越好的，我也会一直住在这里，只有住在这里，我才能感觉到奶奶在我身边。”

“你再说下去就像聊斋了！”

他想逗她笑，她却瞥了他一眼：“胡说八道！”

简皓先她一步走进新居，转了一圈之后说：“你这房子采光不错，风景也不错。”

他指着后面一块有凌乱山石的空地说：“我上次听投资办的人说，那里将来要建一个现代化智能种植棚，等到那时候，你一推开窗，就能看到那里游客如织，来的可都是钞票！”

“贫嘴！”她突然笑了。

简皓继续打趣她：“果然，一说到钱，你就乐开花，可见也是个见钱眼开的人！我们合作吧，我把我那六间房全装修成民宿，我就住你这里来，回头赚的钱我们平分！”

夏攸晨没回答，让他有点心急，跟赚钱无关，而是希望能和她住在一起。

现在年轻人思想开放，只要两个人感情融洽，同居是顺理成章的事儿，偏偏到了她在这里，她却始终不肯松口。

女孩子矜持是美德，矜持过头就让他心里七上八下，总感觉这段感情不牢靠，他可不想让得之不易的爱情最终一场空。

简皓细心地给她规划着每个房间的用处，该放什么样的家具，又说：“我会用电脑制图，回头我帮你画几张平面布置图，你拿给伯父伯母看一下，如果没问题，装修的时候我来帮你把关。”

她惊讶：“你还会这一手？”

“现在各行各业‘内卷’得太厉害，不多才多艺哪混得下去！”

两人从房子出来，道路两边都是来来往往的村民，许多不是第一组的人也来凑凑热闹，感受一下所谓“新农村”到底“新”在哪里。

碎石板拼成的小路，河塘穿插其中，远远看去就像是一幅现代画。进村口的地方还有一块广场，边上安放了一些健身器材。

一堆人围着器材，似乎是在挨个体验一下城市人锻炼身体的乐趣。

有人还在广场上做着扭秧歌的动作，说：“去年我去我姐家里，吃完饭，楼下空地上密密麻麻都是人，跳什么的都有，以后我们也可以上这里来跳，弄一个大音响。”

简皓对着夏攸晨笑：“可见美好的东西人人都是向往的，只是在看不清摸不到的时候，就懒得去探索，等二组三组建起来，大家的积极性也会被调动起来。”

两人打算沿着一组转一圈，仔细感受一下新村的景色。走到周林家时，大门开着，周林爸爸正在搬矿泉水。

虽然他的手指残疾，但肩膀却很硬，扛着整个家的希望。

周林爸爸看到简皓，向他招了招手：“我请你喝水。”说完就将一箱水放到地上，从中间抽出两瓶，追着简皓就过来了。

简皓不肯收，推让了半天，夏攸晨就把水收下了。然后悄悄告诉他：“周林爸把收款的二维码贴在店门口，回头你把钱付在那里就行了。”

简皓是非常佩服周林爸爸的，他不聪明，但够勤奋，当你把心思都放在赚钱上时，脑袋就活络了。他这个依家而建的小店算得上是新村的第一个小卖部。

第9章　自己动手丰衣足食

要从崔娘娘那里搬走，简皓有点舍不得，搬走后就吃不到可口的饭菜了。他自己是个厨房白痴，不会做美食，只喜欢吃。新村离出租屋有十分钟的车程，每天为吃饭来回奔波又太麻烦。

夏攸晨跟他的心情一样，她已经在崔娘娘这里住了两年多了，出租屋后面那片菜地还有她的心血，这一搬走，就像是舍弃了两年来她为了拍短视频而付出的辛苦和勤奋。

就连挑剔毒舌的廖婆婆，也是依依不舍，她直言已经把崔娘娘当成自己的儿媳妇。也只有崔娘娘能做到伺候她的同时，不去计较她的挑剔与唠叨。

廖婆婆说："我那几个儿媳妇，就没一个像你这样贤惠孝顺的。"

简皓跟廖婆婆玩笑着："您还是赶紧搬走吧，让崔娘娘过清静日子，如果不是看在您孤身一人在村里没人照顾，您这样的脾气，早把您送您儿子家去了。"

新房子的水电气是已经装好的，就跟城市里的精装房差不多，只需要买家具进去就可以入住。

简皓存款有限，为了打造民宿，他只能硬着头皮向父母拿钱。

他先是给父母描绘了一下新英雄湾村的美好旅游前景，再说到民宿能带来的利润。一心想搞副业的父亲听得心花怒放，马上同意先拿十万元出来。

这钱显然是不够的，思来想去，他决定先弄三间房，等赚到钱了，再装修剩下的部分。

他住的房间，先买张床垫凑合着。

简皓原以为夏攸晨的条件比他好，再加上她有一个世外田园梦，为了把短视频拍得唯美，肯定会把新居费心地装修一番。

这个时候正是体现他重要性的时刻，他要全力以赴地帮助，最后，她就会发现，自己是她生活中必不可少的存在。

结果去夏攸晨的新居转了一圈，他发现她比他还穷。

夏爸爸和夏妈妈压根就没想过要回这村子，所以房子一直放在那里，无人过问，就算是旧房换新居，对他们也没有吸引力。

他们一直望女成凤，希望她在大城市里安居乐业，坚决反对她回铜罐驿的同时，也断了在经济上对她的资助。

夏攸晨拍了一年多的视频，粉丝也就一两万人，变现能力有限，日子早就捉襟见肘，平日的花销都是在硬撑，偶尔还要帮帮村里几个家庭条件比较差的留守儿童。

简皓说："你这就是'燃烧自己，点亮别人'的典型，最后只能把自己给烧没了。"

为了表明自己要照顾她一辈子的决心，简皓掏出信用卡，把里面的五万块全倒腾出来给夏攸晨买了家具。

夏攸晨本是拒绝的，他索性就直接在网上预订好家具送家里来，她总不能把送家具的人给轰出去。

家具最后还是被放进了夏攸晨的新家，她有点愧疚："这钱我可能还起来没那么快。"

"不急，你可以用一辈子来还。"

"嘁，你也太小看我了，我的一辈子就值这几间房里的柜子！"

她嘴上说着嫌弃的话，但脸上的笑却让简皓安心。

为了能尽快地赚到钱，简皓开始认真地打造民宿，虽然周边的建设还没有完成，但可以把身边的好友先请过来住两天，听听他们的意见，看能不能找点噱头来吸引游客。

夏攸晨也来帮忙，两人在网上找了很多民宿的装修图片，最后选定了现代工业风。

其实就是图装修便宜，墙都不用刷白，用砖块水泥作为装饰物，地板都省了，直接用灰色系的地毯配暗色的家具。

除了家具之外，房间里的装饰都是他和夏攸晨用手一点一点垒起来的。

村里之前乱搭乱建，很多人家都剩下不少砖头，两人骑着简皓从旧货店买来的那辆三轮自行车，把砖头运回来，再搬进屋里砌起来。

夏攸晨在网上下了个视频学着搅拌水泥，水泥、河沙和石子要按比例调配，否则会影响黏合力。

简皓把砖搬上二楼，累得满头大汗，秋风已冷，他只穿了一件短袖T恤，还用手不停地扇着风。

他的目光向下，看着夏攸晨纤细白皙的手在灰色的水泥里来回地搅和，他赶紧说："用旁边的铁锹，水泥伤手，你不怕伤着皮肤吗？"

"用手方便，等会儿洗洗就行了。"她低着头，没停下手里的动作。

夏攸晨的动手能力让他钦佩，他看多了那些拧不开瓶盖、洗一次碗就嚷着手上皮肤被清洁精腐蚀了的女孩子，更离谱的是，以前公司有一个女同事，不加班的借口是，键盘敲太多，手指血液循环过度容易加快衰老。

她和那些女孩子一比，简直就是一股清流。她不仅上得厅堂，下得厨房，还干得一手砌墙搬砖的力气活儿。这种不矫情的女孩子，可是打着灯笼都难找的。

为了犒劳两人的勤劳，简皓说："等会儿我请你去镇上吃豆花饭。"

那是两人相识的地方，豆花饭也是两人都喜欢吃的。

"来回一趟又费时间又费钱。"

"为了美食，跋山涉水也是值得的。"

简皓洗了手，然后拽着夏攸晨去水龙头那里把手洗干净，两人走到村口，就看到村文化站的工作人员带着人往村里走。

他上去打了招呼，寒暄了两句，才知道村里正打算翻新天主堂，这会儿带人来看看，回头给个方案。

他心里美滋滋的，他家离天主堂不远，等天主堂装饰一新之后，肯定能吸引游客来参观这座百年圣物，到时候民宿正好派上用场。

在公交站等车的时候，简皓遇到了半年不见的同学杨刘，杨刘瘦了很多，脸色也憔悴，大概是到手的媳妇又没了，一时半会儿没打起精神来。

杨刘问他："我听说你在搞民宿，这生意好做不？"

"好不好做，也得做了才知道，新英雄湾村搞文化旅游，有人来总得有地方住吧，我这也是响应政策号召。"

杨刘眼里突然有了光："你教教我呗。"

"你不出去打工了？"

"我瞧着还是新村好，你们一组的房子比我出去打工时住的地方好多了。我想呀，与其在外面吃苦，还不如就待在家里，万一旅游火了，在家门口就把钱赚了，多好！"

简皓觉得杨刘的想法是好的，只是对方做人听风就是雨，总抱着捡便宜的态度，是做不好事儿的。

杨刘很执着地说："那就这么说定了，明天我就上你那里去看看，你给我说说要建民宿得买些什么，花多少钱？"

他不喜欢跟杨刘这样的人打交道，帮杨刘的忙，如果事做得好，他是会感谢的，如果事做得不好，他马上就会翻脸。

庆幸公交车来了，他借口有事儿就拉着夏攸晨上了车。

车上，夏攸晨问："你好像不太喜欢这位同学。"

"我是不想刺激他。早些时候村里传来拆迁的时候，他乘着那阵东风，相了一个想靠结婚得一笔钱的妹子。当时他对我是充满了同情，那眼神就像是在说，就因为我户口不在新英雄湾村，我这辈子都得打光棍了。结果他们前脚刚把结婚证领了，酒席都还没来得及办，咱们一组就开始建设了。眼看着当初的美梦已经不能实现，妹子收拾包裹头也不回地走了。要是让他知道，我这没户口的找了你这么个漂亮又能干的女朋友，他还不得气死！"

"你嘴真损。"

"我要真损，刚才我就戗他了！"

为了向村民们展示，在新农村建设好之后，村民应该如何因地制宜，发展经济增加收入，村里一番商量之后，决定拿简皓来当典范。

一来认为他年轻，一直生活在城区，也算是见过世面的人，知道城里的人的喜好，比较有说服力。二来，他在群工站工作，成绩突出，也比较受村民们的敬佩，方便开展群众的工作。

简皓有点受宠若惊，自从回到铜罐驿来，好运就开始偏向他了。

以前在公司工作，他起早贪黑，领导说加班，他没有说过一个“不”字，可到头来，公司的评优秀，年年都没他。就连上学那会儿，班里推荐优秀学生代表，班里连他一共推荐了三个人，发奖状的时候，他却没有，原因是负责印奖状的人把他的名字给漏掉了，只能后面补上。上台领奖这个环节，就他一个人没去。

但他一回到铜罐驿一切都变了，只要一找优秀代表，总是第一个想到他。

此后，村里隔三岔五就有人到他家来参观，问东问西。

“你这房子怎么只装修了一半？”

“这叫现代工业风。”其实就是省装修费。

“城里人喜欢这风格？就像我家装修了一半没钱了，就空在那里的样子。”

“我打算开个小卖部，投资低，风险小。”

“当然要卖当地土特产啦，像什么土鸡蛋、没打过农药的菜、山上养的鸡……”

大家都打算着风风火火地把事业搞起来，感染着旁边已经签了字还没搬进新居的村民，还有那些一直不签字不搬家，要跟投资公司讨价还价的村民。

大家跃跃欲试的激情更让一些村民坐不住，一大早就去投资办问：“我现在签字还来得及吧，我听说我那里被编到五组了，那得等多久才能搬进新居？要不我现在把字签了，你们能不能把我调到前面几组去？”

群工站的王阿姨在义工例会上还特地表扬了简皓，说：“我邀请你来当义工的时候，就很看好你，毕竟年轻人有活力，想到什么就能立即去干。”

“很多村民都想赚钱，但一直都只停留在想象阶段，遇到一点困难就退缩。这次你一定要给他们立一个好榜样。”

“好榜样有什么奖励吗？”

简皓被当众表扬的时候还是会面红耳赤，于是开了一个玩笑来缓解自己的紧张。

“当然有奖励，但我们得先给沈大姐奖励！”

那两个孩子在沈大姐的细心照顾下，已经完全融到新家庭氛围里，赵小雪性格比较强势，尤其有了新妈妈后，恨不得独占新妈妈，对沈大姐的女儿和郭高兴说起话来不太客气。但毕竟是小孩子，都没有隔夜仇，第二天就跟没事儿人儿一样，说说笑笑。

郭高兴的话很少，你问一句，他才答一句，一副小心翼翼的样子，但好歹没再说要出去打工的话，每天都按时到学校去。

王阿姨说："我已经和村里说了，联合起来搞一个大型的表彰会，再给小沈一点物质上的奖励，这样才能调动村子里那些留守妇女的积极性。"

王阿姨也是个行动派，没过几天，表彰会就在村委会的院子里开了起来。

搭一个高高的舞台，义工去家家户户挨个邀请，有热闹看，村子里还是有很多人愿意去的，特别是遇到家里有中年妇女的，义工更是极力说服，说村里有政策，如果谁愿意加入义工妈妈团，不仅能评先进，还会有物质表彰。

村里的留守妈妈们有的没有工作，有的就在附近打点零工，听说既能做好事儿，又能得到物质表彰，都愿意去看看。

群工站还把村里的留守儿童统计了一下，邀请其中一部分过来，听听赵小雪和郭高兴在新妈妈家生活的感受，也带动一下其他留守儿童想要融入新家庭的欲望。

表彰大会那天，一大早，义工就去搭好了架子，秋风微凉，简皓穿得有点少，不禁打了两个寒战。

夏攸晨笑他："你还以为自己是十几岁的小伙子呢，快步入中年了，得保养身子才是！"

他才二十六岁，正是祖国的"花骨朵"！

他想了想，顺着她的话调侃着："我的确快步入中年，正是成家立业的好时机，不知道夏小姐是否愿意在今年过年的时候，让两家父母见个面，把婚事儿订了！"

夏攸晨白了他一眼："想得美！"

他却露出认真严肃的表情："我是认真的，我可是抱着结婚目的跟你交往的。我们也相处快一年了吧，脾气个性都了解清楚了，应该趁热打铁，把终身大事儿定了！"

“不去。”她的回答斩钉截铁。

夏攸晨的回答让简皓的激情再次受到打击，他就想不明白了，两人明明发展得挺好，除了偶尔几句玩笑似的斗嘴，连架都没吵过，证明两人的性格是非常合拍的。

拥有一个良好的开头，恋爱和婚姻就要像急速前进的火车一样，快点到站才稳妥。否则性能再好的火车，永远驶不到站，也会报废。

他觉得自己得找机会找把火候！

表彰大会一开始，村里的领导先是向大家讲述要组建“英雄妈妈团”的重要性，并鼓励村子里年轻的妈妈们行动起来，关爱村里的留守儿童。毕竟孩子才是祖国的未来，让他们在充满热情关爱的氛围里长大，以后，他们也会用同样的心情去热爱回报社会。

第一个上台的留守儿童是赵小雪，赵小雪是个表演欲特别强的女孩子，而且性子直，有什么说什么，前两天说要让她上台讲讲跟沈妈妈一起生活的感想，她就精心写了一篇演讲稿，还找老师帮她修改了一下。

站在台上，她精神十足，就跟朗诵一样，慷慨激昂。

简皓说：“这小姑娘表演过头了，反而让人感觉不真实。但是性格的确开朗了很多，第一次见她的时候，像只生病的小猫，看上去可怜巴巴的，这才多少时间，就跟变了个人似的。”

“前两天看新闻，现在国家已经把孩子的心理健康列为教育之重，心情好，干什么都痛快。”

赵小雪噼里啪啦讲了一堆，下台的时候还不忘给大家鞠躬感谢。

轮到郭高兴了，他脸上挤着看起来不那么高兴的笑脸，上台之后，眼神似乎有点不知所措。

之前是简皓去给郭高兴说要上台说感想，郭高兴先是一脸的不愿意。

郭高兴对村民们没什么好感，他不知道是从哪里听来的，说以前妈妈还在的时候，爸爸老是打她，打得妈妈在村路上乱跑，周围的人看到了也不帮忙，就只是站在那里看。妈妈被打得满脸是血，周围的村民都只是默不作声，然后悄悄离开。

郭高兴的爷爷奶奶相继去世后，他就成了村里的流浪儿，那时的他很想有人帮一把，却没有人肯出手帮他，直到他遇到了沈妈妈。

他认为，如果不是沈妈妈，他依旧在村子里流浪，有可能现在去社会上流浪了。他把沈妈妈的感谢放在心里，不想对外人说。

简皓开导他："沈妈妈主动照顾你，关心你，这样的好事儿一定要说出来让大家都知道，让大家都敬佩她，向她学习。"

郭高兴虽然年龄小，但太多的苦难让他的心智比同龄的孩子成熟很多，简皓喜欢这种成熟的孩子，说起话来不累。

"我知道你心里有怨气，很多人从出生开始，老天爷就对他们特别不公平。你在村子里上过学，你的同学校友当中，有很多都是留守儿童。

"父母把他们生下来，就像是完成任务一样，把他们留在爷爷奶奶的身边，认为只要给他们吃饱穿暖，就尽到父母的责任，却忘了孩子在成长过程中，最需要的是照顾和关爱，让他们心里充满阳光。

"只有心里有光的人，才懂得如果去回报这份爱，如何给别人带去阳光。现在村子里还有一些跟你一样的孩子，他们可能比你过得好一些，有吃有喝。但他们没有从父母那里学到美好的品行、认真的态度。

"他们遇到不喜欢的人，就会单纯地用暴力去对待，遇到工作上的困难，就很容易放弃，感觉社会对他们不公，他们就会报复这个社会。"

简皓对于郭高兴来说，不像是义工大哥哥，更像是同龄朋友，他的话，郭高兴也听得进去。最后郭高兴同意了："那我就讲两句。"

郭高兴站在台上，没有鞠躬，也没有打招呼，站在麦克风后面，顿了片刻，才说："我不会说漂亮话，跟沈妈妈住的这段时间，刚开始我很惊讶，这世上除了爷爷奶奶，竟然还有一个陌生人愿意照顾我，给我做饭，陪我读书。如果能自己选妈妈，那该多好，就不会再有孩子被父母冷落或是抛弃。"

短短的几句话，道出了很多孩子的渴望。

说完，郭高兴转身就下了台，简皓在不远处招手，郭高兴赶紧朝他走过去。

简皓把手放在郭高兴的肩头一揽，说："你讲得不多，但很有感情。之前沈大姐还说你性格太内向，不会表达，担心赵小雪太强势，不会礼让，你心里会有疙瘩，现在看来，她的这些担心都是多余的。”

最后是沈大姐上台领奖，村里拉来了赞助，有企业家愿意出钱表彰和支持像沈大姐这样懂得分享爱的农村留守妇女。

当大家看到一张放大版的两万元支票展示在面前时，很多村民的眼睛都在发亮。

主持人说：“这是本市一位有善心的企业家对英雄妈妈的鼓励，只有大家互帮互助，才能共同进步，所以我们希望有更多的妈妈能加入这项工作当中，照顾好村里的留守儿童，让他们能有一个健全健康的成长时光。”

沈大姐拿着支票的时候，眼睛发红，她说：“我做这些，并不是想要得到多少奖励，我只是觉得，家里多两个孩子也没什么，反正闲着也是闲着。孩子们来了，我突然发现冷清的家变得热闹起来，生活也充实很多。”

这时，村干部趁热打铁，说：“村里马上要组建‘英雄妈妈团’，帮扶村里的留守儿童，如果村里有留守妈妈愿意来参加的，我们村上也会给予最大的支持。”

这次表彰大会的收效不错，第二天，就有人到村委会去咨询妈妈团的事儿。妈妈团属于义工活动，村委会到群工站来沟通过，希望妈妈团暂时由老杨群工工作站来管理。

毕竟老杨群工工作站做好人好事儿是全区的典范，义工们最知道帮扶活动的流程。而且群工站里有帮扶过的留守儿童资料，孩子们最需要什么，群工站里也最清楚，然后再根据妈妈们的情况，来合理地分配帮扶孩子。

简皓的民宿改造很快就完工了，他打电话给几个朋友，邀请他们来民宿住两天，当一回民宿体验员。

他第一个联系的是小北，小北是他之前的同事，两人经常一起加班，渐渐结成牢固的友谊。小北和他同时从上一家公司离职，小北的运气比他好，很快就找到了工作，而他就回了铜罐驿。

两人差不多快一年没见了，正好借此叙旧，从杨家坪开车过来就一个多小时，小北很爽快地答应了，周末能到城郊来度假，一直是小北从工作压力中解脱出来的最好办法。

简皓邀请的第二个朋友是发小志健，他被父母从铜罐驿带到南坪之后，他交的第一个朋友就是志健。

志健跟他同龄，就住在他家隔壁。刚到新家的简皓非常孤独，身边的朋友一个都不在了，有种对未来的恐怖感。志健就成了他熟悉新生活的润滑剂。

两人念的同一所高中，虽然考上不同城市的大学，工作也在不同的城市，但一直都联系着，每年过年更是黏在一起玩上好几天。

志健最近回重庆工作了，听说简皓开了民宿，说无论如何都要来捧场。

第三位是个女孩子，是简皓的大学同学叫蒋媛媛，简皓大学时的性格很软糯，颇有妇女之友的潜质。在捡到蒋媛媛的手机归还之后，两人就成了“闺密”。

两人之间的友谊一直非常纯洁，彼此对另一半的需求偏差太大。

蒋媛媛喜欢肌肉男，简皓的身材一直属于瘦削型，她说让人没安全感。

简皓喜欢温柔、小鸟依人的女孩子，蒋媛媛则强势，喜欢做主，哪怕两个都打光棍，谁都没打过谁的主意。

蒋媛媛刚好交了个男朋友，说这次来铜罐驿过周末，正好带来让简皓把把关。

简皓问：“他肌肉有多少块？”

蒋媛媛很直白：“肚子上有一大块！”

“哟，什么时候换口味儿了！”

“命里有时终须有，命里无时不强求。”

“那你更得来，来看看我的女朋友，绝对是我的理想型。”

简皓告诉夏攸晨，他这几个朋友的圈子还不错，如果他们觉得民宿体验感好，让他们发发朋友圈，周末还能招揽一些游客过来住宿。

只要能给村里的文旅做宣传，夏攸晨的积极性就很高，她决定要做铜罐驿这边的特色家常菜：韭菜炒腰花和酸辣粉肠汤。

他的民宿配上夏攸晨做菜的手艺，很有夫妻同心创业的味道。

简皓把民宿的定位发给这几个好朋友，然后算准时间，在村口迎接他们的到来。

一年多没见这些老朋友了，一见面，竟格外亲切。

朋友久别重逢，才能体会到友情可贵。

大家见简皓一个人站在村口，问：“你小子在电话里就向我们炫耀的女朋友，怎么没见人？你不会是诓我们的吧！”

简皓故作神秘：“到时候你们见了，别羡慕就行。”

上午十点左右出发，到达时刚好是吃午饭的时间点，几个朋友一进民宿，就闻到饭菜的香味儿。

志健从小就好吃，鼻子最灵，说：“花菜炒腊肉，还有一碟有酸辣味儿，但闻着不香是酸辣粉，是道肉菜。”

“你还跟以前一样，方圆十里，就没有狗能比得过你！”

熟人的玩笑，再过分都不过分！

几个朋友在简皓的带领下先是参观了三间客房，又让他们凭自己的喜欢来挑选房间。

蒋媛媛夸他：“不愧是搞摄影的，有艺术细胞的人，随便布置一下，都有文艺气息。”

几个朋友放好行李，就到楼下的餐厅等着用餐，当夏攸晨端着鸡汤从厨房走出来，小北的眼睛有点发直。

等夏攸晨放下汤碗，转身回厨房去了，小北才对简皓说：“怪不得你待在乡下不愿意回城里，换作是我，我也不走了。”

七个人，夏攸晨整整做了七菜一汤，摆满了桌子。

志健客气着：“嫂子，你也太客气了，这么多菜，吃不完就浪费了。”

“重庆人待客，哪有浪费这一说。”

重庆人待客的特点就是不论来的人多人少，都会拿出最丰盛的菜肴来招待客人，吃不完才好呢，证明家家户户年年有余。

在正式动筷子前，夏攸晨都很认真地介绍了桌子上的菜肴的名字和特色。

“这是韭菜炒腰花，在重庆，腰花用得最多的配料就是泡椒和辣子，用韭菜来炒，淡淡的韭菜香掩盖了腰花的腥味儿，香而不腻。

“这韭菜是我自己种的，它对环境的适应力特别的强，我就在院子里种了两盆子，割了很快就会长出新的。”

志健从小就是酸辣粉爱好者，他盯着一碟飘着酸辣香味儿的菜说：“这是酸辣肥肠吧！”

“酸辣粉肠汤，这是我小时候最喜欢吃的菜。以前铜罐驿镇上有一家专门做粉肠汤的，后来镇子没落了，听说那家店的老板举家搬到闹市去了。”

志健说：“听着就流口水，能不能一边吃一边讲？”

“你馋嘴的样子，这么多年可是一点都没有变。”简皓笑着说。

一动筷子，几个朋友的注意力都用在了往嘴里不停地塞菜，都没工夫听她讲菜的特色。

简皓小声地对夏攸晨说：“我明白你的心思，想推荐当地的特色菜，其实最好的形容词就是它们的味道，你看他们吃饭这样子，就证明已经成功推销出去了。”

女孩子吃饭都是手机先“吃”，蒋媛媛拿出手机，从各种角度拍着一桌子的美食。

她问：“皓儿，你给详细介绍介绍你们这村里有什么特色、物价怎么样，回头我在朋友圈里替你宣传宣传，周末过来度个假。”

他摸了摸头，有点不好意思，说：“我还没有想过这些，我只是单纯地让你们来参观一下，给我提点意见，这可是我人生的第一次创业。”

“放心，我们一定会给你最大的支持。”

下午，简皓就领着几个朋友去了一趟对面的天主堂，院子里一株橡树一样高大的仙人掌，从石缝中冒出来，坚韧直上。

村子不大，一点小动静，很快就会被当成话题来聊。

简皓邀请来的朋友被旁边的邻居认为是来游玩的客人，尤其是在参观天主堂的时候，有村民路过，听到几个人在说“这仙人掌是有灵性的，得多来看看，吸收点灵气”之类的话。

星期天下午，几个朋友一走，就有村民上门来问：“他们是怎么找到这里来的？你们赚了多少钱？”

夏攸晨正想告诉村民，那是请来游玩的朋友，不赚钱，只是让他们来体验一下民宿的感觉，话刚到嘴边，简皓就递眼神给她，让她别说。

然后简皓对村民说：“这是我们在抖音上宣传吸引来的客人，现在很多城市人工作压力太大，周末的时候，就喜欢选一个山清水秀、空气又好的地方来度假。我们现在做的是开业酬宾，只赚吆喝不赚钱，为的是让他们回去宣传一下，等来的人多了，自然就赚钱了。”

村民兴高采烈地回去了，说是回去琢磨一下，找找有什么可以赚钱的项目。

村民一走，夏攸晨就说：“你不该骗他，如果他做生意亏掉了，肯定会来找你麻烦的。”

简皓不以为然：“我这不叫骗，叫带领大家共同致富。如果这里要吸引游客，很重要的一点就是要设施齐备，吃喝玩乐住都得具备，这单靠一户两户是不能实现的，只有大家齐心协力，我开民宿，你开酒吧，他开特产店，才能将整个旅游体系完善。”

虽然简皓说得有道理，但夏攸晨心里却升起一股莫名的担忧，就担心没这么顺利。

简皓的话果然调动了一部分村民的积极性，只有勤劳才能致富，于是一些村民就因地制宜地干了起来。

那一段时间，一组特别热闹，村里久久没有找到活干的泥瓦匠木匠都被请了过来，这里砌一面墙，那里做一个大衣柜。

其他组的村民也来观望，有人好奇地问：“我看镇上的旅馆都没什么人住，在这里修旅馆能有人来？”

“我感觉这是白忙活，村里人人都有房子，谁会来住旅馆。”

“说是城里人到这里来旅游可以住。我在这村子待了二十几年了，就没见过几个人喜欢上这儿来旅游的。”

简皓认为，一件事儿在没取得成功之前，被人非议也是在情理之中。

想要成为第一个吃螃蟹的人，不仅得有眼光，还得有远见。他心里暗忖，等第一批民宿开始盈利后，非得羡慕死现在这些说风凉话的人。

但老天爷考验人的时候，又岂能让你一帆风顺。

正当简皓满怀信心期望时，突如其来的疫情开始肆虐。

旅游业遭遇重创，新闻里时常会播放，某某曾经人潮如织的旅游地，一夜萧条，民宿价格不及以前的一半，游客依旧屈指可数。

最糟糕的还不只这个，新闻上，很多企业因为疫情影响，不堪重负，大公司裁员，小公司倒闭。

简皓的两个朋友也在这期间失业了。

一个是在一家外贸公司上班，疫情在国内外波及都很大，公司业绩直线下降，朋友因为年轻经验不足，在第一批裁员名单里。

另一个朋友是开餐厅的，平日接过不少宴席，简皓还想着到时候向朋友请教一下如何经营餐厅，话还没出口，朋友的餐厅就关门大吉了。

朋友劝他："这几年你就别想着赚钱了，保命要紧！"

简皓也犹如遭受了晴天霹雳一样，他那满腔的激情正如烈焰翻滚，却被这意料之外的天灾浇了个透心凉。

之前他在村民面前信誓旦旦规划的美好创业前景，此刻看来，就是给自己挖了一个大坑。

他甚至有点害怕，害怕村民们把他当成骗子，有段时间，他整天窝在家里，连门都不敢出。

夏攸晨安抚他："这有什么好害怕的，投资生意，就有亏有赚。再说了，只是暂时旅游停摆而已，等疫情过去，大家在家都憋坏了，肯定要到处转转的，旅游也会恢复生机。"

还是有人按捺不住，时常往简皓家里跑。

跑得最勤快的就是旁边的老罗叔，他记得这个老罗叔。

他在装修民宿的时候，老罗叔就经常过来看，问东问西。

那时候，他为了带动村民创业的积极性，乐于帮别人答疑解惑。

多来了两次，老罗叔就开始跟他抱怨："我为了把客房装得舒适一点，按照你说的换上了抽水马桶，还弄了地毯，前前后后花了五六万块钱，我真害怕这钱打水漂了！"

乡下人赚钱不容易，儿子女儿在外面打工，辛辛苦苦一年攒不了两万块，老罗叔说自己也是想减轻子女的负担，所以才搞了这个民宿。

老罗还盘算着，等民宿做起来，如果收入比在外面打工强，就把孩子们叫回来，一家人待在一起，才叫家。

老罗叔说着说着红了眼眶，让简皓的心里也不好受。他也是怀着满腔的希望，想在新英雄湾村干一番事业，没想到壮志未酬身先死，真金白银地花下去，却被迎头痛击。

他也不知道该怎么安慰老罗叔，只说："再等等吧，一切都会好起来的。"

他心里却是悲观的，因为他自己也因为民宿的事儿，用光了积蓄。本想着民宿开起来，能回收一些资金将生活推着往前走。

但眼下的情况却让他乐观不起来。

廖婆婆疫情前隔三岔五地往他这里跑，但疫情后却不见踪影。廖婆婆自从迷上前卫的生活后，不论是思想还是行动上，都极力地向年轻人靠近。

廖婆婆肯定也做了什么准备，会不会受不了目前惨淡的境遇？而且她斤斤计较的性格，视钱如命，万一……

一想到这里，就有不好的预感袭来，简皓不敢再往下想，飞奔着就往廖婆婆家里去。

站在廖婆婆家院子外面，他大声叫着廖婆婆的名字，很快，屋里就传来了回应："嚷什么，我还没死呢！"

看到廖婆婆慢吞吞地从屋里走出来开门，他悬着心才放松下来。

第10章　创业有风险，怪不得别人

简皓的到来似乎打扰到了廖婆婆，她依旧保持着平时挑刺的精干，说：“叫魂呀，知道我腿脚不方便，这楼上楼下的，我差点摔了。”

廖婆婆打开门让简皓进去，简皓想如实说他担心她死在家里，肯定要被臭骂，于是尴尬地笑着：“几天不见，想您了。”

能被人惦记着，廖婆婆长满皱纹的脸笑起来更像是晒干了的梅干。

进到屋里，简皓开始四处察看，想看看廖婆婆是否有买一些文旅创业方面的东西。

廖婆婆说要拿自制的饮料招待他，于是打开储藏间的门，他往门里瞥了一眼，里面是成箱的玻璃瓶，还有一台榨汁机。

他赶紧问：“廖婆婆，您是准备开个果汁店吗？”

“是的，你在做民宿的时候，我就在琢磨干点什么。跟你们住在镇上的那段时间，我是想明白了，我虽然年纪一大把，日子也要过到头了，但还能动，就不能躺着等死。

“我看视频里那些老太太，七八十岁的人了，活得还跟小姑娘似的，天天打扮，穿那衣服艳得，我年轻的时候都不敢那么穿。但人家活得自信呀。

“想当年我在果汁厂的时候，也是一枝花。厂里第一个穿红裙子的就是我。那裙子就是咱家老头送的。他知道我爱美，只要打听到哪里有最时新的花布，他就会想办法给我弄。”

说到这里，廖婆婆长长地叹了一口气：“后来厂子倒闭了，我和我家老头就只能回来种些窝窝地，这地也结不出多少粮食，又要养几个孩子，哪还有那些闲钱去打扮。”

简皓也不禁感慨，谁都有被命运捉弄的时候。尤其让你沐浴过柔和的阳光之后，再把你拖进阴霾的世界，让你措手不及，又无法挣脱。

“趁这把老骨头还没散，我也想抓住党的好政策，赶紧赚钱给自己买两身好衣服。”

廖婆婆指挥简皓，说：“来搭个手，帮我把这榨汁机抬到客厅去。我请你喝果汁。”

这台榨汁机是年前买的，机器到货，送货员帮廖婆婆调试的时候用了一次，就一直放在储藏间里面。

今天他过来，廖婆婆决定拿出来用用，就怕放久了，机器要生锈。

这榨汁机是廖婆婆在抖音上买的，用起来也很方便，通电后按一下按钮，将水果放进去就行了。

他问：“这机器多少钱？”

“八百块。”

对于城里人来说，八百块有可能就是请朋友吃一顿饭，对于一个没收入的农村老太太来说，八百块可能要省吃俭用一年。

想到这里，他感觉心有点疼。

如果不是他对这些村民略带夸张地描绘旅游前景，他们就不会把微薄的存款投入其中，到现在却一点回报都没有。

之前，他心里还挺烦那个来找他抱怨的大叔，现在，他心里只有自责。

他还年轻，就算失败，也还有激情和时间从头再来。

但对于像廖婆婆这样的村民来说，失败就意味着之前省吃俭用的积蓄没有了，等最后的盼望落空后，就只剩下行将就木。

他的鼻子发酸，红着眼睛说：“对不起。”

廖婆婆弄不懂他的情绪，说：“什么对不起呀，还不快点去帮我把橘子拿过来。”

客厅靠窗的柜子上放着一篮子的橘子，他赶紧拿过来，帮忙把橘子皮剥了，把橘肉瓣放进榨汁口。

很快，黄澄澄的汁水就流出来，装在玻璃瓶子里晶莹剔透，四个橘子才榨出一瓶果汁，喝一口，不禁感叹这种原汁原味儿的橘子汁就是好喝。

现在外面的果汁几乎都有添加剂，虽然口感不错，却不似新鲜的橘子汁带着一种原始微苦，进到喉咙后，再化为甘甜。

廖婆婆对他越好，他心里越愧疚："我不该鼓动您创业的，现在乡村旅游的前景并不明朗，而且现在新农村旅游也很多，不是每个地方都能做起来。"

这是他发自肺腑的感慨。

"我就是图一乐，哪来那么多事儿！"廖婆婆反倒安慰他。

"您要是揪着我骂一顿，我心里也舒服点。"

"你把我老婆子当什么人了，我平时是嘴碎一点，那不是无聊吗，想找人说点话。"

廖婆婆说："跟你和小晨住在镇上的那段时间，是自打老伴去世后，我过得最开心的一段时间，也让我见识到了开心的生活方式。

"再说了，我们这儿不才刚开始嘛，新农村都还没建好，就说这种丧气话，真是不应该。"

廖婆婆那双小眼睛透出来的光，比他坚定多了。

简皓不好意思地挠了挠头："我今天来看看，就是怕您怨我，这个头没带好。"

"前几天，我看到老罗经常往你家跑，他小气是村里出了名的，他要敢来找你麻烦，你告诉我，我去骂他！"

廖婆婆不愧是"一村通"，谁家干了什么，谁脾气怎么样，她都知道得七七八八，一说一个准。

"没事儿，他就是心里急。现在新村还没有完全竣工，以后怎么样，谁又能猜到呢，等疫情过了，一切都会好起来的。"

因为疫情防控，过年简皓和夏攸晨都没有回家，一直待在村里，到了三月中旬，简妈妈打电话来，让他务必回家一趟。

过年一家人没能团聚，回去一趟也能让父母安心，简皓希望夏攸晨能陪他回去一趟。

这一趟没有三姑六婆，一家人相处起来比较自在。

一场疫情，让两人的经济都捉襟见肘，也没钱买什么贵重的礼物，就在楼下买了点水果拎上去。

夏攸晨是第一次见男方父母，有些拘束，简皓说："我爸妈都很随和，我们是小门小户，没那么多讲究。"

知道他们要回来，一大早，简妈妈就去市场上买菜，她还特地问过简皓夏攸晨对菜肴的喜好。

他们一进屋，简妈妈又是倒水，又是洗水果，气氛非常好。

等简妈妈进到厨房后，简爸爸便来和两人聊天，一开口就说起从新闻里看到疫情对旅游市场的打击。

简皓隐隐觉得，这趟回来，父母可能改主意了，不让他在铜罐驿待下去。

对于简皓的恋爱，父母是非常赞成的，觉得他老大不小了。都说成家立业，男孩子只有成了家，才能算得上真正的心智成熟，能担起养家的重任。

坐在客厅聊天的时候，简皓围着夏攸晨处处呵护。虽然父母待人接客从来都是热情周到，但看儿媳妇的角度是不一样的。

天下父母心，简皓就担心他们会想儿媳妇能不能伺候儿子，能不能操持这个家。

偏偏夏攸晨又是个特立独行的人，从不在意别人的目光。

他担心说到见解相悖的话题，一言不合，两人心里都会有芥蒂。

他对自己父亲还是放心的，简爸爸不是会聊天的人，一直秉承着说多错多的原则，礼貌性地问了问夏攸晨父母在哪里工作，又夸她人清秀漂亮，一看就知道温柔懂事。简爸爸还说自己儿子是个倔脾气，如果他做了让她不痛快的事儿，还让她多多担待一些。

简皓朝着夏攸晨露出一个狡黠的笑容，仿佛在说，你嫁到我们家来，我爸妈只会护着，到时候你们三个人一起欺负我！

菜上桌之后，看着桌上丰盛的菜肴，夏攸晨有点发愣。

简皓高兴地给她介绍着："我见你平时做菜最喜欢用泡椒，猜着你肯定喜欢泡椒的味道。我们这边市场上有家卖泡椒的店，店主阿姨靠着卖泡椒供出了两个大学生，你就知道她家的泡椒有多好吃了。"

他又指着鲫鱼说："这是我让我妈一大早去江边市场买的，那次崔阿姨的儿子去河里钓回来的鲫鱼，我见你吃了好几条，就估摸着你肯定喜欢。这是江里的野生鲫鱼，用泡椒来煮，我想你肯定喜欢。”

她惊讶，她从未对他说过自己的喜好，喜欢泡椒和鲫鱼只是生活中的小细节，没想到却被他认真地记了下来。

“谢谢伯母，谢谢你。”

她微笑着看向他，眼睛有点泛红。

吃饭的时候，简妈妈问夏攸晨：“你是在什么地方念的大学？”

她说了具体的学校，简妈妈又问：“你们刚才聊天的时候，我听了一耳朵，听说你父母也在那边定居。俗话说父母健在不远行，你为什么会想着待在铜罐驿呢？”

简妈妈主动把一条鲫鱼搛进夏攸晨的碗里，继续说：“你好歹也是名牌大学的毕业生，主城区那么多大公司可以进得。我听简皓说，你喜欢在铜罐驿做民宿。”

简皓能隐隐猜到母亲提这件事儿的原因，眼下失业、旅游收紧的新闻频出，大家都在传，未来两到三年，市场不景气，能有份糊口的工作才是当务之急。

母亲肯定是希望他跟夏攸晨能回到主城来生活，而不是守着那未来不明朗的乡村民宿。

简皓有点紧张，手心里都是汗。

他是能明白夏攸晨想留在铜罐驿的决心，但母亲不明白，而且夏攸晨又是个直肠子，不懂得“善意的谎言可以省掉很多麻烦”。万一两人一言不合闹得不欢而散，他好不容易“哄”来的女朋友就没了。

他决定在夏攸晨开口前，打好圆场。

简皓说：“妈，夏攸晨学的是农业，铜罐驿那地方才有发展机会呢，我们的事儿，您就别操心了。”

“别岔开我的话，我也是为你们的将来着想。”

简妈妈似乎是下定决心要把两个年轻人叫回城里来，她说：“你少哄我，那地方要是有发展机会，我和你爸还出来做什么。都几十年了，要改变早就改变了。我在铜罐驿的那些朋友，几乎都出来了，在城里安了家，孩子也都在城里结婚生孩子。”

他瞥了一眼旁边的夏攸晨，她欲言又止，似乎有话要说，却又顾忌，不想他左右为难。

其实简皓也料想过母亲会劝他回主城找工作，他早在心里编过许多的理由，现在正好可以拿出来用。

“妈，那是你的格局太小，你出来这些年，根本就没有关心过铜罐驿的发展。以前的陡石塔村已经没有了，现在叫新英雄湾村。村里的小洋楼你还没见过吧，比咱家现在的房子漂亮多了。”

他把脑袋里想过无数次的词都说了出来：“铜罐驿现在主推乡村现代化农业旅游。妈，你还记得我们之前那所房子吗？从我的卧室看出去，有一块凹下去的空地。我在村委会看过规划图，那里将来要打造一个生态大棚。

“而且前段时间，我看到村口已经被开垦出来做示范田，种了五颜六色的稻子。我挺看好新英雄湾村的发展。”

他又用责备的口气说：“妈，你也是那地方出来的人，怎么能看不起你出生的地方呢？”

简妈妈不服气了：“年前我给了你十万块装修民宿，这大半年了吧，你赚了多少钱？”

再广大的鸿鹄之志，在金钱面前，瞬间变得渺小。

简妈妈说：“我这天天都在看新闻，多少公司倒闭的倒闭，裁员的裁员。就连你那个最有本事的表哥前两天也从北京回来了，想在重庆看看有没有发展机会。

“一想到这里，我就心惊胆战的。你这两年工作也不顺利，与其在乡下继续颓废下去，不如就在这附近先找个工作干着。你也别再哄我了，我都打电话问过村里的朋友。

“新房子是建起来了，旅游可是一点没看到！”

的确，村里的发展如何，一问便知。

简皓语塞，不知道该怎么说下去。

“伯母，我是打算一直留在铜罐驿的。”夏攸晨突然开口。

她看向简皓：“我觉得我们应该把实际情况告诉伯父伯母，亲人间，就应该真诚地沟通，才能得到彼此的体谅。”

“伯父伯母，我也算是陡石塔村的留守儿童，高中之前，我都跟着婆婆在铜罐驿镇上住。我对那个地方有种特殊的感情。”她说，“我大学毕业后选择回到这个穷乡僻壤，我父母包括很多朋友都不能理解，他们觉得人往高处走，水才往低处流。”

她接着说“一来，我是农业大学毕业的，我觉得乡村才有我发展的天地，我的专业想进地段繁华的写字楼，机会很小。二来，我从小就喜欢跟花花草草打交道，什么样的日子算是惬意，只有自己知道。”

夏攸晨的坦白反而让简爸爸和简妈妈哑口无言，他们是打定主意要劝两个年轻人到主城区来就业。自从疫情之后，经济明显地萧条起来，到处都是公司倒闭、有人失业的新闻。

场面沉默了一会儿，简妈妈还是忍不住说：“人有理想是很好的，懂得感恩也是美好的品质。但我们都是生活在现实当中的，脚踏实地才能过好。”

提到曾经的陡石塔村，简妈妈就一脸的愁容，既然夏攸晨都如此坦白，她认为自己也要把内心的真实想法说出来。

结婚是两个来自不同家庭，有不同生活阅历、不同性格、不同爱好，甚至对生活有不同理解的人走在一起，两个人只有慢慢地磨合，共同努力，才能过得幸福。

简妈妈说：“我和他爸就是想给孩子一个稍好的生活环境，才从陡石塔村出来，我们一点都不后悔当初的决定，因为十多年过去了，村子变得更加萧条，而我们的生活却有了很大的改观。

“虽然现在变成了新英雄湾村，有人拿钱修了新房子，但一时半会儿也改变不了那里落后的经济、狭小的发展空间。人在年轻的时候，总认为有用不完的激情，还有遇到困难时的勇敢。

“但生活是细碎的，有很多鸡毛蒜皮的事儿堆积在一起。你不得不去面对，如何更便捷地生活，给孩子一个好的教育和未来，还有将来老人的医疗。”

“皓儿他奶奶就是非得待在那个村子里，后来突发疾病，送到城里的医院时，人就不行了。医生说，如果抢救得及时，或许还可以救。”

说到这里，简妈妈哽咽起来：“我们把皓儿带出来，就是希望他能多见见世面，未来能有更多的发展机会，不再走他婆婆的老路。”

“伯母，我们现在所做的，不就是让那个闭塞的地方能打开眼界，让更多的村民能够接触到外面的新鲜事儿。如果村民们都是你这样的想法，再过十年，铜罐驿这个地方很可能就会在重庆的地图上消失。”

说到这里，夏攸晨的语气有点激动，知道自己失礼，她赶紧压低了声音。

“伯母，我知道你们的担忧，培养一个优秀的孩子是很不容易的事儿，只希望他的工作是越来越好，生活的品质也越来越高。当初我跟简皓交往的时候，就跟他明确地谈过这个问题，我未来的生活方向，如果他接受，我们可以共同努力，不能接受，我也会尊重他的选择，我以为我们已经达成共识了。”

看着夏攸晨向他投来的目光，简皓暗忖，她果然甩得一手的好锅，把决定权扔给他。

“妈，你别说了，我未来要怎么生活，我自己决定。铜罐驿挺好的。”他深吸了一口气，知道这个决定肯定要被父母骂，但还是得讲明了。

“妈，我现在住在乡下不是为了玩，也不是逃避现实，而是在创业。您就相信我一次，不行吗！”

“那你以后的生活费要怎么办？”简妈妈的问题很尖锐。

他现在不仅没赚钱，还欠了信用卡。看来能在铜罐驿生活下去，生活费是头号难题。

简皓看了一眼坚定的夏攸晨，对简爸爸和简妈妈说：“再给我一年的时间，如果到时间事业没有进展，我就回主城来找工作。”

说完，他向夏攸晨暗暗地递着眼色，他这话只是权宜之计，避免简妈妈再继续纠缠这个话题，最后不欢而散。

庆幸夏攸晨心领神会，把话题转移到了现下最火爆的抖音短视频上，还给简妈妈看了她之前所做的视频，一两万的粉丝完全没有变现能力，但在简爸爸和简妈妈看来，有一两万人的关注，已经很不错了，于是也没有揪着回来工作的事儿一直说下去。

从简皓家出来，回去的路上，简皓有些打不起精神，夏攸晨都看在眼里，说：“你要是想回主城去工作，我也不会有意见的。毕竟创业不是人人都能成功的。而且你有写文案做策划的工作经验，在乡下地方也没有用武之地，白白地浪费了你的才能。”

他不知道她说的是不是气话，一时不敢回应。

她侧头，对着他笑了笑：“我不是赌气，也不是开玩笑，只是你去了主城工作，我们就只能一周见一次了。”

他赶紧揣住她的手，紧紧地握着：“不行，我受不了相思之苦。”

鼓励的话他能编出一百个花样来，但现实的经济问题，却是不得不考虑的。他担心一年后没有创业成功，连吃饭都成问题。

第二天早上，简皓逛到文化站的门口，想着有些时间没见到蒋乐俊了，打算进去打个招呼。

简皓每次见到蒋乐俊，他的桌子上总是摆放着很多资料，一双大眼睛里映出来的，都是密密麻麻的文字。对方太专心，以至于他走进去的时候，对方全然不知。

窗台上有盆花，他在盆里捡了一块干燥的小泥团，然后朝着蒋乐俊扔了过去。

泥团在桌面资料上散开，对方才回过神来，看了他一眼，说：“稀客，怎么想到来这儿看我了。”

“天天在一个村里，哪里算稀客了。”

“你是天天在村里，隔三岔五路过文化站门口，却是过门而不入，当然是稀客了。”

“谬论！”

简皓在办公桌边坐下，问：“今天又倒腾什么呢？”

“过段时间我可能会去一趟北京，送资料去参评全国文物利用优秀案例。”

周贡植故居是如何布置出来的，简皓也算是耳濡目染，知道其中的艰辛，但收效似乎并没有预期的那样好，除了一些企事业单位因党建教育来，就没有外来游客参观的迹象。

简皓忍不住问："你们辛辛苦苦地把故居打造出来，却没有吸引来游客，会不会有失落感？"

蒋乐俊却笑着说："现在可不是下结论的时候！"

"文旅是长期项目，而不是某种快捷商品。你也可以把它当成自己完全塑造的商品，连自己都没有信心，又怎么说服别人来购买。"

简皓试探着说："我有些心里话，不太中听，我要说了，你可别生气。"

他觉得蒋乐俊太根红苗正，属于长在红旗下，活在春风里，没受过社会的蹉跎，对一切事物都抱着美好的幻想，料想美梦破碎的时候，不知道能不能缓得过来。

蒋乐俊点头："你说吧。"

"你们文化站在做红色旅游的时候，应该参考过不少的案例吧，红军到过的地方千千万，红军的子孙更是千千万，全中国这样的景色有多少，数都数不过来，除了那些有名的将军，其他的，又有几个真正能做到盈利的。"

蒋乐俊笑了起来："我们做故居不是为了赚钱。虽然我们也没有高尚到视金钱为粪土，但至少知道，要想盈利，至少要把东西做好。如果没有做到极致，怎么好意思以盈利为目的。

"很多人来故居，并不是来看那些革命先烈住的房子是什么样、家里地有多大，他们是来听故事的。中国革命成功的路上，有很多感人的故事，他们想知道，这个人或是这件事的真实意义在哪里，能带给他们什么样的心灵之旅，让他们觉得不虚此行。"

简皓点头表示赞同，却不得不再次浇冷水："你说的这些都是理论，但实际上呢，能不能吸引旅客，也跟交通、配套设施有关，比如餐饮、住宿，同行的人里可能有不喜欢红色文化的人，也得让他们能在这里找到别的乐趣。而且因为疫情，出来的人都变少了。

"像这样的天灾是不可抗力的因素。我们都是普通人，是这个庞大的振兴项目里的渺小的一块。

"像房子、道路、故居，他们有政府的支持，就是缓上十年，也没有关系，但像我这样，算是新村的小入股人，赚不到钱就连正常的生活都无法继续，我可能都挨不上十年。"

简皓像发泄似的说了一通，说完后，心里似乎也畅快了一些，对蒋乐俊说了声："不好意思，让你听我发牢骚。"

蒋乐俊耸耸肩："你来找我，不就是为了让我听你发牢骚吗！"

两人都扑哧一下笑出声来，蒋乐俊打趣他："每天帮助别人的人，现在也需要别人来帮助了？"

一句玩笑话，刚才紧张的气氛又放松下来。

蒋乐俊说："我曾经听过这样一种说法，你生活过得快乐与否，就看你的生活里还保留着多少童真。

"为什么人总说年少是最无忧无虑的，因为年少的我们不会去想明天会不会有灾难，今天没有得到老师的表扬，不代表明天得不到。社会在我们心里，不是虎狼出没的磋磨之地，而是一个充满机会，让你实现梦想的向往之地。

"新村才建了两个组，文旅也开了一个头，不要总去想失败了会怎么样。不是有句俗话是这么说的，努力了不一定成功，但成功肯定是要努力的。先干着，万一成功了呢。"

简皓没想到蒋乐俊年龄不大，开导起人来，思路和口才一点都不输他。

简皓站起来拍了拍他的肩头："跟你说了一会儿话，心里舒服多了。"

"每个人都有沮丧的时候，调节好心态，才会成为打不死的'小强'。"

简皓在回去的路上，接到群工站打来的电话，说村里的张大爷得了肝癌，在医院治疗了一个多月，不见起色，眼看着人快不行了，张大爷倔强地坚持要死在自己的房子里，于是家人给租车拉了回来。

张大爷在去医院前，这大半辈子都生活在村子里，没怎么出去过，除了年轻时候在果汁厂打工时留了一些照片，后半辈子就没进过照相馆。

现在家里人要准备遗照，翻箱倒柜，发现张大爷的相册里都是年轻时在工厂里的全照，一张单人照都没有，于是想请人趁张大爷还没去世，来照一张，将来挂在灵堂上。

镇上原是有个照相馆的，但因生意维持不了生计，老板便在网上接一些私人定制，然后出外景。恰巧今天照相馆的老板去城区帮人拍照了，群工站思来想去，才记起简皓是搞摄影的，于是叫他去帮忙。

简皓立即赶回家去拿照相机，他这辈子还没帮人拍过遗照，想想有点毛骨悚然。碍于这可能是老人家最后一次拍照，而且这照片将来还有可能要放在墓碑上，他也只能硬着头皮去。

到了张家，听说张大爷在卧室里躺着，他走进去时，脚不由自主地打战。

跟他同去的义工小广在身后轻轻扶了他一把："张大爷这人很和善，在村里口碑也好，你怎么照，他都会很满意的。"

被癌症折磨的张大爷骨瘦如柴，躺在床上，眼睛瞪得老大。

因为张大爷已经坐不起来了，只能躺着照，简皓拿出相机，将镜头向下，框出胸以上的部分，然后提醒："张大爷，您能笑一下吗？"

说完，他才惊觉自己似乎说错话了，这是他平时给别人照相时的口头禅，现在张大爷都快走到人生的尽头了，让他怎么笑得出来。

义工小广蹲下身去，在张大爷耳边说着："张大爷，您还记得起以前在果汁厂上班的情景吗？走在通往厂房的那条小路上，空气中都是橙子酸甜的味道。您还记得在厂里遇到张大娘的时候吗？她是包装线上的女工，戴一个白色的帽子……"

大概是怕张大爷听不清楚，小广的声音清晰又洪亮，小广所描绘的场景似乎让张大爷感受到了快乐，嘴角不禁微微往上弯，露出一个幸福的弧度。

简皓抓准时机，按下了快门。

从卧室出来，简皓问小广："你看着年龄也不大，怎么会知道张大爷年轻时间的事儿？"

"编的。"

"他能信？"

"细节是我编的，却是真人真事。张大爷年轻的时候就在这附近的果汁厂上班，跟老伴也是在厂里认识的，只是老伴生病死得早，他就一直留在这里，陪着老伴，哪儿也不肯去。"

走到院子里，简皓拿出相机，调出刚才的照片，抓拍得不错，他再回去处理一下图片，保准还他们一个笑容慈祥、皮肤红润的张大爷。

这时，张大爷的女儿走出来，递给简皓一个红包，说："小兄弟，真是谢谢你了，这是照相的钱。”

简皓不肯收：“我们是义工，义务帮助村民，哪里能收钱呢！”

“照相收钱是天经地义的事儿，再说了，我们这里习俗是这样，办红白喜事儿是不能让别人白帮忙的，说是到头来一场空。”

听对方这么说，他才不好意思地把钱收下，回家打开一看，是一百元。

看着这张红彤彤的钞票，简皓出神地想了半天，疫情之下，文旅暂时受创，不如就在村里开展业务，先把经济问题解决，等一切恢复如常，再从长计议。

他打算就在村里开个照相馆，只做村里人的生意，下次再有要事的时候，也不会找不着人。

夏攸晨却不看好：“现在都是手机拍照，谁还用相机呀。”

他却不以为然：“现在的女孩子很多都活在美颜相机里，真实的样子只有在相亲的时候，才能深有体会！我这不叫照相，我这叫艺术，记录人生最美的瞬间。这种瞬间，你自己感受不到，但我能抓拍到。”

很快，简皓在自家院子的大门上挂了一个简易的招牌，照相馆就算正式营业了。

但在写业务范围的时候，他犹豫着要不要把“遗照”两个字写上去。

毕竟有了张大爷的宣传，遗照绝对算得上最畅销的产品，也是技术要求最低的。但简皓却不愿意拍这种照片，看着它，数着剩下的日子，是生活最糟糕的状态。

果然，招牌挂出去三天，一对老夫妻找上门来，有些不好意思地说：“我们想拍照片，就是你给张老汉拍的那种。”

简皓把照片一洗出来，张大爷就过世了，相片挂在灵堂中间。照片里的张大爷眉目慈祥，面带微笑，一点病态都没有，大家都说他拍照的手艺好。

老夫妻里的老爷爷说：“我年轻的时候就不爱拍照，现在岁数大了，就更不爱拍了。我们两口子一直生活在村子里，儿女离得都远，没办法照应，哪天要是没了，很多东西都来不及准备。还不如趁现在能走动，把该准备的东西都准备好。”

简皓看老爷爷和老奶奶虽然满脸皱纹，但精神却很好，他说：“既然要拍照留念，干吗不拍点喜庆的照片，比如补一下结婚照。”

乡下的夫妻很少有城里人那样时髦，动不动就是拍一万元起步的照片，有的还跑到三亚去出外景，劳师动众。乡下人活得简单，尤其是二十世纪六七十年代，能到照相馆里拍一张并肩照，就不错了。

老爷爷笑起来：“那是年轻人干的事儿，我们这张老皮，哪还有脸拍什么婚纱照。”

简皓拿出平板电脑，上面有他早就下载整理成册的图片，其中就有很多老年人婚纱照。

这是他主推的产品，目标客户明确，就是村里的老年人。

老两口翻了几页照片，脸上露出羞涩又略带兴趣的表情，说：“是挺好看的。没想到现在大城市里的老年人这么会玩。”

简皓赶紧趁热打铁：“拍婚纱照又不是年轻人的专利，人呀就是要在人生的每个阶段给自己留一些美好的回忆，放在脑子里容易忘，放在手机里容易丢。做成相册放在柜子，有空的时候拿出来看看。”

他一边比画着翻书的手势，一边说：“这是我二十岁的时候拍的，那时候刚跟妻子认识，两人都风华正茂。这是我三十岁的照片，结婚五年了，有一个三岁的小宝贝，生活平淡而幸福。这是五十岁的我，儿子快结婚了，我正在为彩礼纠结呢……”

简皓一本正经的样子把老两口逗笑了，他们于是改了主意：“那我们就试试婚纱照？”

老奶奶笑起来，露出空洞的门牙：“我看也行。”

简皓挺佩服自己的游说能力，能把合适的产品推销到别人的心坎上，于是又说：“你们两位老人家住在第几组？”

“第四组。”

“那老房子还没有拆吧，不如我们把照片的背景就放在您二老的老房子，您二老也在那里度过了大半辈子，正好留个纪念，以后坐在新房子里，还能看着照片想想老房子里的恩爱时光。”

听他一引导，老两口似乎想起了以前的事儿，都笑得合不拢嘴，说：“行，那我们什么时候可以拍？”

“我得准备准备，三天后，我到您家去。”

晚上吃饭的时候，简皓兴高采烈地跟夏攸晨谈起了这第一单生意。

夏攸晨替他担心：“你收十块钱一张，肯定要亏，这里的人赚钱不容易，拍不了几张，你还得赔上租婚纱西装的钱，稳亏不赚。”

他自有一番打算：“我准备去买一些服装，像婚纱、西服、旗袍之类，反复使用，平摊下来费用也不贵。”

夏攸晨叹了口气：“最廉价的婚纱也得上千块吧，更别说西服、旗袍，还没开张呢，你就得花出去几千块。”

“我在镇上菜市场的那个小摊上，就能把这些东西办齐，要不了五百块。”简皓一脸神秘地说。

村里人对穿衣不讲究，镇上的服装店屈指可数，但村民们最喜欢去的还是菜市场那两家小摊位，用雨棚搭建的，里面两个大架子，衣服全挂在一起，有点像城里的“淘店”。

能不能选到满意的衣服，全靠使劲找，老板专做村民的生意，款式虽然老旧，但价格便宜。

简皓说：“时尚也是一个轮回，别看现在人的衣服款式年年不一样，但好多都是三四十年前的款，像什么连体裤、格子外套。至于婚纱，全靠创意，买一条纯白色的裙子，配一个头纱，绝对不比那些大师限量款差。”

夏攸晨一脸期待：“我倒要看看，你能拍出什么花样来！”

第二天，两人就去镇上的菜市场挑衣服。

第11章　在旧衣服里寻找上个世纪的时尚

夏攸晨是抱着看热闹的心态去的，男人挑衣服的眼光本就不如女人，简皓在生活中就是个“直男”，对女孩子的东西很少上心，她不太看好他能从一堆旧货中淘出“金子”来。

菜市场的小摊上很少会有年轻的顾客，简皓和夏攸晨走进去的时候，老板正在跟一个老太太讨价还价，一条碎花裤子，老太太只肯出价十五块。

老板瞥了他俩一眼，估摸着只是随便看看，就没有打招呼，把精力放在稳定客户上。

最终那条裤子十八元成交，老太太拎着裤子，露出满意的笑容走了。

店里有三个并排着的架子，上面挂满了上衣和裤子，没有顺序，也没相应的尺码，就是胡乱挂着。架子与架子之间只有三十厘米的距离，简皓侧身刚好能进去。

一个男人挤在一堆衣服里，怎么看都不协调，老板走过来说：“小伙子，不买就别乱翻，我整理起来太麻烦。”

“老板，我可是你的大主顾。”简皓探出头来，对着老板傻笑。

夏攸晨没有去帮忙，以她的审美，实在挑不出能穿上身的衣服。老板给她拿了一把小方凳，让她坐着慢慢等。

不一会儿，简皓拿出一条白色的连衣裙，反光的面料没有质感，还显廉价。白色的布料微微有些泛黑，可见在这家小店里饱经风霜。

“这多少钱？”

老板用一种疑惑的眼神看着简皓，仿佛在说，你是想拿这件衣服来哄女孩子的话，结局可能就跟这衣服一样，在角落里无人问津。

“我看你这衣服也挂这么久了，就便宜点卖给我吧。”

“十五块，你拿走吧。”

老板也很爽快，庆幸这两人眼神不好使，能卖就赶紧卖掉，这裙子当抹布都不好使，关键是不吸水。

简皓满意地把裙子扔给夏攸晨，目光锁定了挂在墙上的一个蕾丝饰物，正方形的，让他想起在网上看到过，女孩子们的头绳，有好几种用法，可以用来当头花，天冷的时候散开披在肩上，还能当披肩用。

于是他问：“老板，这个蕾丝发饰怎么卖？”

“这是桌布。”老板更正。

夏攸晨忍不住笑出声来：“你连桌布和头花都分不清楚，竟然还要帮人家做造型，真佩服你胡诌的能力。”

“这会儿你就尽情地贬低我吧，到时候绝对让你刮目相看。”

重庆的天气只有夏冬两季，令人忧心的春节刚刚过去，天气就燥热起来，简皓在衣服堆里待了半个小时，出来的时候满头大汗，气喘吁吁。

他挑了两条裙子、两套男士西装和两件呢子外套。

夏攸晨感觉他眼光也有不错的时候，比如那条蓝色的旗袍，底纹是白色的百合花，料子虽然不透气，但穿在身上，绝对华丽。如果不是被压在最里面，或许也轮不到简皓来“慧眼识珠”了。

她对那件灰色碎花呢外套嗤之以鼻，那是她妈都不会穿的式样，太土，简皓还给它胸前配了一朵大红花。

“辣眼睛。”

一大袋衣服才花了三百块，回去的时候，简皓哼着歌：“乡下处处有宝藏！”

回到家，简皓就要求夏攸晨当模特，将那堆“狗都嫌”的衣服打造出时尚的感觉。

简皓让夏攸晨把那件灰呢外套穿上，她不乐意，天气热倒是其次，主要是她不喜欢灰色系，这是她的心理洁癖，总觉得灰色黑色代表着阴郁，会影响心情愉悦。

简皓一再保证，绝对把她拍得像奥黛丽·赫本，又把她夸了一番：“你的脸形跟她很像，看似方脸，但线条却很柔和，一眼就给人一种温柔的气质。方脸配上大眼睛，很多绝世美女都是这样的配置，比如林青霞。”

夏攸晨顿时被他夸得心花怒放，他趁热打铁：“普通的美人跟光芒四射的大明星之间的差距，就差一个懂得把美释放出来的摄影师。”

“你这把自己都夸得没边了，我以前怎么没看出你是这样油嘴滑舌。”

他叹了口气：“我这叫为五斗米折腰，这里本来行情就不好，我再不推销一下，就更没客户了。”

夏攸晨换上了那件灰色的呢子外套，只拍半身，下面就随意穿了条裙子。简皓把那朵大红花别在她的胸口上，这花是老板附带赠送的，拿回来的时候上面还有一层薄薄的灰，洗干净之后却显得更俗气。

简皓就用家里的白色窗帘做背景，指挥着夏攸晨摆出各种姿势。

拍完之后，夏攸晨累得满头大汗，说：“这可是我第一次拍艺术照，才发现当模特也是件挺累人的事儿，你刚才让我把手抬起来做思考的手势，我的手都麻了。”

“很正常，普通人拍照都会紧张，还会觉得尴尬。模特是吃这口饭的，摆姿势是基础，连吃饭的最基本技能都没有，哪还混得下去。”

夏攸晨很期待，简皓如何将一堆卖不出去的年代款衣服拍出时尚大片的感觉，其实最期待的还是，能把她拍得多漂亮。

现在好多拍艺术照的，全靠后期修改，拿到成片后，上面的人连自己老妈都不一定认得出来。夏攸晨想如果明天发现照片上的人不像她，就好好教教他什么叫“务实”。

第二天一大早，夏攸晨煮了八宝粥装上，然后去敲简皓家的门。

简皓顶着黑眼圈来开门，她赶紧问：“你是不是连夜把相片处理好了？”

他接过她手里的粥碗，拿起勺子就开始吃：“无事献殷勤，你有求于我的时候，才会一大早给我送吃的。”

夏攸晨把照片翻来覆去看了好几遍，然后严肃地问：“这像我吗？”

“怎么不像啦。”简皓听得懂她的意思，现在有些人为了相片好看，都美颜过头，完全遮盖了自己真实的样子，如果约线下见面，不一定找得到人。

“我要说像，你肯定说我骗你，你拿去让崔娘娘和廖婆婆帮你看看，她俩对于美颜什么的了解不多，但她俩的话绝对中肯。”

夏攸晨把照片拷贝走了，到底像不像，她没说，只是到了晚上，她问：“什么时候去给那对老夫妻拍照，我给你当助理呗。”

群工站的王阿姨理解像简皓这类年轻人的境遇，眼下疫情，影响到各地文旅发展，没办法赚钱，生活很难维持，就主动在群工站外头帮简皓打起了广告，挂了一块小牌子，介绍他拍照的业务，以老年婚纱照为主。

光是广告词宣传作用不大，而且村民们对于婚纱照的理解大多还停留在年轻人身上，所以必须得有些能吸引村民的照片展示。

简皓格外重视这对老夫妻的“夕阳恩爱秀”。当他拿出那条白裙子让老奶奶换上时，老奶奶有点不好意思：“我都这把年纪了，哪能穿这个，会被人笑的。”

“女人这辈子一定要穿一次婚纱，年轻的时候没那条件，现在得补上。”拿着这简陋的白纱裙，他自己说话也没什么底气，毕竟不是真正的婚纱，只是一个廉价的替代品。

“奶奶，我来帮您换吧，保证让您有当新娘子的感觉。”

这对老夫妻认识夏攸晨，跟她奶奶有些交情，熟人就是好说话。老奶奶磨不开面子，就同意了。

趁着老奶奶换衣服的空当，简皓上去跟老爷爷攀谈，找点灵感。

老爷爷换起西装来倒是很爽快，因为这样式的衣服在村里很普遍。

天气有点热，老爷爷把外套脱下来放在旁边的凳子上，衬衣领口敞开一颗扣子。

他说：“老爷爷，这房子有没有您最喜欢的地方？比如您喜欢待在卧室里，比如您喜欢下厨……”

老爷爷想了想，说：“厨房是我老伴的，院子前面的菜地是属于我的。”

老爷爷一直靠种地为生，铜罐驿很繁华的那个年代，他也想过进厂当工人，无奈家里有个生病的娘，跟前离不了人，为了尽孝道，他就只能守着门前的两亩薄地过日子。

老奶奶当时的条件要好太多，在果汁厂上班，端的是“铁饭碗”，而且老奶奶年轻的时候挺漂亮，厂里好多年轻男同事都惦记。

但老奶奶偏偏就选了长相不错，但家境贫寒的老爷爷，说不为别的，就是看中他重情重义。天有不测风云，人也不会一世无忧，老奶奶只希望如果哪天自己遭遇大灾大难的时候，有人在身边不离不弃。

老奶奶以前是在厂里做质检的，一辈子没干过重活儿，所以结婚前约法三章，别让她下地干活儿。

老爷爷一直遵守着承诺，菜地的活儿他一手包了，老奶奶爱吃红薯，他就在地里一直种着红薯。

老奶奶嫁给老爷爷后，家里大大小小的活儿都是老爷爷一个人包办，直到退休前，连厨房都没下过。还是在退休之后，她闲着才开始学做饭。

老爷爷小声地说：“那天听你说，人生的每个阶段都应该留下些照片，老了之后可以慢慢地回忆，我心里就愧疚起来。结婚的时候因为穷，别说婚纱照了，就连结婚酒席都没有办，领了证后就去供销社买了两斤糖拿给朋友们吃。

“现在年龄大了，好多事儿都记不得了，真是可惜。你今天就给我俩好好地拍，钱不是问题，把她拍好看就行。”

简皓本想指导一下夏攸晨如何把蕾丝桌布披在头上好看，但看到她扶着穿好“婚纱”的老奶奶从房间出来的时候，发现她把蕾丝方布做成了头花，别在老奶奶的头侧。花白的头发盘在脑后，显得非常有精神。

他笑她：“你的审美突然跨越了两个档次。”

“你是在夸我还是在损我？”夏攸晨说，“我看你的摄影技术那么好，我也得跟着与时俱进才行！”

简皓先是以厨房为背景给老奶奶拍了些特写，又以菜地为背景给老爷爷拍了特写，最后给两人在风风雨雨共同生活的老屋前拍了合照。

老奶奶生硬地摆了很多姿势，估摸着是听说要拍照，不知道去哪里模仿来的，还不成熟，却充满渴望。

这是简皓主动开展照相业务的第一单，他拍得非常认真，天气炎热，老爷爷和老奶奶也很配合，拍了整整一个下午，回去的时候，夕阳都快下山了。

回去的路上，简皓不停地翻看相机里的照片，估摸着什么样的色调才配得上老爷爷和老奶奶的长情相伴。一不小心，脚下被石子绊了一下，他差点摔倒。

夏攸晨提醒他："能不能回去再看？也不差这点时间。"

"我有点兴奋，不单单是因为这些照片，我很想找到把照片和故事融合在一起的方法。我多么希望有人看到照片的那一眼，就能感受到这照片后面的故事。"他脸上是抑制不住的笑。

"现在有些地方做失恋博物馆，在我看来，是一些不长情的人在无病呻吟，面对困难就要分开，这样的感情也没什么可留恋的。老奶奶年轻的时候肯定比老爷爷赚得多，但她没有恃才傲物，嫌弃老爷爷，你看她现在的吃穿用度，都在向老爷爷看齐，不让他有自卑的心理。两个人都为对方妥协，这才叫婚姻。"

夏攸晨笑他："你干脆去讲情感课好了。"

快到家的时候，夏攸晨看到村口停了一辆黑色的商务车，车倒没什么特别的，只是车身上印着"某投资"的字样。

见她有些发愣，简皓赶紧说："肯定是哪家投资公司看上新英雄湾村的潜力了，也想来分一杯羹，所以我们更要有信心坚持下去。"他又玩笑似的模仿最近抖音上播放率最高的桥段，说："面包会有的，一切都会好起来！"

没过几天，老夫妻的婚纱照就挂在了群工站外面当起了广告，一群人围在那里聊着天："这好像是四组的老罗和他老婆，都这么老了，还拍这个！"

"这叫时尚，我城里的大姐七十多岁了，还和老伴去补了婚纱照，还是去三亚拍的，听说花了几万块。"

"那这也得花不少钱吧。"

"你可以去里面问问，拍照的就是里面的义工。"

"没看出呀，老罗穷酸了一辈子，临到头赶了场新潮。"

"你别笑别人，没见你跟你家那口子补一张。"

简皓当初想把老罗夫妻的婚纱照挂在群工站门口做广告时，还犹豫着怎么开口，担心他们生活在稍微封闭的环境里接受不了新鲜事物，拍婚纱照原本就是在他的游说下，他们做过的最时髦的事儿了，要在大家面前展示，他担心他们难为情。

没想到他一提，老爷爷很爽快地同意了，倒是老奶奶有些犹豫：“都是老脸老皮了，挂在群工站门口，也不怕被人笑话！”

老爷爷不以为然：“你年轻的时候就漂亮，老了也漂亮。以前他们老笑我土，配不上你，现在我要让他们看看，这一辈子走来，我俩都是恩爱的。”

老奶奶六十好几的人了，跟同龄人比，略显年轻。她虽然穿的是粗布麻衣，却干净整齐。她见谁都乐呵呵的，可见生活无忧，心态轻松。

简皓记得现场拍照的时候，老奶奶很愿意配合他引导的姿势，却因为动作僵硬，被他提醒后，露出羞涩的表情。

他能隐隐感觉到老奶奶依旧有一颗少女心，也只有被另一半呵护着，才能到老的时候，也保存着那份渴望与羞涩。

老罗夫妇让简皓又悟出点爱情的真谛，一段长久美满的婚姻，跟物质的丰富没有太多的关系，而是离不开两个人相互的理解与体谅。种地为生的老爷爷，从来没要求过妻子要融到他的工作方式当中，而从不做家务的妻子，也会试着学一些来分担丈夫的家务。

简皓自认在物质上没办法让夏攸晨过上小资的生活，至少在情绪上，他会以老爷爷为榜样，对她照顾有加。

用实物做宣传，收效很快，第二天，简皓就接到了第二单，是给一对受疫情影响没能摆酒席的年轻小夫妻拍婚纱照。

两人一直在大城市打工，为了多赚点结婚钱，小两口在春节的前一天才回到村里，结果第二天村里就开始疫情防控，定在大年初七的酒席也搁置了。

等到村里疫情防控解除的时候，两人接到厂里面的电话，说老板跑路了，剩下的加班费也要不回来了。小两口回想起这些年在外面打拼，苦头吃过不少，却没赚到多少钱，这几年的存款，连大城市的一个卫生间都买不到。

眼看着村里花园洋房似的独栋小楼村民人人有份，村里周围在做文旅建设，两人商量后，决定就留在村里，不用买房，积蓄还能拿来做点小生意。

小两口到简皓这里来拍结婚照，一来，不用舟车劳顿往主城跑，二来，就是便宜，他们听说老罗一共拍了十张照片，才花了一百块，现在上哪儿都找不到这种心动价。

见过世面的年轻人对服装要求肯定很高，简皓先提醒："我这里价格是便宜，但你们对服装的要求不能太高，只要求效果就行了。"

简皓向他们收了定金，虽然只有两百块，但他还是非常高兴地交到夏攸晨的手里，说："以后我赚到的钱就交给你当生活费。看，我把整个身家都交给你了！"

"你这点哪够！"夏攸晨打趣他。

他却一脸自豪地说："你可别小瞧我，说不定生意会源源不断地来。我突然明白过来，人不能只抱着一门技术活下去，艺多不压身！"

村委会负责公共卫生的小刘从门口经过，简皓心情特别好，见谁都热情四射，朝着小刘挥了挥手，说："刘师傅，天气这么热，进来喝杯茶吧！"

小刘走过来，一脸懊恼地说："我天天走街串巷地宣传，清洁卫生还是一团糟，垃圾桶更是形同虚设，前边那花坛边，我昨天还看着是干干净净的，今天不知道是谁把坏掉的咸菜缸子扔在那里。天气这么热，周围都是馊了的味道，我好不容易把缸子搬到垃圾站，差点吐了。"

简皓赶紧安慰道："你少安毋躁，大伙才刚刚迈进新农村，以前的习惯一时半会儿也改不掉，都是随手一扔，只要不影响自家就行。回头让清洁公司打扫勤快一点呗。"

小刘一脸苦恼："要是有清洁公司，我就没这么头疼了。"

"这点钱可不能省！这是基本配置。"

"在规划的时候是有清洁公司的，只是现在新村还没有建设好，如果招标的话，得公布具体的面积，划分好工作量。七个组才建好一半，所以清洁只能暂时自己维持。"

简皓投去爱莫能助的眼神，小刘却顺势向他投来期望的目光，他一愣："你不会让我们义工来做吧，不行，我强烈抗议，虽然我们是不花钱的，但也不能随便压榨我们！"

"哪能呀！"担心他误会，小刘赶紧解释，"反正村里的清洁卫生也得花钱请人，不如肥水不流外人田，回头你跟王阿姨商量一下，我向上面申请申请，在新村建设完之前，把这活儿包给你们。"

虽然劳动人民很光荣，但简皓打心底是排斥清洁工人这样的职位的，就算哪天他人到中年，又失业在家，也不会过去干清洁工作。

助人为乐地打扫一两次倒没什么，把它当成职业，他是决不接受的。

他说："你的好意我心领了，回头我跟王阿姨商量一下，看群工站有没有人愿意干这活儿！"

夏攸晨进屋去给小刘泡了一杯菊花茶，出来的时候正听到两人在说清洁工的事儿，于插了句嘴："都说到肥水不流外人田了，不如就招村子里的人当清洁工，村里不少人干农活都是一把好手，更别说打扫卫生了。

"在每个组挑一个人，负责属于每个组的地段，只要付工资，很多人都会愿意干的。而且现在很多招标的清洁公司，都是就近请人。你直接找村里的人，中间还没有公司抽成，省钱又划算。"

小刘觉得夏攸晨的提议再好不过，自己人负责自己的地段，为了减少工作量，乱扔垃圾的习惯也会随之收敛。

"对了，小夏，浩宇回来了，你跟他见面了吗？"小刘突然说。

夏攸晨愣了一下："周浩宇？"

这是简皓第一次听到这个名字，小刘话里的意思是，这个周浩宇也是村里的人，只是一直没在村里待，大概也是因为新农村建设回来了。

这样的人应该是新英雄湾村外出务工人员的其中一个，但他发现夏攸晨对这个名字，脸色明显不对，多了那么一点点震惊，一点点失落。

都说女人有第六感，男人也有，简皓突然对这个名字感到心神不宁。

第二天中午，简皓借义工例行巡逻，在村委会门口转了两圈，还是硬着头皮进去找了小刘。

寒暄两句后，他问小刘："周浩宇是谁？"

小刘突然红了脸，说："我昨天只是随口这么一提，都过去这么久的事儿了，想着也不会再有什么牵扯。你也太敏感了，这点小事儿都能感应得到。"

小刘顿了一下，说："告诉你也没什么。"

小刘只比夏攸晨和周浩宇年长两岁，高中的时候在同一所中学。夏攸晨和周浩宇虽然比他低了一个年级，但都是学霸，当时在学校还是很有名气的。后来两人考上了大学，离开了铜罐驿。

小刘自嘲没什么远大理想，大学就考在了重庆，毕业后考进了村委会。他们日子过得有条不紊，从不羡慕外面的世界有多精彩。

当小刘看到大学毕业的夏攸晨独自回到村里搞自媒体，他就问过她周浩宇为什么不一起回来，夏攸晨说周浩宇留在城里工作了，脸上满是失落的表情，其实不用追问，小刘也能猜个七七八八。

这年代，毕业即分手的故事在校园里太过平常。

小刘安慰简皓："就是个前男友，不用紧张。"

简皓问："他到村委会来做什么？"

"村里也在招商引资，看有没有什么好的项目能引进来，带动经济，让村民们有钱赚。他说想在村里投资，但一时半会儿没找到项目，来问问。"

简皓突然有了危机感，周浩宇想在村里投资，那就是有长期待下来的打算，他们抬头不见低头见的，万一旧情复燃了呢？

不是简皓小心眼，按照事物发展的正常逻辑，两人从小就相识，到一起上大学，有十多年的感情。他们虽然说分手了，但感情肯定还是有的。

这十多年里，如果没有刻骨铭心的快乐支撑着，怎么可能走得过来？如果是感情破裂而分手，旧情复燃的可能性会小一点；如果是和平分手的话，和好的概率就大了。

简皓长长地叹了一口气，如果两人真的决裂，周浩宇也不会千里迢迢跑回来投资吧！

这件事儿就像一块石头压在心里，让简皓好几天都有胸闷的感觉。

他想过问一问夏攸晨的，有好几次，话到嘴边又噎了回去，担心她认为自己小心眼。

星期六，简皓到群工站去报到的时候，看到了蒋乐俊，简皓这才想起有段时间没见到他了，打完招呼聊了两句，才知道前段时间他们文化站的几个人去北京了，为的就是上次提过的"全国文物利用优秀案例的评选"。他们资料弄了大半年，交上去花了不到半小时，结果是没评上，所有的努力付诸东流。

简皓顿时有种同是天涯沦落人的沮丧感，于是约了蒋乐俊，一起去镇上的小酒馆吃饭，排解一下心里的苦闷。

蒋乐俊看出他心事重重，就同意了。

镇上有家炒菜馆子，地方不大，由两间六平方米左右的门面房组成，屋里只摆得下三张桌子，人多的时候，老板就会把折叠桌子拿出一张来，摆在店外面的空地上。

蒋乐俊说：“别小看这家店，它可是镇里的餐饮支柱。”

菜上桌后，简皓要了啤酒，蒋乐俊不喝酒，说：“我陪你聊天就行了。”

简皓还在劝：“我觉得只有喝了酒才能清醒，才能把心里的不痛快发泄出来。”

“你是个脸上藏不住事儿的人，我今天看到你，就感觉你闷得慌，好多天了吧，没找着人倾诉！”蒋乐俊打趣他，“看来我回来得正是时候。”

女朋友的前男友出现，虽然还没有正面交锋，但简皓心理上就败下阵来了。他羞于直接说出那种溃败感，于是试探着问蒋乐俊：“你们这次去参加评选北京，当你知道没选上的那一刻，你是不是失落感特别强烈？你付出了大半年的时间和精力，但一群专家就那么一两个小时就把你所有的努力否认了。”

“肯定会有失落。准备那些资料我加了许多班，熬了许多夜。发现新的着墨点时，我高兴激动。我也做过一些无用功，最后被删掉时懊恼自己的不认真。

“这次去北京，虽然失败了，但也算见了世面吧。去申请的单位多了，天南地北，好几千份资料，能评上的只有其中十个。如果没有将文化做到极致，没被评上也在情理之中。”

蒋乐俊说：“这次去，我也看了一些别人做的案例，一个优秀的革命文物包含面很广，文物维修保护、展示传播、社会教育、文创旅游，缺一不可。这也间接地证明我们还有很多发展空间，还有努力的机会。”

在他的话里，简皓没有找到想要的答案，于是又问：“你也知道，中国革命涉及的范围广泛，遍布中国大大小小的地方，光是红军足迹留下的文物古迹就有一大堆。每天新秀突起，有的地方还会请专业的策划公司来完善和宣传，你们的资料要是一直过不了，你会选择放弃吗？”

“你是故意来刺激我的吧！”

蒋乐俊仔细观察简皓那张臭脸,于是小心翼翼地问：“是不是出现了一个强劲的情敌，你在我这儿找发泄呢？”

简皓一愣，他还没说出口呢，对方是怎么猜到的？

蒋乐俊说："你不擅长拐弯抹角，所以我能猜个七八分。"

蒋乐俊玩笑似的分析起简皓刚才的那番话："你说每年都有新秀突起，是不是小晨身边出现了比你优秀的人，所以你有点泄气，甚至觉得你有可能再怎么努力，都比不上对方？"

被他一戗，简皓的脸红得就像是煮熟的虾子。

蒋乐俊笑起来："那我就来认真地解答你这个问题。

"我们去参加评审，就表明我们在争取机会。就像你遇上一个喜欢的女孩子，你总得去争取一下吧，你连争取这一步都不肯踏出，那就别指望会有好的结果出现。

"评审的专家就好比是你追求的女朋友，人家是有一定要求的，你能达到，她当然就选你，你达不到，她就钟情于别人。你有可能会觉得不公平，但你不能强迫别人只能围着你转吧。"

听到这里，简皓像蔫了的茄子，精神更萎靡。

"当然啦，如果你觉得太难，也可以放弃，没有谁会责怪你。而且就算你现在当选了，你要是后期维护不好，被后来优秀者取而代之，也是很正常的事儿。"

简皓的眼睛有点红，问："如果是你，你会怎么办？"

"继续努力呗。和别人比较下来，我也了解到自身有哪些不足。当然，我不会依葫芦画瓢，我在学习别人优秀经验的同时，也不会放弃自身的优点。"

蒋乐俊将手放在他的肩上："自信点嘛，现在小晨能选择你，证明你身上有她喜欢的闪光点，如果哪天别人身上的闪光点更加吸引她，只能说缘分不到位。"

简皓回去的时候，天已漆黑，路灯影影绰绰的光照得他心里发慌。站在村道上，远远地，他发现夏攸晨的家亮着灯，他停下脚步，仔细看了看，院子门口的灯笼是亮着的。

以他对夏攸晨生活习惯的了解，只有晚上家里要来人，她才会把院子外面的灯笼电源打开。一个人在家的时候，她只会开卧室的灯。

她身上既有年轻人对时尚生活的向往，也把勤俭当成一种习惯，吃穿用度，合适就好，绝不浪费。

简皓径直地向夏攸晨家走去，走到门口的时候，正巧遇到夏攸晨正要关院子的大门。

看到他从外面回来，她问："这么晚了，你去哪里了？"

他很不高兴："你心里一点都没有我，虽然我打电话告诉你我晚上在外面吃饭，但你都没有问过我，去哪里吃了，跟谁一起吃。吃饭的时候你也没打电话来问问，我什么时候回家！"

听着他满腹的抱怨，夏攸晨把门大开，说："进来吧，听你发发牢骚。"

简皓走到客厅，看到餐桌上摆着两个喝过的杯子，中间还有一碟吃剩下的果盘，他立即警觉起来："是谁来过了？"

"一个朋友。"

夏攸晨的回答简单利落，但简皓心里却不是滋味儿。如果是这附近的邻居拜访，她都会说出名字。此刻这种简单的概括，证明这人是一个他不认识但她又特别熟悉的人。

"哦。"他五味杂陈地应了一声。

"你好像话里有话，如果有什么不痛快地就说出来吧，我给你排解排解。"

"你前男友是不是回来了？"

再憋下去，他会疯的，不如一次痛快地说清楚。

"你怎么知道的？"夏攸晨显得有点诧异，毕竟她只在他面前提过这一次个人，看来男人的第六感有时候比女人还准。

她顿了一下，笑起来："原来你不开心是为了这个呀！"

"他是回来了，说是回来投资。然后聊了一下，就这样。"她说得很轻松，似乎他就是一个很久不见的普通朋友，没必要隐藏，也没必要刻意说起。

见他还是一副不放心的样子，她索性把事情说开。

夏攸晨和周浩宇曾经都是陡石塔村的留守儿童，两家挨得近，又在同一个班上学，两人就每天结伴上下学，也算得上青梅竹马，一起长大的。

还是小屁孩儿的时候，同学们就喜欢开两人的玩笑，说夏攸晨是周浩宇的媳妇。那时候两人还小，面对同学们的起哄，两人都骂骂咧咧，但却在心里对彼此都有了一种依赖与照顾。

从小没有父母的关爱与照顾，让他俩对爷爷奶奶，还有生长的这片土地充满了依恋和热情。

特别是高中的时候，夏攸晨看了一篇文章，写的是一对乡村情侣从名牌大学毕业后，回到落后的家乡，让家乡产生巨变，村民们共同致富，也改变了他们子孙后代的生活。

夏攸晨当时就萌生了要改变陡石塔村的决心。她生得晚，没能经历铜罐驿最繁华的时代，但她从奶奶的嘴里，了解到这个地方从繁华到落寞的经过。

她觉得这里并不缺少资源，缺少的是努力的心。稍有能力的人都到外面去发展，去建设别人的家乡，长此下去，等奶奶这一辈的人接连去世，这里也会随之一片死寂。

高二的时候，夏攸晨就把大学毕业后要回陡石塔村的决心跟周浩宇说了，周浩宇也爽快地赞同她的理想，说会陪着她一起奋斗。

大学的时候，两人还填了同一城市的同一所大学。只是高考那几天，夏攸晨因为感冒发挥失常，没能如愿考上两人约定的重点大学。

周浩宇上了线，而夏攸晨只得去了一所农业大学。

大学四年虽然相隔异地，但两人的感情还是非常好的，几乎天天都通电话，会把发生的趣事儿分享给对方。

临到快毕业的时候，夏攸晨因为成绩优秀而得到老师的青睐，推荐她去一所不错的农科院实习，但她却果断拒绝了。正当她收拾行囊准备回到心心念念的铜罐驿时，却收到了周浩宇的分手信。

周浩宇表示他已经看到了比铜罐驿精彩百倍的花花世界，他没办法回到那穷乡僻壤。而且他觉得要振兴家乡，并不用非得回到这个地方搞建设，可以在外面发展好了，有了钱和实力，回家乡来办厂开店，也是一种支援家乡的方式。

两人就这样分道扬镳了。

第12章　小组清洁队正式上线

“他现在回来了，是不是证明离开你，他后悔了？”

简皓的声音里充满了焦虑，虽然他不想自己变得世俗，但金钱就是男人的底气。

周浩宇既然回来投资，肯定已经混成了成功男人，地位和金钱都有了。

而简皓，说好听点是助人为乐的好村民，说不好听点就是个无业男青年，天天围着未来媳妇转，其实在大人眼里，这就是没出息吧。

见他像蔫了的茄子，无精打采，夏攸晨走过去，弯下腰，在他脸颊上轻轻一吻，说：“这样行了吧。”

“没感觉，能不能再重一点？”

夏攸晨恨铁不成钢地在他额头上一戳，玩笑着：“见好就收吧，当心我等会儿拿棍子赶你出去。”

简皓很想看看这个周浩宇长什么样，但又不好意思去打听他住在哪里，显得自己太小气。但如果不看，心里又存着一个念想，让他惴惴不安。

至于到底去看什么，简皓心里明白，却不想承认，既然自己经济实力比不上，那气质外貌呢？现在的女孩子都喜欢帅哥，在外貌上胜一筹，也能让他安心。

在紧张了几天之后，简皓在精神上终于有点绷不住了，夏攸晨是一点变化都没有，他担心自己连情敌的面都没见过，就败下阵来，实在不值。

简皓终于埋头睡了个好觉，第二天大清早起来，神清气爽了很多，打开卧室阳台的窗，清新冰凉的空气让他忍不住伸了个懒腰。

从阳台望出去，不远处整齐地站着两排人，他定睛一看，估摸着应该是小组清洁队正式工作了。

前两天小刘带着两个村委会的巡逻员到一组来挨家挨户地询问关于组建清洁队的事儿。

为了公平，村委会决定每组雇用一个人，虽然当清洁工的工资不多，但对于整年都没什么收入的村民来说，却像是天上掉馅饼似的好事儿。

毕竟像打扫卫生这样的事儿，比种田轻松多了，而且每天在家里也要做，现在只要把自家所在小组的区域打扫干净，就能得到工资。

当小刘找到简皓的时候，他果断地拒绝了，他年轻气盛，像清洁工这样省力的工作，还是多留给村里需要补贴家用的人。

而且自从得知周浩宇回来了，简皓就想着怎么能在这个情敌面前更胜一筹，来显示夏攸晨没有选错人，在这个节骨眼上，他要是成了清洁工，他会有种还没开始就败下阵来的挫败感。

吃过早饭，简皓就往群工站走，今天该他值班。一到办公室，他就把值班记录表找出来整理，不一会儿，一个人急匆匆地跑进来，气喘吁吁地问：“有人帮忙吗？七组的杨天棒跟何老幺打起来了。”

群工站里只有简皓和小广在，于是，两人赶紧放下手中的事儿，跟着来人就往七组跑。

七组的周围有许多的柑橘林，简皓和小广在来人的带领下进入柑橘林后，就看到一群人围在那里看热闹，扒开人群，两个中年男人在那里扭打着。

一个男人个头很高，非常消瘦，就像一根竹竿。另一个男人个头稍矮，微胖，大肚腩。

因为太过愤怒，也顾不得形象，两人在泥泞的地里翻来滚去，俨然成了两个泥人。

简皓知道先得把两人分开，才能调解问题，于是用眼神示意小广，一个控制一个，把两人的怒气先平息下来。

只是两人打得太厉害，让他们有点无从下手，拳脚无眼，很容易被误伤。

这时，高个子抓起旁边的石头砸中了矮胖子的额头，矮胖子的额头顿时鲜血直流，围观的人群里有人发出惊呼声：“再打下去，恐怕要出人命了！”

有人被重伤的情况下，气氛只会越来越激烈，担心再继续下去要出人命，简皓也顾不得那么多，上去抵在两人中间，试图将两人分开。

简皓的突然上前让两人都措手不及，紧握石头的高个子一挥拳，简皓头顶就传来剧烈的疼痛感，但他还是用手将两人的胸口抵住，尽量地不让两人靠近。

“小简，你头流血了！”

在旁边人的惊呼声中，打架的两人终于住了手。简皓摸了摸疼痛的头顶，手拿下来时，掌心上都是鲜红的血。

这是他第一次因调解负伤，连他自己都被吓住了，顿时感到头昏脑涨，差点晕倒。

“赶紧送到村诊所去！”有人提议。

小广赶紧背着简皓就往村诊所的方向跑，刚才打架的两人也吓坏了，尤其是拿石头砸伤人的高个子，在一旁不停地道歉：“对不起，我不是故意的，你还好吧！”

高个子跟着小广一起把简皓送到了村诊所，医生一边检查，一边说：“你是怎么搞的，伤成这样，你这伤口要缝针。头上缝针是不能打麻药的，你要忍着点。”

简皓长这么大，这还是第一次受这么重的伤，听说不打麻药缝针，也被吓住了，用手拽住小广的胳膊，手止不住地颤抖。

医生缝针的时候，简皓发出的惨叫声让打伤人的高个子站在旁边手足无措，架没打出胜负，还伤及无辜，后面恐怕还要赔钱，得不偿失。

伤人的高个子一直等在外面，瑟瑟发抖，担心简皓报警抓他。

等医生给简皓挂上消炎水，高个子才上前问：“小兄弟，我不是故意的，是你自己凑到前面来的，我给你赔礼道歉。”

高个子就是大家嘴里的“杨天棒”，天棒在重庆话里的意思就是不知道天高地厚，做事儿从来不顾及后果。

小广说：“你先回去吧，别再打架了，有事儿可以大家一起商量解决。”

“你不会去告我吧？”杨天棒试探着问简皓。

“你不是故意的，而且是我自己凑上去的，我不会找你麻烦。你回去吧，但别再打架了。”

杨天棒连连道谢，然后像得了圣旨特赦似的跑了。

简皓不想让夏攸晨担心，正想着如何瞒她几天，等伤口好了，头发一遮，也就发现不了。在诊所里，消炎水还没输完，夏攸晨就火急火燎地赶过来了。

他窘迫得不敢看她那张生气的脸，担心她会觉得自己没用，去劝架，架没劝好，反而自己却被误伤了。

“你现在感觉怎么样？”她走过来问。

“还行。”

“拳脚无眼，你就不能等他们停下来了再去劝？”

“当时打得太厉害，我担心再不出手，就出人命了！”

夏攸晨突然扑哧一声笑了起来，当义工的时间一长，心就自然而然地以助人为本了。

简皓被误伤的事儿，群工站非常重视，特别是王阿姨，特地跑去杨天棒家，把他狠狠地责备了一番，并不单单为误伤了简皓，更是他这种解决事情的方法，不仅解决不了问题，还会让矛盾更深。

在杨天棒的坦白下，王阿姨也了解了事件发生的原因。

新英雄湾村还叫陡石塔村的时候，很多村民都在周围种植了柑橘树，就是铜罐驿特有的品种大红袍。

由于家家户户的地不多，只能少量种植，这种柑橘皮薄汁甜，颜色鲜红，无论是品相还是口感在柑橘市场上都是抢手货。主城区一些水果摊贩会亲自开车到村里来收。

不同的商贩给出的价格自然不一样，差不多都在五块，这些年都相安无事，但今年不知道是不是因为疫情的原因，到乡下来收柑橘的商贩明显比往年要少。

杨天棒家有固定的商贩，每天必到他家来，这么多年也一直是这个价格，没有变过，到雨水充足的年份，柑橘更大更饱满的时候，还会提价。

但就在前两天，何老幺却以四块的价格，把杨天棒的客户给抢走了，杨天棒觉得这是在破坏市场规则，恶意竞争。

有村民的想法跟杨天棒一样，觉得何老幺在破坏这些年建立起来的规则，所以昨天两人打架的时候，知道杨天棒在村里打架是出了名的凶悍，也就没人上去劝，都想给何老幺一个教训。

王阿姨在村里住了多年，自然知道一部分村民靠种柑橘来增加收入，没想到这么多年的买卖还存在这样的暗流涌动，于是把这件事儿上报到了村委会。

毕竟涉及村民的利益，最好能统一出一个办法，既能保障村民的权益，又能保证销路的畅通，不再进行价格竞争。

简皓受伤的事儿还让群工站制定了在调解过程中如何保护自身安全的办法和规则，给简皓放了一个月的假，让他好好休养，还送了一些慰问品来。

受伤后的一个星期，他有头晕的状况，只能在床上躺着，想着休息几天就没事儿了，夏攸晨不放心，非叫了辆车把他送到主城区的三甲医院，又是照CT，又是看脑电波，确定没事儿，才让他回家。

看着她着急担忧的样子，简皓觉得自己是因祸得福，毕竟一个人到底爱不爱你，就是在你需要照顾的时候最能体现。而且他还很享受这种照顾。

日常生活当中，都是夏攸晨负责买菜做饭，简皓负责打扫卫生洗碗，自从受伤之后，家务事一点不让他碰，她全部包揽。

“下次再遇上打架这种事儿，你就别出头了，费力又不讨好。要是我遇上了，我就让他们打，只有自己吃亏，他们才能长教训。”

他特别喜欢她一边忙碌，一边教训他，一边分担着家里所有的家务，一边关心他，这才有家的味道。

突然，他听到院子外头有摇铃的声音，于是对夏攸晨说：“你去看看是谁来了，如果是来看我的，就麻烦你跟他们说，我已经睡了，免得他们又送东西，破费不说，我也吃不了那么多。”

夏攸晨笑他：“受点伤，看把你嘚瑟成什么样了！”

自从简皓受伤后，来探望他的村民挺多的，几乎都送了慰问品来，有牛奶、保养品等，有人听说吃猪脚能让伤口愈合快，就送来了两只肥美新鲜的猪脚。

在这种时候，他才意识到自己的重要性，被别人惦记着是一件多么幸福的事儿。

他回想起以前在主城区上班，感冒了连假都不敢请，就怕耽误工作，到月底业绩不合格，还被经理痛骂。

有一次，他上班挤轻轨的时候，人太多，不小心崴到了脚，当时有点疼，他也没当回事儿，忍着痛去到公司。等到了中午，他的脚踝肿起一大块，就像个红糖馒头。

担心伤到骨头，他只有硬着头皮去经理那里请假，谁知经理瞄了一眼他肿起的脚踝，说：“你这看上去也不是很严重嘛，你可以下了班再去诊所看一看，擦点红花油，不会有事儿的。你手头那个策划方案明天上午就要交，你可别耽误了。”

经理说了一大堆，唯独没有说“同意”两个字，他只能回到工位上继续工作，一直加班到晚上十点，脚疼得连路都走不了，还是一个同事把他扶到路边，打车回家。

半夜去医院挂了一个急诊，医生说他应该早点来的，现在脚踝处理起来比较麻烦，让他一个星期内尽量少走动，好好休养，才恢复得快。

他拿着医院开的休假单去请假，却又被经理的一番“业绩大于生命”的理论给怼了回去。后来他拖着病腿，坚持工作，也没得到经理的半点同情和关照。

但在新英雄湾村就不一样，他做着最普通不过的义工工作，有时候调解起村民们的纠纷，当事人个个斤斤计较，得理不饶人。但你对他们的好，他们都时刻记在心里。

他受伤的事儿传出来没多久，就来了好几拨人，都是他做义工时参与调解过的村民，他们都很淳朴，说不出好听的话来，只让他好好休息，有需要他们照应帮忙的，绝对有求必应。

廖婆婆还特地一大早去河边收刚打捞上来的新鲜鲫鱼，熬成像牛奶一样白花花的汤端来给他，说是对伤口好。

这让他非常的感动，觉得在这里，一点小小的帮助就能换来这么多的关爱，处处都充满了温情。

夏攸晨去开门了，半天都没有动静，简皓忍不住问：“小晨，是谁来了？”

不一会儿，夏攸晨领进来一个男孩子，男孩子个头很高，身形消瘦，戴着黑色边框的眼镜，眉目清秀，手里还拎着一大袋水果，他好奇："这位是？"

"这是我朋友，周浩宇。"

简皓一愣，他这是亲自上门来挑衅？

这个周浩宇跟简皓想象的完全不一样，以为他会是个性格傲气、眼神凌厉、有距离感的男人。但见到本人，却觉得他身上没有锋芒，非常有亲和力。

简皓本来对这个人充满了防备，但看到周浩宇的这一刻，虽然有点意外，但心态却异常平和。

周浩宇主动说："我是小晨的朋友，我也是土生土长的陡石塔村的人，考上大学后就出去了，现在才回来。

"我今天上午才听说你去劝架被误伤的事儿，所以过来看看。"

说着，周浩宇把手里的水果袋子递给夏攸晨。

简皓暗忖，他又不是什么大人物，受过他帮助的村民来探望，尚在情理之中，他跟眼前这个男人非亲非故，而且还算得上是情敌关系，对方的探望就显得不那么单纯。

周浩宇应该跟他内心的想法是一样的，想看看他这个现男友到底赢在哪里。

想到这里，简皓心里燃起一丝自信。

寒暄了两句，周浩宇突然说："我听说你这里是民宿，我能不能在这里住一段时间？"

简皓有点愣，担心自己听错了。

周浩宇赶紧解释："虽然我是村里的人，但我家被划到了七组，还没有搬迁。而且自从我奶奶去世之后，那房子就空着，破破旧旧的，也没有收拾，住起来不方便。

"虽然我还不知道你这里的房间怎么样，但大家都是年轻人，审美都很接近，应该会非常舒适。"

夏攸晨突然插话："这里离西彭很近，你有钱又有车，可以去那边住。"

"别，住那边多不方便，就住我这里吧，反正我的民宿装修好也是租给别人住的，大家都是朋友嘛，肥水不流外人田。"

简皓的大方挽留让夏攸晨和周浩宇都有点吃惊。

他又说："只是我最近头受了点伤，可能在打扫整理方面会稍稍欠缺一些，还请你不要介意。"

周浩宇说："能住在村子对我来说就已经是很方便了，那就麻烦你了，房费是多少？我可以先预付一个月。"

"走的时候付也行，都是熟人，我还怕你跑了吗！"

简皓对夏攸晨说："我有点不舒服，麻烦你带客人去楼上看看客房吧，看他满意哪一间。"

夏攸晨面露难色，显得有点不情愿，但在简皓的催促下，她还是带着周浩宇到楼上去了。

周浩宇似乎也不挑，很快就下来了，说："那我现在去整理一下行李，明天早上我就搬过来。"

送走了周浩宇，夏攸晨用责备的语气说："前两天你还一副很介意的样子，像个蔫了的茄子，无精打采，今天干吗同意他住在这里？"

"我仔细想过，介意也没用，你要是心里还有他，我就是刻意阻拦，你觉得有用吗？不如大度一点，反正他也要找地方住，钱花在哪儿不是花，我这里本来就是对外营业的，只要不是想白住不给钱的，租给谁都一样。"

简皓心里最真实的想法就是，天天在家胡思乱想他俩会不会私底下见面，聊曾经的感情，还不如大方点，就放在他眼皮子底下，有任何变数，也能快速地找到对策。

这叫知己知彼，才能百战不殆。

夏攸晨笑了笑："随你吧。"

简皓叫住她："那以后的一日三餐得麻烦你了。"

"只要他给钱，没什么麻不麻烦的。"

为了不让自己显得太没男子汉气概，周浩宇搬东西过来的时候，他主动去帮对方拎行李，就像是民宿老板热情招待顾客一样。

周浩宇的车是一辆奔驰E级运动版，简皓看着，的确是有些羡慕，对方比自己还小一两岁，大学毕业也没两年，家世背景也都差不多，结果自己开民宿还得父母支持，而对方都已经开上几十万块的车，回来谈投资了。

随即他又安慰自己，有些东西羡慕不来的，周浩宇有钱对于新英雄湾村的未来建设是件好事儿，对他来说也是好事儿，毕竟开民宿的初衷就是为了赚钱。

简皓的头上还扎着绷带，周浩宇说："东西我自己搬就行了，你还受着伤，怎么好意思麻烦你。"

"不行不行，新英雄湾村的待客之道就是热情。我这伤已经休息一个星期了，早好了，只是小晨不放心，才让我在家多休息。"

周浩宇点点头："小晨刀子嘴豆腐心，经常嘴上喜欢损人，但在生活上却是非常的细心，又会照顾人。大学的时候，我俩不在一所学校，有一次，我得了重感冒，怕她担心，通电话的时候我就没告诉她。

"结果她竟然从我说话时的鼻音听出端倪，第二天一大早跑到我学校来，把我带去医院检查。"

说完，周浩宇脸上是幸福的笑容。

简皓明显闻到了火药味儿，虽然这火是他先点起来的。可能男人天生就有好斗的因子，在一些事情上喜欢争个高低，尤其是爱情。

简皓把周浩宇送进客房，解释说："我这里肯定比不上城里的星级酒店，但日常的生活用品还是齐全的。如果你要喝水，床头桌子上有烧水壶。楼下客厅有饮水机，24小时都可以用。洗漱用品都在卫生间里面，不够的时候就告诉我一声。"

他絮絮叨叨地说了一通，把民宿老板的热情发挥到了极致，仿佛在接待一个第一次来这里的游客。

临走前，他又问："我们这里可以包一日三餐的，但得提前一天预订。一天一百块，你包吗？"

"是你做吗？"

"夏攸晨做，她是民宿的老板娘。"

"那我每天都回来吃饭。"

"好的，你把饭钱交给她就行了。"

两人正聊着，楼下就传来了廖婆婆的声音，她站在院子里叫着"简皓"的名字。

他向外应了一声："我马上下来。"

他不用问都知道，廖婆婆八成是看到他民宿门口停了车，过来看热闹的，否则就对不起她这"一村通"的外号。

"有客人？"

"对，一个风光回村的村民暂时没地方住，就住在我这里了。"

"哪家的？"廖婆婆开始了她日常八卦的问询。

"七组姓周的。"

廖婆婆想了想说："姓周的挺多的，也不知道是谁，他需不需要果汁？如果需要，让他上我那儿买去。"

自从搬进新居后，廖婆婆的生意头脑似乎一下就被激活了，她的顾客目标不仅仅停留在游客上，还针对村民，尤其是家里有小孩子的，她都会主动上门推销。

简皓突然意识到，千万不能让廖婆婆知道里面住的是夏攸晨的前男友，以她的八卦能力，明天村里肯定会流传前男友和现男友巅峰对决的八卦新闻。

他倒是无所谓，只怕夏攸晨会难堪。

简皓赶紧对廖婆婆说："其实这人是我一个远房亲戚，赚了点钱，但脾气太烂，您还是别招惹这样的人了，您年纪大了，不能受刺激。"

一边说，他一边推着廖婆婆往外走，然后安慰着："您别太着急，疫情已经过去了，好日子在后面呢。"

廖婆婆前脚一走，周浩宇就出来了，简皓长长地舒了口气。幸好走得快，否则就真遇上了。

周浩宇走过来，递了一支烟给他，问他抽不抽。

简皓不抽烟，对烟更是不了解，周浩宇拿出的烟盒是白色的，上面写着"天之叶"。他见过同事抽烟，各种牌子，唯独没有见过这种烟，也不知道价格如何。

他摆了摆手："不好意思，我不抽烟。"

院子里有石凳，周浩宇走过去坐下，然后问："能不能闲聊两句？"

"聊呗，民宿的特别服务就是陪客人聊天。"

"现在村里面的行情怎么样？"

“怎么样你也能看到，现在虽然是新村新房子新气象，但除了本村的村民外，周末来旅游的人实在太少，根本改变不了什么。”

他看向周浩宇：“我听说你是回来投资的，肯定在外面见多识广，你可以投资做做宣传什么的，有人来旅游，才能让村子的经济发展。”

周浩宇说：“引流不仅仅是新英雄湾村的问题，也是国内很多新农村建设面临的问题。现在到处都在搞乡村振兴，村民们的生活条件是改善了，也激发了许多人创业的激情，却很难刺激到消费的增长。”

周浩宇顿了一下，语重心长地说：“帮助村民们增加收入有很多种办法，慢慢来吧。”

大概是觉得跟他聊天并不愉快，周浩宇站起身来，说：“我有事儿要出去一下，下午回来，麻烦你准备一下晚饭，我按星期支付给你。”

“没问题。”

看着周浩宇远去的背影，简皓总有种不好的预感，两人之间的相处会非常不愉快。但转念他又觉得是自己多心了，大概掺杂着情敌的成分在里面，总感觉不到友好。他觉得自己应该改改这种坏毛病，他得对自己有信心。

周浩宇要吃晚餐，简皓估摸着去镇上买点鸡肉牛肉。平时没有客人的时候，他和夏攸晨吃的菜，绝大部分都是出自夏攸晨的院子，那点菜自给自足还行，招待客人还是差一点点。

正要出门，群工站的小广来了，招呼着他：“简皓，你快跟我去看看吧，又有村民为收柑橘的事情闹起来了。今天群工站里值班的是几位大姐，万一又打起来，没两个男人在那里顶着，我担心她们解决不了。”

简皓扔下菜篮子，急匆匆地跟着小广走了。

路上小广告诉他，这次也是为收柑橘的事儿。村西头的老冯家几代人都是种柑橘的，因为冯家也有固定的收购商，合作了快十年。

但现在的收购商做生意也精明，尤其是这两年因为疫情原因，他们对于柑橘的品相要求越来越高，给出的价格却越来越低。

前段时间挂果的时候，收购商到村里来看了看，发现老赵家的柑橘品相更好一些，于是就放弃了老冯家的柑橘。因为没有签合同，人家不收，你也拿对方没有办法。老冯家就觉得是老赵家挖了他们的墙脚，不厚道。半个月前，老赵家的果林被人为地破坏，眼看就要成熟的柑橘大半夜被人砍去一大半。

村里人种柑橘好多年了，一直相安无事，也没人会在果林里装监控，这样一来，让老赵家损失惨重，已经答应收购商要交付的斤数，如果达不到，是要赔偿的。

眼看着另一半柑橘快成熟了，为了抓住凶手，老赵家两父子不声不响，大半夜藏在果林里等凶手，结果老冯的儿子被抓了个现行。

老赵父子便把老冯儿子抓去了镇上的派出所，这次损坏的果树价值不大，派出所的工作人员做了一番工作，希望两方能心平气和地调解解决。

人是放回来了，两家依旧不依不饶。村委会到群工站来寻求帮助，希望一起帮这两家解决矛盾。

今天王阿姨刚好在群工站值班，小广刚到群工站门口，就被王阿姨叫上一起过去。说好先去老冯家，还没走到门口，远远地，就看到老冯家门口围了一堆人。

以王阿姨的经验来看，肯定两家人又打起来了，于是叮嘱小广，简皓住得近，把他叫过来，以防突发情况。

有了上次的误伤事件，简皓心里已经有了阴影，一听劝架，心里还是有点小担忧。他甚至在心里给自己弄了个劝架规则，如果对方手里有武器，那他也得找个防身器，比如棍子之类。

到了老冯家，两边的人已经被围观的村民们拉开，王阿姨和村委会的工作人员分别做着两家的思想工作。

王阿姨对着老冯说：“这事儿本来就是你不对，现在是市场经济，到哪里都有竞争。现在的市场要求越来越高，口味儿也越来越挑。真本事是懂得不断地改善自家产品，让收购商主动找上自己。你以为破坏了别人的柑橘，收购商就只能买你的吗？还会有其他人种出来的柑橘比你的好，你是打算跟村里所有种柑橘的人为敌吗！”

老冯一脸的不甘，并没有为王阿姨的话有所收敛，反而大声地斥责：“你以为当了群工站的头儿，就有资格在这儿耀武扬威了？！当年如果不是你爸下黑手，你家那口子能看上你？！不要脸的玩意儿，我要是他，那还跟你结婚，杀了你都不为过！”

简皓有点惊讶，这话里信息量很大呀。他侧头看着王阿姨的脸，原本严肃的表情消失了，挂在脸上的是尴尬地苦笑。

王阿姨在简皓的心中，一直是大慈大悲菩萨一样的形象。

王阿姨既有待人的慈爱温和，又有在处理事情时的果断和威严，而且王阿姨似乎都没什么私人时间，她每天不是在群工站里等待需要调解处理的事务，就在去处理调解纠纷的路上。

简皓仔细想想，来群工站有一年多了，他还真没见过王阿姨的丈夫。他本来对别人家的夫妻生活八卦就不感兴趣，而且乡村爱情都比较朴实，相濡以沫地过普通日子，没有惊天动地的浪漫，自然也没有惊涛骇浪的波澜。

王阿姨无奈的表情只有那么一瞬，她便很快就调整好自己的情绪，今天过来的主要目的是调解两家人的矛盾。

王阿姨厉声回击老冯：“人都有犯错的时候，知错才能弥补和挽回，这是难能可贵的品格。你以为用这种蛮横的态度，老赵家就能放过你？”

老冯吃了瘪，顿时哑口无言。

“据我所知，你们家一直靠着种柑橘来支持家庭开支，你让别人的柑橘卖不出去，你家的就能顺利被人收走？冲动是解决不了任何事情的，就像今天，如果这件事儿得不到彻底的解决，老赵父子肯定天天上你家来，你家能安宁？”

王阿姨把利弊一说，老冯仔细想了想，于是点了点头，认同了这种说法。

王阿姨于是继续趁热打铁：“你儿子破坏了他家的果树，这是事实，你就是狡辩也没用，被人家抓个正着，你那些胡搅蛮缠的借口就别再用了。

“我去果林看过，他家的损失也就几十斤的事儿，你们按照收购价先赔给他家，你们家的柑橘，我会跟村里商量商量，帮你们销个好价钱，也算是减少你们的损失。”

说到要赔钱，老冯的脸就跟万花筒一样，变化着各种不愿意的表情。

“老冯，你可要想清楚了，这是我们群工站和村委会义务帮你解决的事情，我们不可能只围着你转，你要解决，我们会尽量跟老赵家说和，降低价格。如果你不愿意，要跟他们继续斗下去，结果也只能是你自己埋单。”

王阿姨厉声说着，老冯感到了重重的压力。

这时，旁边有邻居趁热打铁：“老冯，赔点钱息事宁人算了，老赵家也不是好对付的。他那个儿子以前在学校打架可厉害了，他儿子回家种橘子，就是因为上高中的时候，把一个同学打得半死，被开除了。”

旁人这么一说，还真把老冯给唬住了，赶紧给王阿姨说好话：“淑娟，刚才我说话没个轻重，你不要介意。要不你帮我好好说说，我今年的柑橘还没卖出去，身上实在没钱。”

在王阿姨和村委会的协调下，最终老冯赔了老赵两百元钱，这事儿就算是了结了。

在调解的时候，有人插了句话，说：“前两天周浩宇到我家来，问我愿不愿意把柑橘交给他来代销，说什么他们公司可以把橘子包装成礼品，卖很高的价格。不如你们去问问他，或许他能把橘子卖个好价格。”

“哪个周浩宇？”

“就是周勇的儿子，他大爷以前在村里当木匠的。”

村里人聊起某人来，随口就能把三代了解透彻。

简皓暗忖，周浩宇嘴上说回来看看什么能投资，看来早就胸有成竹。

简皓正要往回走，就遇到匆匆赶过来的夏攸晨，她手里拎着一棵白菜。

他好奇：“你拎着一棵白菜要去哪里？”

她上来就对着他东瞧西看，问：“今天没打架吧？”

简皓出门前让夏攸晨去买菜，夏攸晨刚到市场上买了棵白菜，就感觉心跳加速，隐隐约约觉得有什么不好的事儿要发生，联想到是简皓让她出门买菜，而他自己要去调解打架纠纷。

上次被误伤的事儿一直在她脑海里不停地冒出来，为了能安心，她连菜都不买了，飞快地往这边来看看情况。

简皓心里高兴，都说患难见真情，可见两人没在一处的时候，她心里是一直记挂着他的。

他笑着说：“我陪你一起去买菜吧。周浩宇喜欢吃什么，你就买什么。”

得到夏攸晨肯定的爱，他也不再吃情敌的醋了，就是要表现得大度一些，才能让对方体会到，他对这份爱是有多放心。

“他什么都能吃。”夏攸晨怕他会多心，也没想过做什么特别的菜来博对方舒心。

但毕竟周浩宇现在算是顾客，不能因为有过感情纠葛就怠慢，夏攸晨想了想说：“就做铜罐驿的特色菜吧，韭菜炒腰花、酸辣粉肠。”

周浩宇出去了好几年，恐怕连家乡的特色菜都快忘干净了。

两人刚走到院子门口，就听到院子里有人在聊天，以为是邻居来串门，走进门，才看清是廖婆婆和周浩宇。

热汗爬上简皓的额头，糟了，廖婆婆找到了新的八卦谈资。

廖婆婆看两人回来，笑着说：“我无聊，来看看你们在家不，也只有你俩有耐心，陪着我这老太婆打发时间。结果你们不在，我看你远房亲戚在，就跟他聊了两句。

“没想到他竟然是西边周勇家的儿子，我还记得他爷爷，手艺可好了，我家那大木柜还是找他做的呢，到现在都挺结实。”

夏攸晨跟廖婆婆打了个招呼，就进厨房忙活晚饭去了，还没走到厨房门口，又回头说：“廖婆婆，晚上一起吃饭吧。”

“好。”廖婆婆从来不会知麻烦。

见简皓回来了，周浩宇起身说：“我还有点事儿，就先回房间去了。”

周浩宇一走，廖婆婆就凑近他，神神秘秘地说：“你远房亲戚竟然是小晨的前男友，你家的人还真有缘分，都喜欢同一类型的。”

为了打消廖婆婆脑袋里那些天马行空的想象，他干脆坦白：“他不是我的远房亲戚，就是小晨的前男友。我这里本来就是民宿，有人要住，我总不能把客人往外赶吧。”

廖婆婆向他竖起大拇指：“不错，有头脑，连情敌的钱都挣。”

第13章　善良的人，不幸的人生

简皓双手合十，做了求饶的手势：“廖婆婆，您就别打趣我们了吧，他们是和平分手，又没有什么恩怨。谁说分手了就得当仇人，也可以做朋友的。您就别乱说话，别给我添乱了，行不行？”

廖婆婆瘪着嘴：“你是在嫌我话多？”

“您要是当着我们的面把关系挑得太明，我们都会很尴尬。而且周浩宇是在外面干大事儿的人，他那样的条件，万一人家有新女朋友呢！”

为了不让廖婆婆再揪着这个话题不放，他赶紧问起了王阿姨丈夫的事儿。

以廖婆婆年纪，肯定是这段八卦的见证人之一。

想到又有话题可以聊，廖婆婆顿时来了精神。在简皓看来，她似乎有一种执着，要把这辈子看到的所有悲欢离合都讲出来，担心有一天去了，就被人遗忘了似的。

“王爸爸在三十年前还算得上是有头脑的那批人。那时候的铜罐驿也算得上繁华，从镇上到村里有一段路，有些人为了图方便省事儿，不想去挤公交车，而是搭摩托车进出。

“当时周边的厂子比较多，大家收入也都不错，几块钱的车费是家常便饭，都有消费能力。

“那时候王家的生活担子重，王爸爸一个人要养活一家五口人，他觉得厂子里工资太低，于是把心一横，从厂子里出来，问亲戚朋友借钱买了辆摩托车接送客人。

“出事儿那天，天气本来挺好的，王爸爸在食品厂门口载上了姜子父亲。

结果半道上下雨，王爸爸没当回事儿，路上车轮打滑，车翻到了护栏下面，两个人都死了。

“王爸爸一死，王家的顶梁柱就没了，摩托车是借钱买的，本钱都没有回来，那时小王在念大学，那年头的大学生是让人羡慕的。”

廖婆婆说：“那个年代，陡石塔村人丁兴旺，也有钱赚，出去了不少大学生，哪像现在，待在村里的年轻人越来越少，就是谁家考上了大学，也没人知道。

“姜子家更惨，姜爸爸车祸去世的时候，姜子正准备去医院做手术。

“姜子的腿在学校打篮球的时候韧带受伤，说要做手术才能恢复，姜家也不宽裕，手术钱还得从亲戚那里东拼西凑。姜子爸一死，哪个亲戚还敢借钱，孤儿寡母的没有偿还的能力。

“事故判定王家要赔付姜家，但王家连借的摩托车钱都还不出来，哪还有多余的钱赔偿。官司打了好几次，王家也没有可执行的东西，就连小王念大学的钱都是她自己打零工赚的，给姜家的钱就只能一直拖着。”

“哎！”说到遗憾的地方，廖婆婆也忍不住叹起气来，“姜子的手术一拖，腿就瘸了，没考上大学，出去打工也没人要，就只能带着哭瞎了眼的老妈在村里种地。”

“姜子的脾气也不好，当年村里出面想帮他，他见谁都骂，把人往外赶，时间一久，村里人也就不搭理他了。

“小王大学毕业后就回村当了村干部，可谓是风光一时。姜子爸死的事儿也就没人再提起，因为大家都觉得，那是上一代的失误，没必要连累下一代。

“当了村干部的小王对姜子是特别的关照，隔三岔五就往姜家跑，送钱做家务。刚开始的时候，姜子挺反感的，发脾气把她轰走，严重的时候，还打人。”

廖婆婆最后说：“有一次我从姜家院子外头经过，看到姜子把玻璃瓶子扔向小王，结果瓶子砸到了小王的头，当时流了好多血。送小王去医院缝针还是我呢！”

联想到今天老冯骂王阿姨的话，简皓也猜到几分，问：“王阿姨最后是不是跟这个姜子结婚了？”

“是的，我觉得想弥补的成分比较多吧。小王年轻的时候可漂亮了，又是大学生，脾气也好，上门提亲的都快把她家门槛踩破了，她偏偏想不开，嫁了个跟她有仇的。”

简皓问：“我来村里这么久了，还一次都没见过她老公呢，这个姜子在哪里呢？”

“我听说小王女儿大学毕业后留在了北京工作，大城市肯定比这乡下地方待着舒服，姜子就去北京照顾女儿了，小王就留在村子里。虽然小王嘴上不说，但大家都看得出来，两口子感情不好，才会一直分居，说不定已经离了呢。”

有人陪廖婆婆聊天，她是越聊越精神，简皓却感慨万分，也只有重情重义、内心善良的人，才会把婚姻当作补偿，殊不知，一段美好的婚姻要走过数十年，岂是恩情能够维持下去的。

闲聊了一会儿，晚饭就做好了，四个人围着院子里的石桌吃晚饭。最近天已经在变凉了，再过段时间，就是深秋。

简皓向周浩宇问起要统一收购柑橘的事儿，周浩宇也很爽快：“铜罐驿的大红袍在柑橘的品种里是非常有特色的，颜色漂亮，味道也甘甜，只是种植面积不够大，也没有在市场上好好地营销过。这两年我一直在投资公司工作，我这次回来，就是想把它好好地包装一下，走出自己的风格。

“一些看起来平凡无奇的东西，经过包装之后，它的价值会被无限放大，得到意想不到的收获。”

廖婆婆听得是一头雾水，问：“怎么个包装法？”

周浩宇说：“就拿香蕉来说，三根香蕉在菜市场里面，顶多就六块钱。如果这三根香蕉在下午茶店里，把它们切成小薄片，在漂亮的盘子里叠放成花朵的形状，再配上一碟沙拉酱，我可以卖到六十块钱，是本身价值的十倍。”

简皓是懂的，这就是营销，就像他以前写的营销文案。平平无奇的商品，配上一段感人的故事后，顾客看中的就不仅仅是商品本身的功能，更是在使用商品的同时会得到一种情感的慰藉。

廖婆婆依旧不明白：“这也太坑了，吃到嘴里，也只是香蕉。”

周浩宇信心满满地说：“明天我约了村里种大红袍的村民，想赶在柑橘大面积成熟前，把这件事儿敲定，说不定年末的时候，柑橘农户的收入就会翻好几倍。”

周浩宇也很大方，邀请简皓和夏攸晨明天一起参加在村委会会议室举行的意向会。

廖婆婆说：“我也要去。”

“去了会打瞌睡的。”

简皓非常了解廖婆婆，虽然现在她对一切新鲜的事物都充满了好奇感，但理解能力有限，去也只是图个热闹，听着听着就睡着的事儿，时有发生。

廖婆婆却像个不听话的孩子似的，说：“我又没问你，我问的是小宇。”

周浩宇笑着对廖婆婆说：“来吧，人多热闹。”

意向会在第二天上午十点开始，简皓和夏攸晨跟着周浩宇一起出门，走到院门口，周浩宇让他们等一等，然后主动去叫廖婆婆。

廖婆婆一脸高兴，走到跟前的时候，还不忘白了简皓一眼，似乎在说，他太不尊重她了，估计自己以后得跟周浩宇站在一边。

毕竟涉及赚钱，村里种柑橘的村民还是非常积极。他们到达村委会会议室的时候离会议开始还有半个小时，会议室里就黑压压地坐了不少人。

一些村民没有种柑橘，但听说有人愿意长期高价收购，于是也来听听，说不定将来会成为柑橘种植户。

攀关系似乎是传承最久的传统，当身穿一身妥帖西装、举手投足一副成功者模样的周浩宇走进会议室时，一些村民就在脑海里拼命地搜索能跟他连接上的亲戚线。

有人按捺不住，先开口了：“周老板，我听说你是周木匠的孙子？”

周浩宇笑着点点头，说：“我爸也是木匠，只可惜我没跟他学这门好手艺。”

他的亲切让村民们紧绷的紧张情绪都放松下来，聊起天来也更随意了。

有人说：“浩宇呀，你爸是我二表嫂的表弟，这样算起来，我们两家还是亲戚呢，这逢年过节的，也不走动一下。”

周浩宇挤着笑容：“我爷爷去世后，我们一家就搬走了。前些年在外面打工辛苦，少有时间回来。我通过努力，稍微有点成就了，就想着回来帮村里做点事儿。

“我爷爷和我爸从小就教导我，无论走多远，都不能忘了根在哪里。”

他的话引得在场的村民无不赞赏：“以前看这小子就觉得有出息。”

这时，有人向简皓投来了复杂的眼神，像是贬低，又像是同情。

周浩宇和夏攸晨的少年时期几乎是在铜罐驿度过的，很多村民也是看着他俩长大的，对于他们青春年少的事儿，多多少少了解一些。

现在周浩宇风光归来，美女自然是得配英雄的，跟简皓这种“三无”青年，那就是好白菜被猪拱了，浪费。

简皓假装看不见，下意识地把手伸过去，轻轻拉住夏攸晨的手。

夏攸晨不好意思地甩开他的手，说：“大庭广众之下，还是注意一点。”

他有点失落，看着夏攸晨抬头注意周浩宇的目光，他暗忖，她有没有后悔过跟他在一起？

他们分手就是因为理想不同，现在周浩宇回来建设新英雄湾村了，他们又有了共同的目标，感情会不会也随之一点一点地修复？

这时，一个中年大嫂凑到周浩宇的面前，笑着说：“我是小晨的表姑妈，以前你跟小晨到我家来吃过饭，当时你还说我做的三鲜饺子好吃呢！”

周浩宇笑着回应：“我当然记得，您家院子里是不是有一棵大桃树？我去的时候，上面正好结了许多桃子，我还爬到树上去摘桃子呢！”

“对对对。”大嫂的脸上笑开了花。

你们这些马屁精，别以为说两句好话，人家就可以多给你们家些钱，资本家可都是以利益为重的。简皓在心里暗暗地嘀咕着。

十点钟一到，周浩宇就安抚大家安静下来，会议开始。

周浩宇先是发表了对于铜罐驿特产的大红袍的看法：‘大红袍作为一种品相鲜红喜庆、含糖量高、果肉饱满的柑橘，在铜罐驿种植已经有几百年的历史了。但这种柑橘的种植成本比市场上那些普通柑橘高，如果都走低端或低价团购路线，亏本的可能性大。”

接着他又举例了一些知名的柑橘品牌，他说：“这些品牌的产品为什么能卖出高价？首先，他们的产品质量的确也不错，但更重要的一点是，他们能赋予产品内涵与故事，让你感觉自己买的并不是单纯的一个物品，而是你在拥有这个物品的同时，也拥有了它背后的故事。”

村民们对于品牌的理解能力有限，只觉得他口若悬河，一副胸有成竹的样子。

周浩宇只能换一个方式比喻：“过年的时候，大家都喜欢买年画挂在家里，年画其实就是一张纸而已。如果让你买一张白纸，你会买吗?

“正因为上面画着一个可爱的婴儿，画着可以保平安的佛像，或写着“逢考必过”之类的字样，这张纸的价格就超越了本身的价值。一张纸的价格也就五毛钱，五毛钱虽然不多，但没人会愿意花这五毛去买一张白纸。

“但在纸上印上可爱的宝宝，那些家里有孕妇的，为了让孩子生下来可爱，就会花五元到十元去买可爱宝宝的画挂在家里，让孕妇天天看。

“这样一来，这张纸就能卖出比原来高十倍或是二十倍的价格。我将要对大红袍的包装也是如此，现在来村里收购大红袍的商家，他们只是把它当成普通的水果在收购，所以价格一直不高。

“我现在的想法是把大红袍包装成高端的水果礼品盒，我要给它取一个响亮的名字，当顾客拿到它的时候，都会觉得是一种身份的象征。”

一个村民问：“你大概想卖多少钱？”

“八个二百九十九元。”

他的话让村民们瞪大了眼睛，露出不可思议的表情：“我们卖给商贩才几块钱一斤，你竟然能卖到八个近三百块，那我们以前亏得大了！”

这时，周浩宇拿出合同：“一个好的商品需要大家抱团一起努力，愿意加入的人，我们就签订合同意向书。”

简皓有点诧异，他以为今天就只是单纯聊聊发展方向，毕竟生意这东西，不论大小，都得深思熟虑。

谁知周浩宇连合同都准备好了，看来是胸有成竹。

村民都挤上去拿合同，大概是没预料到今天火爆的场景，合同没准备那么多，只有十来份，弄得一些村民因为哄抢吵了起来。好在这里是村委会，也不敢真闹起来，没拿到合同的人只能小声地骂骂咧咧，说着那些拿到合同的人，不懂得谦让。

周浩宇马上安抚大家说：“我没想到乡亲们这么信任我，我今天晚上就回去加印合同，明天上午十点，我还来这里。今天没拿到合同的村民可以回去好好想想，明天早上再过来。”

有人看了合同上的价格，收购价写着十五元，于是问：“价格真的能给这么高吗？”

周浩宇说：“当然，这只是初步价，如果后期销售上去了，还会提价。”

廖婆婆也听激动了，出来的时候跟简皓抱怨：“陡石塔种大红袍都好几十年了，我怎么就没想过要种柑橘呢，白白错过了赚大钱的机会。”

简皓忍俊不禁：“婆婆，您这么大把年纪了，该是享福的时候了，您那几个子女都这么有出息，还在意您赚钱吗！”

“他们是他们，我是我，我这辈子只靠我自己。”

简皓没想到这个乡下老太太竟然有这么进步的思想，如果她现在还年轻，势必要出去闯一番事业。

其实简皓也为周浩宇的那番话感到激动，他在策划公司上过班，知道文化能赋予产品更高的价值。如果再加上适当的渠道和大力的推广，一旦成为一个地方的标志，村民的收益会更高。

说不定到时候还能带来连锁效应，有人要来看看大红袍生长的独特地域环境，旅游也能带动起来。

只是马上就签合同是不是显得太急了点？从他工作的经验来看，一个产品从计划到产出需要一个周期，而且价格这东西，也得根据调研后的市场来确定，哪能那么快定下来？

只是意向会就催着大家签合同，太过反常。

但他转念又想，可能是自己多心了，周浩宇毕竟是本村人，对于大红袍最熟悉不过，或许人家早就做过策划，并有了可行的方案，才想在最快的时间内，让村民们享受到市场经济带来的红利。

周浩宇用大价钱统一收购村里大红袍的事儿一传开，立即就成了村里的红人、村里的优秀代表，得知他住在简皓的民宿里，简皓家突然热闹起来，时不时就有来串门的村民。

有人问周浩宇："你们那是啥公司呀，这么有钱，能把柑橘的价格给的那么高？"

周浩宇拿出名片："我们公司做投资的，你可以在网上查得到的。"

"我听说你们八个橘子就能卖三百块钱，为啥才给我们十五块钱一斤？要我说，最少也得五十块钱。"

"小宇呀，我是你远房表哥，我家没种柑橘，你看看有没有其他工作我能干的。"

简皓对这样的村民嗤之以鼻，投资公司的钱也不是大风刮来的，包装一个产品要找人设计，然后进行广告投放，中间要付出很多成本，别抱怨老板向"钱"看，不赚钱，谁有那闲心来做慈善。

他渐渐对周浩宇有了同情和好感，觉得陡石塔村出一个能拿实际行动来帮助村民的人不容易，却被一些喜欢贪便宜的人当成是理所当然，还觉得别人付出得不够多，不停地索取。

当他看到周浩宇被一些村民缠得不耐烦的时候，简皓会主动上前帮忙解围："好了，周浩宇要工作了。你们这样没完没了，人家哪有时间帮你们策划卖高价橘子呀！"

周浩宇的独家收购合同很快就跟村民们签订了，除了一两家已经跟商贩达成长期合作关系的，如果反悔要赔违约金，只能眼巴巴地看着别人致富，恨不得立即打电话问候那家"无良商贩"。

就连一向对简皓不错的廖婆婆似乎都改了"风向标"，以前廖婆婆只要做好吃的，就给他端一份来，现在又端过来一份，交到他手里的时候，都会问一句："浩宇在吗？"

"在呀。"

"吃的时候记得告诉他，这是我送来的。"

简皓心里还是有点吃味儿的，这一年多的相处，他已经把廖婆婆当成了共同致富的亲密战友，没想到有大财主一来，她就"变节"了。

他说："廖婆婆，您要是生在战争年代，那绝对是叛徒那一类的。"

廖婆婆不以为然："我都把你们当孙子，以前我对你好一些，现在对他好一些，都是好，何必计较多少呢。"

除了廖婆婆，他感觉夏攸晨在他身上的关注也在不断减少，对周浩宇的关注却在不断增多。

那天他清楚地听到夏攸晨站在院子里，冲着楼上的周浩宇喊：“你晚上想吃什么？”

周浩宇倒是随意：“你做什么，我就吃什么！”

看似一句随口回应的话，简皓却听出了些许暧昧。

想当初简皓提议给周浩宇做点好吃的，夏攸晨却是一副能给他做饭就不错了，还挑什么的嫌弃样。而现在的她却亲口问起他爱吃什么。

而周浩宇的回答却是，“你做什么我都喜欢吃”。

趁着夏攸晨在厨房里收拾，简皓钻进去，假装不经地问：“我刚才听到你在院子里问他吃什么，你以前不是说，老板做什么，客人就吃什么，没的挑。”

“我今天正好要去买菜，我喜欢买的就是那几样，都快吃腻了，才问问他的意见。他毕竟是客人嘛，客人任何合理的要求，都是可以采纳的。”

简皓嘟着嘴：“我要吃魔芋烧鸭子。”

夏攸晨回头瞥了他一眼，调侃着说：“我看你够像魔芋的，还吃什么魔芋！”

夏攸晨去镇上集市买菜了，简皓往外面走，他不想待在家里，以免有人来串门的时候对着周浩宇一番夸奖的时候，他会有种相形见绌的尴尬。

出了门他就往群工站走，今天他虽然不值班，但村里能收留他，让他消遣的地方，也只有群工站了。

一到群工站，值班的几个义工看到简皓有点意外，其中一个问：“你今天不值班，怎么来了？你现在是不是已经把义工当成生活的一部分，一天不来，就觉得缺点什么？”

和义工朋友们调侃了两句，有人说：“我们刚才还说到你了。”

“说我什么？”他好奇。

“下周是王阿姨的五十岁生日，我们打算送她一份礼物。”

“也算我一份吧。”

“当然要算你，而且你这份是最大的。”

大家正商量，想送王阿姨一套写真照。这个拍摄任务就交给简皓。

简皓说：“这容易得很，都是熟人了，别提钱的事儿。”

同事说：“这事儿我还没有详细跟你说，这钱啦，也不是我们出，是王阿姨的女儿出。她女儿说呀，她父母这辈子都过得很艰辛，结婚的时候连张婚纱照都没有拍过，想给父母拍一套老年婚纱照。”

简皓想起廖婆婆的八卦，于是问起老秦：“我来新英雄湾村也有一年多了，但从来没见过王阿姨的老公。而且王阿姨对群工站的工作是百分百地投入，她经常在外面奔波，她老公都没意见的吗？”

老秦惊讶：“你在群工站待了这么久，连王姐的事儿你都没听说过？”

“我又不喜欢聊别人家的闲事儿，我怎么知道！”

听老秦讲，王阿姨的女儿很有本事，考上重点大学，毕业后就留在北京工作了。现在的年轻人就业压力大，王阿姨的老公怕女儿在生活上不能照顾自己，就过去帮着女儿料理家事。

简皓是不赞成这种生活方式的，父母在年轻的时候辛苦打拼，为儿女创造好的生活条件。当儿女长大后，就该尽可能地减轻父母的负担，而不是为了照顾自己，让他们分隔两地。

再说老夫老妻，都需要相互扶持。

老秦说：“我觉得拍婚纱照有点困难，让两个人配合可能不是件容易的事儿，要不改成个人写真吧。我觉得王姐挺漂亮的，一点不比那些大明星差。”

简皓觉得这话听着有点情人眼里出西施。

王阿姨年近五十，脸上的皱纹透露出来的沧桑让她看起来略比实际年龄要大一些，可见年轻的时候生活操劳。大概是岁月的痕迹太重，看不出曾经的青春年华。但她温柔慈爱的脸，则是发自内心的热情和善良，才被岁月印刻了下来。

老秦看出他脸上的不相信，说：“明天我把当年跟她一起下乡抚平的照片拿给你看，保证让你吃一惊。”

简皓又问：“我听说王阿姨以前是村干部，她还没到退休的年龄呢，为什么每天都到群工站来当义工？”

“哎！”老秦长长地叹了口气，说，“我觉得都是那该死的老姜害的！”

老秦嘴里的老姜指的就是王阿姨的丈夫姜子。

姜子的身体一直不好，王阿姨刚生下孩子没多久，他就得了严重的肾炎。当时铜罐驿的医院治了很久，也不见效果，后来就转成尿毒症了。

为了给姜子治病，王阿姨带着丈夫辗转去了很多大医院，虽然病得到了控制，但这种病除了换肾，就没有其他治愈的方法。

带着姜子四处看医，王阿姨耽误了不少村里的工作，她自知有愧，不能占着名额不办事，所以果断从村委会辞了职，一心一意给姜子治病。

老秦说：“大家都知道，这种病是‘富贵病’，得拿钱来堆。他们有近十年没有在村子里待，想想都知道，一边打工一边治病去了。王姐一生都善良，看不得任何人受苦，陌生人她都愿意无条件地付出，更何况是自己的丈夫。”

王阿姨带着丈夫和女儿在外面十五年，但最后回来的只有她一个人。

老秦压低了声音：“说是女儿在外地上学，没人照顾不放心，让姜子去照顾。其实就是姜子的病好了，忘恩负义，不想跟王姐一起过日子，所以坚持在外面不回来。这好几年了，肯定是外面有人了，更不回来了。”

说到这里，老秦的眼睛竟然有点红了：“你看王姐的那双手，比多少庄稼人的手都要粗，吃那么多的苦，帮助一个白眼狼。那姜子要是敢回来，我第一个饶不了他，简直是丢新英雄湾村人的脸。”

看着老秦激动的情绪，简皓似乎听出点意味，小声地问：“你是不是喜欢王阿姨？”

老秦的脸色一下就变了，有尴尬也有羞涩：“你说的是什么话，我是那种人吗？”

“哪种人？”简皓故意逗他。

老秦嘴笨，不太会言语调解，遇上胡搅蛮缠的人，他很多时候会被对方说得无言以对。他不会讲脏话，要讲道脑子又转不过弯。但老秦身体棒，人高体壮，搬搬抬抬总是跑在第一个，劝架什么的，拉起其中一个就跑，像个傻阿甘，头脑简单，跟这样的人相处会非常愉快。

老秦以前是镇上信用社的职工，后来因工伤就早早地内退了，现在为了丰富生活，才到群工站来当义工。

简皓闻出点意味来，他很可能为了王阿姨才来当义工的。

老秦说："你别乱想，我对王姐只有尊敬，你一定要把她拍得漂亮一点。不能辜负她女儿的一片孝心。"

不论老秦说的是真是假，给王阿姨拍一套漂亮的写真是简皓觉得最重要的事儿，她是群工站的精神领袖，村子里无论发生什么纠纷，只要有她坐镇，就没有解决不了的。

义工没有工资，也没有补助，她却把整个生活都放在村子里人与人之间的和谐构建上，所以王阿姨是新英雄湾村最合格的村民。榜样都是最美的。

晚上，简皓在网上下载了不少二十世纪八十年代风格的照片，就妆容和服饰各截取了一些优点和特色，准备拿给王阿姨挑选。

王阿姨在最美的年华却经历了人生最艰难的事儿。俗话说得好，花无重开时，人无再少年，但摄影就不一样，再加上现在日益更新的图片处理技术，可以让你在视觉上欣赏曾经青春年少的自己。

而且年老有年老的风情，被岁月浸染的成熟与韵味，再高超的化妆师也化不出来。

第二天，简皓把那些照片模板拿给王阿姨看的时候，王阿姨皱起眉头："哎哟，千万别把我拍成这个样子，我都一把年纪了，会被人笑话的。"

"王阿姨，我觉得这村里最应该来一套时尚写真的就是您。您能给大家起到最好的带头作用。"

简皓拿出游说顾客拍照的那股劲，解释着说："我们现在是旧村变新村，就得新风气、新思想。爱美之心，人皆有之，所以我们要把自己最美的一面展现出来。

"长得好看，是美；心地善良，也是美。如果能把这些美传递给周围的人，让周围的人审美和思想都有所提高，才是真正拔高了咱们新英雄湾村的思想境界。"

见王阿姨仍无动于衷，简皓又说："我听老秦说您年轻的时候很漂亮，像林青霞。"

王阿姨的脸红了："你们是不是闲得慌，聊这些！"

他突然想试探一下王阿姨对老秦的态度。

“老一辈人思想太保守，认为嫁一个老公，不管过得好与坏，都要硬着头皮过下去，为了子女有个完整的家，也为了家庭的脸面，觉得离婚是件很不道德的事儿。

“可老秦认为，人的这一生，除了自己，没有谁能为你负责。自己都过得不好，你周围的人被这种负面的情绪所感染，也未必过得幸福快乐。”

所以，简皓决定用自己的新思想来“感化”一下王阿姨，如果真遇到一个不知感恩的丈夫，早点回头，或许还能在知命之年，遇上一份真爱，享受一次爱情的快乐。

他玩笑似的问：“老秦是不是年轻的时候暗恋过您？”

“你胡说什么！”王阿姨瞥了他一眼。

“我可没胡说，我看他聊起年轻时的您，神采飞扬，脸上笑得都快开出花了。他还特别地提醒我，如果不把您拍成林青霞，就愧对我这摄影的手艺！”

“你也不能为了让我拍照编出这种话来！”王阿姨笑起来，“看来你的嘴已经锻炼出来了，什么都能往舍生取义上面靠。行了，你发到我手机上吧，我有空的时候再看。”

简皓把相册发到她手机里，又担心她只是敷衍了事，于是提醒她：“这可是您女儿的一片孝心，钱我都收了，您不拍，您家就吃亏了，反正我是不退钱的。”

晚上，简皓加上了王阿姨女儿的微信，看头像，是个挺漂亮的小姑娘，年龄跟他差不多大。

对方发来视频聊天，接通之后，他发现本人比照片更漂亮，而且说话的声音软软糯糯，不似王阿姨那种爽朗的大嗓门，估摸着这声音是遗传了老爸的。

视频的背景应该是在王阿姨女儿家里，布置简单，墙是暖浅黄色，给人一种温柔的感觉。

简皓在背景里试图搜索出那个姜子的身影，想看看到底是个什么样的人，让王阿姨费尽半生心血还落不下个好。

对方似乎看出简皓心猿意马，好奇地问：“你在看什么呢？”

“你长得这么漂亮，我想知道你是遗传了王阿姨，还是遗传了你爸的优良基因。”

他赶紧找了个借口，却逗得对方笑了起来，说：“我爸不在，他正在回老家的路上。”

“你爸回新英雄湾村了？”

“只是回家而已，你为什么那么惊讶？”

“他回来是给王阿姨过生日吗？”

王阿姨女儿的脸色突然变得犹豫起来，顿了一会儿，才说：“听我妈的同事说，你不仅摄影技术好，还是个热心肠的人，麻烦你帮帮他们吧，我不想他们离婚。”

“你爸回来是找你妈离婚的？”听到这个，他并不惊讶，只能证明廖婆婆和老秦的话真实可信。

他得到王阿姨女儿的明确答复。虽然俗话说宁拆十座庙，不毁一桩婚，但那是旧社会旧思想，多少女人抱着一段无望的婚姻走到最后，连幸福和快乐都没有体会过，岂不白活了一世。

他直言：“既然你爸选择离婚，证明他压根就不爱你妈了，更不会给你妈关心和照顾。你就忍心你妈下半辈子被婚姻束缚着，一个人过？而且你爸跟你妈分居两地这么久，你既然不想他们离婚，为什么不早点把你爸劝回来？两人待在一起，那才叫家。”

王阿姨女儿被简皓戗得脸一阵红一阵白，她蹙起眉头，说：“其实我感觉我爸还是挺爱我妈的，他只是嘴上不说而已……”

“拉倒吧！”听这话，简皓更来气，“我以一个男人的立场告诉你，我们如果真心喜欢一个人，就没有做不成的事情。”

“就像我，我好歹也是名牌大学毕业，我在大城市里面找份稳定的工作是没问题，但我为了喜欢的女孩子，留在村里，靠给别人拍照赚点钱。

“村里面的人多是老实巴交的农民，收入也少，拍照根本赚不了几个钱，生活比起以前节俭了很多。但我觉得只要跟她在一起，省吃俭用也挺好，至少内心世界是丰富多彩的。和她在一起的每一件事儿，都能让我回味无穷。

“你爸心里要是有你妈，冲着这么多年，你妈在外面赚钱供他治病，他就应该陪在她的身边，而不是一个人躲得老远。现在怕是找到下家了吧，才决定把‘离婚’两个字说出来！”

“他没有。”王阿姨女儿说。

“你是24小时都跟他在一起吗，你怎么知道他没有。他现在没说出来，只是担心离婚的时候要赔偿罢了。哪个子女都想父母永远在一起，这才像一个完整的家，但这些年他们过的是什么日子，你也看在眼里，所以不能自私，否则你就是毁了他们两个。”

王阿姨的女儿沮丧，她原本想请简皓给他们拍一套婚纱照，弥补两个当年结婚时连一张照片都没有的遗憾，看来现在想补拍，都已经晚了。

末了，王阿姨女儿说：“那就麻烦你把我妈拍得漂亮点吧，到时候发一套给我。”

视频电话刚一挂断，简皓身后就响起夏攸晨的声音：“跟哪个美女聊天聊得这么开心？”

第14章　“恶人”自有“刁妇”治

简皓指了指自己的脸：“我脸上有写着开心吗？你看清楚，这是哀其不幸、恨其不争的愤怒。”

他又感叹：“看来电视剧有时候也是生活的写照，每当男主角跟异性接触的时候，女主角总会在最容易产生误会的时间段出现。你要是早来十分钟，就会知道我对你有多忠诚。”

夏攸晨只是跟他开玩笑而已，他能为她留在村里，就足够证明他的诚意。

“我上来只是想问问，有没有兴趣试试我做的薏米糕？”

“当然有，我可是你每次新产品的试毒者！”

夏攸晨下楼去拿糕点，这时，外面传来一阵嘈杂的歌舞声，让简皓感觉心浮气躁，有想骂人的冲动。

他从窗户望出去，不远处灯火光亮，一群人在那里说说笑笑，就像五百只鸭子在叫唤。

离他家不远处有块空旷的坝子，那坝子建好的时候，第一组的村民还没有搬进新居，就有村里的老太太在上面跳起了坝坝舞。

这本是好事儿，能让老太太老大爷们培养出兴趣爱好，锻炼身体，也算是给村民们谋福利。但最近几天，他发现这帮老年人舞蹈得太过频繁，似乎把这当饭吃，凌晨半夜还得“加餐”。

等夏攸晨拿着糕点上来的时候，他抱怨着：“这群老太太和老大爷是返老还童了吗？精神头这么好，这大半夜的还要跳。”

夏攸晨说：“前两天廖婆婆还跟他们吵过架呢，似乎效果并不好。我听说他们好像要去参加什么坝坝舞大赛，各个劲头十足。”

前两天挺晚的时候，他也有听到外面传来的坝坝舞舞曲声，大概是太累了，也或许是心情好的缘故，他没怎么理会。他只希望他们参加完比赛后，就不再这样“刻苦”地排练了。

他突然想八卦一下廖婆婆，于是问：“那廖婆婆吵赢了吗？我觉得以她的气势，一般输不了。”

“那你就猜错了，廖婆婆吵架适合单挑，她那天属于敌众我寡，论她再能说，也敌不过二十多张嘴。”

两人正说着，突然，外面传来一阵刺耳的戏曲声，远处黑漆漆一团，但简皓能闻到焦灼对峙的气味儿。

他对夏攸晨说：“走，去看看，我总感觉要出大事儿。”

那戏曲的声音不断，咿咿呀呀仿佛要把整个夜空都吵醒一样，一段路走过去，耳朵都被刺激得耳鸣，听到了嗡嗡的声音。

到了坝上，在那里用喇叭放着戏曲的正是廖婆婆，她还在喇叭前有模有样地走着戏曲台步。她被跳舞的大爷大妈围着，对于别人的谩骂，她假装听不到，自顾自地哼着曲调。

有人看到简皓来了，于是上前来，告状似的说：“我认得你，你是群工站的义工，你来得正好，这个老太太故意打扰我们练舞。”

简皓走过去，把廖婆婆的高音喇叭给关掉，廖婆婆一脸不高兴地说：“怎么，你小子也妨碍我唱戏！”

他用小指头掏了掏难受的耳朵，问：“您耳朵不痛吗？”

但他转念又想，老年人耳背的多，估摸着这震耳欲聋的声音到廖婆婆耳朵里，也许就变成轻柔小调。

等戏曲音乐一停，跳坝坝舞的老头老太太们情绪就高涨起来了，他们说：“她是故意在捣乱。”

廖婆婆拿出她吵架从来不会输的气势说：“这里又不是你们花钱买的，谁都可以来，凭什么你们可以练舞，我不能练戏？”

简皓的心里暗自高兴，像他们这种跳舞完全不考虑对周围人的影响的人，也只有像廖婆婆这种“乡下刁妇”能治得了。

廖婆婆他还是很了解的，平日里喜欢开着电视机听听戏曲频道，却从没有做出过高声吟唱影响邻居的事儿，她能搞这么一个低音炮喇叭来跟这群人打“擂台”，想必也是被影响到了正常的休息。

正因为廖婆婆的出手，他才能当这个和事佬，他对着两边的人说：“这个点，大家都准备休息了，你们这样唱唱跳跳的，都影响到周围的人了。”

有人插嘴：“我们是为了去参加比赛才加班排练的。这可是要上中央电视台的。”

简皓说：“你就是上国际大舞台，也不能不遵守规则吧。跳广场舞和坝坝舞都是有明确规定的，早上七点到八点半，晚上六点到八点，超过这个时间，会影响到周围人的正常休息。

“如果没有约束规定，再这样下去，说不定明天还会来个国标舞队跟你们竞争地盘。”

廖婆婆站在一旁不出话，两手抱胸，把头一昂，一副你们跳我就唱，绝不妥协的态度。

简皓赶紧对着坝坝舞队的人说：“你们还是在规定的时间里来跳吧，你们要是跟这老太太对峙下去，如果一不小心发生什么冲突，她年纪可大着呢，要是有个三长两短，你们的央视比赛可能就去不成了。”

这世上最难的就是跟八十岁的老太太讲道理，稍不慎，可能还得倾家荡产，坝坝舞队的人也不再那么坚持了，有人提议：“今天就到这儿吧，这两天练了这么久，大家配合也挺默契的，我们就各自回家再练练动作，明天早上再来合几遍。”

坝坝舞队的人渐渐散去，简皓向廖婆婆竖起大拇指：“俗话说，凶的怕狠的，这里也只有您是得罪不起的人。”

他又问：“您上哪儿弄这么个喇叭？快把我耳朵给震聋了！”

“这是我买来准备放在店门口帮我吆喝卖水果汁的，以为这钱白花了，没想到关键时刻还能派上大用场。”

廖婆婆叹气：“我最近越来越睡不着了，心里发慌。他们都说，人这一辈子睡觉都是有时间的，你把觉睡完了，人生也就走到尽头了。”

“那是迷信，要不我送您去医院看看？”简皓关切地问。

“不去不去，我看那些去医院的老年人，都没有几个能回来的。”

廖婆婆弯腰去捡地上的低音炮喇叭，没站稳，人一下就往前倾倒下去。

简皓将廖婆婆打横抱起来，飞快地往自家去。廖婆婆都快晕厥了，嘴里还念叨着：“我的音……音……”

夏攸晨赶紧把她的低音炮喇叭给抱上，跟着简皓一起，先把廖婆婆带回家里。

到了客厅，简皓把廖婆婆平放在沙发上，见她眼睛还半睁着，于是问：“您现在感觉怎么样？”

“有点……有点喘不过气。”

“我送您去医院检查一下吧。”

“我不去医院。”

一听到“医院”两个字，廖婆婆顿时精神就好了很多。简皓知道她节俭，不知道是不是担心花钱才不肯去的。

他又说：“我‘请’您。”

“哪有‘请’人上医院的。”廖婆婆说，“我最怕去医院了，我那些朋友，一进医院，就没几个出来的。我这把老骨头，哪里禁得起去里面折腾。”

“您哪能跟那些人一样，您精气神好着呢，您刚才唱戏那身段、那嗓音，就知道身体好着呢。再说了，为了咱们一组能得到安宁，不被坝坝舞队骚扰，您也要好好地保重身体。”

他的话把廖婆婆和夏攸晨都逗笑了，一笑，廖婆婆就感觉胸口疼，然后用手抚了抚胸口，说：“你小子还拿我开玩笑呢！”

简皓还是不放心廖婆婆的身体，尽管她对医院很反感，但第二天一大早，他就跟周浩宇说好，用周浩宇的车送廖婆婆去医院做检查。

简皓去到廖婆婆家，她死活不肯上车，简皓说：“胳膊能拧得过大腿吗，我们有三个人，您只有一个人，您要再不去，我就拿块板，把您捆在上面，然后抬着去。”

他露出严肃的表情，那眼神仿佛在说，我是说到做到，廖婆婆说不过他，只能跟着他上车。

到医院一番检查做下来，也没什么大病，医生只是提醒："毕竟岁数摆在那里，生活也利索不了，你们作为家属，要多关心和照顾，随时观察她的情况。"

末了医生又特别提醒："要注意别磕磕碰碰，老年人如果有个跌倒损伤，治疗起来是最麻烦的。"

得知自己身体健康，回来的路上，廖婆婆精神头十足，不停地唠叨着："我就说嘛，去医院也是白花钱，你还不相信。你们这些年轻人呀，没吃过苦，不知道赚钱的不容易，才这么大手大脚的，你要是我孙子，我早就大棒子伺候了……"

唠叨的声音响了一路，简皓有点受不了了，于是说："廖婆婆，您是不是把骂人当成一种锻炼身体的方式，所以精气神才这么好？"

路上，几个人又聊到了大红袍柑橘的事儿，周浩宇说："公司那边的包装已经做好了，下周就开始预售，放心吧，我对咱们村的柑橘信心百倍。"

简皓问："能不能借你们公司的平台弄一个乡村一日游，或者是柑橘现场采摘示范什么的？把游客引到咱们村子里来，这样还可以让村民们有机会赚点外快。"

周浩宇笑着："当然可以，这都是后期规划，得一点一点来。"

说完这话，简皓突然有点后悔，周浩宇可是他的潜在情敌，在对方面前请求这些，显得自己太弱小，让他有自卑感。

今天本来该简皓值班的，但为了送廖婆婆去医院做检查，他请了半天的假，把廖婆婆送到家后，他看看时间，快到下午两点了，他顾不上吃饭，转头就往群工站去。

走出一段路后，他突然想起前两天在群工站外面借了个充电宝，一直放在家里，忘了还回去，于是调转头往回走。

刚走到院子里，就闻到厨房飘出来的香味儿，大家都还没有吃午饭，肯定是夏攸晨在做饭。而且自从周浩宇作为客人住在这里后，夏攸晨几乎都在他这边用厨房。

他闻到了泡椒的香味儿，估摸着她肯定在做泡椒肉丝，这香味儿把他肚子里的馋虫给引了出来，于是决定绕到厨房的窗台边，里面放的是条桌，夏攸晨会习惯性地将炒好的菜放在那里，方便他将手从窗口伸进去偷吃。

他踮手踮脚地来到窗边，从里面传来周浩宇的声音：“你还跟以前一样，一点都没有变。”

“我现在年轻着呢，要变也没那么快。”

“你的样子变了，比以前漂亮了。你做菜的手艺，还有喜欢摆弄那些花花草草的爱好，没有变。”

这时，窗户冒出来浓烟，紧接着周浩宇猛烈地咳嗽了几声。夏攸晨说：“厨房烟大，你赶紧出去吧，回房间休息一会儿，我这饭做好了，得先给廖婆婆端一份过去。”

“没事儿。我想陪着你。”

听着像是在闲聊，但简皓从话里话外能感觉到，周浩宇对夏攸晨依旧贼心不死，借着他不在的机会，试图重温旧情。

“如果你有什么想说的，就赶紧说，别站在这里扭扭捏捏的，你知道我，我最不喜欢拐弯抹角。”

简皓赶紧靠近窗口，想听听这个周浩宇要怎么撩拨自己的女朋友，如果对方敢言语轻薄，他会冲进去把对方揍一顿。

这时，空气仿佛凝固了，连锅里的油都没有发出响声，顿了好半天，才听到周浩宇的声音：“小晨，我们能不能重新开始？我已经按照约定回来了，证明我没有食言，我一直在遵守我们的承诺。”

这时，简皓的心都提到了嗓子眼，夏攸晨很善良，善良的人都心软，还念旧情。

这个周浩宇看上去，无论从哪个方面，的确都比他优秀，而且恋爱本来就是优胜劣汰的过程，最终能进入婚姻的，都是最后的优胜者。

“不行。”夏攸晨的回答果断又坚决。

“为什么？”

简皓感觉自己的心就像是在坐过山车，刚落下去，现在又迅速飞升，心情愉悦。

夏攸晨关掉火，将菜起锅装盘，放到一边。然后她说：“你真以为我什么都不知道吗？我去学校找过你好几次，你的室友告诉我，每个周五下午，都会有一辆奔驰来接你，应该就是你现在开的这辆吧。”

“小晨，我不明白你在说什么。”

“我分手的时候没说出来，只是不想让彼此难堪，毕竟在一起这么多年，做不成情侣，也当个朋友，一个村里的人，总还是要见面的。你现在这家公司的老板，她是你女朋友吧，准确来说，你应该是她的小情人吧！”

窗户外站着的简皓大惊，难怪大学毕业没两年，年纪轻轻的周浩宇就一副事业有成的样子，原来是年少就知富婆香。

“小晨，你误会我了，不是他们说的那样。”周浩宇试图解释。

“我也亲眼看到过，所以，不要再用那些可笑的借口来掩盖。你有这样的选择也不是什么错误，毕竟每个人想要的生活不一样，只要不犯法，选择什么样的生活方式都可以。”

“我现在过得挺好，我男朋友虽然没什么钱，但人很善良，你也看到了，对一个毫无血缘关系的老太太，就像对自己亲奶奶一样热情。我们志同道合，在一起，简单快乐。”

简皓感觉心情舒畅，没想到在诱惑面前，夏攸晨对他的认可竟是如此的坚定。

“我现在给廖婆婆送饭过去，如果你想帮忙，就把菜端到餐厅去，把碗筷摆好。”

简皓不想让夏攸晨知道自己在外面偷听，于是躲在花园后面，看着她端着饭菜出了院子，才假装去而复返地走进客厅。

周浩宇看到他，先是愣了一下，问：“你刚不是去群工站了吗，怎么又回来了？”

“我都快走到群工站了，才想起借的充电宝忘了还回去，所以回来拿，这是公共设施嘛，我占着不用，岂不是浪费了。”

“小晨刚把菜炒好，要不要吃了再去？”

“好啊。”

刚才在去群工站的路上，简皓给一起值班的小广发过短信，询问值班的情况，小广说今天没什么事儿，一上午，他都在值班室里玩游戏。他这才敢耽误时间把午饭吃了再去。

送完饭回来的夏攸晨看到简皓，笑着问："是不是走到群工站发现肚子还饿着，就又回来了？"

"知我者莫若你。"简皓就是要故意在周浩宇面前炫耀，他跟夏攸晨可是灵魂伴侣，周浩宇再帅气，也是分不开他和夏攸晨的。

简皓第一筷子就是往她碗里搛了两根肉丝，然后说："你辛苦了，多吃点。"

夏攸晨心领神会地把肉丝塞进嘴里，笑着说："你搛的最好吃。"

这话反而让简皓感觉有点肉麻，平日里的夏攸晨不爱说情话，更不喜欢别人搛菜给她吃，说有洁癖，不喜欢碰到别人的口水。

她现在的应承不过是想让周浩宇知难而退。

去群工站的路上，心情愉悦，简皓感觉走路的步子都轻快了很多。到了群工站，值班室里有两个人，一个是小广，还有一个干瘦的老头儿，中等个子，皮肤黝黑，脸瘦得有点脱相，一脸的病态，一副需要人帮助的忧愁样。

他热情地问："老大爷，有什么我可以帮忙的吗？"

小广赶紧介绍："他就是您要找的简皓。"

"您找我？"简皓在脑海里迅速地搜索了一遍，也不记得在哪里认识过这个人。

干瘦老头儿说："我从我女儿那里听说，是你给淑娟拍艺术照吧。"

他一愣："您是王阿姨的老公？"

干瘦老头儿不好意思地点了点头。

简皓把对方上下打量了一遍，更加确定廖婆婆说的，王阿姨嫁给姜子叔只是为了还债，要不这模样，除非家里有矿，否则打一辈子光棍也不奇怪。

简皓心想，都长成这模样了，还嫌弃王阿姨，他这种毫无根据的自信是从哪里来的？

简皓心里顿时来了气，说："是的，王阿姨女儿给过我钱，让我给王阿姨拍一套漂亮的写真，她说母亲辛苦了大半辈子，没人爱没人疼的，让我把王阿姨拍得漂亮点，让大家都知道，她以前可是个大美人，要是没遇上那些糟心的事儿，现在的日子肯定会过得很幸福。"

一番话说下来，姜子叔把头放得很低很低。

简皓把心里的不痛快都发泄了一遍，然后问："您来找我是什么事儿？"

"我……我就是想给你说说，要准备的东西。"

简皓把姜子叔请到外面的坝坝茶座位上，老板立即泡上两杯菊花枸杞茶，这里就两种茶，另一种是沱茶。

大概是简皓刚才言语的尖锐把姜子叔给吓着了，他说话显得小心翼翼："淑娟最喜欢杜鹃花，我想拍照那天，你能不能给她准备一束杜鹃花？这钱我来给。"

简皓给搞糊涂了，听他女儿说，这次他是回来离婚的，干吗还要温情脉脉地送花，简皓问："你自己送给她就行了，干吗非得从我这里买来送？"

"我不想让她知道。"

沉默了片刻，姜子叔才说："我配不上她，也是我把她耽误了，让她白白浪费了最好的时光。我不敢再耽误下去了，我从来没送过她什么东西，就想着趁这次机会，表表我的心意吧。"

不是来群工站求助的事儿，简皓是不愿意管的，但姜子叔跟王阿姨的生活简皓是看在眼里的，王阿姨每天在群工站热情似火，但一回到家，就变得冷冷清清。她帮很多村民调解矛盾，让他们过得和谐幸福，而自己却得不到幸福。

简皓今天一定要为王阿姨抱不平："这世上有种人，看起来人畜无害，时时刻刻保持一种无辜的样子，对于别人的热情的照顾，像是被逼接受一样。这种人一边享受着别人的付出，还得唾弃别人是自作自受。女人有多少年的青春可以耽误，把别人耗到五十岁才放手，还说是为了别人好。我真想把这种人的心挖出来看一看，是不是黑色的。"

大概是简皓说得咬牙切齿，他愤怒无比的态度把姜子叔给吓着了，他看到姜子叔的眼睛都红了。

但简皓还没有发泄够："我觉得花你就别送了，当恶人就继续当到底，这样你一离开，她就能寻找自己的幸福了。"

"哦。"姜子叔似乎特别喜欢低头，特别像个倭瓜。

简皓觉得这样的人的确从哪方面都配不上王阿姨，虽然现在王阿姨沧桑显老，但他依旧配不上。

简皓又说："既然不想耽误别人就快一点，我听说明年就开始实行离婚冷静期了，到时候又得白白耽误人家一个月。”

“好的。”

姜子叔也没再说下去，起身去老板那里结了茶水的钱，慢慢地往外面走去。

小广出来说：“我还是第一次见王阿姨的老公，就这模样，能娶到王阿姨是上辈子积德了！”

简皓没想到，作为群工站的负责人的王阿姨，经常调解别人的家庭矛盾，有一天，她也成了群工站的调解对象。

王阿姨原本是想跟姜子和平离婚的，但王阿姨的婆婆突然从城里的养老院跑回来，到群工站里求助，希望劝两人不要离婚。

姜婆婆来的时候，王阿姨正好在群工站里，姜婆婆当着众人的面，往王阿姨面前一跪，就开始哭：“我求你了，千万别跟姜子离婚，除了你，我哪个媳妇都不认，只认你。”

姜婆婆不住在村里，她腿脚不好，前些年村里的设施不行，道路也坑坑洼洼，出行不方便，也没个人时时刻刻陪在身边照顾。

王阿姨在征得姜婆婆的同意后，把她送去了城里的养老院。主城区的养老院设施齐全，生活条件也好，一大群老太太老大爷打球、跳舞，业余爱好丰富多彩，就是价格贵一些。

这么多年，姜婆婆在养老院的费用都是王阿姨供给的，这样的好媳妇，她肯定不愿意放手。

简皓生气姜婆婆这种自私的行为，为了不让王阿姨难堪，他主动上前对王阿姨说：“我带婆婆到旁边去休息一下，您先去处理其他的事吧。”

他扶着姜婆婆就进了旁边的休息室，关上门，他就用严肃的语气说：“您害了人家王阿姨大半辈子，还觉得不解气，要害人家一辈子吗！”

他双手叉腰，气势汹汹，吓得姜婆婆往后一退，后面是一排木质座椅，她只得坐下，听他把怨气都发泄出来。

“您那个儿子什么样，您心里没数吗？又黑又不好看，最重要的是，良心也是黑的。前半辈子，王阿姨为了他的病，放弃自己的理想，把自己累得像个小老太太。病治好了，他就想着如何在大城市里享受女儿带来的福利，让王阿姨一个人留在这里。他别说赚钱了，连顿饭都没给王阿姨做过吧！

“你们两母子就像两个废人，拿婚姻当借口，想拖累别人一辈子吧！”

他恨不得用最恶毒的话来把这姓姜的母子狠狠地骂一顿。

“不是你想的这样，我是真心喜欢这个儿媳妇。”姜婆婆的声音很小，她知道儿子的所作所为，显得没有底气。

“如果你是真心希望王阿姨过得好，就应该回去劝劝你儿子，让他早点放手，让王阿姨去找属于自己的幸福！”

姜婆婆被他戗得哑口无言，很快就红了眼睛。

王阿姨很快就推门进来了，看到姜婆婆眼泪都快流出来了，赶紧说：“妈，您不用担心，就算我跟姜子叔离了婚，我也会把您当成亲妈照顾的。现在新村建起来了，路也好走了，各种配套设施也在完善当中。如果您不愿意待在养老院，大可以回来，和我一起住。”

“那怎么好意思呢。”姜婆婆的眼睛不自觉地看向简皓，担心如果说同意，两眼“冒火”的简皓会马上骂她一顿。

王阿姨立即察觉到婆婆欲言又止的态度肯定是受了简皓的影响，于是问：“你都跟我妈说了些什么？”

王阿姨在家里一直处在软弱好欺负的地位，简皓当然不能明说自己在帮她抱不平，于是笑着说：“您还不知道我嘛，我调解都是往最好的方向调解。”

王阿姨对着姜婆婆柔声细语地说：“妈，我给姜子打个电话，让他过来，我们把这个事情说开。这婚是姜子坚持要离的，强扭的瓜不甜，我只能随他，我们已经说好，离了婚也会是好朋友，也会来往。”

过了一会儿，姜子叔就急匆匆地赶来了，王阿姨、姜子叔和姜婆婆三个人坐在群工站的调解室里。

简皓觉得这是以一敌二，王阿姨肯定是要吃亏的，于是主动提出：“调解都是有第三方的，我要作为第三方来主持，才显得公平。”

王阿姨说：“我们这是处理家务事，你个小毛孩子，连婚都没结，懂什么！”

“正因为我没结过婚，不懂家长里短，所以才能站在讲道理的角度来看问题。”

他也不等王阿姨同意，就钻进了调解室，老秦跟着进来：“我来旁听，做记录。”

在群工站里的每个调解义工都会做详细的记录，有些资料说不定当事人以后还用得到。

调解一开始，简皓就先逼问姜子叔：“是你要离婚的，干吗不给你自己的母亲说清楚，让她跑来群工站来求这个求那个，弄得好像王阿姨对不起你家似的。你有没有想过，会给她造成很坏的影响？”

“没事儿的。”王阿姨竟然主动帮姜子叔解围。

简皓恨铁不成钢地对王阿姨说：“以前在做调解培训课的时候，您告诉我们，您参加过很多调解，有时候弱势的一方之所以常常被欺负，也是她自身懦弱的性格导致的。面对伤害自己的事儿，她只会逆来顺受，不懂得拒绝。久而久之，自己深受其害，又心生怨念，矛盾也就越来越深。”

他又说：“王阿姨，我觉得现在的您就是曾经您嘴里那种哀其不幸，怒其不争的那种人。就因为这些年您没有底线地支持和纵容，让他们只会为自己考虑，从没有关心过您的感受。您为他们家当牛做马，他们却把您的付出当成理所当然。”

“现在知道快占不了你便宜了，就跑来又骂又求的，您再纵容下去，您这辈子就真的完了。”

简皓的声音越来越响亮，最后的那句话有点像怒吼而出。

他的愤怒让王阿姨愣了一下，惊讶他的情绪为什么会这么激动。

“注意你的情绪。”王阿姨提醒着。

简皓这才想起，以前培训课的时候，王阿姨还说过，调解的时候不能带情绪，一有情绪，调解的方向就会有偏差。

“对不起。”他赶紧坐回到位子上。

这时，姜婆婆一巴掌拍在儿子的脸上。

“你这个不孝的东西，淑娟是哪里对不住你了，你非得跟人家离婚。你要真离了婚，你就不是我儿子，我自己死了算了。”

姜子叔低着头：“妈，我对不起您，以后我会好好照顾您的。”

“我不要你照顾，你走吧，离了婚就给我滚远一点。”

简皓又忍不住出声：“姜婆婆，您这心眼也太活了点吧，您知道王阿姨心软，您把儿子赶走，不就是想让她来负担您以后的生活吗，说得大仁大义的，其实算盘响着呢！”

“你……”姜婆婆真不是这心思，只是被简皓这么一说，她也找不出理由来为自己辩驳。

简皓又开始说王阿姨：“您就没让这个男人承担过自己该有的责任，所以他才能心安理得地在北京跟着女儿享福。当然，如果您愿意纵容，那也是您自家的事儿，我们管不着。”

“我没有纵容，我是心甘情愿付出的。他找我离婚的时候，我也没有感受到憋屈过，反而觉得自己心里轻松了很多，把他套在这段婚姻里，想必他也是痛苦的。”

王阿姨一开口，简皓都愣住了。

“村里面很多人都说，我跟姜子结婚，是为了挽回我父亲对姜家造成的伤害。我没有解释过，是因为懒得解释，日子是自己过的，为什么要得到别人的理解？”

说着，王阿姨看向姜子叔，缓缓地说：“我俩小学和初中都在同一所学校，不知道你还记不记得，有一年，学校劳动课，给山坡上除草。我跟班里的几个女同学打闹，一不留神，就掉到山坡下面去了。当时是你把我从山坡下面背上去的，然后再背到医院的。

“你还记得你被铅球砸晕了那一次吗？其实那个时候，我正和几个同学在操场上打扫卫生，那个同学的铅球，如果不是你挡在我的面前，那球就砸在我头上了。我当时被吓傻了，看到你被老师抱到学校外头的诊所去了，好半天我才回过神，我很想去看看你，却又觉得找不到合适的理由。”

简皓听得出来，王阿姨的话里话外是有爱的。还是小姑娘的时候，她对姜子叔就有初恋般懵懂的爱。

“只是后来我父亲出车祸，间接害死了你的父亲，也让你的家庭陷入了困难当中。我知道这份爱不可能再有表达的那天，我就想着，我好好学习，努力地工作，多赚一点钱来改善你们家的生活……”

“我知道，我都知道。”王阿姨还没说完，姜子叔就打断了她的话。

“你说的那些事儿，我都记得。那天他们说山坡下掉下去一个低年纪的女同学，因为我个子小，又轻，他们才决定把绳子系在我身上，等我背上你之后，再把我拉上去。

“我还清楚地记得，你因为害怕，把我的背都抠破了。”

王阿姨笑了，简皓注意到，她脸上的笑带着一种幸福的甜蜜。

“还有那次扔铅球，我看到球向你飞去的时候，我脑子里只有一个想法，就是挡住它，我本来是想伸手去挡的，可是跑快了一点，球就砸在了我的头上……”

王阿姨追问：“那以前这些事情，你为什么不说出来？说出来，我们或许能过得好一点。”

“我不敢说出来。”姜子叔的声音有些哽咽，“因我父亲的死，我恨过你爸，但没有恨过你。我到山上去打猪草的时候被铁钉扎伤了腿，我当时没太在意，以为是个小伤，结果后来伤口化脓。我没钱，不敢上大医院，就找了游医拿了点药。后来整个伤口都烂了，我被送到医院，医生说伤到了神经，把伤口治好了，腿也不好使了。”

王阿姨赶紧说道：“我从来没有在意过这个。”

“但我在意！”

“那为什么你要同意跟我结婚呢？”

“我一开始排斥你，的确是因为腿的原因，后来在村里的帮助下，我进了一家食品厂，有了工作，我就有了能给你幸福的底气。那时候你想和我结婚的态度很坚定，我就想，这或许是老天爷对我悲惨生活的回馈，我就同意了。”

姜子叔突然哭了起来：“我以为我们会幸福的，结果……结果……”

他哭得更伤心，简皓递张纸巾给他，姜子叔接过来，刚擦完眼泪，眼泪就又流了下来：“我的命不好，也连累我身边的人命苦。”

一番话听下来，简皓心里对姜子叔的厌恶也在瓦解，他有点懊恼，自己犯了调解当中最大的错误，就是不该意气用事，只看表面现象。

王阿姨苦笑了起来：“我总是在劝别人要好好沟通，却忘了跟自己的枕边人沟通。自从你得了尿毒症之后，就常常对我发脾气，说要跟我离婚。我还以为是你在恨我，恨我家给你造成的伤害！”

“我想把你骂走，谁知道你是个死心眼，越骂你，越嫌弃你，你越不走。”姜子叔笑了，他在嘲笑曾经那些愚蠢的行为。

听到这里，简皓忍不住叹了口气，他不知道这口气是替王阿姨感到就会，还是替自己遗憾。

简皓觉得这个时候他该出去了，让两口子好好沟通，看还有没有离婚的必要。

简皓出去之后，又返回来，把姜婆婆也拉了出去。

姜婆婆以为简皓又要责骂她，于是说：“看吧，我就说他们俩是有感情的，不是我胡闹。”

“他俩再有感情，您儿子也要担起家的责任吧！”

姜婆婆嘀咕：“义工是不是都喜欢教训人？”

王阿姨跟姜子叔在调解室聊了很久，到了下班时间，都还没出来。简皓直接回去了，他心里清楚，两人的误会已经化解了，其他的都不重要。

回去之后，简皓把王阿姨和姜子叔的故事讲给夏攸晨听，她一点都不惊讶，说：“乡下虽然生活简单，但感情纯粹，这里的人要么不爱，要么就爱得真诚。”

“你这话有点瞧不起我们这些生活在城里的人呀！”他有点不服气，他俩的爱就够真诚。

“外面的花花世界容易让人浮躁。也因为工作竞争大，生活成本高，大家都顶着压力过日子，哪还有心思爱呀爱的。以前我奶奶说，家里穷得都揭不开锅了，两口子依旧可以带着三个孩子开开心心地过日子。现在一对夫妻只生一个孩子，却很难找到幸福感。我们现在也是这样，简单快乐。”

第15章　近朱者赤

群工站给王阿姨放了三天的假，说是让她回去处理好家务事，其实是让她跟姜子叔过一过二人世界。

三天后就是王阿姨的生日，她准备请群工站的同事们一起吃个便饭，借着庆祝生日，也庆祝她的婚姻生活进入了一个新的阶段。

简皓提前两天就给她打电话，说：“现在是不是不应该把个人写真改成婚纱照？”

王阿姨笑着说：“都一把年纪了，拍什么婚纱照，而且我不喜欢白色，那长裙拖地的，走路都麻烦，还拍照呢！”

简皓笑她：“王阿姨，您每天都叫别人与时俱进，怎么到了您这里，思想就开始守旧？我觉得群工站里最应该受思想改造的就是您。”

“就这样决定了，我要给你们补拍婚纱照。”末了，简皓神秘兮兮地说，“到时候我要送您和姜大叔一份大礼。”

到了拍照的那天，两人早早就过来了，比约定的时间早到了一个多小时。王阿姨第一次到简皓的民宿来参观，楼上楼下逛了一圈，说：“挺不错的，生意怎么样？”

简皓叹了口气：“生意怎么样，您不都看见了嘛？自从疫情后，旅游业就受到重创，现在城里人都捂紧了钱包，觉得待在家里安全。”

向父亲借钱装修的时候，他还曾豪情壮志地说，保证半年就把本钱赚回来，现在都过去一年了，十分之一都没挣到。

王阿姨安慰他：“别心急嘛，你以为村里不急吗？正想办法呢，一定把这里宣传出去，让村里的人都增收。”

二楼走廊尽头有一个凹形墙，姜子叔说：“你这里可以放一个小案几，这个方位好，放观音在上面供着。”

“我哪里供得起观音，我之前是想在这里放一个小案几，放点花，一上楼就看到花，心情会好。但买不到这个尺寸的，网上是可以定做，但太贵了，就先空着，反正也没几个人欣赏。”

“我给你做一个吧。”姜子叔说。

简皓有些惊讶：“您会木工？“

“我家祖传三代是木匠，我在很小的时候，就给我爷爷打下手，后来爷爷去世了，我又给父亲打下手。我也很久没做了，试试呗。”

“我可请不起大木匠哦。”他囊中羞涩。

“我送你的，就当是感谢。”

“我又没帮上什么忙，有什么好谢的。”

“你那天骂我的话，我都还记得呢，我觉得你说得挺对的。”

简皓有点不好意思，那天他好像除了骂人，也没说出什么道理来。

姜子叔说：“淑娟年轻的时候真的很漂亮，都是因为我，把她熬成了老太婆，所以今天请你一定要把她拍漂亮一点，弥补我当年的胆小和执拗。”

“没问题。”

简皓给王阿姨准备了两套衣服，一套是二十世纪八十年代的婚纱。二十世纪八十年代的婚纱式样比较保守，领口比较高，泡泡袖和荷叶边是标配，头上高高的白纱，手上是鲜艳的塑料花。

花、珍珠项链和戒指都是在网上订的，婚纱商家没办法赶工，他只得从淘来的衣服上取一些能用的元素，再让夏攸晨把它们拼接在白色的裙子上，没想到做出来还真有二十世纪八十年代的味道。

对于婚纱的样式，王阿姨非常喜欢，也不再排斥，马上就换上。夏攸晨又给王阿姨梳了一个卷发，头上别两朵红色的塑料玫瑰花。

王阿姨和穿着中山装的姜子叔站在一起，还真有梦回二十世纪八十年代的感觉。

拍照的时候，镜头里，简皓看到王阿姨的眼睛在泛红，于是问：“王阿姨，怎么了，是不舒服吗？”

王阿姨吸了吸鼻子说：“我……我突然有点紧张。”

简皓看得明白，她不是紧张，而是感伤。蹉跎了几十年的岁月，吃了几十年的苦，磨平了理想，殆尽了激情，虽然换得了年少时渴望的爱情。

但这样历尽沧桑的爱情，真的会幸福美满下去吗？

最后的成片，两人都很腼腆，就如同新婚一样，对未来向往又迷茫。

简皓说要送的礼物是一件食品厂的工装，当他拿出来让姜子叔穿上的时候，姜子有点吃惊：“这是我以前上班的食品厂的工装，你从哪里弄来的？”

“我爸妈也很怀旧，所以我想你们肯定也会喜欢的。这是去帮一个老大爷搬家，他从柜子里找出来准备扔掉的，说是他大儿子的衣服。现在大儿子成了一个大胖子，这衣服拿来也没什么用了。我就拿来了。”

“我以前穿上它，会有一种自豪感，觉得自己端上了铁饭碗。后来生病了，离开工厂的时候，我一生气，就把它烧了。后来想想，后悔得要命，但这世上哪来后悔药！”

简皓给王阿姨准备的另一套衣服，上衣是件针织的蝙蝠衫，下面是条黑色的西裤，是二十世纪八十年代年轻人最喜欢的款式。

他打趣着两人：“我给你们来一组二十世纪八十年代时髦女青年和食品厂工人的爱情故事。”

逗的两人笑得合不拢嘴，王阿姨说：“你哪来这么多鬼点子！”

“我这是专门为新英雄湾村的村民们开展的定制服务，拍照嘛，就要把自己最希望的样子拍出来，如果只是随便拍拍，还不如用手机。”

拍照的空隙，简皓提议：“王阿姨，您该给自己放个假，两人去度个蜜月吧，别天天围着群工站转，群工站丢不了。”

说着，他拿出两张温泉券说：“你们先别拒绝，这温泉离这里不远，而且这券是小广抽奖得来的，他也想送一份心意。”

姜子叔对王阿姨说：“因为你很善良，所以你身边也有一群善良又热情的人。以后你想做什么就去做吧，家里的事儿，我会料理好的。”

王阿姨家的新房子也快拿到了，想必接下来有很多需要一起商量的事情要处理。

拍照花了大半天的时间，王阿姨脸都笑僵了，她说：“没想到拍个照片这么累人！”

她心里还一心惦记着拍完照去群工站继续工作，简皓忍不住提醒她：“一定要把工作和生活分开，如果每天只有工作，那么就没有精力维持夫妻间的生活。”

王阿姨向他竖起大拇指：“你说话越来越有哲理了。”

相片洗出来之后，简皓特地跑了趟主城，去装了个漂亮的相框，以便能挂在卧室的床头上。

相框很大，出租车没办法放，他只好雇了搬家公司的小皮卡，才把装好的相片给拉了回来。

车停在路口，离简皓的家口门还有十来米的距离。司机只负责送，不负责搬，为了省钱，简皓只能自己动手，于是吃力地扛着相框往家走。

走到院子门口，就看到院子里有三个人在聊天，是周浩宇和一对中年男女。

这对中年男女有似曾相识的感觉，简皓却想不起在哪里见过。

中年男女问周浩宇：“这位是？”

“他是这家民宿的老板。”

新英雄湾村说大不大，说小也不小，村里的常住人员没有不知道这家民宿是他开的，听周浩宇这样介绍，估计是刚从外地回来的。

会不会是周浩宇的父母？

如果是，他家房子空了这么久肯定是不能马上住人的，简皓的生意来了。想到这里，简皓两眼发光。

简皓把硕大的相框放在一边，用手擦了擦额上的汗珠，马上热情地招呼：“伯父伯母好。”

“这是小晨的父母。”

周浩宇的介绍让简皓感觉顿时空气都凝固了，庆幸自己没有愣傻了，赶紧笑着说：“夏伯父、夏伯母，你们来怎么不提前通知一声，我好去车站接你们。”

见简皓如此热情地跟他们打招呼，夏爸爸和夏妈妈有些纳闷，周浩宇赶紧介绍：“他叫简皓，是小晨的现任男朋友。”

夏爸爸夏妈妈脸色有些惊讶：“刚才在镇上遇到你，我还以为你跟小晨在一起呢。”

周浩宇尴尬地笑了笑，然后对简皓说：“你不是有小晨房子的钥匙嘛，你帮伯父伯母把行李搬过去吧，我给小晨打过电话，她应该快回来了。”

说完，他指了指客厅的两大袋行李。

此时的简皓只觉得老天爷给他开了一个大玩笑，让他在最邋遢的时候遇到未来的岳父岳母，而且身边还有一个犹如成功青年的前男友在旁边做比较。

他赶紧帮夏爸爸和夏妈妈把行李搬进了夏攸晨的院子，然后用钥匙打开一楼客厅，再把行李搬进去。

最近这段时间，夏攸晨几乎没在家里开火，连热水都没有烧，晚上回家的时候，都是从他那边带水回家。屋里没有招待二老的热茶。

简皓说：“伯父伯母，你们先休息一下，我马上去泡茶。”说着他飞快地往自家跑，在院门口的时候没看清台阶，差一点跌倒。

家里没什么好茶，只能用最普通的菊花枸杞，然后他又拿了几个橘子切好端过去。

夏攸晨已经回来了，一进院子，他就听到她的声音。她也惊讶：“爸、妈，你们来怎么也不提前通知一下，我好准备准备。”

“我们就是打算来个突袭，看看你这两年不回家到底在干些什么！”

去年过年她就应该回去的，因为疫情被耽搁了。

简皓把茶水和果盘放下，然后问夏攸晨：“不知道伯父伯母要来，我们没什么准备，要不这会儿我去市场上买点菜？”

“去吧。”

简皓刚走到客厅门口就被夏攸晨叫住，她说：“记得要买那家李记的卤猪头肉，再买点青椒回来，他家的卤猪头肉炒青椒，是我爸的最爱。”

简皓走出客厅，就听到夏妈妈在说：“我和你爸在镇上下的车，刚一下车就遇到周浩宇，我还以为你提前知道了，让他来接我们呢……”

想到刚才在简皓的院子里，夏爸爸和夏妈妈对周浩宇一脸欢喜的样子，他脑海里突然冒出棒打鸳鸯的阴霾。

他预感接下来夏爸爸和夏妈妈一定会和小晨聊到周浩宇的事儿。

不行，他要留下来听一听，看他们对他是什么样的态度。

再相爱的两个人，得不到双方父母的认可，很可能最后会分崩离析。

虽然偷听有点卑鄙，但为了和夏攸晨的未来，干点不道德的事儿也是情有可原的。

新居的格局都是一样的，厨房跟客厅只有一墙之隔，靠在厨房的门边，能听清楚客厅里的谈话。

而且夏攸晨多时不用厨房了，想必进去也不会发现他。

于是他从厨房的窗户翻进去，再轻轻地贴近墙边。

客厅里的聊天，他听得很清楚。

“你说的那个简皓，我看着也就那样吧，没什么特别的。倒是浩宇出息了。当初你们分手的时候，你不是哭得要死不活的，说以后再也不恋爱了，结果人家还没找女朋友，你这边就先恋上了。”

“你怎么知道他没有女朋友，万一人家都结婚了呢！”

“别胡说，这是他告诉我的，说他还单身，这次回来，就是想跟你和好的。”

简皓屏住呼吸，害怕呼吸太大声，错过了夏攸晨的回答。

夏攸晨没说话，只听到夏妈妈继续说：“你喜欢谁，要跟谁在一起，我们从来没有干涉过。但我还是要以一个过来人的经验告诉你，人在年轻的时候，总不知天高地厚，以为只要鼓起勇气，就可以战胜一切的困难。

“其实人呀，在巨大的困难面前，往往还能勇敢应对，反而是生活中的细碎艰苦，让人更难承受。你从小心就大，总喜欢去追求一种理想状态。但你有没有想过，没有经济的支撑，你哪有条件去追求理想。”

夏妈妈说着，把目光移向了夏爸爸：“你自己说说，背着我拿了多少钱给小晨。”

夏爸爸用傻笑来敷衍：“也没多少。”

“你们父女俩能瞒得住我？”

夏攸晨一瘪嘴：“创业阶段，后面会好起来的。”

“梦想是要靠钱来支撑的，不是我贪财，我希望你能没有后顾之忧地去追求梦想，而不是东拼西凑……”

“妈，你长途跋涉都不累的吗？一进屋就像机枪一样巴巴说个没完。”夏攸晨有点受不了母亲的啰唆，终于出口制止。

夏爸爸也附和着：“行了，一来就说个不停。喝口水，反正回来也要住上一段时间，有的是时间让你慢慢说。”

简皓内心沮丧，也懊恼自己的现状。他觉得夏妈妈说得没错，任何理想都是需要金钱来支持的，自己跟夏攸晨在一起，不仅没有解决她的温饱问题，还让她一直靠父亲接济。

人家父母轻看他，也在情理当中。

这时，他听到有脚步声朝着厨房走来，吓得他赶紧想原路返回，从窗户跳出去。

情急之下，简皓踩到了窗口桌子上放着的不锈钢盆，盆子掉到地上，哐当一声。

他也因为没有踩稳，裤腿被窗框上的钉子给钩住了，正要把裤腿取下来，厨房的门被夏攸晨打开了。

看到简皓，她先是一惊，然后很快就明白是怎么回事儿，于是替他打着掩护，对客厅的父母说：“是隔壁的猫跑过来，把不锈钢盆给碰到地上了。”

“那你得跟邻居说说，别让猫乱窜，这乡下的猫成天在地里转，它身上不知道有多少细菌。”夏妈妈说着。

夏攸晨没好气地回复着：“妈，你也是在这里长大的，小时候满田埂里跑，那时候也没见你觉得不卫生！”

说话间，简皓把裤腿取下来，然后飞快地跑了。

趁着简皓去买菜的空隙，夏攸晨把厨房打扫出来，父母住下的这段时间，都得在自家开火。

夏爸爸和夏妈妈也没有闲着，开始打扫自己住的房间，次卧虽然家具齐全，但已经蒙上了一层厚厚的灰。

夏妈妈楼上楼下地把房子看了个遍，然后说：“这房子真不错，宽敞，采光也好，我们在南京要是有这样的房子，该有多好！”

夏爸爸感叹：“也只有在自己的家乡，才有这么好的福利待遇，以旧房换新房。”

夏攸晨拿着拖把上楼来，笑着说：“你以为在大城市有一套房，你就属于大城市吗？还不如在乡下住着顺心，虽然工资少点，但这里的生活成本也低，而且山清水秀风景好。你想想你以前工作的厂子，老远就闻到一股化学品的气味儿。”

简皓很快就把菜买回来，走到院子门口，夏攸晨赶紧出来帮他拎东西，拽着他一起进了厨房。

她说：“我妈的话你别放在心上，两辈人的思想不容易找到共通点，只要咱俩感情好就行了。”

去买菜的路上，他一直忧心忡忡，担心夏攸晨会在父母的干涉下，对这份感情动摇。她虽然外表有些泼辣，但内心是极度柔软和善良的，这种性格也容易耳根子软。

此刻，听到她维护自己，他悬着的心才稍稍地放松下来。

夏妈妈收拾完房间，在院子里喊着：“小晨，过会儿叫浩宇一起过来吃饭吧，感谢他今天把我们从镇上拉回来。”

简皓心里不痛快，一个前男友，一个现男友，叫到一张桌子上吃饭，分明就是给他难堪。

他感觉自尊心受损，估摸着自己是不是该男子气一点，甩手走人，表明自己的抗议。

他择菜的动作大了一点，夏攸晨能感觉到他心里的憋屈，她伸出腿轻轻碰了碰蹲在旁边的简皓的腿，说：“我们以后要遇到的大风大浪多着呢，这点就受不了了。”

“他们可都是你最亲的人，我不怕外面的大风大浪，就怕自己人给自己添乱。”

夏攸晨是个直肠子，不太会说大道理，在群工站的工作也不如简皓得心应手，她说不出能安抚他情绪的话，只说：“你把他当成民宿的客人就好，其他的，交给我。”

餐桌上，夏妈妈夸着夏攸晨："你回来唯一的优点就是做饭的手艺变好了。你以前可懒了，自己的房间都不爱收拾，更别说做饭了。有一次，我让你蒸鸡蛋，水烧干了都不知道。"

在两任男友面前说她的糗事儿，她觉得老妈没心没肺、大大咧咧的"优点"现在变成了缺点。

她瞪了一眼母亲，说："你能不能别老提以前？人都是会变的。"

周浩宇帮着夏攸晨解围："她以前一心都扑在学习上，自理能力是差一点，但这也不完全是缺点呀，那时候小，都是这样的。我以前也不爱卫生，小晨老说我臭。我进了社会，成长了，每天都有强迫症，要把自己打理得干干净净的。"

简皓专注在吃饭上，他们聊着往事儿，仿佛他是个外人。他也担心自己会沉不住气，说出得罪人的话来。

夏攸晨往他碗里搛了一块肉，说："你多吃点，今天你最辛苦。"

"不辛苦，就是跑了趟菜市场。"简皓客气地说。

"我是说你大老远的帮王阿姨和姜子叔给那么好看的结婚照装相框，他俩要是看了，肯定喜欢。"

接着，夏攸晨便向父母介绍起简皓的摄影技术，说他记录了村子里许多美好的爱情故事。

夏妈妈问："这一个月能赚多少钱？"

简皓愣住了，一时不知道该怎么回答，实际收入很少，有时候还会亏本，比如说王阿姨的结婚照，光一个相框就让他倒贴了好几百块。

但他心里却不后悔，能让一个善良的人收到老天爷回馈的真情，几百块算不得什么。

只怕如实说出来，他在周浩宇的面前又得矮上一大截。

他抬起头，发现除了夏攸晨之外，都在等他的答案，是在等他出丑吗？

夏攸晨帮他回答："我们现在正在试营业当中，收到的都是好评，我相信会越来越好的。"

夏妈妈话锋一转，问起周浩宇："你在村里做什么呢？"

周浩宇大方地说："我目前在一家投资公司工作，这次回来是搞助农品牌，把当地的大红袍柑橘包装起来，帮村民们卖个好价钱。”

夏爸爸惊讶：“没想到你现在这么出息了！”

夏妈妈忍不住教育起女儿来：“我知道你因为奶奶，对村子有感情。我以前就跟你说过，要做乡村振兴，不一定非得人回来。你能带投资，能带技术，效果是一样的，你非不听。”

简皓有点愤怒，放在桌子下面的手攥成了拳头。

他觉得夏妈妈太不礼貌，当着他的面说夏攸晨不该回来，那也是间接地表示，他们的相爱也是个错误。

夏攸晨也觉得母亲针对简皓太过明显，太没礼貌。她问母亲：“你平时不是挺忙的嘛，怎么现在有时间回来小住？”

“你又不是不知道，我们厂是做进出口贸易的。这一年多以来，行情实在太坏，好多厂子都经营不下去了。我们厂子也一样。老板还算有点良心，把大家的工资结清了。

“一闲下来，我就寻思着回来看看。我有好多年都没回来过了，也顺便看看新房子。”

新房子，是夏妈妈感兴趣的话题，于是餐厅里的气氛也跟着轻松了起来。

“这房子看着是挺不错的，就是周边配套设施还不齐全，如果有超市、大医院，有大一点的工厂，就好了。”

夏攸晨对老妈的转变表示出嗤之以鼻，她问：“你以前不是挺喜欢南京吗？说哪怕是住老破小，都不愿意回来。”

“咱们以前在村里的房子，还不如老破小呢！”

夏爸爸听出两人要斗气的味道，于是打岔着：“吃饭的时候少说话，快点吃吧，一路回来挺累的，吃完了饭我还想睡一会儿。”

夏攸晨的确是想借此跟母亲斗嘴，让她也感受感受当面被人怼的尴尬。

夏妈妈没什么坏心眼，做事儿踏实，唯一的缺点就是直肠子，嘴不好，遇上不顺心或是看不惯的事儿，脱口就出，为此经常得罪人。

就像刚才说简皓，偏又让他听到了，还好他教养好，要是遇上个心眼小的男孩子，说不定早就闹起来了。

她本想借着斗嘴，让夏妈妈体会一下当着别人的面，丢自己的面是什么样的感受，却被夏爸爸解了围，她也就没再说下去。

吃过饭，夏攸晨催促着父母回房间休息，周浩宇主动提出要帮忙收拾，她说：“你是客人，怎么能让客人做家务呢，你也回房间休息吧，简皓帮我就行了。”说着，又看向简皓，提醒着：“你可是这家的主人，手脚也不麻利点，一定要让我叫你才做吗？“

她一句话把主人和外人分得明明白白，简皓心里高兴，赶紧动手将碗筷放进厨房。

下午阳光柔和，照在身上暖洋洋的，完全感觉不到深秋的阴冷。

夏爸爸和夏妈妈睡了个午觉起来，提议想到村子里去转转，十年没回来了，村子的印象在记忆里越来越淡，再不走走看看，过几个月，旧的陡石塔村可就再也找不见了。

夏攸晨叫上简皓：“一起去吧。”

简皓不愿意跟夏妈妈一起散步，担心夏妈妈再说出难听的话来，他会控制不住情绪跟对方吵起来。

长辈要尊重，但不要纵容。

简皓喜欢夏攸晨，却没想过在她家人面前低声下气地讨好。

夏攸晨却固执地挽住他的手臂说：“不行，一家人当然得一起。”

夏爸爸和夏妈妈久不在村里，一路走去，能认出他们的人却不少。

“文娟，你什么时候回来的？”

“哟，变漂亮了，差点没认出来！”

夏妈妈红着脸：“哪里是漂亮了，分明就是老了。”

简皓原本心情阴沉，再温柔的阳光都让他温暖不起来。但看到夏妈妈心情愉悦，他才跟着轻松了一些。

走到村南边，看到有村民的房子被桁架围着，几个工人站在桁架上施工。夏妈妈问：“那是做什么的？”

夏攸晨用胳膊碰了碰简皓，让他来给夏妈妈解释。

他心里不情愿，却不想让她为难，赶紧解释：“村里招商来了一家民宿公司，他们把村民们腾出来的旧房子重新装修成风格统一的民宿，等村里的文旅做起来，借村民们的房子，村民也能用入股的形式分到钱。”

“哎，有这么好的事儿！”

夏妈妈笑起来，赶紧问夏攸晨：“那我们家那房子呢，也可以装修吗？”

夏攸晨瞥了母亲一眼，说：“我们家哪还有房子，当年奶奶让你拿钱回来把老房子翻新一下，你都不肯。奶奶去世后，那房子没人维护，风吹雨打，我回来的时候就剩下几根木桩了，你还好意思让别人给你装修。

“愿意按初建的平方米给你建新房子就不错了，世上的美事儿哪能都轮到你！”

一番话把夏妈妈戗得哑口无言。

“那你接下来准备干什么，咱家那房子就只有那三间，弄不了民宿，一天拍炒炒煮煮也没见你赚到钱呀。那你以后准备干什么？”

“我自然有安排。”夏攸晨胸有成竹地说，“明年这里要建一个现代科技种植大棚，我准备去当讲解员，跟我的专业很对口。”

简皓有点惊讶，她有这样的打算，竟然从来没跟他提起过。

他曾经也为两人的未来担忧过，夏攸晨的短视频在平台上没什么水花，偶尔一两个播放上百万的视频，都因为后劲不足，热度渐渐平息下去。

而廖婆婆的乡村老年人生活视频也只是自娱自乐而已，没有给村子带来任何游客。

这两年，短视频的制作已经日益成熟，同类型的短视频太多，像夏攸晨这样独立制作的哪比得过那些公司运营号，人家无论从人设、画面还是菜品的丰富程度都是普通制作者无法比拟的。

夏攸晨太过注重铜罐驿的文化和特色，和大千世界相比，后者对普通的人更有吸引力。

简皓也想过一直支持她拍短视频的梦想，无奈游客太少，他连民宿和基本的生活都支撑困难，哪还有多余的钱去支持她学习，等待她进步。

有好几次，他都想跟她聊一聊未来的打算，在短视频不赚钱的时候，能否去打一份零工来支撑生活，但每次话到嘴边，他又咽了回去。

现在听她说到他的打算，他才知道，她并不是个为了理想只会横冲直撞的傻大丫。

夏妈妈却忍不住感叹起来："今天是周六吧，我这一路走来，也没看到有什么游客之类的，都是村民，你们说的这人流如织的景象，还不知道什么时候能有呢！"

夏妈妈看向女儿："我们养你这么大，能不能别让我们一直操心！"

最近在群工站里聊天，聊得最多的就是如何给村子引流，有了游客，才能达到乡村振兴的最终目的。

前不久，一位摄影师无意中拍到了一位藏族小伙子，小伙子黝黑的皮肤、深邃的眼神、纯真的笑容，被网友们称为"甜野男孩儿" 风靡一时。

不少粉丝为了一睹田野男孩儿的风采，纷纷去他所在的藏区，一睹绝美容颜的同时，也游览了藏区特色的风景，间接带动了当地的经济发展。

有义工说："要不我们也在村里找一个帅哥拍一拍。"

"你们赶紧想想，村里面谁最帅，这个时候正是他为村子做贡献的时候了。"

有人提议："我觉得周浩宇还行，挺符合当下小女孩们的审美：个头高，脸又白，头发把额头遮一半。"

有人笑着："什么叫头发把额头遮一半，这种叫韩国花样美男，我在城里念大学的表弟就这种发型。"

简皓听着心里叨咕，难道就没有人觉得他比周浩宇长得帅吗？

突然有人说："我知道有个人挺帅的，天主堂的神父。"

"哪个神父？"

这里的天主堂因为翻新，有段时间没开门了。以前还是旧教堂的时候，偶尔会有兼职的神父过来，但近几天，随着村子里人丁稀落，更是少有神父会"光顾"这里。

"为了让咱们这百年大教堂有灵魂，铜罐驿政府特地去找了一个专职神父，就住在这天主堂里面。我那天正巧遇到他们在教堂里参观，就和工作人员闲聊了两句。"

义工比画着："那个神父个子挺高的，肯定有一米八多，长得也帅，那双眼睛炯炯有神，他那天穿的是便装，要是穿上那种长袍，肯定更帅。"

有男义工不服气："你说帅没用，要女孩子们评价帅，那才是真帅。"

“他什么时候来，我们去看看。”

“我也不知道具体时间，反正他来了，天主堂肯定是要开放的，到时候你去看不就行了。”

对于这个长得帅的神父，简皓并没有放在心上，渐渐就把这件事儿给忘了，直到有一天，他看到廖婆婆穿得整整齐齐地往外走，随口问了去哪里。

廖婆婆笑眯眯地说：“天主堂新来了个神父，每天早上有日常弥撒，我去听听。”

他玩笑着：“没想到您还知道做弥撒，我以为您只会拜菩萨。”

廖婆婆瘪了瘪嘴，眼神仿佛在说“别小瞧人”！

“这天主堂有上百年的历史了，我妈跟我说，那个年代还在打仗，好多人都从城里搬到这里来，连学校也都过来了。

“我妈还说那时候天上随时都有日本人的飞机扔炸弹下来，教堂里密密麻麻都是逃难的人。那个时候他们还会把家里的米拿出来，和上一些面，煮成稀粥，拿给这些人吃。”

教堂里传来钟声，廖婆婆眉头一皱：“你小子耽误我的正事儿，不跟你说了……”

简皓也想看看这位神父到底长什么样子，于是跟着廖婆婆就去了教堂。

教堂里人不多，几乎都是老大爷和老太太，很快他就找到了廖婆婆的身影，她正和她的几个好姐妹坐在一起。隔着一段距离，他听不见她们在聊什么。

但廖婆婆的手却指了神父好几次，从平日对廖婆婆的语言手势习惯来看，她应该是在夸对方长得帅。

简皓对于哪种男孩子才是真正帅没什么概念，他喜欢吴京那种硬汉，觉得男人就该是铮铮铁骨，充满阳刚之气。

仔细看着神坛上嘴里念念有词的神父，他的个头是挺高的，皮肤也白，甚至比有些女孩子的皮肤还白。

神父全神贯注地恭读《圣经》，下面原本还在细声聊天的人也渐渐安静下来，认真倾听着经文。

简皓不太信奉神明，并不是天生不信，而是屡信屡失望。

念书那会儿，考试前，学校门口会卖逢考必过的护身符，他把少得可怜的零花钱省下来去买，每次买，每次都不理想。

感觉零花钱都打了水漂，也没能换来理想的好成绩，他索性后面就不买了，开始认真地念书。

高考前，他信心满满，觉得自己一定能考一所理想的985大学。为此他还特地爬了一千步台阶去老君洞拜了拜。

平时模拟考的时候，他的发挥一直很稳定，偏偏最重要的高考，他却发挥失常，虽然也考上了大学，但离自己心目中的学校差得太远。

最后，他把自己的屡屡失败归结于跟神仙不合，以至于后来在公司上班，团建去爬山逛寺庙，他就会主动加班，避免天降横祸。

但今天临出天主堂的时候，他还是在《圣经》的祈祷声中许了个愿，希望周浩宇赶紧消失，让他和夏攸晨的生活归于平静。

自从夏爸爸和夏妈妈来了之后，吃饭的地点就改在了夏攸晨家里，而且他们还热情地把周浩宇也叫来吃。

他能明显地感觉到，周浩宇努力地在夏家父母面前刷好感，以前他只有晚饭会在家里吃，现在一日三餐都往夏攸晨家跑，司马昭之心路人皆知。

从天主堂出来，简皓径直去了夏攸晨家，白天院子门都不会上锁，进了院子，他就往厨房跑。

厨房里只有夏攸晨一个人，她正在摘菜，他赶紧过去帮忙，她问："你去哪里了？我刚才上你家去，家里没人。"

"去天主堂了，那里来了一个神父，听说是常驻在这里的。连廖婆婆那种从来不信教的人，都跑去看热闹了。"

"听说长得很帅。"夏攸晨说。

他一愣："你听谁说的？你们这些女孩子太肤浅了，帅有什么用，为什么不比比谁的男朋友更经济实用？"

"因为好的皮囊可以赏心悦目，愉悦人的心情。再说了，你们男孩子不一样吗？我看四组的小叶子就挺好的，话不多，做事儿勤快，而且还孝顺，怎么没见你喜欢她！"

第16章　原来他真帅

简皓知道这个小叶子，的确像夏攸晨说的那样，内向腼腆，但人太过内向，就无法沟通了。

有一次，小叶子家的鸡丢了，跑到群工站来，希望义工帮她找鸡，当时他就在现场。

他问鸡长什么样子，小叶子支支吾吾半天，也没说出那鸡长什么样，满村跑的鸡太多，怕抓错了别人家的鸡，最后，小叶子的鸡也没找着。

小叶子很勤快，家里地里的事儿都是一把抓，有空的时候还会到镇上的餐馆打点零工，看起来的确有贤妻的典范，但小叶子已经二十八岁了，却还没找着对象。

一来村子里适婚青年实在太少，二来从简皓的审美上来看，小叶子的确不好看，方脸，脸上都是雀斑，因为皮肤白，那雀斑就更加明显，远远看去，有点像个葱油饼。

见简皓沉默的样子，夏攸晨笑他："我说得没错吧，你们男孩子都喜欢以貌取人，为什么我们就不能喜欢帅哥？"

"你们在聊什么呢？"廖婆婆不请自来。

"我们在聊天主堂新来的帅神父。"夏攸晨说。

听到"神父"两个字，廖婆婆的眼睛发光："那小伙子长得是挺帅的，我们那时候叫登独。"

后面几天，简皓陆陆续续听到义工站的女孩子们都在讨论这个神父的帅，于是有人向简皓提议："你不是在帮夏攸晨做短视频嘛，不如你拍拍那个神父，把视频放在网上，说不定也能给咱们村引流。”

简皓说：“不太好吧，那个神父要是不愿意怎么办？”

他觉得神职人员都内心纯粹，一心只为传播神的福音。对于抛头露面当网红，他担心这样的要求会显得太无理。

简皓是没勇气跟神父提这种要求的，毕竟不熟，就这样去问显得太冒失，如果不经得别人同意偷拍放在网上，很可能会被人告侵权。

于是简皓把这事儿放在心里，想着多去天主堂转转，套套近乎，先了解一下他的性格，再做决定。

他没想到，夏攸晨的行动能力比他强，在群工站听大家这么一说，她就上天主堂去找神父了。

神父姓陆，还不到三十岁，夏攸晨说近距离一看，很像韩国明星，而且说话的声音特别温柔，听着让人心里暖洋洋的。

夏攸晨在说这番话的时候，眉飞色舞，似乎很开心。

他一直以为夏攸晨不追星，对于男孩子的区分只有心爱的和普通的两种。大概是跟他在一起之后，她没遇到过帅哥，所以那颗不安分的心就被隐藏起来了。

还好，他听说天主堂的神父是不能结婚生子的，否则，他又会多一个情敌。

餐桌上，夏攸晨兴高采烈地说：“陆神父同意明天日常弥撒之后让我拍拍他的日常生活。”

说着，她看向简皓：“明天你陪我一起去拍呗。”

这时，夏妈妈皱起眉头：“你们两个能不能干点脚踏实地的事儿？！来这几天，我看你俩，不是拍短视频就是去群工站当义工，没一个有认真赚钱的工作。这样下去，你们俩是准备喝西北风吗？

“有些主播看上去是挺光鲜的，一场直播带货下来，入手几千万元，人家可是有后台的，那可不是些普普通通的小老百姓。你一个女孩子，别老把帅哥挂在嘴边，帅哥又不能当饭吃，你看哪个脸长得好的，可以天天躺在家里就有钱拿的！”

他们两人相视一眼，颇有些无可奈何。

夏攸晨反驳母亲：“创业阶段本来就很艰苦，你不能只看到开头，就随意揣测我们的未来，别太早下结论。”

周浩宇打断了他们的话题，说：“我们公司的广告部把大红袍的包装设计图发过来了，小晨，你对铜罐驿的文化了解得比我多，等会儿帮我看看，哪些不合适的，我让他们赶紧改。”

“嗯。”只要是能帮助村里的事儿，她都愿意帮忙。

夏妈妈赶紧问：“小宇，你那是包装啥呢？”

“伯母，我上次跟你说过，我这次回来主要是帮村里销售大红袍柑橘，我打算把这些柑橘包装一下，就像卖阳澄湖大闸蟹一样。给每个柑橘都打上码，证明是铜罐驿本地所产，能保证质量。公司已经在卖认购券了，客户通过电话进行验券购买，再通过物流送货上门。”

夏妈妈问：“你这样一倒腾，肯定要卖很贵吧？”

“我是打算走高端路线的，铜罐驿的大红袍是非常不错的品种，我相信它是有市场竞争力的。”

夏妈妈夸奖着：“你跟小夏同时毕业的，还没两年呢，你就懂这么多。”

虽然他所做的事儿是在造福村民，但简皓还是想挫挫他的锐气。

简皓忍不住说：“这两年因为一些不可抗的因素，各行各业都不太景气，这个时候走高端路线会不会太冒险了？前段时间我看新闻，就连前几年比较火的进口车厘子，价格就跌得很厉害。

“其实现在国内高端水果品牌有不少，它们的成功很多是靠着率先占领市场或是多年积攒的口碑。我那天还特地在网上去找了一组数据，上面说目前国内水果的供销已经呈饱和趋势，要在这么多的竞争对手中杀出一条血路，实在不容易。”

周浩宇耸耸肩，看起来很轻松：“你以为这些我都没有想过？我是经过详细的市场调研后，才敢回来做这项投资的。现在水果市场最大的竞争力就是口感，还有就是我们的包装。

“而且我已经让人找专家分析出了大红袍的营养成分，用这个来当噱头，肯定会有吸引力的。我还打算后期对加入公司的果农进行培训，让他们对果树进行统一的管理，力求把品质做到最好。”

两人的火药味儿越来越重，夏攸晨打断他俩的谈话，说：“行了，赶紧吃饭吧，吃完饭我得去群工站一趟。”

她又说：“那天王阿姨告诉我，她已经把咱们村的英雄妈妈团的事儿上报给区政府了，区政府说要对咱们这个事情实行表彰。”

“王阿姨说，咱们群工站就派你去领这个奖。”夏攸晨故意提高嗓门，让简皓也在自己父母面前长个脸。

“另外，王阿姨还把你提建议这个事儿申报给村委会了，村委会每年都有个带头示范奖，虽然奖金不多，但也算是为村里做了大贡献。我还听她说，村里准备建一个乡村振兴的博物馆，要把为村里做贡献的好人好事儿都写到里面去。”

夏攸晨高兴地说：“想想很多年以后，新英雄湾村繁荣起来了，我们都是小老头小老太太的时候，一群孩子指着博物馆的一面展示墙说……”

她学着小孩子稚气的说话声：“我认识这个老爷爷，就住在离村口不远的房子里。”

简皓被她逗笑了，也感谢她的夸奖，顿时觉得自己比周浩宇高半个头。

吃过午饭，简皓正准备打扫卫生，虽然他的几间民宿只租出去了一间，其他的一直空着，有的都空了大半年了，但他依旧会定期打扫，说不定哪天就有客人来了，避免到时候手忙脚乱。

刚给吸尘器插上电，就听到外面有人在叫他，他从窗户探头出去一看，是蒋乐俊。

除了在群工站碰面，蒋乐俊很少会来家里找他，更多的时候，是他心情不好，主动去找蒋乐俊。

他把蒋乐俊当成情绪管理的宝藏男孩儿，遇到心情郁闷或是意志消沉的时候，只要跟对方聊上两句，他就会茅塞顿开。

蒋乐俊主动找他，肯定是有要紧的事儿。

简皓拔掉吸尘器的插头，急匆匆地下楼，把他请进客厅里，说：“有什么事儿你尽管吩咐。我能做的，一定帮。”

蒋乐俊笑着：“你这样郑重其事的样子，让我还不好开口了。不是帮忙，是有偿服务。

“我们文化站组了一个考察小队，打算去21兵工厂旧址详细地考察，看能否进行旅游开发。我们需要一个摄影师，帮忙拍一些现场的照片。我脑海里立即就想到你，这村里，没有比你更合适的人了。当然，这次是有偿的，不是免费帮忙。”

“没问题。”现在对简皓来说，大钱小钱都是钱，而且还能先一步目睹民国的兵工厂，遥想当年的盛况，也算是开眼界了。

约定了时间，简皓保证：“放心，我会把吃饭的家伙带上，准点集合。”

简皓很希望有这种外出活动安排，他现在特别怕待在家里。只要他在家，夏攸晨就会叫他帮忙买菜做饭打下手，这样就会在夏爸爸和夏妈妈的眼皮子底下晃悠，也就无法摆脱他们对自己整天无所事事、瞎晃悠的印象。

去之前，文化站有看过天气预报，约定考察的那天原本天气晴朗，也没什么雾气，但临行的前两天，天气预报突然有了变化，从晴变成阴天有小雨。

准备工作做了很久，而且还请了个当地村民当导游，如果临时改动时间，在器材和人员上都会有损失，大家一商量，认为小雨对此行没有影响，便嘱咐大家带上雨衣和雨伞。

为了方便拍摄，简皓在背包里放了雨衣，还带了两个镜头和支架，满满的一包，很重。

夏攸晨担忧地问：“听说走的都是山路，背这些会不会太重了？”

“对于摄影爱好者来说，这重量早就习惯了。以前去峨眉山拍风景的时候，天还没亮，我就背着一包摄影器材往山上赶，走了四个多小时，一刻都不敢耽搁，得赶在太阳升起前到达，错过一瞬，可能几天的准备就白忙活了。”

临出门的时候，夏攸晨特地把他送到村口，陪他等考察组的车，他打趣着：“我平时出门，可没见你这么郑重其事地送过我，怎么，是不是突然发现我特别的优秀，所以有点舍不得？”

“少往脸上贴金。”夏攸晨白了他一眼，说，“今天早上起来，我就感觉眼皮跳得厉害，总感觉有不好的事情要发生。我很想让你别出门，但跟着文化站出去考察，是学习的好机会，而且那遗址又不是探险，应该没什么危险。”

她还是忍不住叮嘱：“看到茂密的草丛少往里面走，万一蹿出条蛇来咬了你。也别往山坡边上站，万一掉下去了呢！”

他笑她："都快冬天了，蛇都冬眠去了，哪还有工夫出来咬我。我从小怕痛又怕死，绝对不会去危险的地方，你就放心吧！"

考察组租了一辆考斯特，一行十个人，简皓朝着她挥了挥手，就上车了。

21兵工厂的前身是金陵兵工厂，1937年淞沪会战爆发后内迁到重庆。其生产的武器弹药占全国兵工厂生产总数的60%以上。

最初兵工厂搬迁的地址在江北，但那时候日军的飞机时常对重庆的主城及主城附近进行轰炸，为了保证武器的顺利生产，便将一部分生产线又搬到了铜罐驿。

车上，一个中年男人自豪地说："这个兵工厂当时被称为'日军棺材生产流水线'。我还是听爷爷说过，他在那兵工厂工作过，他本来是南京人，在这里工作的时候结婚生子。后来抗战胜利，兵工厂要迁走，他舍不得老婆孩子，就留下来了。"

"我爷爷说当年他所在的组是负责制造捷克式轻机枪，这种机枪可以安装20发装弹匣在枪身上方。"中年男人讲到这里，就开始兴致勃勃地比画起来，"这种轻机枪另一个特点是枪管过热可快速更换……"

现在说到男人们的爱好，车和武器占大多数，简皓喜欢车，虽然他目前还买不起，却研究了好几个年头，期待着赚到钱，就买一辆心仪的轿车。

对于中年男人嘴里的武器，他听得一知半解，但从以前看过的电影和学过的历史知道，在那个战火纷飞的年代，一群人顶着日军的轰炸，冒着生命危险，为了保障给前线的战士们武器的供给，护送着上万吨的生产机器和原料，由北到南，辗转千里，光是听听，就觉得伟大。

十个人在车上你一言我一句地聊着关于21兵工厂的过往，有人说："铜罐驿在二十世纪五六十年代的繁华，有很大一部分归功于这家兵工厂。"

民国的时候，铜罐驿虽然是老码头，但远离城区，始终是乡下地方，虽然人丁朴实，却也思想封闭，没见过什么世面。

战火带来了逃难的人，也带来了这家在当时全国最大的兵工厂。

工厂搬到了这里，工人自然也成批地来到这里。除了日常的工作之外，他们也将金陵的时髦与精致带到了这里。

很多工人都带着家属，为了安置这些家属，在工厂周围渐渐盖起了房子。工厂还为员工们建起了俱乐部，里面有网球室、电影放映厅、图书阅览室等，还为工人们请来京剧老师和健身教练来丰富他们的业余生活。

有的工人和当地人结了婚，这些时兴的娱乐项目也就渐渐流入铜罐驿的民间，大家争先模仿，让大山里平静的铜罐驿鲜活繁荣起来。

从新英雄湾村到目的地也就三十分钟的车程，下车之后，向导告诉大家："不远处就是大渡口区的跳蹬镇，那里也建有21兵工厂的分厂，当年的厂房保存得非常好，也等着什么时候能开发出来，让大家一睹当年的风采。"

沿着一条被密林掩映的碎石小道往里走，道路的两侧有许多空置或半倒塌的房子，从建筑的风格来看，充满了年代感。

简皓赶紧拿出相机，想拍几张照片。

他很喜欢拍某种事物和人物身上的岁月感，只看一眼，就能看出它丰富多彩的过往。

以前他找素材的时候，还要刻意营造这种岁月感。此刻，这些房子上记录的斑驳与沧桑，正是他苦苦寻觅的。

为了跟上队伍，他不敢多做停留，凭着感觉不停地按下快门，回去再筛选合格的照片。

有人感叹："这些房子应该尽早修复，或许还能还原以前兵工厂家属院和俱乐部的盛景，如果时间再长一点，有些房子就完全倒塌了。"

穿过一片树林，导游指着半山腰说："21兵工厂的遗址就在那个位置，上面有个隐秘的防空洞，以前叫月亮洞，藏在里面，日本人的飞机根本发现不了。"

顺着一条残缺密集的台阶往上走，才走了一小会儿，他就累得气喘吁吁，额头上全是汗。

蒋乐俊打趣他："你当摄影师肯定会经常出去采风，爬山对你来说，应该是小事一桩，怎么才走一会儿，你就累成这样？"

"那是以前，自从来到新英雄湾村，运动量少了，我都长胖了。看来以后得多出来走走。"

蒋乐俊伸出手："把背包给我吧，我帮你背。"

他摆摆手："算了吧，就你瘦了吧唧的身板，背上，你就走不动了。"

他不肯把背包拿下来，蒋乐俊也只好作罢，于是来到简皓的身后，时不时帮他托一下，让他能缓口气。

台阶的尽头就是防空洞，入口处有一个类似古墓的半圆形石砌洞门，在这个洞门上方的石壁上，刻着"毛主席万岁"与"备战备荒为人民"的标语，在标语下方还刻有铁路的标志。

简皓拿着相机对着洞门拍了两张，然后说："这里好有《盗墓笔记》的氛围，往门口一站，就有那种神秘感，想让人进去探险。"

每个人都拿出准备好的手电筒，准备进洞去参观。十个人鱼贯而入，一个挨着一个，洞里的漆黑带给人一种无形的压迫感，有人忍不住问："这洞里会不会有大型动物，比如熊之类的？"

"现在野生熊都成保护动物了，哪里能轻易见得着，要是藏个什么逃犯，还是有可能的。"

旁边突然传来响动声，其中一个人尖叫起来："有动静，是谁？我看到那里有人！"

这人的叫声让大家都惊慌起来，一个人拿着手电照向发出声响的地方，看看地上，是砖头滑落下来发出的响声。

洞里用砖石建造了隔间和仓库，这些砖石年久失修，有滑落倒塌也在情理之中。

有人抱怨："进来就够心惊胆战的，你这一叫，我的小心肝差点飞出来。拜托，下次能不能看清了再尖叫！"

简皓在大家帮忙照明下，把内部的一些房间认真地拍下来。

拍照的时候，简皓看到地上有一个金属制品在电筒的光亮下闪着金光。

他蹲下身去，拨开上面的几块碎石，捡起一根细长的、比签字笔略细一点的黄色金属制品。上面有一层厚厚的灰，轻轻地擦掉上面的灰，他问："你们有谁认识这个是什么？"

有人接过来看了看："这看上去像现代制品，而且这个硬度，肯定不是黄金。"

这人将它扭动了一下，中间竟然有条连接缝，试着往两端拉开，金属杆里藏着的竟然是针。

有人惊喜："这是以前的老物件，我奶奶就有一个跟这很像的针筒，针筒的下端还吊了两个同色的小铃铛。这个没有，估计是属于男士款。"

简皓开始发挥他的想象："那个时候针属于随身携带物，这个针筒的主人正准备把它拿出来修补一下自己破掉的袖口。突然组长走进来，吩咐大家赶紧把打包好的物资搬出去，等待车辆运走。

"这个人就将针筒随手放在这里，想着搬完物资再回来接着补衣服。当他把物资搬上车的时候，也被同事随手拉上了车，让他一起护送。

"至于为什么他没有回来拿，有可能路上出了意外，还有可能它被主人遗忘了，所以这么多年，它一直静静地躺在这里，等待着它的主人再次出现。"

有人笑起来："你还真能编故事。"

"我认为故事是每个器物的灵魂，没有故事，它就是死物。有了故事，它才鲜活，才会吸引人去了解它，珍视它。这也是发展文旅最重要的因素。"

蒋乐俊笑着说："它等来的主人，就是你了。"

这时，防空洞里突然传来一声隆隆的轰鸣声，在场的人都愣了一下："什么声音？"

有人因为防空洞里压抑的气氛有些过度紧张，一点风吹草动，就有点精神崩溃，于是提议："我们还是赶紧出去吧，我有点喘不过气。"说着，用手在胸口上轻轻地揉了揉。

话音刚落，又是一声隆隆的轰鸣声，有人说："好像是打雷了？"

"防空洞里能听到雷声吗？"

"怎么听不到，这防空洞有排风口，不可能是全封闭的。"

"天气预报说今天有雨，别大惊小怪的，大家都带了雨具，没事儿。"

这个防空洞不是很大，约有五百平方米，几人商量后，决定继续探洞。

洞里除了一些残垣断壁的建筑，也没有其他的东西，大家讨论着，如果要恢复成可供参观的遗迹，不仅需要修复洞内的建筑，还得收集一些老物件，难度不小。

简皓抱着相机，东看看，西拍拍，比其他的人显得兴奋一些，他说："我一直觉得中国人民在建筑方面有着与生俱来的天赋，无论在什么样的基础上，他们都能建出让人震撼的工程。

“在半山腰上掏出这么大的防空洞，还能在里面生产武器支援前线，就像涪陵的‘816工程’。在那个年代，外面的世界平静无波，连周围的居民都不知道，有几万人隐姓埋名，在地下默默无闻工作近二十年的时间。”

蒋乐俊说：“那我们得更加努力，把这个地方的故事讲出来，不让他们默默无闻的努力被埋没。”

出来的时候，走到洞口，雨已经落了下来。

疾风骤雨，有人提议：“我们还是赶紧走吧，这雨不知道要下到什么时候，如果等雨停了，回去的路肯定泥泞坑洼，会很难走。大家都带了雨具，都拿出来用上，我们赶紧下山。”

简皓从背包里拿出雨衣给自己套上。

雨水将下山的石阶润滑得很透彻，走在上面一步两滑，有两次，如果不是蒋乐俊在身后拽了他一把，他就摔倒了。

向导提醒：“别慌，慢慢走。”

有脚步快的，很快就走到山脚下了，但雨越来越大，后面的人为了不耽误前面的人，于是大声地喊着：“到车上去等。”

简皓背着摄影器材，这可是他这几年省吃俭用攒下来的“固定资产”，他又穿着雨衣，所以脚步很慢，走在队伍的倒数第二。

蒋乐俊本来可以走在前面的，但为了照顾简皓以及他背上的器材，于是主动走在最后面，必要的时候能扶一把。

走到台阶的中段，他看到旁边草丛里有一大堆泥土，其实上来的时候，他也看到了，心里还纳闷，这堆土从哪里来的？

他这时才注意到旁边山壁上那块显眼的、泥石掉落后的滑坡壁，可见这里偶尔会发生山体滑坡。

于是简皓催促后面的蒋乐俊：“快点走，雨再大一点，可能会有山体滑坡。”

大概是心里焦急，简皓脚步一快，一下就踩在了石阶沿上，这次蒋乐俊没能及时地拽住他，他往后坐到地上，屁股被凸起的石阶磕得生疼。

他疼得闷哼了一声，试着想站起来，但雨水和着泥土一起往下流，润滑着他的屁股和腿也跟着往下滑，就跟小时候坐滑滑梯一样。

吓得蒋乐俊在后面大叫："前面的人，赶紧扶他一把。"

在台阶沿上一碰一滑，如果一滑到底，他的屁股有可能会开花。看到石阶旁边有株苍劲的杂草，他赶紧伸手抓紧，才让滑动无法控制的身体停了下来。

"你的屁股还好吧？我看着都觉得疼。"蒋乐俊询问。

"关键部位没事儿就行！"

这时，山坡上有碎石滑下来，砸在简皓的旁边，他皱起眉头，提醒大家："快走，这里不安全！"

快要下完台阶的时候，一声巨响，一块巨大的山石滚落下来，扬起高高的烟尘。

有两位同行的人刚走到俱乐部旧址，听到轰隆的巨响后，大雨也没有浇灭扬起的烟尘，两人相视一眼，露出惊恐的眼神，然后快步原路返回，去察看同行的人是否遇上危险。

快到石阶口的时候，有人踉踉跄跄地跑出来，被碎末粉尘呛得直咳嗽，用沙哑的声音说着："还有人在里面，去看看……咳咳咳……"

山上不时有细小的碎石往山下滚落，安全的几个人也顾不得危险，开始寻找同行失踪的其他人。

有人拨打了119，告知这边遇到了山体滑坡，还不知道人员受伤情况，希望得到支援。

夏攸晨得知简皓一行遇到山体滑坡是在群工站里。

简皓走后，她一直心神不宁，怀疑是自己这两天没睡好，才产生的心理负担，于是便跑到群工站去，想找点事儿做，分散这种情绪。

考察队里的人给群工站也打了电话，想着人多力量大，而且群工站里的义工几乎都是当地人，万一有熟悉地形的，说不定能给消防员们帮上忙。

一听是考察团出了事儿，夏攸晨的心提到嗓子眼，大声地问着："简皓呢，他怎么样了？"

"滑坡的时候他走在最后面，我们现在还没有找着人。"

王阿姨赶紧叫上群工站里所有的义工，还有自发愿意去帮忙的村民，有人开来自家的车，载上人就往事发地跑去。

去的路上，夏攸晨的眼睛泛红，叨咕着："我就说嘛，这两天怎么心神不宁的，原来真要出事儿，早知道今天我就不该让他出门！"

王阿姨安慰她："没事儿的，他年轻又机灵，肯定知道撒腿就跑，说不定现在人已经找到了，只是没通知我们。"

简皓的器材包是她帮着收拾的，背着那重重的一包东西，就是想跑也没那么快吧！

王阿姨赶紧打电话给求助的那人，那人说考察组现在只找到七个人，其他三个还没有踪迹，简皓就在失踪人员里。

夏攸晨赶紧拿出手机拨打简皓的电话，响了好半天，手机都无人接听，她急得哭了出来："他是个手机不离身的人，就连上厕所都得带着，如果他没事儿，为什么不接电话！"

赶到事发地的时候雨还没有停，消防员在遗址进口处拉起了警戒线，因为四周群山围绕，地势险峻，很可能还会有大规模的山体滑坡发生。

虽然王阿姨解释过他们都是群工站的义工，但消防人员依旧禁止他们进入，毕竟他们不是专业的搜救人员，如果遇险，也没专业的防护与自救措施，坚持让他们在原地等消息。

夏攸晨挤上前去，向消防员解释着："我是失踪人员简皓的老婆，我想进去找找他，如果我等在这里，我会发疯的！"

她担心说是女朋友，不是很亲近的关系，不能放行，于是主动说是妻子，想得到进去的许可。

"不好意思，女士，你焦急的心情我们可以理解，但请你配合我们的工作好吗？我们会尽快对失踪人员进行搜寻，相信很快会有消息的。"

王阿姨安慰她："我们坐在车里慢慢等吧，消防员说得对，我们不是专业的搜救人员，我们这些人最擅长的也就是动嘴皮子，我们安静地等待，也是对他们工作的一种辅助。"

说完，王阿姨把情绪激动的夏攸晨拉上了车。

三个小时过后，除了简皓，另外两个失踪人员已经找到了。一个看见山石滚落在前方，撒腿就沿原路往回跑，跑进了防空洞里，在跑的过程中把手机摔坏了，一时不知道外面是什么情况，只能先躲在里面。后来听到外面有人在叫他的名字，他才慢慢地走出来，发现是前来搜寻的消防员。

另一个则是为了躲避滑落的山石，翻身滚进了旁边的树丛里，腿被树丛里的荆条刺伤，而他的手机被雨水浸湿，开不了机，才耽误了救援时间。

夏攸晨在救护车里找到了那个腿被荆条刺伤的队员，向他询问是否看到过简皓。

受伤的队员说："当时山石落下来的时候，不知道是谁叫了一声'散开'，大家就抱着头四处找可以隐蔽的地方。简皓本来是走在队伍最后面的，但因为滑倒，被雨水和稀泥冲到了队伍的前面。"

"石头落下来的时候，我看到他拖着包滑到了旁边的草丛里。"队员比画着，"我刚才已经告诉消防员具体的位置，他们已经去找了，你别担心，他会没事儿的。"

雨越下越大，给搜救工作加大了难度，有考察队队员自责起来："明知道今天会有雨，我就不该坚持出行，如果我不坚持，也就不会遇上滑坡了。"说着，他忍不住哭了起来，一个中年汉子哭得像一个无助的孩子。

这时，夏妈妈给夏攸晨打来电话，询问简皓的安全。王阿姨带着义工出发的时候，被一个闲逛的村民听到简皓遇险的事儿，火急火燎地赶到夏家，把事告诉了夏妈妈。

听到母亲的声音，绷紧神经的她再也控制不住情绪，大声地哭了起来："人还没有找到，我不知道该怎么办？"

她平日里是个乐天派，尤其是在面对困难的时候，坚毅淡定，万事不惧。但面对可能会失去爱人的恐惧时，她再也勇敢淡定不起来。

夏妈妈在电话那头也哽咽起来："也怪我，我不该嫌他没本事，要不然，他也不会为了挣点小钱，去接考察队这样的活儿，不接活儿，就不会……怪我，都怪我。"

电话那头，夏妈妈也哭了起来。

王阿姨最冷静，厉声责备起夏攸晨："人还没找到呢，你先在这里自乱阵脚！我们这里有个风俗，哭只会给惦记的人带来凶险，赶紧把眼泪擦干，才能保佑他平安。”

王阿姨厉声的责备把夏攸晨唬住了，有人递上纸巾，她赶紧把眼泪擦干，静静等待。

一个小时后，有好消息传来，简皓找到了。他挂在山坡下面的树枝上了，手机放在背包里了，才没有及时联系上大家。

简皓被消防员抬上来的时候，身上的衣服被树枝拦破了好几条大口子，他脸上也挂了彩，庆幸只是皮外伤。

夏攸晨见到他的那一刻，立即扑上去抱住他，结果不小心按在他的伤口上，疼得他哇哇大叫：“快松手，你按着我的伤口了，好痛。”

医生给简皓处理伤口的时候，他才说起遇到滑坡时的惊险。

看到石头滚落的那一刻，他迅速地往旁边的山坡下面钻，想着有树和石棱的阻挡，大石头就不会砸在自己的头上。

但他没料到山坡太高，掉下去摔在软泥上，也让他疼得头昏脑涨，等他清醒一点，却发现包在滚落的过程中，掉到不远处的一个小石坝上。

他一心记挂着里面贵重的摄影器材。当时雨很大，雾气缭绕，他以为自己和包只隔着一片草丛，等他跨过去后，身体不停地坠落，才知道那是几棵茂密的树。

正因为树枝足够的茂密，他才没从悬崖摔下去，而是挂在了树枝上。

他叫了好一阵“救命”，感觉嗓子有些哑了，都没有叫来救援的人，他才住口。想到有队友先行一步跑出了滑坡地带，肯定会报警，叫来救援人员，他只需要耐心地等待。

他张嘴喝了一些雨水，等喉咙的嘶哑感稍稍缓解一点，又开始呼喊求救。

当消防员把他从树上救下来的时候，他还不忘指着自己的摄影器材：“包，麻烦帮我把包拿回来！”

简皓讲起来一脸轻松，完全忽略夏攸晨心急如焚，气得她忍不住用力捏他的脸：“如果不是看你受伤，我会狠狠给你两个大耳刮子。遇到危险，保命要紧，命都没了，那些器材拿来有什么用！”

“今天是你命大，下次再这样，就让你挂树枝上，免得浪费人力物力去救你！”

正说着，消防员把简皓的包拿了过来，递给他：“你看看，有没有差什么物品。”

简皓接过来，小心翼翼地打开看了看，笑着说：“谢谢，真是太谢谢了，还好我的包防水，要不然我的损失可大了！”

夏攸晨火冒三丈，抢过他的包扔在地上：“你到底有没有听到我在说什么！那么多人为你担心，你心里却只有相机。”

简皓用委屈巴巴的眼神看着她，希望她能平息怒火，然后小声地说：“这可是我现在唯一吃饭的家伙，要是连这个都没了，我就真是个穷光蛋了，拿什么养你！”

第17章　找到了流量密码

夏攸晨陪着简皓到医院去做了全身检查，确定无大碍，才回家休养。

他身上只是刮伤，经过消炎处理后，便慢慢结痂，完全不影响行动和生活，但夏攸晨却偏偏要把他当成重疾患者对待，只要一看到他在院子里溜达，就会跑过来大声地催促：“快回房间去休息，最近天凉，万一感冒，伤情加重，就糟糕了。”

夏妈妈却依旧是一副嫌弃的样子：“我看他生龙活虎的，哪里像病人了，就是要多出来运动运动，促进血液循环，才好得快。”

每每感觉夏妈妈的话不好听，简皓就会赶紧掉头回到房间里去，眼不见，心不烦。

夏攸晨则会赶紧过来跟他解释：“我妈就是这样，刀子嘴豆腐心。那天知道你失踪了，她也急哭了，说平日里不该把话说重了，才让你出去赚外快。”

他们始终是夏攸晨的父母，对于他们的微词，只要不是太过分，简皓也只能忍耐。

简皓发现夏攸晨这几天心情不错，每天都跟打了鸡血似的，做事儿都感觉有干劲。

他问她这股精神头儿是从哪里来的。

夏攸晨毫不避讳地说：“是从陆神父那里来的。”

简皓有点吃醋，觉得他跟夏攸晨在一起时间也不短了，就从没见她看自己有这么兴奋过。

大家都说两人刚刚在一起的时候，也是激情最充沛的时候，他也没见夏攸晨对自己有热情，还让他一再地怀疑，她跟他在一起，只是对现实的妥协，把他当备胎而已。

他把嘴一瘪："我听说天主教的神父可是不能结婚的。"

"他结不结婚跟我又没关系。"

她听出他话里的酸味儿，不禁笑了起来，然后解释说："前天我去拍了神父在花园里浇花的视频发布在网上，没想到收获了五百多万的流量和几万个点赞，看来帅哥果然是流量密码，比我种种花、做做菜有吸引力，我准备以他为主题，再做两期看看效果。"

简皓心里还是酸："他算是出家人，对做网红也感兴趣？"

夏攸晨说："是我求他的。他同意也是想给村里做点贡献。而且现在光帅可不行，得带给别人正能量，能营造出让人觉得轻松舒服的氛围才行。"

夏攸晨认真地说："我拍陆神父可不是单单因为他长得好看，而是他身上那种与世无争的安静，还有生活中慢节奏的平和。这些都是现代都市人缺少的东西。

"现在的都市人都太浮躁了，不仅肩上扛着家庭、子女、房贷，还得面对行业'内卷'。但压力和急躁解决不了任何困难，只会成为压垮自己的负担。

"但只要看看陆神父，给自己的生活做减法，心烦的时候就放下工作，去晒晒太阳，感受阳光的温暖。吵架的时候，抛掉心中的负面情绪，多想想彼此的优点。就算是孤单一个人，也要适时走进喧闹的人群，你会发现，里面会有许多善良的微笑和包容。"

简皓还是不服气："我怎么没看出来？"

"因为你只看到他比你长得帅！"

蒋乐俊带了水果来看简皓，毕竟上次让简皓当考察队的摄影师是他推荐的，遇上意外，他心里很是愧疚。

简皓笑着说："这种意外恐怕只有老神仙才会知道，你的这种愧疚会让我有负担。不过庆幸相机没有弄坏，里面的照片还能用，也算没有白跑。"

蒋乐俊问起："我刚才来的时候，看到有个中年女人进了夏攸晨的院子，是她母亲？"

男人都好面子，不喜欢跟别人八卦自己家的事儿，但简皓一直把蒋乐俊当成可以交心的朋友，于是坦白：“提起她母亲我就头疼，在她们眼里，我就是个躲在乡下没本事的男人，不能给她女儿幸福。我虽然不是很出色的人，但也有自尊心，很多次我都想不客气地回怼，可又想到她毕竟是夏攸晨的母亲，好几次话到嘴边又咽回去。我都快憋屈坏了。”

蒋乐俊安慰他：“不着急，机会慢慢就会来的。”

他又说：“周贡植故居是四川省委的诞生地，铜罐驿政府已经申请要把这里作为党建教育基地，也联系了一些党组织单位来学习，第一批定在下月3号左右。

“课程里面有关于新英雄湾村的介绍和这里走出去的一些共产党人，到时候他们肯定要到村里来转转，只要有人来，能让这里的景象给他们留下好印象，回去肯定会好好宣传的。所以你赶紧好起来，把民宿好好打扫一番。

“要持续发展，不是等机遇来了我们才行动，而是我们一如既往地做好自己，机遇来了，才能抓住。”

简皓很喜欢跟蒋乐俊待在一起，每次跟他聊天，总有意想不到的收获。

等蒋乐俊一走，简皓就从床上弹起来，穿上围裙，开始打扫里里外外。院子里的花是夏攸晨种的，她偏喜欢一些花朵艳丽且不耐寒的植物，一到冬天，院里的绿植就枯掉一半。没有枯萎的，也只剩下一个光棍插在那里。

他在网上搜了一下冬天开花的植物，然后在网上订了几株蔷薇。

夏攸晨买菜回来，看到他在院子里刨土，忍不住责备：“你不在家好好休息，是打算落下病根吗？”

简皓笑着：“你当我是在坐月子吗？还病根，就是点小擦伤，我是堂堂男子汉，这点小伤就在家躺着，说出去多没面子。”

两人正在斗嘴有村民急匆匆地跑来找夏攸晨，然后用哀求的语气说：“小晨，我妈跟你姑妈是妯娌，咱们也算是有点亲戚关系的，你赶紧去帮我跟周浩宇说说，他可不能这么坑我。”

夏攸晨皱起眉头：“他把你怎么了？”

“我跟他签了柑橘的合同，说好一斤十五块，他现在只承认一斤三块五，比我以前卖给商贩的价还低，要早知道这样，我就不卖给他了。”

“真的假的？”简皓也很吃惊，“合同上不是黑字白字写着吗？如果价格差那么多，你们可以告他的！”

说到合同，来人气得直跺脚：“我想跟他理论，就托人帮忙看了一下合同，合同上没有写明确的价格，只是说随市场行情而定。再说了，要是不卖给他，我的柑橘也只能放在树上烂掉。为了跟他合作，我把以前合作了五年的水果老板给得罪了，哪还有脸让别人再来收。”

周浩宇平日里一本正经的样子，看着不像是会坑人的，夏攸晨也拿不定主意。

而且周浩宇只是她的前男友，抛开这点不讲，两人毫无关系，他真做点欺骗村民的事儿，她也管不了。

夏攸晨说：“你说的这个我还真帮不上忙，他只是这里的房客，等他回来了，我帮你问问。如果真有矛盾，可以让村里帮忙调解。”

周浩宇回到民宿的时候已经快深夜十二点了，简皓一直没睡，为的就是等他回来，好把柑橘价格的事儿问清楚。

并不是简皓好管闲事儿，如果这件事儿是真的，继续发酵下去，他担心会殃及夏攸晨，毕竟在很多村民眼里，周浩宇和她曾经是感情深厚的情侣。

等周浩宇一进屋，简皓就给夏攸晨打去电话，不到五分钟，夏攸晨就跑进院子，径直敲响了周浩宇的房门。

简皓很想跟夏攸晨一起去打探一下实情，但周浩宇一直把他视为情敌，自然也是外人，有他在场，自然是不肯说实话的。

为了能打听清楚真实情况，只能让夏攸晨一个人去。

等夏攸晨进了房间，简皓拿了一串香蕉坐在院子的石凳上，一边吃，一边目不转睛地盯着周浩宇房间那扇亮着灯的窗户。

他坚信夏攸晨是问不出任何有用的东西。

他也是男人，明白男人在女人面前，尤其是自己喜欢的女人面前，是绝对不会表现出自己的“渣”，更别说像坑骗村民这种触及夏攸晨理想的事儿。

周浩宇只会找各种理由搪塞过去。

简皓在下面守着，只是担心周浩宇会转移话题，将责问现场变成求爱现场，他好适时地出现，向对方宣告自己的主权。

不到半小时，夏攸晨就出来了，在二楼走廊上，她就瞥见简皓在院子里坐着，然后露出无奈的表情，摇了摇头，和他猜想的一样，她什么都没有问出来。

周浩宇给出的理由是："对方的柑橘根本达不到收购的要求，给出三块五的价格，完全看在同村的交情，担心对方会颗粒无收。没想到却反被对方咬一口。"

周浩宇还感叹好人难做。

简皓建议："明天去村委会打听一下情况吧，柑橘收购不是小事儿，而且当初也是村委会从中牵线，如果真有问题，大家也会上村委会出面解决的。"

第二天简皓还没起床，院子大门上的门铃就被人按个不停，他穿着睡衣迷迷糊糊地从屋里走出来，抬头看看天，漆黑一片，太阳都还没有升起，就有人来敲门，难道出了什么大事儿？

简皓迅速地打开门，门口站着六个村民，其中一个他很熟，是种大红袍柑橘的农户。前段时间有户村民的羊窜进他家柑橘地，把一棵小柑橘树啃了个精光，是简皓出面调解的。

他马上联想到这些人有可能是为周浩宇来的，于是打起精神试探着问："你们这么早过来，是有什么事儿吗？"

"我们是来找周浩宇的。"

简皓说："现在天都没亮，要谈事情是不是早了点？要不我先叮嘱他一声，你们等天亮了再过来吧，也让他准备准备。"

"我们人都来了，你直接叫他起来吧。得不到他的回答，我们怎么都不心安，回去也睡不着。"

简皓只好把几个人让进客厅，给他们倒了水，然后说："你们先坐会儿，我去叫他起床。"

他上楼来到周浩宇房间的门外，轻轻地敲了两声门，没有回应。

估摸着对方可能睡得太熟，于是他加重了敲门声，还叫着对方的名字。

连着敲了七八下，屋内依旧没有回应。

简皓脑袋里冒出一个可怕的念头，他会不会因为没办法兑现与村民的合同，一时想不开，有了轻生的想法？

想到这里，额头上冒出冷汗来，他快步回到房间，从抽屉里找出一串钥匙，这是每个房间的备用钥匙。

他慌忙地打开门，摸索墙上开关的手止不住地颤抖，打开灯后，却发现房间里空无一人，床上的被子都是叠好的，证明昨夜周浩宇都没有入睡。

他又跑进卫生间查看，里面也没有人。

简皓来到走廊上，瞄了一眼不远处周浩宇停车的地方，停车位是空的，看来他是连夜跑路了。

听简皓说周浩宇走了，几位村民急得团团转，有人甚至捶胸顿足，简皓细问才知道，这几位村民的柑橘已经被周浩宇收走了，说好一个月之内给钱。

大家都是同村人，他能为种植户争取这么高的利润，大家都很放心。

他们昨天才从同为种植户的卢旺那里得知，周浩宇回收柑橘的价格只有三块五，远远不及当初承诺的价格，而且他们也把合同拿出来看了，上面的确没有标明价格，只是说随市场价格变动。

他们一定要让周浩宇亲口给个说法。

现在人悄悄地跑了，他们更加担心，如果周浩宇一去不复返，他们被收走的柑橘也拿不回来了。

简皓试着拨打周浩宇的电话，手机里传来语音，他已经关机了。

简皓也隐隐觉得，周浩宇在收购柑橘这件事儿上并没有当初向村民承诺的那样单纯。但他也不像为了骗几千斤柑橘，就败坏自己的名声，甚至可能摊上诈骗的罪名，惹上官司。

简皓赶紧安抚几个村民："你们不用太早下结论，万一他是突然有急事儿，出去办事儿了呢。他是本村的人，知根知底，如果想行骗，也不能骗自家人吧，而且这件事儿是由村委会做中间人的，天亮了还是去村委会问问吧。"

找不着人，也不能打扰到简皓，毕竟他只是民宿老板，几个村民商量了几句，决定先回去，等天亮后去村委会要说法。

回到床上的简皓辗转反侧，怎么也睡不着，他的心情有些复杂，既轻松又纠结。

如果周浩宇真成了诈骗犯，那周浩宇在夏妈妈和夏爸爸那里就没有了优越感，或许夏家父母就会对他另眼相看。

令他纠结的是，村里的果农损失惨重，无疑打击了果农们改革的信心。

天一亮，简皓就给夏攸晨发了短信，说周浩宇悄然消失的事儿。夏攸晨试着给周浩宇打了通电话，没想到竟然打通了，看来无论发生什么事儿，他都舍不得拉黑夏攸晨。

夏攸晨问他跑哪里去了，他只说有事儿，晚一点会回来，肯定会给果农们一个交代。

今天群工站轮到简皓值班，想到凌晨到他家来找人的果农，这会儿村委会应该已经闹翻天了，他准备先到群工站去报到，然后再去村委会探探情况。

他还没走到群工站，就接到王阿姨打来的电话，让他去村委会的会议室。

电话里王阿姨焦急的态度证明事态严重，于是简皓又飞快地往村委会会议室赶。

王阿姨是被村委会会叫去协助调解的，群工站在村民心中好感度很高，也有一定的威望。让义工参与其中，可以平复村民们的情绪。

简皓赶到村委会议室的时候，里面挤满了人，有些人已经把柑橘交给了周浩宇，有的果农还没有将柑橘交付出去，大家一定要村委会和周浩宇给个明确的交代。

如果价格只是讹传，他们愿意继续合作，如果是真的，那他们就损失惨重。因为以往商家都是提前来预订，柑橘一成熟，就按时交货。

现下柑橘已经成熟，而且柑橘保质期很短，再重新寻找购买商，那时柑橘就已经不新鲜了，根本卖不出什么价格。

之前他们还心存侥幸，觉得有可能是个别果农跟周浩宇有过节，才故意污蔑对方。

毕竟周浩宇一身西装革履，又开着价格不菲的奔驰车，怎么看都是成功人士的形象，而且骗父老乡亲，很容易众叛亲离。

村委会给周浩宇打过电话，对方接了电话，却始终无法给出准确的答复，只是说想办法解释。

王阿姨决定先私下找周浩宇了解情况，简皓想一起去，王阿姨却没同意，毕竟他和周浩宇有着一层情敌关系，男人都不会在针锋相对的对手面前示弱，他去了，对方只会避重就轻。

王阿姨给周浩宇打了通电话，对方也同意跟她见面，并把见面的地方约在了主城区。

中午回家吃饭，简皓把今天在村委会的见闻说了出来，夏妈妈也惊讶："小宇挺老实的一孩子，这里面是不是有什么误会？"

简皓说："有误会可以说出来呀，跑了就能解决问题了？"

夏妈妈听得懂简皓心中的不平，因为之前周浩宇表现出来的稳重和事业有成，他们随时随地对周浩宇的赞赏已经打击到简皓的自尊心。

现在看来，简皓虽然没什么大本事，但他是受欢迎的义工，跟他一起生活平淡，至少不会有波澜。

吃完饭，简皓在院子里种刚邮寄到的蔷薇花，廖婆婆从院子前面经过，他习惯性地跟她寒暄，却看到廖婆婆的脖子上挂着十字架的项链。

他打趣廖婆婆："不会真看上那个帅神父了吧？"

廖婆婆白了他一眼，认为这是对神父的不尊重。她没再搭理简皓，径直地向天主堂的方向走了。

简皓总感觉哪里不对劲，细想之下，才觉得廖婆婆比平日里安静了许多，以往和她开玩笑，她会说着"臭小子""想挨打"之类的口头禅来回应。

他开了神父的玩笑，她生气，却没有责备的语言，还真让他有点不习惯。

天刚黑下来，简皓看见王阿姨拎着包从村口走进来，估摸着肯定是跟周浩宇聊过了，他很想知道具体情况，于是快步拦住王阿姨，笑着说："您在外面跑了一天也辛苦了，去我那里喝杯茶吧，有您最喜欢的金银花茶。"

王阿姨自然明白他的意思，好奇和追根究底是义工必备的素质，知道了起因，不了解经过，对一个调解人来说是非常难受的。

简皓把王阿姨请到家里，远远地，夏攸晨在院子里看到两人，也跑了过来，想听个究竟。

王阿姨的确也渴了，接过简皓泡好的茶，喝了一大口，才说："浩宇说他现在不是躲起来，而是在托关系，看能不能把柑橘卖个好价格。"

简皓追问："他不是说投资公司统一包装出售吗？他之前还把产品外包装

和广告都给夏攸晨看过。”

夏攸晨连连点头，瞪着疑惑的眼睛问：“难道这些都是假的，是他用来骗人的？”

“那倒没有。”王阿姨说，“他跟我一再保证，那合同以及合同上的盖章，都是那家投资公司的。只是目前的情况比较棘手。他在向公司提议投资大红袍的时候，没有做足够多的市场调查，也没有对市场进行评估，就准备收几十吨的柑橘。

“也因为这个，现在公司的几个股东对他有意见，觉得他是在中饱私囊，不肯将这个柑橘的项目继续下去。他现在是两头为难。他也跟公司商量过这个事情，希望公司能以四块五的价格将第一批柑橘收购。但公司只愿意用普通柑橘三块五的价格进行收购。

“他现在也在找其他的销路，希望能将柑橘价格抬高一点，但短时间哪能这么容易就找到能收购这么大量的商家。”

简皓在公司待过，知道公司的体制，一个项目从提议到落实，肯定是要经过层层考量的，尤其是股东多的公司，程序更加烦琐。

他好奇：“他连市场调查都没有做好，他是怎么通过项目的？”

夏攸晨双手抱臂，犹豫了一下才说：“如果我猜得没错，这家投资公司最大的股东是个女强人。但我不太了解他们到底是什么关系，正经的恋人呢，还是情人？”

简皓感觉嗅到了“大瓜”。

夏攸晨说：“那是个商业女强人，四十多岁了，长得挺漂亮的。”

简皓这才知道，原来两人的分手原因并不是周浩宇不肯跟她一起回铜罐驿，而是他移情别恋了。

相处久了的恋人，如果其中一个人有了变化，另一个人是能感受到的。虽然两人在不同的学校念书，但平时的关心与问候从未间断过。

也不知道从什么时候开始，夏攸晨总是能听到周浩宇抱怨钱不够花。

他俩都是普通打工家庭的孩子，除学费，生活费也只能勉强维持基本的生活。大学就是个微型的社会，里面的人形形色色。

也只有到了大城市，他们才知道一双鞋可以是父母打工一年的收入，一顿精致的下午茶得花一个月的生活费。同学们的业余生活更是多姿多彩，唱歌泡吧、打电竞，要想融到同学当中，自然也得花钱。

那时候的夏攸晨还傻傻地以为周浩宇是因为家庭原因，连每月的生活费都不能保障，于是就利用课余时间和假期做了两份兼职，把赚到的钱拿给周浩宇。

后来还是同宿舍的人提醒，说她跟男朋友电话语音的次数明显减少，而且她为了兼职，把二人世界都给耽误了，说再忙都要好好地维护爱情，大学里漂亮可人的女孩子太多，稍有把握不住，很可能就变心了。

那时的夏攸晨非常自信："不会的，我们从小就认识了，一路走来，我就没见哪个女孩子能让他多瞧两眼的。"

但现实告诉她，漂亮的脸蛋不容易让人心动，但"钞能力"是可以的。

夏攸晨说："他选择了一个比自己年长十多岁的女人，我一点都没有恨过他。毕竟婚姻是长久的，选择一个舒服的婚姻，是每个人的权利。但这次他回到村里来，对我说，想跟我重新开始，我才开始厌恶他。"

王阿姨感叹："他呀，还是个孩子，才入社会多久呀，阅历也不够，才会犯这种错误。现在有问题就解决呗。我明天跟村委会商量一下解决办法。后天下午两点，周浩宇同意到村委会会议室来给大家一个交代，你俩要是想听，就去吧。"

简皓这时才想起："他还有一个星期的房租没给我，他有没有说还回村里住吗？"

夏攸晨说："放心，他要不是给，我就上他家要去！"

他一愣："你真敢上他家去？"

毕竟她跟周家父母差点成一家人了。

"怎么不敢，损失的也是我的钱！"

简皓忍俊不禁。

第二天下午，两人出门去村委会，在门口遇到廖婆婆。

他问："村委会会议室有会议可以看，要不要一起去？"

"我不去。"

简皓感觉廖婆婆的整个精神状态都变了，他脑袋里不由自主地冒出一个词来——“随和”。一种很安静的随和。以前她对村里的闲谈八卦，那种与生俱来的热情已经荡然无存。

简皓急着想知道柑橘事件的解决办法，没有心思去了解廖婆婆发生了什么事儿，才让她有了转变。

他跟廖婆婆寒暄了两句，就拉着夏攸晨往村委会会议室走去。

一到村委会，就看到院子里停着周浩宇的那辆奔驰车，看来他没有爽约，是诚心来解决问题的。

商讨还没有开始，会议室里挤满了来解决问题的果农，简皓和夏攸晨只是来旁听的，为了不打搅到别人，他俩搬了两个小木凳坐在会议室的最后面。

来商讨的果农都带着怒气，有人愤愤不平地说：“我真是被他害惨了，早知道价格这么低，我就跟之前的老板合作了。我每年都给他们提供一千斤的柑橘，合作了五年。那天他把拉货的车开到果园门口，为了这个骗子，我们闹翻了，他说以后再也不收我家的柑橘了。”

“哎，我跟你一样，现在想起来就恨得牙痒痒。吃一堑长一智，以后再遇到合同，一定要让他写清楚价格，否则，就不能同意。”

“现在真是人心难测，连自己的乡亲都要骗。他那么年轻，一看就没有实力，说不定那辆车是借来的。我们就不应该相信他。”

会场闹哄哄的，几乎都是抱怨的声音。简皓虽然不喜欢周浩宇，觉得他自不量力，但看到果农们的气愤，不禁为他捏把汗。

过了一会儿，村委会的工作人员进来提醒大家安静，希望接下来的沟通过程，大家要保持冷静，骂人打架最终是解决不了矛盾的。

为了能早点把事情解决，会议室渐渐安静了下来，周浩宇在王阿姨的陪同下走了进来。

简皓很敬佩王阿姨，她身上的亲和力就像是有魔法一样，任谁都会在她的劝解下，放下防备，奉献信任。

站在会议室最前面的周浩宇对着下面的果农们深深鞠躬，表示歉意。

他的这个动作无疑也在告诉大家，他们最担忧的事儿还是发生了，大红袍柑橘的价格达不到当初承诺的价格，顿时台下一片唏嘘。

有人忍不住说着：“你以为道歉就行了吗，因为你的一句话，让我们损失有多惨重！”

“对，光是道歉没用的，我们在村子里唯一的收入就靠着这点柑橘，现在全砸在你手上，你让我们明年怎么过！”

周浩宇突然哽咽了，红着眼睛说：“对不起，是我没有考虑周全。我也在努力，希望把大家的损失减到最小。我昨天已经跟公司达成了协议，他们同意第一批柑橘以四块五的价格收购。对于第二期和后面的，你们少安毋躁，我后面会想办法帮你们销售出去的！”

有村民站起来：“你就打算这么糊弄过去吗？不行，就因为当初你承诺得天好地好，让我把之前的收购商都得罪了，我现在再去找人家，肯定是要被压价的，你能补偿我们的损失吗？”

“当初我们看你是同村人，觉得老乡不会骗老乡，才同意跟你合作，没想到你嘴上说得好听，却在合同里坑蒙拐骗，道歉没用，我们要赔偿！”

“对对对，我们要赔偿。”

场面有点失控，简皓真担心有果农控制不住情绪，上去暴揍周浩宇一顿。

无论周浩宇怎么道歉，丝毫没有减少下面果农的愤怒与责骂。这时，有人重重地拍了拍桌子，桌子发出剧烈的拍击声，下面人突然安静了。

简皓往前一看，拍桌子震慑大家安静的人正是王阿姨。

王阿姨怒声斥责下面的人：“合作没有顺利完成，这是当初没有预料到的情况，也不是大家愿意看到的情况。现在一味地指责是解决不了任何矛盾的。

“他人现在站在这里，你们认为打一顿骂一顿，你们的柑橘就能高价卖出去了吗！”

王阿姨的威望在村里是无人能及的，几句话下来，下面安静了不少，也没有人反驳。

她继续说：“如果需要赔偿，那你们只能去跟投资公司打官司，你们得请律师，等开庭，折腾下来，柑橘早烂了。而且当时你们都没有好好地看合同，难道你们一点责任都没有吗？”

有人不服气：“这是村委会带的头，难道村委会就没有责任吗？”

“村委会有责任，村委会帮你们考察这家公司是不是真实存在的，他们是否有能力做这个项目。至少现在我可以保证，这家投资公司是真实存在的，也是有这个投资实力的。只是项目市场接受度不高。

“中国有句俗话叫真金不怕火来炼，如果大红袍真的能做到独一家的肉质和甜度，想必也不愁没有市场。”

劝人不能一味地捧，也不能一味地贬低，得两者兼顾，才能让人既不失自己的尊严，也能反思自己的不足。

“这些年，你们只知道按部就班地种，却很少有人去改良它的品质。做人做事，都不可能一劳永逸，要随着市场竞争不断地去创新，去改革和发展，才能永远占有一席之地。”

台下的紧张的气氛慢慢缓解下来，有人心平气和地问着：“现在这家投资公司只承诺付钱给第一批收购的柑橘，我家的柑橘是在二月份收获，到时候要怎么办？”

“不是还有段时间嘛，既然这家投资公司甩手不管，村里也不会眼睁睁看着让果农损失惨重的，已经想办法去联系销路了，所以你们不要着急，只要按往年正常收果就行。

“大家放平心态，后面我们会继续跟这家公司沟通，寻求最好的解决办法。”

话已至此，果农们也知道，再闹下去，也不会有更好的结果，于是骂骂咧咧地散开了。

等会议室的人只剩下寥寥几个时，周浩宇突然哭了，放声大哭。

王阿姨赶紧安慰着：“你不要给自己太大的心理负担，人嘛，在前进的路上总会多多少少遇到一些教训，否则人就不会成长。你回去好好跟老板说说，相信她会谅解你的。”

这样的话并没有让周浩宇轻松一点，他的眼泪止不住地往下流，简皓拉着夏攸晨迅速地离开了会议室。

来到院子里，夏攸晨甩开他的手，情绪有点低落，她说：“我虽然有点不齿他的为人，但看到他哭成那样，也有点于心不忍。你也别落井下石，你嘴不是挺能说的嘛，你应该把义工助人为乐的精神拿出来，去安慰他两句。”

“我没那么小心眼！”

简皓赶紧为自己正名："就因为我俩在，他的那种失败感才会更强烈。他这次回来，一副意气风发的样子，那都是做给你看的。你想想，当初你们分手，他走得那么干脆，证明利益在他心里高过一切。

"他巴巴地跑回来，只是想向你证明，他没有忘记你们的承诺，他还想挽回你。你要是一直站在那里，他就会想，他这一辈子都没办法在你面前挺直腰杆做人了。

"至于我嘛，他肯定会认为，他越失败，就会衬托得我越优秀。看我多懂事，给他来个眼不见心静！"

听他一解释，夏攸晨有点鄙视自己，觉得自己的心胸远不及他。

刚才出来的时候，她还认为他想落井下石，对方越挫败，他越高兴，终于可以在她父母面前扬眉吐气了。

她向他道歉："对不起，我误会你了。"

"我经常被误会，也不差你这点了。"

他嬉皮笑脸的回答，缓解了两人间的尴尬。

午饭时间，周浩宇回到了简皓的民宿，虽然那天晚上他悄悄地跑到城区去了，但行李还放在民宿里。

简皓问："你是要回去吗？"

"暂时不会，得把第一批柑橘的验收工作做完再走。"

"那你要搬到哪里去？"

"我去镇上住。"

简皓赶紧留客："我这里服务不周到吗，为什么要搬走？"

周浩宇终于忍不住，说道："你让我留在这里，不就是为了看我的笑话吗？现在好了，无论从哪方面你都显得比我优秀。你甚至可以毫不留情地嘲笑我是个一无是处的跳梁小丑！"

简皓瞥了他一眼，不客气地说："我没你想的那么龌龊，我留你下来，就是想多赚份房租而已。你住哪儿都要交房租，肥水当然不能流到别人的田里。

"而且一开始是你先挑衅我的，你悄悄向夏攸晨表白挽回，又在夏妈妈和夏爸爸面前故意贬低我，我受的窝囊气够多了，我说了什么吗！

"是你一直要跟我一较高低，现在失败了，你能怪到我头上！"

周浩宇被他骂得发愣。

他又说："放心，我心理素质好着呢，我在群工站是免费的义工，除了点白开水，我什么都捞不着，有时候还要被闹事的村民误伤。我没有那么大的功利心。我现在只想脚踏实地做好小本生意。"

简皓把周浩宇戗得哑口无言，他仔细想想也对，落到今天这个局面，的确是他的功利心太大。他没经受住金钱的诱惑，移情别恋，然后又想着一步登天，才会一败涂地。

"对不起。"周浩宇小声地说。

"那你还住不？"他并不在意对方的歉意，只想知道他还继续住不住。

"那我继续住。"

"你还差我一周的房租。"

"哦。"周浩宇拿出手机，把钱转给了他。

第18章　近乎神迹的手工艺品

周浩宇虽然依旧住在简皓的民宿里，但人安静了很多，整天都待在房间里，就连一日三餐，都要麻烦简皓送到房间里去。

夏妈妈在餐桌上不再夸奖周浩宇，变成了感叹："谁没犯过错呀，他还是个孩子，不能对他太严苛了。"

简皓在旁边听了也不再生闷气，毕竟周浩宇跟夏攸晨在一起那么多年，跟夏爸爸和夏妈妈的相处多过于他，有可能在二老的心里，早把他当成了儿子，多一些关心和照顾也在情理之中。

姜子叔跑到简皓家来，说新房子已经装修好了，他特地过来拿结婚照片。

本来说好照片一装好相框就挂到家里，姜子叔却坚持新照片要挂在新房子里，这寓意着新生活的开始。

相框挺重的，需要两个人扛，除了简皓，这会儿也叫不上其他人帮忙。

姜子叔个头不高，身体也不好，简皓听王阿姨说过，虽然他已经做过换肾的手术，但免疫力特别差，动不动就容易伤风感冒。

当姜子叔提出要扛相框的时候，简皓捏了一把汗，说："不用，我打电话给小广，他今天值班，离这里很近的。"

正说着，夏爸爸走过来说："我来吧！"

"那怎么行！"

他未来的岳父，他还没本事孝敬，怎么能让对方帮着干活儿呢。

夏爸爸也不跟他多话，走过来就要扛，他说："别小看我，我还不到五十呢，年轻着呢！"

夏爸爸扶住相框，催促着简皓：“愣着干什么，还不走！”

简皓和夏爸爸一起把相框扛到了姜子叔的新房，姜子叔总觉得相框太大了点，简皓说：“我做得大一点，是想把它当成床头的背景墙，现在看来，我有点高估自己的眼光，尺寸好像有点不合适。”

相框没办法全部置于床头之上，但挂在中间，又小于床宽，显得很突兀。

姜子叔却很喜欢：“挂在床尾的那面墙上吧，一躺下就能看清楚，多好。”

“哪有把结婚照挂在床尾的，那个位置是要挂电视机的。”

姜子叔说：“我们没打算在卧室放电视机，现在手机上什么都能看，还破费买那个做什么。”

于是结婚照就被挂在了床尾的墙上。

简皓帮忙挂好照片就要告辞，姜子叔说：“你送我们这么漂亮的礼物，我也要回礼的，你等等，我有东西要给你。”

简皓摆手拒绝，但姜子叔却坚持，不一会儿，他从客厅旁边的房间里拿出一个小供桌。

姜子叔说：“这个放在二楼走廊尽头那个小凹槽里，应该会非常的合适。”

简皓接过来仔细地打量，供桌约四十五厘米宽，上面是桌案，下面有一个抽屉，没有繁杂的纹饰，却有一种禅意。

“这是您亲手做的？”他听说姜家以前是做木匠的。

“当然。”姜子叔有些自豪，“我小时候跟爷爷待的时间最多，也算是耳濡目染。他手艺可好了，七十多岁的时候还给人家做衣柜。他还说我比我爸聪明，得到了他的真传。”

姜子叔还说现在的人做木工，对于木材的连接，几乎都是用打钉枪来操作，他做的供桌，是用榫卯结构，一颗钉子都没有用过，这样的连接法，不易脱落，供桌也不易变形。

说着，姜子叔给简皓看了他的另一个手工艺品，一辆四轮木马车。木马车不高，像是小孩子玩的尺寸。

“这是给隔壁刘叔那孙子做的。”姜子叔说，“要不要坐上去试试？”

“我很重的，坐坏了怎么办？”

“我做学校的木马车，结实着呢！”姜子叔的话里有掩饰不住的自信。

简皓小时候在幼儿园里玩过，于是跨坐上去，姜子叔牵着马头系着的绳子，在院子里转圈。

这木马车不仅仅能滑动，在滑动的过程中，它还能上下摇动，就像现在小孩子坐的投币摇摇车。

他觉得不可思议：“这真是您做的？”

简皓从木马车上下来，仔细观察，木马能上下摇动是因为木马的前肢固定在两个前轮间的一个杠杆上，随着轮子的转动，杠杆上下起伏，马身也就跟着上下摇动起来。

他脑袋里灵光一闪，觉得姜子叔简直就是意外的宝藏：“姜子叔，你能不能让我拍摄你做手工的过程？我想把它发到抖音上。”

“你要看随时过来看，拍视频做什么？”

“把视频发到抖音上，肯定会有很多人喜欢。现在称得上真正的手工艺匠人的已经很少了。我民宿装修的时候，请了个木匠来帮我做衣柜。为了环保，我还特地跑到建材市场去买了几块实木板子。

“师傅枪钉打得太猛，侧面肉眼可见一排钉子歪歪斜斜，我给他提意见，他竟然说现在的木工都这么干，我只能哑巴吃黄连，有苦说不出。

“您爷爷那个年代，木工都是真材实料的。您还不算是您正式的木匠学徒，都做得这么好，您要是把它当成工作认真地做，肯定会一鸣惊人的。”

姜子叔被他夸得红了脸：“我有那么好吗？”

“您缺少的就是自信。”

姜子叔把简皓领进工作间参观，这间房子本来是要做储藏间的，但王阿姨却坚持说要做成木工工作间，说是怕姜子叔在家无聊，可以做木工活儿来打发时间。

姜子叔把做完木马剩下的边角料做成了带叉头的勺子，还做了几双筷子。简皓看到一个巴掌大圆形木工半成品，其中一面有叶子开头的木雕。

简皓猜测着：“这是做给王阿姨的化妆镜吧。”

姜子叔红了脸，赶紧点点头。

简皓又问：“我想给夏攸晨做一个首饰盒，要多少钱？”

“我做就是了，怎么好意思收你的钱。”

“不行，我认为您可以靠这门手艺赚不少钱。我有信心，只要把您做木工活儿的视频发出去，您就会收到很多订单的。但在这之前，您得想几个您拿手的木质工艺品。我们要一鸣惊人。”

从姜子叔家回去的路上，简皓心情大好，脚步也快，赶着回去告诉夏攸晨他的这个新发现。一回到家，他就看到一个穿着华丽的中年妇女坐在客厅里。

中年女人脸上的傲气和身上一看就质地优良的服饰，不用说这是个大主顾。他环顾四周，不见夏攸晨的踪影，平日里他不在家的时候，夏攸晨就会默契地帮他看店，此刻店里正是来生意的时候，她怎么不在？

他立即上前，堆着笑脸：“您是来住店的吗？”

中年女人看了他一眼，问：“你是这里的老板？”

“是的。我的店才开业没多久，家具床单都是新的，而且还可以吃到铜罐驿的特色菜肴。”

这时，楼梯处传来急促的下楼声，周浩宇手里拿着一个文件袋，还有两个类似公章的东西放在女人的面前。

简皓突然来了精神，仔细打量了女人一眼，难道这位就是周浩宇的女朋友？

这位中年女人虽然脸上满是沧桑感，但一点也掩盖不了她的漂亮，双眼睿智有神，有钱人都会保养，她的实际年龄应该比外表年龄更大一些。

他听王阿姨说过，那家投资公司会另外派一个管理层过来解决这件事儿，想必是老板亲自出马了。

中年女人接过周浩宇手里的东西，起身就要走，一边问简皓：“镇上有酒店吗？”

“没有，镇上只有一家环境不怎么样的旅馆，哪里配得上您这样一看就气质高雅的姐姐。如果您要在铜罐驿待几天，我建议您住在我这里，我这里可是民宿。”

他又补充一句：“目前村里营业的民宿，就只有我这里。”

女人想了想说：“好吧，我要两间房。”

“马上准备。漂亮的姐姐，需不需要我帮您拿行李？”

周浩宇在旁边僵着脸，简皓不用猜都知道，因为收购柑橘的事儿，他肯定被美女老板臭骂了一顿，还被收回了在公司的实权。

简皓忽略了这位美女老板住下来会对周浩宇造成什么伤害，他只想多一个顾客多赚一笔房费。

“谢谢，不用。”

美女老板自带了司机，是一个很帅的小伙子，估摸着比周浩宇大一些，三十岁左右，既有男孩子的阳光，又有成熟男人的稳重。

简皓心里暗忖，看来周浩宇“失宠”了。

把美女老板和帅司机分别带去客房，他然后又问晚上是否用餐，其实这是多此一举，村里还没有餐厅，除了在民宿订餐外，只能去铜罐驿镇上。

镇上只有白天的集市，没有晚上热闹的夜市，去了也未必能找到符合她这一身高贵气质的餐厅。

他还热情地给美女老板介绍了铜罐驿的特色菜，说她可能这辈子就来这一次，希望这个村子能给她留一个好印象。

热情总是有回报的，美女老板也同意了他的提议，点了几个特色菜。

简皓拿着菜单兴高采烈地找到夏攸晨，让她好好准备菜肴，夏攸晨却把嘴一瘪：“我才不要给她做菜呢，让她自己叫外卖吧。”

简皓开解着：“你应该学我，面对曾经的情敌，只抱着一心赚钱的心态对待她就行了。就像《我的前半生》里说的那样，你恨她，上去跟她打一架，你也得不到什么好处，不如把她的钱赚了，这才能真正挽回你的损失。”

夏攸晨“扑哧”笑了出来，然后说：“我气的不是这个。”

下午知道简皓去给姜子送结婚照，夏攸晨就在民宿的前台坐着玩手机打发时间。

大概是周浩宇给那位美女老板发了定位，对方一来看到夏攸晨，就认定周浩宇此次回来打着收购柑橘的名义，其实是来私会夏攸晨的。美女老板甚至指责周浩宇用从她那里要来的钱包养夏攸晨，夏攸晨被人冤枉，咽不下这口气，就跟美女老板吵了起来，说对方只配用钱来买感情。

简皓安慰夏攸晨：“你这样说她才不会生气呢，现在好多都市女白领的梦想就是用钱养‘小奶狗’。她只会觉得你在夸奖她。”

夏攸晨瞟了一眼他手里的菜单，说：“知道了，不要生情敌的气，要赚情敌的钱。”

他又提醒：“你做好菜后别像以前那样装一大碟子，你把你以前拍短视频用的那些小碟子拿出来，每一样菜分成三小份，装在漂亮的食盒里。对于菜肴，这种大款不喜欢多，只喜欢精。我给她端到房间去，再把碗筷收回来，她就不会惹你生气了！”

简皓突然想到了什么，高兴地说：“你赶紧做饭，我去买几个柑橘回来，把柑橘榨成汁，再多放一些冰块，我要让那个美女老板为铜罐驿的大红袍倾倒。”

简皓快步去附近的果农家买了一袋柑橘回来，做好冰镇橘子汁放在餐盘里，给美女老板送了过去。

热辣辣的韭香腰花和冰果汁是绝配，正如他所料，吃完辣菜再喝一口冰镇果汁，美女老板的脸上露出舒服满足的表情。

他趁机问着：“您觉得这果汁的味道怎么样？”

“不错。”

“这可是纯果汁，没有任何添加剂的。”

美女老板很快就明白过来，说：“你是个不错的推销员。”

“我嘴再能说，也要产品质量过硬才行呀。您刚才喝完果汁后，脸上的笑容看起来特别漂亮，我才敢给产品做介绍。”

美女老板笑着说：“我觉得它好，并不是它本身的味道惊艳，而是在吃过辣食之后，冰对舌头的刺激，能更好地品出果汁的鲜味儿和甜味儿。”

他竖起大拇指：“真不愧是当老板的人，见多识广。”

美女老板又说：“你故意弄这些果汁来，是希望我不要中止和村里果农的合作吗？”

“有那么一点。”简皓也坦诚地说，“贵公司跟果农的合作，作为公司大老板的您全程都没有参与过，您自然不明白这个产品的优点在哪里。我这么做，也只是想让您亲身体验一下。”

他接着说：“您见多识广，吃过的柑橘千千万万，优缺点对于您来说一喝就明白，我这也是想抓住一线生机嘛。”

美女老板问：“我看过材料，说这种柑橘叫大红袍，有什么来历吗？”

简皓有点诧异，周浩宇做策划，连产品美名的来历都不知道，一点都不像新英雄湾村的人。

“大红袍可是乾隆皇帝亲自赐名的。话说乾隆皇帝南巡路过此地，非常的口渴，于是命人寻找能解渴的水源，下人没找到水源，看到果林里的橘子鲜艳可口，于是摘了拿给乾隆皇帝享用。

“乾隆皇帝是出了名的喜欢附庸风雅，看到美好的东西不是赐名就是写诗。他吃过橘子后，感觉汁多甘甜，心情大好。他觉得这橘子鲜红的颜色像极了宰相穿的大红袍，于是写下墨宝‘大红袍’赐给橘子树的主人。

“于是柑橘树的主人就把这墨宝裱起来放在家里，四处宣扬，把当初乾隆吃的那几个橘子所摘的树取名为宰相树。”

简皓用一本正经的语气说：“有一年，一个上京赶考的人路过宰相树，饥渴难耐，就摘了树上的两个橘子充饥，结果后来他不仅考上了状元，最后还位至宰相。这也是清朝川渝地区唯一的一个状元哦。所以大红袍的种植才一直持续到现在，有好几百年的历史。”

美女老板笑着说：“我觉得你的故事比柑橘本身更能吸引人。说实话，果汁的味道是不错，但还没有惊艳到独特，让人一喝难忘。

“而且这柑橘还有细微的酸涩，很多人称这种为果酸，天然，但也影响口感。现在很多顾客最在意的其实就是口感。而且浩宇做的策划预期太高，利润根本达不到。”

商人都重利益，简皓也能理解，他耸耸肩：“我只是希望您能再仔细考虑一下，当然，贵公司也有自己的投资要求，我不太懂，只是想为村里的果农们尽一份力。”

晚上，简皓准备放下窗帘睡着觉，看到周浩宇一个人坐在院子的石凳上，已入深秋，天气寒冷，他还是忍不住关心起对方，于是走到院子里，说：“要不要去我那里喝一杯？那我这里有啤酒，是给客人准备的，但酒水钱得你埋单。”

言下之意，我是陪你解闷，消费自然得你请。

周浩宇笑了起来："你这算盘打得可真精！"

周浩宇点了点头，两人拿了十罐啤酒去了简皓的房间。

周浩宇直言："刚开始我是挺讨厌你的，恨不得处处压你一头，让小晨觉得你很窝囊。但相处下来，我发现自己挺喜欢你的！"

"别，你千万别喜欢我，我只喜欢女人！"简皓适时的玩笑让气氛轻松了很多。

周浩宇也在他的笑声中放松下来，说："我的取向很正常的，别瞎想！"

周浩宇昂头把一罐啤酒一饮而尽，简皓拍了拍他的手背，劝着："别喝得太急，容易吐。"

周浩宇的确因为喝得太急，呛到了，咳嗽了两声，简皓赶紧递上纸巾，他接过来擦了擦嘴，说："我发现你身上有一个优点，就是在别人最难堪的时候，你会弱化这种尴尬，让别人觉得自己不是太糟糕。"

简皓问："你接下来有什么打算？"

看样子周浩宇是把美女老板给惹恼了，而且美女老板自以为有钱，都不会执着地喜欢一个人。

周浩宇说："准备出去打工呗，反正走到哪里都要工作的。"

"你有没有想过留在村子里？反正这里也是你的家，而且马上就能拿到新房子了。我相信村子的发展会越来越好。你比我见过的世面多，肯定能在村子里找到商机的。"

周浩宇沉思了片刻，说："你还真打算一辈子待在这里吗？这村子再发展也只有这么大，再有赚钱的机会，也只能达到小康水平。如果想改变自己底层的命运，成为真正的成功人士，让后代能跨越阶层，在这里是实现不了的。"

"在这里当然实现不了，村子里出去打工的年轻人，包括曾经的我都有过你的这种理想，想在大城市拥有一席之地，想让亲戚朋友夸奖自己光耀门楣，但你看看，出去的这些人，又有几个能实现当初的理想？

"有的一家人出去工作二三十年，连房子都买不起。稍有点能力买房安家的，那房子估计还没有村里搬迁的房子舒适。很多人每天一睁开眼睛，就是房贷车贷等各种花销，精神压力大得喘不过气。大城市的物价高、开销大，你就是月入一两万块很多时候也会捉襟见肘吧。”

他把手搭在周浩宇的肩头，诚恳地说：“能吸引我在这里住下来的，除了夏攸晨，更重要的一点是，我在这里有认同感。我以前在公司打工，帮别人做方案、加班，哪怕是帮公司拿下重要的客户，都得不到认同，他们反而认为这是你应该做的。

“我在这里做义工，帮助别人解决纠纷，解决生活上的难题，我时时刻刻都能感受到那些我曾经帮助过的人的善意。路上遇见我，他们会热情地打招呼；家里做好菜，他们会高兴地拿来给我吃；甚至有开心的事儿，他们会第一个来找我分享。

“他们让我觉得，我很重要。我们在大城市里寻求的，不就是认同感吗？让别人觉得自己很重要。”

简皓说着，脸上露出一种幸福感：“这里相比主城区，是一个慢生活的世界，这里的车马都慢，留在这里一生爱一个人就好了。外面的世界太浮躁，美女如云，眼花缭乱，我没钱经常被嫌弃。听说我有点钱了，她们又恶狼扑食般的黏上来，我都不知道什么是真，什么是假了。”

周浩宇低下头：“我现在的心态还是适合去外面看看。”

两人把十罐酒都喝光了，醉醺醺地挤在一条被子里。简皓醒过来的时候天已经亮了，他推了推旁边的周浩宇：“今天你那位美女老板要去村委会，你不陪同吗？”

周浩宇看了看腕表上的时间，尖叫着：“惨了，我得赶紧收拾一下。”然后飞奔着往自己的房间跑去，迅速地洗漱。楼下，夏攸晨已经准备好了早餐。

夏攸晨在美女老板的面前也不躲闪了，她觉得清者自清，躲起来反而显得自己心虚。

简皓大大方方地向美女老板介绍：“这是我女朋友，我们在这里开夫妻店，我负责接客，她负责餐食。”

美女老板笑了笑，说：“挺好的。现在的年轻人能用平和的心态来创业，是不错的。”

吃过饭，美女老板就带着周浩宇去了村委会，她不喜欢闹哄哄的场面，只跟村委会代表和果农的几个代表详谈了一下。

美女老板说："我的员工周浩宇在没有正确评估市场的情况下就做出了大量收购大红袍柑橘的决定。以他之前拟定的合同，是不符合公司投资流程的。所以我们股东会否决了他的这个项目。

"但又考虑到他的确是我们的员工，一些手续也是符合法律流程的。昨天晚上，我联系了一个做水果罐头的朋友，他们愿意以四块五的价格收购这一季的柑橘，有多少他就收多少。你们可以下去商量一下，如果觉得这个方案可行，我们可以重新签订合同。"

简皓觉得当过大老板的人，做起事儿来都雷厉风行。

果农们商量后，同意了卖给水果罐头厂的方案，但他们决定只卖这一季，另一季他们打算另寻出路。

临走前，美女老板也给出了柑橘的缺点："我觉得大红袍的口感还有待改进一下，如果你们想进行统一收购和制品，应该对果树进行统一的管理。目前村里的果农几乎都是各自为政，各自管理，无法统一标准，就没办法大概率地统一质量，很多大型的收购商基于这一点，都不会优先考虑。"

在谈妥收购的第二天，美女老板就带着司机走了，周浩宇被彻底抛弃了。

转眼马上就要过年了，简皓劝周浩宇先留下来过年，休息一段时间，再做打算也不迟。

正当生活平淡又沉闷的时候，只要你能耐得住性子，机遇总会来临的。

村委会的工作人员找到群工站，希望义工们配合他们的工作，挨家挨户地通知，年后科技大棚要开始动工了，需要大量的工人。过年会有很多出去务工的年轻人回村，正是动员的好时机。而且工资不低，按天结算，总好过在外颠沛流离，尤其是这两年因为疫情的影响，各行各业都不景气。

大家听后都很激动，脑海里马上浮现出人声鼎沸的场景，大家齐心协力挥洒汗水，一个华丽又气派的犹如蒙古包形状的房子屹立在田野间，建成后人来人往，络绎不绝。

王阿姨还向科技大棚的投资方推荐了夏攸晨，等科技大棚正式营业之后，让她担任里面的讲解员，她是农业大学毕业的，这份工作她再适合不过。

简皓一扫心中往日的阴霾，心中的坚持终于等到曙光的来临。

简皓没干过工地上的活儿，他打算用相机来记录科技大棚从一块泥泞的土地变成华丽的科技智能温室的全过程。

姜子叔给简皓打电话，说自己已经准备好工具，他可以抽空过来拍视频了。

上次简皓提到可以通过视频来卖木质品，为了方便寄送，姜子叔跟王阿姨商量了一下，准备做小玩具。他记得小时候爷爷给他做过一个小鸡，小鸡的两条腿还能摇晃着往前走。

姜子叔拿出他做木匠的工具，锯子、小斧头、铲、凿、墨斗，这些用具简皓很久都没有看到过了，隐隐记得上次看见，还是跟着一个摄影队去扶贫县采风，一个老人正用这些工具给自己打棺材。

姜子叔红着脸，有些不好意思："这些东西都是我爷爷的，都还没坏，但用起来挺顺手。我看现在好多木匠手的东西都是电动的，又快又好使，我这些拍出来会不会被人笑话？"

"不，您这才叫真正的中国匠人。现在很多木匠用电锯电钻，完全就是为了省事儿，中国工匠精神可是精益求精，慢工出细活。而且现在好多有钱人家请人打衣柜，就专门找像您这样的真正手工艺者。"

简皓兴奋地说："等您的短视频火了，说不定也有人来找您打衣柜的，现在手工艺品工价很高，做一套下来十几万块钱呢。"

姜子叔一听钱就两眼发光，这些年他一直生病，一直都是家里为他付出，他现在最大的理想就是赚钱来回馈这个家庭，让妻子和女儿过得轻松一些。

简皓把夏攸晨拍短视频的全套工具都带上了，采好背景，摆好手机，他说开始之后，谁知姜子叔紧张起来，拿着锯子的手抖得厉害，把木材定好的线都锯歪了。

姜子叔按着抖动的手："真不好意思，它有点不听使唤。"

简皓见状便说："您可以忽视我的存在，只当您一个人在家随性地干活儿就行了。"

姜子叔知道简皓来为他拍短视频，做宣传，都是免费帮助，又费时又费力，不能因为自己的原因一直耽误下去。

姜子叔深吸了一口气，然后哼起了老歌，将木料放在操作台上，一只脚踩在木料上，双手拿起锯子，随着歌曲的节奏，一下一下地锯着。

他刚才不这样做，只是觉得这些动作不雅观，而且以前爷爷干活儿的时候，经常裸露上半身，只穿一条裤子，爷爷说这样做事儿比较惬意，没有负担。

简皓说：“大家的审美都在提高，对于视频画面的要求都希望惬意，有精湛手工艺的同时，也有他们所期望的那种随性舒服的生活方式。”

要做一个手工的小鸡玩具不是一天能完成的，简皓跟姜子叔约定，他每天过来拍摄两个小时，其余的时间，姜子叔得为视频做好准备。

简皓扛着拍摄的器材回到家，发现自家院子里停了两辆车，看车牌号，他不认识，好像是城区来的，估摸着肯定是客人，便飞快地跑进客厅。

夏攸晨正在招呼两个女孩子，给她们介绍用餐的时候，又告诉她们斜对面天主堂做弥撒的时间。

客人上楼去了，简皓高兴地问：“她们是你的朋友吗？”

夏攸晨得意地说：“是我的短视频吸引来的，她们都是来看帅神父的。”

简皓却有些担忧：“你这样会不会给神父惹麻烦？被一群只看脸的人围着……”

夏攸晨不以为然，小声地说：“有特色的帅哥一直都是流量密码，就让他的那张帅脸给村里做点贡献嘛。本来镇政府把他请到这里来，一来是给天主堂注入灵魂，二来是现在的人都太浮躁，被他洗礼一下，说不定就心态平和、事事顺遂了。

“我特别提醒过这些妹子，跟她们说了教堂‘三不准’，不准打闹、不准说话、不准拍照。想必她们也不想惹帅神父不高兴。”

想到夏攸晨以帅气神父为噱头，引来了游客，简皓也不甘示弱：“你等着吧，等我把姜子叔做木工的视频传到网上，流量肯定超过你！”

夏攸晨跟他打赌：“我拭目以待！”

眼看着马上就要过大年了，夏妈妈和夏爸爸准备过完年就回南京去。

夏妈妈听以前的同事说，年后经济要回暖，那边厂子也要陆续地恢复生产，早点回去，说不定能找个满意的岗位。

夏攸晨有点舍不得父母："现在这里的房子不好吗？而且村子马上要把科技恒温馆盖起来，我很快也会有份稳定的工作，你们可以留在这里和我一起经营民宿。"

简皓在旁边赶紧点头："我一个人打理店面，好多事情都照顾不过来，经营的收益，我们可以按劳分配。"

夏妈妈却依旧坚持决定，她说："你们年轻人的创业，我是看不懂，我还是喜欢在固定的厂子，摸着我工作的那台机子，我的心里才踏实。"

"而且我在这里只会给你们添乱。"夏妈妈看着简皓，略带歉意地说，"我在这里，你没少生闷气吧。你也要体谅我们做父母的，工作稳定，生活才会稳定。你们还年轻，没吃过什么苦。我是过来人，深深经历过没钱寸步难行的日子。"

简皓本想过把自己的父母也叫来跟未来的岳父岳母吃个饭，但想到母亲对夏攸晨的偏见，认为是她鼓动自己留在乡下"不求上进"，万一两家父母一言不合，他担心好不容易在夏妈妈和夏爸爸面前建立起来的认可就没了。

结果那天夏妈妈还主动问起："你爸妈过年会回村子里来吗？"

"他们今年要陪我外婆和大姑过年，就不回来了。"

简皓给姜子叔拍短视频没有预想的那么顺利，姜子叔把小鸡的木质模型做好之后，对于小鸡如何能在地上行走，试验了无数次，都没有成功。

爷爷送给他的那只小鸡玩具早就不见了，他没有能参考的样本，就只能自己一点一点地摸索。

姜子叔说："它行走的原理就跟不倒翁很像，要在小鸡的腹部找到一个受力点，它的两只脚才能有频率地摆动起来。"

姜子叔试了一个星期，都没找到那个点，简皓也就等了一个星期。他觉得认真是好事儿，但认真过头就耽误事儿。

现在抖音"内卷"得厉害，想要受人关注，发视频的频率就得提高，以前一个星期发一个视频，观众也有耐心等待，到后来三天一个视频，现在有些博主为了留住粉丝，竟然做到一天三个视频。

以姜子叔的速度，半个月完成一个视频，对于粉丝数量的积累毫无优势。

简皓想了想说：“现在网上可以搜到那种让玩具走路的电动装置，买一个来不就行了，省事儿还方便。”

简皓把速度慢会带来的严重后果给姜子叔说了一遍，姜子叔对自己带来的时间延误感到抱歉，又说：“我还是决定要按自己的步骤来。爷爷说，他们那时候，一个细节做不好，被买家看出来，不仅拿不到工钱，还得赔钱。木匠看起来是很苦的活，贵在把握好每一个细节，不要找任何理由来偷懒。我虽然还没有找到重心，但觉得再试几次，应该没问题的。”

简皓为姜子叔的坚韧动容，于是赶紧给姜子叔道歉。他年轻，总有股不服输的劲头在身体里横冲直撞，事事都不想落于人后，却忘了要做好一件事儿，最重要的就是仔细，尽可能地做到最好。

这种仔细就是匠人精神的精髓所在吧。

他说：“姜子叔，您别着急，慢慢来，您什么时候做好，我们的这条视频就什么时候完工。”

两人闲聊起最近挨家挨户做动员，希望村里的壮劳力能回来建设家乡的事儿，姜子叔说：“我在北京待了好几年，都说那里是中国最繁华的都市，设施齐全，生活便捷。我女儿在一家大公司上班，工资拿得是挺高的，但天天加班，有时候凌晨两三点钟才回家。看到她憔悴的样子，我就心疼。

“我经常劝她别那么累，身体累垮了，赚再多钱都没有用。她却担心身体还没累垮，业绩就被别人超过了。她说公司不留创造不了价值的人。她整天精神紧张，有时候我就想，把她培训成名牌大学的学生是不是一种错误的选择。虽然她留在了大城市工作，但还不如我们这种小地方的人生活得轻松。”

姜子叔也看抖音和快手视频，知道有些博主赚得盆满钵满，也知道流量能带来收益，却不确定自己的手艺能不能得到观众们的认可，他做这些只有一个信念，就是让王阿姨和女儿在经济上能宽裕一些。

简皓给他打气：“一定会有很多人喜欢您的手艺。”

“在外面打工哪有不苦的，周围都是各个地方来的陌生人，累了病了只能自己扛，一个月好不容易赚点钱，一大部分都孝敬给了房东，就是在那里打上十年工，都没有归属感。等科技大棚盖好，来的游客多了，村子里自然就热闹了。”

随着年关将近，简皓走在干净的石板路上，来来往往的人，比起往年要多很多，想必是村里的动员工作做到位，很多在外务工的人都陆续回来了。

简皓刚进家门，夏攸晨就招手让他走近点，然后显示出手机上今天收到的转账营业额，说："今天民宿都住满了，是不是很有成就感？"

他疑惑地问："都是来看帅神父的？"

"不是，有两间住的是回乡的村民，很多年没回来过了，房子都没打理出来，只能暂时住在这里。"

简皓笑着："看来以后新英雄湾村真的要热闹起来了。"

第19章 父母对理想的妥协

周浩宇赶在过年前收拾好行囊，带着一身的落寞准备离开新英雄湾村。

周浩宇把柑橘的收购搞砸了，但夏妈妈和夏爸爸却没有轻视他，只是觉得他还年轻，缺少阅历而已，等出去工作两年，多见些世面，一定会成功的。

走的那天，周浩宇红了眼睛。简皓看得出来，他是很依恋夏家人的温暖，除了爱着的夏攸晨，还有通情达理的夏家父母。

简皓对周浩宇已经没有敌意，反而有一丝同情。有时候人的选择就在一念之间，但当你发现选择错误的时候，失去的东西就再也找不回来。

简皓觉得自己是幸运的，虽然当初的选择也很艰难，他也迟疑过。他庆幸身边有一群积极阳光的人，在他迷茫的时候给了他信心。走过那段迷茫的岁月，胜利就在眼前了。

夏妈妈对周浩宇说："如果外面不好过，就回来，你永远都是新英雄湾村的人，这里会永远迎接你，包容你。"

周浩宇一抹眼，头也不回地走了。

民宿有了生意，情敌也走了，副业也如火如荼地进行着，简皓有了久违的轻松和快乐，以前那些压抑、焦虑和担忧也消失了。

令简皓意料之外的是，他父母从主城区过来了，一声招呼都没打，只是搭了个便车，说是顺道过来看看他。

他心里明白，父母是想来看看他有多落魄，然后才好劝他回主城去工作。

简妈妈一进客厅，就看到来租房的客人行李太多，上二楼又没有电梯，于是简妈妈主动上去帮忙："我是老板的妈妈，我来帮你搬东西。"

对方一看是位中年大婶，自己年轻、身强力壮，不好意思让一个长辈一样的人帮自己拎重重地行李，于是客气着："不用，我搬两次就行了。"

"不行不行，你是客人，为你提供方便是我们应该做的。"简妈妈拎起客人的行李，健步如飞地上了楼。

简皓刚收拾完客房，抱着床单走出来，看到母亲一脸热情的样子，忍不住笑了。

客人进了房间，简妈妈一把抢过简皓手里的床单，问："这在哪里洗？"

"厨房后面有洗衣机。"

简妈妈从进屋开始就没有闲下来，洗床单，打扫房间，对着离店的客人打招呼，欢迎他们下次再来。

"你现在一个月能接待多少客人？"

简皓发现母亲在问这个问题的时候，脸上的笑容灿烂得像朵花儿。

"生意好起来也才这几天，而且很大一部分是村里人，有些人的新房还没拿到，旧房子没法住，就先住在我这里而已。"

刚看到母亲的时候，他还担心她对夏攸晨的芥蒂还没有消除，双方见面，一言不合，又得扛上。而且夏家父母也在，父母都是会护着自己的子女，如果两家人有了隔阂，他跟夏攸晨在一起的事儿又会起波澜。

简皓庆幸最后民宿的生意好起来，只要有努力的方向，想必母亲也不会说什么了。

晚上，两家人的父母就坐在了同一张饭桌边，简皓依旧有点提心吊胆，因为在父母的眼里，稳定的工作要么是在体制内，要么就是坐在钢筋水泥写字楼里。

在简皓父母的眼里，铜罐驿依旧是经济落后、思想封闭的地方。它或许会改变，那也是几十年后的事情，他们不希望自己的孩子成为几十年变化中的尘埃，蹉跎了大好的年华。

夏妈妈先开口："我家孩子回铜罐驿来也有两三年了，我们不放心，这次特地回来看看。刚开始我也担心。我就是在这村里长大的，印象里街道破破烂烂的，想找一份好一点的工作更是难事儿。

"但回来住的这段时间里，我对孩子们的创业也有改观，现在村子在搞建设，需要他们这种有活力的年轻人，给大家出点子，帮帮忙什么的。说到底，都是为了咱们村子好嘛，到哪儿不是打工，给自己打工，也是一种尝试。”

接着夏妈妈夸起了自己的女儿：“我这女儿，念书那会儿连自己房间都不爱收拾，这次回来，看她在民宿里打扫卫生，弄得还挺干净的，而且还烧得一手的好菜，真是让我刮目相看。”

接着她又夸起简皓：“都说对的人在一起，两个人的优点就会越来越多！”

简妈妈也赶紧附和着：“对对对，刚开始我也担心他在这里没什么发展，结果今天来一看，这民宿开得有模有样的，他们能找到自己喜欢做的事儿，能坚持下去，我们就放心啦。”

简皓长长地舒了口气，以为会针锋相对的局面变得谦和礼让，看来他跟夏攸晨要长期待在新英雄湾村的决定，家长们是不会再反对了。

简爸爸突然问：“你们有没有打算好什么时候结婚？”

这个问题让两个年轻人都有些脸红，目前两人的心思都放在如何吸引客流，把民宿经营好，结婚的事儿压根就还没想过。

担心夏攸晨会为此尴尬，简皓先开口：“我们想趁大好的青春好好地奋斗，要在奋斗中结成坚实的革命感情。”

一番话逗得大家都笑了起来，餐桌上的气氛变得更加和谐。

姜子叔给简皓打电话，说他已经找到能使小鸡的两条腿摇起来的重心点，玩具已经完工，简皓可以去拍视频了。

简皓来到姜子叔家，姜子叔一说到木工，就会完全沉浸在一个只属于他的世界里，他兴高采烈地讲着这个重心点的作用，完全忽略了简皓惊讶的眼神。

简皓指着小鸡弧形腹部下的一个黑色金属球，问：“这就是重心点？”

“当然。”

“真是太神奇了，我还以为您说的可以前后摇动的装置应该是一个机械装置，有复杂的工艺。”

姜子叔乐呵呵地笑着：“只要找准一个平衡点，无论什么东西，都可以用一个小点支撑起来。”

看着没有任何机械装置的木头小鸡迈着两条腿前后摇晃地走动着，简皓不禁感叹："虽然很多人都说，现在比过去进步，但过去人们的智慧是不可限量的，尤其是很多手工艺，精湛绝伦，后人却没办法再复制。"

短视频快要拍完的时候，王阿姨回来了，她笑着对简皓说："我估摸着这会儿你在我家里，所以就快点赶回来，有好事儿通知你。"

"是不是给我带了一个旅行团过来住我的民宿？"这是简皓最想听到的好事儿。

"年前我告诉你，你给出英雄妈妈团的建议，村委会要给你颁发带头示范奖的事儿，村委会准备大年初一那天，在村委会给你开个表彰大会。你回去写一个发言稿，这次回来过年的村民多，你得起到更好的带动作用。"

王阿姨不提，他把这件事儿都忘记了，听说要在全村人面前演讲，他有点紧张，于是玩笑着："要是起不了带头作用呢！"

"我本来想升你当义工小组长的，带不了头，就继续当组员！"

"人都是要力争上游的嘛，保证完成任务。"他还行了一个蹩脚的军礼。

为了完美呈现姜子叔的工匠工艺，简皓把他这些年积累的剪辑、调色、滤镜应用等，都发挥到淋漓尽致，成片出来后，他发给夏攸晨看。

夏攸晨忍不住赞叹："姜子叔的这门手艺，绝对会一鸣惊人的！"

夏攸晨也总结过为什么之前她做的短视频受关注度不高，乡村美食博主已经泛滥成灾，大同小异，如果背后没有强有力的公司拿钱引导流量，要自己杀出一条血路出圈，非常难。

但姜子叔的木匠手艺就不一样，这种技艺不是轻易就能模仿出来的，他必须要发自内心地热爱，经过时间的锤炼，对待每一件作品精益求精，哪怕是一片的木料也不辜负。

简皓特地为姜子叔申请了一个抖音账号，这是属于他一个人的功劳。

简皓觉得自己要走好运了，想什么，成什么。

视频发布到网上的第二天，就有近五百万的播放量、十几万的点赞。

他打开下面的评论，很多人都在赞叹姜子叔的手艺，说这就是该传承下去的中国非物质文化遗产。

现在很多的都市人都太急功近利，殊不知静下心来，一描一画，一刀一凿，才能成就美满的人生。

夏攸晨激动得恨不得马上告诉姜子叔，简皓却说："再等等，我觉得流量还有往上走的可能。"

他自信满满："之前为了帮你做好短视频拍摄，我几乎每天都在网上浏览各种短视频，寻找它们的特点，许多主播强行制造人设，都不如姜子叔真实。"

简皓指着播放的视频说："姜子叔是那种与生俱来的手工艺者，他从小跟着爷爷耳濡目染，却因为自身的原因，没能从事这份手艺，还荒废了这么多年。当他重拾这份爱好的时候，这种天赋就像是刻在他骨子里一样，只要稍加练习，技艺就回到他身上了。"

夏攸晨补充着："还有姜子叔的认真，一个小小的玩具，为了找到它能行走的重心点，他可是试了一个多星期呢。我以前为了拍樱桃萝卜从种子到结果的过程，种了两次，都没有成功，后来我就没有耐心，更换成了更好种的番茄。大概就是少了这点耐心，所以我才没有成功。"

三天后，简皓把视频的播放结果拿给姜子叔看。

看到大家对视频的点赞和评论，姜子叔惊讶得瞪大了眼睛："我真的这么受欢迎吗？"

"当然。"简皓自豪地说，"现在国家对于手工艺和非物质文化遗产都非常重视，平台对于文化传承的内容也会多加鼓励，咱们的视频内容可是货真价实的中华传统手艺，哪有不火的道理！您看，下面还有人留言要订购您的木工玩具呢！"

简皓帮他规划着："不着急，咱们慢慢来，等您的作品一多，咱们就可以把网店开起来。您先计算一下成本是多少，我们再来定价格。"

姜子叔的眼睛突然泪汪汪的，简皓有些惊讶："姜子叔，您怎么了？"

姜子叔觉得自己有点失态了，于是用手抹着眼角的泪，说："没事儿，就是高兴。"

简皓读得懂他眼里的欣慰，他终于有能力给妻子和女儿当一次避风的港湾了。

姜子叔高兴地钻进工作室里，打出一块长长的木料，高兴地冲着他喊：“还愣着干什么，快来给我拍视频！”

回去的路上，简皓的手机响起，显示屏上是廖婆婆的名字，他才惊觉自己很久都没有关心过廖婆婆了。

想到平日里她总喜欢往天主堂跑，想必有神父的关照，她那暴躁的脾气也发不出来，惹不了事儿。

他接通电话，调侃起廖婆婆：“是不是因为有什么好事儿才终于想起我了？”

“皓儿，我摔……我摔倒了……哎……我的腰动不了。”

这声音像极了他第一次接到廖婆婆电话时的那种难受与无助。

廖婆婆虽然嘴躁，但从不开玩笑，他惊慌失措地说：“您等着，我马上就过去。”

去廖婆婆家要路过夏攸晨的院子，他在院子门口大喊：“小晨，快跟我去廖婆婆家看看。”

廖婆婆家的门是从里面锁着的，他估摸着她是不能来开门了，于是用力踹开门，看到廖婆婆平躺在卧室门口，旁边有一个翻倒的小木凳。

可能是走动的时候廖婆婆没注意脚下，被小木凳绊倒的，他问：“您现在感觉哪里痛？我马上打电话叫救护车。”

夏攸晨闻声赶过来，看到躺在地上不能动弹的廖婆婆，她自责起来：“都怪我疏忽了，我该早中晚都过来瞧一瞧的！”

救护车很快就赶来了，把廖婆婆送进了医院，医生一番检查后，面带着沉重的表情告诉简皓，廖婆婆颅内有血块，因为年事已高，已经不能做手术了，让他帮忙通知家人到医院来。

简皓不敢相信自己的耳朵，他问：“她没事儿吧？马上就要过年了，他家里人都要回来过年的。”

医生坚持：“你还是把她的家属叫来吧，一些事情必须家属来商量。”

夏攸晨安慰简皓：“廖婆婆没事儿的，现在的医生都喜欢把最严重的后果挂在嘴边，为的就是推卸治疗的责任，所以廖婆婆的摔伤不严重，能治好的。”

廖婆婆在病房里醒过来，简皓已经给她的子女打过电话了，在他们没有回来之前，他就守在廖婆婆的床边。

廖婆婆摸了摸隐隐作痛的头，说："哎，可能这是最后一次麻烦你了。"

简皓心里一紧，难道医生把情况都告诉她了？

他挤着笑容："您想摆脱我，还早着呢，说不定后面您得赖在我那里，让我照顾您。您看看，有事儿的时候，您总是第一个打我的电话。"

廖婆婆呵呵地笑了两声，紧接着面部抽搐，转而皱紧了眉头。

他赶紧安抚着："好好躺着，别再说话了。"

"可我想跟你说会儿话，真怕一闭上眼睛，就再也说不了了。"

简皓心里发慌，担心老太太会意志薄弱，都说一旦精神垮了，身体就行将就木。

他呵斥着："少说这种不吉利的话，您要是有个三长两短，下次那群坝坝舞老太太再来骚扰我的时候，就没有人帮我出头了！"

"臭小子，你把我当什么啦！"

简皓轻轻坐在廖婆婆的床边，说："听不到您叽叽喳喳的声音，我会不习惯的。您每天大清早在院子外头叫夏攸晨的时候，我就知道，新的一天开始了。"

"你当我是大公鸡吗！"

"廖婆婆，您也会说笑话了！"

因为简皓不是家属，很多手续都没办法办理，夏攸晨也从医生那里得知，廖婆婆的情况不好，她唯一能做的就是在家属赶回来之前，好好地陪着她。

夏攸晨问："您想吃点什么吗？我去给您做。"

"你回去煮点粥吧。廖婆婆牙口不好。"

他打算把夏攸晨支走，女孩子情感细腻，他担心她控制不住情绪，等会儿哭起来，会影响到廖婆婆的病情。

"好的。"夏攸晨吸了吸鼻子，飞快地走了。

"哎！"廖婆婆叹了口气，问，"你觉得我人怎么样？"

简皓支着头，笑着对廖婆婆说："您是一个让人既讨厌，又忍不住想喜欢的老太太。”

听到别人说不喜欢自己，很多人都会不开心，但廖婆婆似乎一点也不意外，反而用自嘲的口气，说：“我也知道，我以前的确挺招人烦的。”

廖婆婆的话让简皓意外，嘴犟的老太太是不会服输的，于是他顺着她的话说：“说来听听，都烦谁了？”

他发现只有聊天能让廖婆婆精神好一些，而且说到她感兴趣的话题，她的眼睛一直是明亮的。

廖婆婆突然放低了声音，像是忏悔一样地说着：“我对不起你奶奶，我知道你奶奶也喜欢那棵桂花树，但我偏要霸占着它，好像得到了别人想拥有的东西，自己就会很快乐。后来发现，那树掉叶子太厉害，每天早上起来院子里就一地的叶子，怎么扫也扫不完。”

廖婆婆顿了一下，又说：“以前住在村西头小王家的媳妇，我骂过她生不出来儿子，他们家连着生了三个女儿，我就跟着村子里的一些人，经常骂她……”

简皓有种不祥的预感，俗话说人之将死，其言也善，廖婆婆开始唠叨陈年往事，难道是回光返照？

“老掉牙的故事就不要讲了，说点开心的吧。”简皓找着轻松的话题，“我店里的生意最近好起来了，我还在和小晨商量，把您那榨汁机放到我院子里来，我再给您搭一个小雨棚，在那里卖饮料应该不错。”

他又说：“年后村里要在那片空地上盖科技大棚，到时候我帮您把榨汁机抬到那里去，干活儿都热，热了就得买水来喝，商机不可错过，以后您就是咱们村最会赚钱的老太太。”

他的话把廖婆婆逗笑了，一笑，她就忍不住咳嗽起来。简皓立即给她拍了拍背，将她安抚下来，让她重新躺好。

“认识你和小晨，是老天爷对我的厚待。我这一辈子都没有离开过铜罐驿，年轻的时候在果汁厂打工，退了休就窝在村子里，没知识，也没见识，吵过不少架，得罪过不少人，自从老头死了之后，我就浑浑噩噩地过着日子。”

廖婆婆眼眶里泛着泪花，把手轻轻地放在简皓的手上，说：“年轻就是好，看得多，见得广。跟你和小晨待在一起，我才知道一个孤老太婆还有很多精彩的活法。早知道我就不待在家里了，跟着儿子女儿去大城市里看看，多长长见识。只可惜……”

说到这里，廖婆婆再也控制不住悲伤的情绪，眼泪就像决了堤的洪水一样流下来。

“别说了，好好休息。睡一觉起来，您就会舒服一些。”

廖婆婆摇了摇头，说：“你能不能帮我一个忙？”

“您说吧。”

“我希望陆神父来帮我做助善终。”助善终就是临终关怀。

简皓很想再骗骗廖婆婆，但脸上的伤感是藏不住的，他只能点头：“我会告诉他的。”

廖婆婆住在城区的小儿子很快就赶过来了，简皓说到底只是个外人，把她交给家属后，他就回去了。

临走前，他跟廖婆婆打招呼，说晚点会来看她，廖婆婆却给他比画了一个加油的手势，说：“一切都会好起来的！”

离开医院，简皓就去天主堂找了陆神父，把廖婆婆的心愿告诉他。

简皓也从陆神父这里了解到，在他专心经营民宿和帮姜子叔拍短视频，“冷落”廖婆婆的这段日子里，陆神父带给了廖婆婆另一种安宁平静的生活。

她不再去争强好胜，而是用一种平和的心态去面对生活中的酸甜苦辣。

她尊重周围所有的人，就像尊重她自己一样。

她会乐于去帮助别人，就像她也得到了别人不求回报的帮助一样。

陆神父说廖婆婆很聪明，给她讲《圣经》的故事，她总是一听就懂，还能讲给其他老年人听。

简皓觉得廖婆婆应该是幸福的吧，人能在一生当中，经历过跌宕起伏，体会过孤独寂寞，却又能在沉闷的人生中去寻找新的生活意义。

第三天上午，有个中年男人在院子外头叫简皓的名字，他探出头去问个究竟。

中年男人自称是廖婆婆的儿子，廖婆婆昨天晚上走了，临走前特别嘱咐家人，要留一样东西给简皓。

他急匆匆地跑出去，廖婆婆那台榨汁机放在大门口。

看着那台榨汁机，简皓有一种不真实的感觉。他内心能接受人的生老病死，但对于廖婆婆，他觉得应该还有一些话没有说完，还没有好好地告别，她怎么能走呢？

廖婆婆的儿子很客气，说：“我代替其他几个兄弟姐妹感谢你，她说这一年多的日子，多亏你在身边照顾，她在弥留的时候，一再说起你。她说没什么好东西给你，就拿这个留个念想吧。”

廖婆婆的后事需要处理，中年男人没多停留，再次跟他道谢，然后快步走了。

被子女包围着，回忆起曾经的美好，反思犯过的错，或许心中也会有遗憾，但人生的状态不都是这样吗？

夏攸晨红着眼睛，把那台榨汁机擦干净，问：“我找个大纸箱子把它装起来，这是廖婆婆给的礼物，还是要好好保存它。”

简皓顿了一下，说：“不用装起来，年后科技大棚要开工，到时候把榨汁机搬到那里去。如果廖婆婆在，她才不会错过这样的热闹。”

过年办丧事会显得不吉利，廖婆婆的子女就没有在家里设灵堂，墓地在廖爷爷去世的时候，子女们就已经备好了，就在附近的山上。

夏攸晨去问了地址，然后告诉简皓：“廖婆婆离我们近着呢，以后她就在那边山坡上看着我俩好好地生活。”

“挺悲伤的一件事，你这么一说，有点像聊斋。”

他一句玩笑话，暂时收起了悲伤。

这个年对简皓来说，应该是美好的充满期望的，他和夏攸晨的感情经受住了考验，也受到双方父母的认可，他甚至认为，团年饭的饭桌上，两家人会聊到结婚的事儿。

年夜饭的饭桌上，双方的父母都很开心，吃着家乡的菜，聊着外面的见闻，简皓心情低落，为了不扫长辈们的兴致，他一直挤着笑容，不时地说上几句话助兴。

夏攸晨能看出他情绪的低落，于是吃完饭，就拉着简皓出去散步。

简妈妈在门口喊着：“这大晚上黑灯瞎火的，跑哪儿去散步？”

说完，简妈妈愣住了，外面灯火璀璨，夜色下的村子，道路平坦，路灯明亮，街边花坛整齐，楼栋相邻，灯火连绵。此刻的村子像极了印在旅游画册上的夜色葳蕤的宁静小镇。她甚至有片刻的恍惚，怀疑曾经那个贫瘠零落的村子是否存在过。

年夜饭后出门散步的村民很多，遇见相熟的人，停下来打声招呼，“你也回来了”是听到最多的问候语。

简皓和夏攸晨遇到了王阿姨，一个身材高挑的女孩子亲昵地挽着她的手臂。

不用猜都知道，这肯定是王阿姨那个有本事、在北京工作的女儿。

王阿姨看到两人，主动上来打招呼，然后给女儿介绍起来：“这位就是帮你爸拍短视频的简皓。”

女孩子的眼睛充满了感激：“自从我爸做木工活儿的视频在网上火了之后，整天就在家里捣鼓那些工具，他能用自己的爱好来丰富生活，还能赚钱，多亏了你。我妈一直夸你聪明，帮助人的点子多，以后我要向你多学习呢。”

闲聊几句，才知道王阿姨的女儿在工作之余，也会去参加义工活动。

送走王阿姨，简皓说：“这就叫不是一家人，不进一家门。一家人都心地善良，到哪儿都想着要帮助别人。”

夏攸晨和他开玩笑：“我跟我爸妈就不像，我恋家。”

“中国人都有恋家的情结，只是大家更希望把家建立在一个值得期待、有发展潜力的牢固根基之上，所以才会有很多人选择背井离乡，努力去建设一个更美好的家。”

不远处，一个小男孩儿将吃剩下的零食包装袋扔在地上，旁边一个大婶立即教育起小男孩儿：“赶紧捡起来，环境是需要大家来维持的，大家都不讲卫生，街道能这么干净吗？”

小男孩儿不服气地说：“有清洁工打扫，如果街上没有垃圾了，清洁工都要失业了。”

大婶叉着腰骂着：“小兔崽子，我就是这一块的清洁工，我每天早上五点就得起来打扫卫生，保证这段路的干净整洁，你竟敢不爱护我的劳动成果！

说，你是哪家的孩子？我找你家大人去！”

小孩子听说要去找大人，吓得撒腿就跑，大婶作势要追，假装跑了两步，看到小孩儿已经跑远了，然后蹲下身去把零食袋捡起来扔进垃圾桶里。

她嘴里念叨着：“谁再乱扔垃圾，下次我就拿棍子伺候了！”

简皓和夏攸晨手挽着手，相视一笑，继续往前走。走到老罗的民宿门口，他正在帮客人从车子的后备厢里把行李拿出来。

看到老罗脸上高兴的笑容，夏攸晨为简皓抱不平起来：“想当初民宿刚装修好没有客人的时候，他可是隔三岔五地往你那里跑，还抱怨你带头作用没弄好，把他带坑里，现在开始赚钱了，怎么就没想过你的好！”

两人本想绕道的，却被老罗看到，老罗主动跟简皓挥了挥手，招呼着：“出来散步呀！”

“随便走走。”除夕肯定要说祝福语，于是简皓说，“你不错嘛，生意兴隆。”

“儿子的同学，说喜欢到乡下来过年。我们这里过年热闹，晚上还可以放烟花。”

说完，老罗拎着行李引领着客人往自家店里走了。

简皓的心情变得愉悦起来，曾经的理想正一点一点地变为现实，尤其在经历了挫折和磨难之后，结的果实才显得异常的珍贵。

他指着前面一条坑洼的泥土小道说：“还记得我当义工，第一次大年夜跟你值班，咱俩为了去看望一个村民，从坡上滚到坡下，我那时就抱怨，怎么修一条平坦的水泥路有这么难！”

“不要再去想以前了，要抱着一颗努力往未来发展的心，我相信新英雄湾村会越来越好的，会成为我们理想中的世外桃源。”

对简皓的表彰大会设在初五，一大早，他就催促父母早点起来，然后去村委会参加表彰会。这似乎是他从小到大，第一次被当作“正面教材”被奖励。

虽然从小到大有人夸他有小聪明，但这点聪明却没有为他带来太优秀的生活经验，从念书到工作，他一直都是平平无奇的那一类。

也只有在新英雄湾村，他第一次有了成就感。他付出的努力和坚持，最终得到了回报，虽然这份回报还没有达到预设，但未来可期。

来看表彰大会的人很多，今年不同于往年，在经历了疫情下的经济萧条和在大城市的打拼不易后，许多村民看到新村里犹如花园洋房一般的房屋林立，村里又有各项创业政策后，便抱着观望的态度，试图寻找一种适合自己稳定发展的生活方式。

村委会也想借此机会向村民们大力宣传乡村振兴的政策。今非昔比，以前的动员大会更像是在“画大饼”，告诉你未来如何如何美好，但梦想中的家园看不到摸不着。

但现在不一样，新英雄湾村已经初具规模，整齐的洋房、干净的街道，被层叠的田园簇拥，荷塘石桥穿插其间，勾勒出一幅山水田园小镇的优美风景。

村里第一批创业的村民也有了收益，所以主持人在介绍村里政策的时候，底气十足，声音也特别的洪亮。

“大家外出务工，是觉得外面的就业机会多，就业的工种多，自主选择的机会也多。村里之前因为劳动人口少，信息闭塞，很多人都不知道，铜罐驿有招商引资一些企业和工厂。我们会和这些企业一起搭建招聘平台，将招聘的职位和要求实时更新，帮大家就近就业。”

说完，台下响起一片掌声，能在自己的故土上安居乐业，谁又愿意四处漂泊。

有人感叹，在外面打工，虽说工资比当地略高一些，但除去房租日用，也攒不下多少钱，更多的是忽略了家里的老人和孩子。

最终钱没有赚到，家人间的情感却变得四分五裂。

主持人说到第二项，“三权”分置收租金，便请了一位得到过实惠的村民上台现身说法。

这位村民来自二组，他之前的老房子在半山腰上，出行不便。他那房子在大家眼里，就是货真价实的“狗不理”。投资公司将他的老房子装修一新之后，又修了一条碎石小道直通村道。

对外出租的时候，房子便成了抢手货，说是前有塘，后靠山，是间风水宝屋，当下就被人订租了一年。

租户是在城里做生意的一家四口，周末的时候一家人结伴来这边度假。村民一家三口便当起了租户的管家兼保姆，不仅收到了房子的租金，还拿到了打工的工资，一举两得。

村民乐呵呵地说："我曾经也自卑过，觉得自己一无是处，遇到村里的政策，也只是附和着，别人怎么做，我就怎么做。也是我运气好吧，因为政策尝到了甜头，我会好好地把民宿打理好，让来住的人有家的舒服感。"

村民说话的时候，不时拿出手机来看，虽然话都是事先写好的，但内心的开心是掩饰不住的。

出租旧房子都能有钱拿，下面的村民突然沸腾了起来，甚至有人埋怨起自家人："当初让你早点签字搬迁，你偏不信，看吧，别人的旧房都开始赚钱了，咱们还住在老房子里。"

"你急什么，会拆到咱们的。"

"虽然后面会搬，但比人家晚多少呀，损失的可都是钱。"

第三个出场的就是简皓，他得到的是带头示范的奖励。

这一奖项原本是要颁给村里在经济发展上带头的人，但村委会考评再三，觉得他最适合，因为他提出的英雄妈妈团解决村里留守孩子的关爱和教育问题。

站在台上的简皓红着脸，说："我却不希望英雄妈妈团在村子里传承下去，我希望每个孩子都能在自己父母的身边长大。我算比较幸运的，小学之后就被父母带在身边。

"因为父母的工作不稳定，我在城里的学校也只是寄读。他们走到哪里，我的书就念到哪里，才交的新朋友，转眼又要分别。那段时间，我特别孤僻，不爱跟人讲话，更不交朋友，因为害怕分离，就把自己孤立起来。

"小孩子都缺少安全感，他们需要稳定的家庭关系，被别人爱着，才能用爱去关怀别人。英雄妈妈团的妈妈都很用心，她们给孩子们带来的快乐，都显现在孩子们的脸上。

"我不希望英雄妈妈们的数量越来越多，而是希望有着英雄情结的孩子越来越多。"

简皓在人群里看到了周林，比起初次见他，完全像换了一个人。

他还记得周林瘦小邋遢的样子，一双眼睛恐惧中带着尖锐，仿佛被这个世界抛弃后，想要拼命保护自己而生出芒刺。而现在的他更像是一个温润淡然的少年，眼神有光，笑容平和。

周林发现了他的目光，于是微笑着向他招了招手。

这时，王阿姨走上台，向大家介绍着："简皓算是第一批愿意留在村子里发展的年轻人，也是我们群工站最年轻的义工之一，他在新英雄湾待了两年多，让他来谈谈这两年多的时间里，他都有些什么变化。"

简皓愣住了，王阿姨的问题来得太突然，他都没有好好地准备。

王阿姨给他做了一个加油的动作，希望他用最真实的讲述来感动大家。她曾经说过，他是个非常有感染力的人，今天又是村民聚集最多的时候，让他用真诚、执着和信念给村民们打气，在之后的建设当中，大家劲往一处使，总能干出一番天地。

简皓正声说："我回到村子里时，这里还叫陡石塔村，一个贫瘠了三四十年的村子，村子里多是老人小孩子儿，而我是村里最年轻最帅气的仔！"

他的幽默让大家忍俊不禁。

第20章　毫不吝啬的赞赏

幽默能让大家放松心情，饶有兴致地听简皓继续说下去。

“都说有钱难买早知道，这世上就没有只赚不赔的买卖。我当时决定回村来发展，心里其实是没有底气的，唯一让我硬着头皮坚持下去的就是，能得一个漂亮的媳妇。”

知情人都把目光投向夏攸晨，其余的人则是哈哈一笑。

“那时候村子才刚刚改了一个名字，没有漂亮的房子，也没有规划之后怡人的景色，很长一段时间我也焦虑，未来可以等，但柴米油盐的开销却是要实实在在地付出。

“人在最危急的时候，也最能为自己找到出路。做短视频、卖土特产、给别人拍照，什么能赚钱，我就干什么。后来想想，我觉得乡村振兴也是同样的道理。

“我们应该抱有一种急切想要改变的心态，才会不断地去尝试让生活变得更好的方法。党和国家已经替我们寻求到很多办法，让我们避免浪费更多的精力和时间去尝试失败。

“我们还有什么理由不干起来。”

说到不计后果的行动派，简皓不得不提到蒋乐俊，他说：“每当我迷茫没有动力的时候，只要跟这个宝藏男孩儿聊一聊天，就能扫除心中的阴霾。

“他让我印象最深刻的一句话是，当你面对一个不确定的将来时，你只要按心中所想去做，总能走出一条明朗的大道。每当坚持不下去的时候，我就告诉自己，再忍一忍，说不定明天就会艳阳高照。”

简皓把目光投向王阿姨："我发现这个村子有一个优点，就是毫不吝啬对你的赞赏，认同你的付出。在回新英雄湾村前，我在外面打工了四五年，大小公司都待过。我不知道在座的有多少人跟我一样，在公司里辛勤付出，任劳任怨，但在公司和老板眼里，你依旧是可有可无的存在。

"但我在这里，惊奇地感受到每一分付出，都在收获回报。我帮周林找回了父亲，周林会把学校发的水果送给我。我帮村民找鸡，他会把鸡下的蛋送给我，用来表示感谢。我帮人调解掉进水沟里，有人会拿干净的衣服给我换上。我帮别人做短视频卖货，别人要分钱给我。

"这也是新英雄湾村人的朴实与真诚，他们懂得收获到爱，就会用爱去回报别人，这是村子里传承下来的美德。很多时候，我们因为生活的忙碌和艰辛而忘记了这种美德，我们该庆幸，它一直在这里。"

简皓明显已经把控了全场的气氛，大家对于他的话题都非常的感兴趣。

他突然向人群中招了招手，大声地喊着："老罗叔。"

老罗叔向他招了招手，回应着他的呼喊。

"这位老罗叔住在离我家不到二百米的地方，家里人不多，空房子多，拿到新房子没多久，就隔三岔五地往我家跑，然后效仿我的模式，把自家装成了民宿。

"在经过疫情防控的那段时间，想必您心里也迷茫过吧，甚至有点后悔把钱投在民宿上，您跟大家说说，您现在的感受如何？"

老罗叔回想起向简皓抱怨没有客人的场景，不禁脸红起来，尤其听到他刚才说，做生意本来就不是稳赚不赔的买卖，才惊觉自己当时有多小心眼。

老罗叔说："我是个没远见的人，只看得到当下的利益。民宿刚开始的时候没生意，我没少麻烦他，还有点责怪他，如果不是他鼓动我创业，我也不会投那么多钱出去。

"现在民宿生意还可以，我女儿的一个朋友每个周末都会到这里来住两天，让我们给弄点当地特产。虽然客源还不是很多，但我相信等村子的科技大棚建好后，来的游客会更多。"

老罗叔旁边的村民用胳膊肘碰了碰他的肩头，问："你现在一个月能赚多少钱？"

“一千多块吧。”

“不错呀，连家门都不出就能赚一千多块，完全是躺赚。”

简皓想到了廖婆婆，眼睛有点发红，他克制着想哭的冲动，声音带着点哽咽：“我今天还想跟大家说起一个人，那就是住在我隔壁的廖婆婆，她半个月前刚过世。

“很长一段时间，我把她当成亲奶奶，她身上有我对奶奶美好的期许。

“我奶奶是个标准的乡下老太太，勤劳但思想封闭，一辈子默默地付出，却忘了善待自己。她更没有任何的爱好，唯一的消遣就是和几个老太太话一下家常，说一点家长里短。

“廖婆婆虽然年纪大了，她的大半生都活在孤独和闭塞当中，但接触到当下流行的坝坝舞、抖音、老年创业等新奇事物时，她不会因为自己年老古板而放弃去学习和接受。

“廖婆婆有自己的抖音号，会带着她的老姐妹们一起拍视频，虽然画面模糊，但她们却很快乐。她还买了一台榨汁机，等旅客多的时候，在村口卖饮料。无论年龄的大小，能勇敢地去接受新事物，去体验不同的精彩生活，我认为，这也是新英雄湾村人的一种美德。”

简皓最后要介绍的是姜子叔，但人太多了，他没有看到姜子叔的身影，但他知道，姜子叔肯定会来给他捧场的。

他朝着人群大声地喊：“姜子叔，您在不？”

他喊了好几声，才听到有人远远地回应着：“我在这里！”

姜子叔个子矮，被远远地挤在人群外面。

简皓向着姜子叔招手，让大家的目光都投向他，他虽然个头矮，但身上蕴藏的正能量却是巨大的。

他说：“姜子叔没有做民宿，也没有搞小卖部，他却在用另一种方式宣传着新英雄湾村。”

他拿出手机，翻出姜子叔的主播号，说：“姜子叔有一手的木匠好手艺，他为我们展现了很多已经看不到的木工技法。现在很多人为了节省时间，节省成本，做事偷工减料，把中国几千年的文化只当成快点赚到钱的工具，却忘记了匠人该有的初心。”

简皓从来没有当众讲过这么多话，下台的时候，有些口干舌燥，夏攸晨从人群中挤过来，对他竖起大拇指，说：“你刚才那样子，简直就是全场最靓的仔！”

她引用他的话来夸他，他眉头一挑：“那是当然！”

回去的路上，简妈妈脸上笑开了花。听表彰会的有不少熟人，遇上了都要寒暄两句，夸夸简皓，简妈妈得意地回答：“是啊，我儿子很棒吧。”

本来说好中午由简皓和夏攸晨去买菜，简妈妈乐呵呵地对两人说：“你们想吃什么，我去买，中午我得做一桌菜来犒劳我这优秀的儿子。”

中午，简妈妈做了简皓爱吃的鱼香肉丝、莲藕夹肉，简皓却念着说还是夏攸晨的厨艺比较好，简妈妈白了他一眼：“白养活你了！”

简爸爸也高兴了一路，他从没要求过儿子要有多出息，只要有一个普通正常的人生路程就行。但今天看到儿子站在台上，鼓舞人心地演说，更是将气氛把控得当，她也不由得自豪起来。

餐桌上，简爸爸对着简皓感叹着：“以前我认为你胆气犟，但现在看来，犟有犟的好处，能坚持自己要走的路。”

然后他又对简妈妈说：“我俩也得改变一下思想，要与时俱进嘛。”

简妈妈拉起夏攸晨的手，说：“上次你到我们家来吃饭，我们聊得很不愉快，你别往心里去。现在我才知道，是我太武断了，两辈人对生活的理解不一样，我们看重的是每个月能有固定的收入，能把家庭开销维持好，而你们更看重拼搏，实现抱负和价值。”

这话也说中了夏妈妈和夏爸爸的心事儿，夏妈妈附和着：“哎，以后他们年轻人的事儿，就让他们自己做主吧，需要我们的时候，我们就帮一把。用不着我们，我们也不给他们添麻烦。”

初八是科技大棚建设公司来招聘工地施工工人的时间，初六，简皓和夏攸晨就被通知去群工站报到，说村里要配合建设公司招工，让义工们去现场帮忙。

那天颁奖大会的动员工作做得不错，村委会到村里走访了一圈，很多年轻力壮的村民都愿意留在村里做建设工作，群工站有良好的群众基础，对村民的情况多多少少了解一些。

让义工去帮忙，一来可以维持现场的秩序，二来也能帮助村民们应聘合适的岗位，谈妥相应的薪资。

初八是个好日子，建筑公司把招聘地点就定在离简皓家不远的那块空地上，早上简皓起床的时候，往那空地上瞥了一眼，六点钟天刚刚亮，就有人迫不及待在排队等待。

这天天气寒冷，前一天晚上，简皓就和夏攸晨煮好一大锅的姜茶，发给等待应聘的村民。

九点钟，建筑公司招聘的人员来时，空地上已经是人山人海，简皓望了一眼，估摸着能有一两千人。有人不是村里的，而是从邻村过来的，还有村里人叫上朋友一起的。

简皓一眼就看到推着小货车穿梭在人群中的周林爸爸，他虽然手有残疾，但做生意的嗅觉却很敏感，不怕苦也不怕累，把小卖部的货品装在小推车里，挨个地问，需不需要小商品。

他欣赏周林爸爸的坚韧，虽轻如蝼蚁，饱受命运的摧残，却会去努力抓住任何一个可以改变家庭、改变命运的机会。

他走过去跟周林爸爸打招呼，周林爸爸拿出一瓶可乐说要请他，他笑着说："心领了，天冷，不适合喝可乐。"

他又问："需要我帮你叫卖吗？"

话音刚落，周林从人群里钻出来，从小推车里抱起两瓶绿茶，把手里的十块钱放在装钱的盒子里，然后又从里面找出六块钱，再钻回人群里。

建筑公司的人员过来通知，要将应聘的人分流，普工在一个地方，技术工在另一头面试。

简皓和几个义工在人潮里穿行，嘴里不停地喊着："没干过工地活儿的站一边，有工地经验的站在另一边，谁有专业技能的要说出来，薪资待遇可以谈。"

"我以前是在工地上开挖机的，累死人，工地上的饭还不好吃。现在在村里干活儿，下班就可以回家吃饭啰。"

"如果工资真跟招聘启事上一样，谁还愿意出去打工呀，我女儿都十五岁了，我还从来没参加过她的家长会。"

有人动了动胳膊，但在狭窄的空间里伸展不开，又把胳膊放下，对着身旁的朋友说："我很久都没出来干活儿了，来试试，看行不行。"

"你呀，要是早这么勤快，老婆就不会跑了！"

简皓不喜欢喧闹拥挤，但此刻，这悦耳的喧闹声和拥挤的人潮是乡村振兴的前奏，这些人的臂膀连接在一起，就能变成气势宏伟的科技展厅，可以变成如画绵延的田园风景，也可以变成繁华兴旺的城边小镇。

有人掏出电话打给朋友："你怎么还不过来？要是人招满了，你又得跑几百公里去打工，机不可失，我给你占着位子呢，快过来！"

"简皓。"人群中挤过来一个熟人。

他认出是同学杨刘，那个以为搬迁就要发大财，却不肯自己努力的同学。

他笑着打趣对方："我以为你出去打工找媳妇了呢！"

"暂时不找了，就在村里好好地赚钱，等有钱了，还怕没媳妇吗！"

"谁要甘蔗汁？免费的甘蔗汁。"人群里响起夏攸晨的声音，她的手里高高地举着两杯甘蔗汁。

有人说："小晨，你这么大方，请大家喝甘蔗汁。"

"不是我请的，是廖婆婆请的。"

"哪个廖婆婆。"

她指了指廖婆婆房子的方向："以前家有桂花树的廖婆婆。"

有人惊讶："她不是过世了吗？"

"她去世前特别叮嘱，要为新英雄湾村的建设做点贡献，她就留了这台榨汁机给我，过两天工地开工，我到工地边上给大家弄果汁。"

有人高喊："谢谢廖婆婆。"

于是大家附和着："谢谢廖婆婆，我们一定好好地干！"

尾 声

六月的艳阳娇而不热，田地山野的植物疯长，高度超过了那扇形的玻璃温室，从它生根到成熟，只一季就足够的绚丽。

跟简皓预想的一样，趴在民宿的窗口，就能将整个智慧温室科技大棚尽收眼底。

简皓关上窗户，来到卧室，夏攸晨正对着镜子整理她新买的套裙，见他走进来，赶紧问："这身衣服怎么样，像不像干练女强人？"

他笑她："你只是负责接待解说，跟女强人不搭边吧！"

"形象干练才有说服力。"她把头一昂，"我可是专业的！"

"我也快变成专业人才了！"

简皓的目光在房间里一扫，四面墙上贴满了各种农作物的图片、注释，上面还被夏攸晨写满了各种标注特征，他玩笑着："我觉得咱们的卧室更像农教中心，你把游客带到这里来，他们会了解得更清楚。"

"不跟你说了，今天下午要来一批黑稻子，我得去接应一下。"

说完，夏攸晨拿起包就往外面跑，走到院子里，就听到简皓在楼上大声地问着："你什么时候回来？我跟送红酒的人联系过，他大概下午五点送货过来，周末有对情侣要带朋友来开派对，指名要红酒。"

"你要去哪儿？"夏攸晨停住脚步。

"我昨天不是跟你说了吗，那边卖石磨豆花的刘叔要拍夕阳红婚纱照，约我过去聊聊这事儿。"

夏攸晨看看手表，约定的时候快到了，于是应承着："好的，我尽量吧，你把送酒人的电话号码发给我，我跟他联系。”

简皓收拾好出门，没走多远，就看到老罗叔吃力地推着两轮的拖车，拖车上是一摞厚重的方形瓷砖。

他快步上去推了一把，老罗叔发现车轻松了许多，回头发现是简皓，便笑着说：“多谢搭把手！”

他问：“您拉这么多瓷砖做什么？”

“我打算在院子里挖个小池塘，在里面种点荷花。夏天的时候，客人坐在房间里就可以欣赏荷花。”

“我看您生意兴隆，都赚了钱了，何必这么辛苦，找个工人干就行了！”

老罗叔笑着说：“自己干，心里踏实。”

帮老罗叔把瓷砖推进院子里，他才火急火燎地赶到刘叔的豆花店。

刘叔给他倒了一杯茶，说：“不急，我下午不开门，就等着跟你聊婚纱照的事儿。”

刘叔话语间流露着从没有过的阔气：“你别在乎钱，怎么好看怎么拍，把我老婆拍得漂亮一点。”

简皓打趣说：“我记得第一次跟您打交道时，您因为菜贩子少给了你五块钱，就跟人打起来了，现在这么阔绰，不在乎钱了？”

刘叔提起那事儿就不好意思地红了脸：“那都是以前的事儿了，我没想到我这一手点豆花的手艺，有一天也能赚到钱，特别是周末的时候，我能卖十盆子豆花呢！

“老婆跟着我三十多年了，就没让她享过福。她那些姐妹都在你这里补了婚纱照，这次，我也补给她。”

一群人闹哄哄地从豆花店门口经过，简皓看到一个熟人，便问：“你们这是去哪里凑热闹？”

“姜子做了一艘木船，听说还能载人呢，就在前面荷塘那里，好多人都在看，我也去见识见识。”说完，那熟人就快步跑了。

刘叔说：“姜子现在可是咱们村的名人了，我听好几位来店里吃饭的客人问过他，说是他做的木器，有的一件就要卖上万块呢。以前还真看不出来他小子有这能耐！”

简皓说：“真正的手艺人就像是金子，到哪里都能发光。”

简皓有好长一段时间没见过姜子叔了，他做木工的视频火起来之后，也有了自己专门的团队。做木工之余，他还被邀请去参加许多工艺大赛和中华文化的传承活动。

旁边有朋友凑上来说：“简皓，当初你该去给姜子叔当经济人的，那赚钱才多呢！”

简皓晃了晃手里的相机：“我还是喜欢我的老本行。”

晚上，简皓打开手机邮箱，看到里面有一封邮件，来自全国乡村振兴摄影大赛的组委会。

他赶紧点开邮件，里面赫然地写着，他获得了此次摄影大赛的特等奖。

他寄去的每一张照片都让组委会的人爱不释手，它们真实地记录着乡村振兴中，不同的人生，不同的努力，不同的勇敢和不同的坚守。